Padre Tormenta

Juan María Luribe nació en Linares (Jaén) en el siglo XX, entre los rescoldos de lo que había sido una pira fastuosa y opulenta; entre los estertores plúmbeos de humo negro, el sepelio de las cosechas de piedra y el ocaso de las de acero. Cuando las chimeneas agonizaban en penúltimos alientos.

Y se fue.

No una, sino muchas veces.

Juan se alejaba del animal herido y cuando estaba lejos quería volver. Y cuando volvió la última vez, quiso quedarse para siempre y escribir desde su ciudad, su pueblo, su casa.

Él había nacido a la sombra de un olivo senil y achacoso, cuando todos miraban para otro lado, y Juan María renació cuando el mundo olvidó sonreír.

J.T.L

Juan María Luribe

No se permite la reproducción total o parcial de esta obra, ni su incorporación a un sistema informático, ni su transmisión en cualquier forma o por cualquier medio (electrónico, mecánico, fotocopia, grabación u otros) sin la autorización previa y por escrito de los titulares del *copyright*. La infracción de dichos derechos puede constituir un delito contra la propiedad intelectual.

Título: Padre Tormenta
© Juan María Luribe, 2023
© Portada: Juan María Luribe
Revisiones: Valentín González
               Mari Carmen Alabau

*En el nombre del Padre, José,
y del Hijo, Antonio Jesús.*

Vienen los días y van los días y el amor queda. Allá dentro, muy dentro, en las entrañas de las cosas se rozan y friegan la corriente de este mundo con la contraria corriente del otro, y de este roce y friega viene el más triste y el más dulce de los dolores: el de vivir.

Miguel De Unamuno, *Niebla*

1. Otro día en la oficina

Las ventanas crujían con la tempestad que azotaba los muros del cortijo y los cristales tintineaban, acompañando el silbido del viento. La noche cerrada parecía abrirse paso a través del pasillo empedrado, donde una bombilla de exánime resplandor luchaba por cortarle el paso. Tras las sombras difuminadas de unas cántaras de barro que, encajadas sobre maceteros de forja, parecieran guardianes, una angostura quebraba el corredor para serpentear por una escalera de piedra con peldaños irregulares y gastados. En la planta de arriba una lúgubre congregación, apostada al cabo del entresuelo, permanecía de pie.

El padre Gregorio disertaba en mitad de un corrillo de lugareños asustados, entre los que estaban los padres de familia, una hermana de veinte años que a don Gregorio le pareció de buen ver a pesar de los ropajes trasnochados, un tío de la criatura, una señora mayor tosca y fornida, que debía ser la abuela, y el párroco local, don Andrés Esteban, un hombre joven, rechoncho, bezudo, de nariz porcina y cara de adolecer de un razonable espabilo. Hacia su dirección entró corriendo un muchacho desgarbado que era, a la sazón, hermano también del niño que se retorcía entre gritos y estertores en la habitación contigua, cerrada a cal y canto y rubricada por un crucifijo que don Gregorio había pegado con cinta americana.

—Tome, padre —dijo dándole al sacerdote una botella de agua, mientras su madre trataba de secarle el pelo, empapado por la lluvia, con su propio delantal.

—Vamos a ver —refunfuñó Gregorio mirando la etiqueta del envase—. ¿Fuente de la Golondrina? ¿Qué cojones es esto? ¿De dónde sacan esta agua, de los retretes del prostíbulo?

—Es que no tenían Fontvella —argumentó el adolescente bajo las miradas reprobatorias de sus familiares, que daban por buena la exigencia de aquel hombre vestido con sotana. No ocurría lo mismo con el joven cura, que salió en su defensa.

—Perdone, don Gregorio, pero ¿qué más da? El agua es agua y supongo que se podrá bendecir igual, ¿no?

—¡Vaya, tenemos aquí a un experto! No sé, pues, por qué me ha mandado a mí la archidiócesis, si tú pareces ser ducho en el noble arte del exorcismo.

—No quería decir eso, padre, pero...

—Pero qué —inquirió Gregorio con severidad, antes de seguir hablando—. Mira, cuando tú te afeitas, ¿coges la primera cuchilla que te encuentras por ahí tirada en la calle o recurres a una maquinilla de marca, con buen acero y afilada? No, no hace falta que respondas, era una pregunta retórica. El tema es que si queremos hacer un buen trabajo y conseguir un buen «apurado» —acompañó la palabra haciendo el remedo de entrecomillar con dos dedos de cada mano—, debemos usar el mejor material del que dispongamos. Bien es cierto que, después de mis primeras pesquisas, diría que la posesión del muchacho es leve; puede que se trate de algún diablillo de tres al cuarto que tampoco es que haya arraigado mucho, pero, aun así, debemos ser precavidos. No queremos que el chiquillo se quede a medio exorcizar y acabe que ni para echar azúcar a las tortas o, Dios no lo quiera, termine haciéndose comunista.

—¡Ay, no, Señor mío, eso no! —exclamó la señora mayor, persignándose y besando un crucifijo que pendía de su arrugado cuello.

—¿Lo ves, Antonio? —dijo Gregorio señalando a la mujer—. No queremos eso.

—Me llamo Andrés, don Gregorio.

—Es verdad. Perdona, hombre, que soy muy malo para los nombres.

—Ya has oído al cura. Ve y trae agua en condiciones —le ordenó Anselmo al jovenzuelo.

—Pero papá, en el bar sólo tienen esa y está todo cerrado.

—Pues ve a casa de Martín y dile que te abra la tienda un momento, que nos hace mucha falta. Pero no le digas lo de tu hermano ni para qué es el agua, que solo faltaba que se entere ese y mañana lo sepa todo el pueblo.

—Y ponte la zamarra, que estás hecho una sopa y vas a coger una pulmonía —apostilló la abuela.

El chico salió corriendo de nuevo y Gregorio se sentó en una banqueta, sacando un paquete de Ducados de debajo de la sotana y golpeándolo para que aflorase un pitillo. Lo encendió y recostó su espalda contra la pared, quitándose el sombrero de teja negro, poniéndolo sobre sus rodillas y resoplando con hastío. Rosario, la madre del poseído, abrió un poco la puerta de la habitación donde el niño emitía alaridos y la volvió a cerrar, dirigiéndose al sacerdote con gesto preocupado.

—Padre, habría que darse prisa. Lo veo muy mal.
—¿Le está dando vueltas la cabeza? —preguntó.
—¿Cómo?
—Pues eso, que si le está girando la cabeza como si fuera una tuerca en un tornillo.
—No.
—Pues entonces no se preocupe. Tenemos tiempo.

Gregorio volvió a cerrar los ojos y a su alrededor se hizo el silencio absoluto, roto a intervalos por las blasfemias que Bernardo, el benjamín de la familia, profería desde el otro lado de la puerta. Don Andrés sacó un rosario y comenzó a murmurar una retahíla de rezos junto al quicio y Rosario pidió a la chica joven, a quien las lágrimas brotaban de sus ojos grandes y bajaban por sus mejillas arreboladas, que acompañara a su abuela a la planta de abajo. Ambas se fueron y Anselmo apenas pudo disimular un gesto de alivio al ver a su suegra, vestida de riguroso luto, doblar la escalera y desaparecer primero ella y luego su moño; se apartó a un rincón a fumar con su cuñado y Rosario acompañó al cura joven en sus plegarias. Gregorio se quedó traspuesto con el cigarro prendido entre sus labios mustios y finos, con el borrajo de ceniza amenazando con caer sobre el fieltro del sombrero. Era la calma antes de la tempestad.

—¡Ya ha venido! —se oyó exclamar a la muchacha desde la planta baja.

Todos los presentes permanecieron expectantes, hasta que apareció el joven siguiendo al sonido de su ágil galope por las escaleras. Se acercó a Gregorio, que abrió un ojo con desdén, y le mostró una botella de agua.

—Bueno, Lanjarón. No está mal, podré apañarme —dijo levantándose y sacudiendo el sombrero contra su muslo.

El padre Gregorio era un hombre moderadamente alto y mayormente delgado, exceptuando una redondez ventral que pasaba desapercibida bajo el atuendo de sacerdote pero que, a pesar de ser poco abultada, destacaba cuando llevaba camisetas o jerséis ceñidos, como un balón de fútbol en un osario. Tenía un rostro anguloso y atezado, unas líneas de expresión muy marcadas, la nariz afilada, un tanto aguileña, y dos ojos claros que contrastaban con su piel aceitunada bajo unas cejas largas y quebradas. A pesar de haber rebasado ya la cincuentena, gozaba de una gran mata de pelo negro, desaliñada y revuelta, que apenas encanecía, a diferencia de su incipiente barba, que afloraba con rodales plateados y desiguales. En conjunto, don Gregorio Márquez no cuidaba mucho su aspecto ni sus modales y bien podría tomarse por un obrero en horas bajas, dado al alpiste y la mala vida, de no mediar el alzacuellos y la sotana.

Gregorio cogió la botella de agua, le dio un formidable trago, la colocó sobre un vetusto aparador de madera y la bendijo. Abrió su maletín, una suerte de caja cuadrada con cerradura de combinación y asa, sacó varios frascos pequeños de cristal y trasvasó el agua desde la botella de plástico. Los cerró con mimo y los volvió a meter en diferentes compartimentos de la valija; acto seguido, hizo lo propio en un bote de plástico con pistola pulverizadora apurando el resto del agua. Sacó una medalla de bronce con cadena de plata, la besó y se la puso en el cuello. Desdobló una larga estola de color púrpura y la pasó por detrás de la cabeza, descolgándola a lo largo de su fachada e igualándola con precisión. Al atusarla con mimo volvió a comprobar que llevaba encima aquella carta envuelta en plástico, que siempre le acompañaba guardada en un bolsillo cerca de su corazón. Por último, sacó un crucifijo, que guardó en un bolsillo de la sotana, cerró el maletín y volvió a congregar a los presentes, dirigiéndose a ellos, tras un breve carraspeo, con tono solemne:

—Dama, caballeros, muchacho... Debo pedirles que abandonen esta planta y se vayan a la parte de abajo; a partir de ahora nos ocuparemos el padre Adrián y yo.

Atendiendo a la pesadumbre de Rosario, que pareció no querer acatar aquel precepto bajo ninguna circunstancia, el padre Gregorio cogió sus manos y la miró profundamente a los ojos.

—No tema, señora. Le aseguro que a pesar de la desconfianza que mi imagen o mi brusquedad puedan suscitar, su hijo estará a buen recaudo. Yo no soy más que un instrumento de Dios, una herramienta. Y cualquier herramienta, herrumbrosa o llena de grasa, es eficaz según la pericia de las manos que la blanden. Y a mí me blande el mejor. Será el Todopoderoso quien se enfrente al mal ahí dentro, no yo. Sólo le pido que tenga fe, al igual que a ustedes —dijo girándose hacia el resto—. Bajen y recen juntos. Piensen en el amor que le profesan a su hijo, su hermano, su sobrino; porque el amor de Dios es una poderosa arma y Dios está en todos ustedes.

Al escuchar aquellas palabras, el padre Andrés sintió, de repente, una profunda admiración por el exorcista a quien poco antes no tenía en gran estima. Supo que se encontraba ante alguien que, a diferencia de él, sabía desenvolverse de cara a tan funestos menesteres y dejó de importarle que se hubiera vuelto a equivocar de nombre. Vio un halo de consuelo en los familiares atormentados, que obedecieron sin titubear y enfilaron la sinuosa escalera. Una vez a solas con el padre Gregorio, éste se dirigió a él para ultimar los detalles de su cometido.

—Ahora toca confesarse antes de entrar ahí. El pecado es una debilidad de la que se nutre el adversario de Dios y aunque, hazme caso, puede que esto no sea una posesión real, porque sólo un cinco por ciento de los casos lo son, tenemos que estar preparados ante cualquier escenario posible. ¿Cuándo te confesaste por última vez?

—Mmmm —Andrés titubeó y se puso una mano en la barbilla—. Creo que hace seis meses o por ahí.

Gregorio se le quedó mirando fijamente y el joven cura trató de excusarse:

—Entienda, don Gregorio, que aquí en la iglesia del pueblo estoy muy solo y no son muchas las ocasiones en las que puedo disponer de otro sacerdote para el sacramento.

—Nada, no te preocupes. Estaba pensando en que si yo me tiro todo ese tiempo se me olvidan la mitad de los pecados. Ya sabes —enfatizó dándole un codazo—, por acumulación. De hecho, me confesé antes de ayer con un prelado de los Jesuitas y ya tengo un puñado. Venga, empecemos.

Se sentaron ambos en la banqueta y Gregorio comenzó:

—Ave María Purísima.

—Sin pecado concebida.

—En el nombre del Padre, del Hijo y del Espíritu Santo —continuó Gregorio santiguándose.

—El Señor esté en tu...

—Venga, que no tenemos toda la noche. Al tema.

—Pues dígame cuáles son sus pecados.

—Vale, para ser honesto te diré que la mayoría de mis pecados son de pensamiento. Por ejemplo: ¿Has visto a la moza de antes, la hermana del endemoniado? Pues la he deseado. ¿Qué le vamos a hacer? La carne es débil. Luego también he deseado que la abuela se cayera por las escaleras cuando bajaba; le habré cogido tirria o algo. Pero ambos han sido deseos fugaces. Aun así, ahí están —Gregorio hizo una pausa, se encendió un cigarro y siguió—. Bueno, ayer me fui de una cafetería sin pagar. No fue mucho: un café y una copa de Ponche Caballero, pero entiendo que no está bien y me arrepiento. Esta mañana he insultado a un par de conductores cuando iba en el coche. Me he cagado en los muertos de uno y el otro... bueno, no me acuerdo de lo que le he dicho al otro, pero no era agradable. También te digo que el gilipollas se me ha echado encima en una rotonda; al César lo que es del César. Y por último, he estado flirteando con una mujer a la que sigo por Instagram. Eso es todo.

—¿Ya está? —preguntó, perplejo, Andrés.

—Sí, yo diría que sí.

—*Ego te absolvo a peccatis tuis in nomine Patris et Filii et Spiritus Sancti.*

—Amén. ¿Latín? Me gusta. Ahí dentro nos va a venir muy bien —dijo Gregorio, visiblemente satisfecho—. Te toca.

Tras la confesión de Andrés, cuyos escasos pecados le parecieron irrisorios a Gregorio, se levantaron y se dirigieron a la puerta de la habitación, ante la que el exorcista profesional dio a su ayudante unas últimas consignas:

—Mantente sereno y tranquilo; no te dejes embaucar. El demonio es un mentiroso y un hijo puta. ¿Has visto la película *El Exorcista*?

—No —contestó Andrés, ofuscando a Gregorio.

—Es que, de verdad, yo no entiendo qué narices veis hoy en día, *¿A todo gas?* Te estás perdiendo un peliculón que además te vendría muy bien para esta situación, porque es muy realista. En fin —comentó encogiéndose de hombros—, vamos al lío.

La habitación estaba escasamente iluminada por una araña en la que sólo dos de las cinco bombillas funcionaban, empero, de forma intermitente. Las paredes de cal blanca, irregulares y abruptas, se tornaban ocres con los nimios fogonazos y componían un teatro de sombras oscilantes por los vaivenes de la lámpara. En el centro, y pegada a la pared del fondo, un antiguo tálamo con cabecero de forja era el lecho en el que un niño yacía y miraba con atención a los dos sacerdotes, que avanzaron hacia el pie de la cama. El ambiente era gélido a pesar de los esfuerzos por caldear de una estufa de gas prendida en un rincón.

—Hostia puta, qué frío. Esto no me gusta, Ángel —susurró Gregorio.

El padre Andrés le miró estupefacto, más por la blasfemia que por haber vuelto a confundir su nombre, pero estaba empezando a ponerse nervioso y a asustarse y respiró hondo para intentar doblegar su desazón. Gregorio se dirigió al pequeño:

—Vicente, ¿estás ahí?

—Bernardo, padre —corrigió Andrés.

—Eso, coño, Bernardo... ¿Bernardo, puedes oírnos?

El niño gestó, lentamente, una sonrisa maléfica y respondió con voz grave y tortuosa:

—¿Tú qué crees, Goyete, que queda algo de él en este cuerpo?

—Sabe cómo me llamo. No tendríamos que haber hablado junto a la puerta —bisbiseó Gregorio al oído de su ayudante—. Ahora no sé si es un demonio real o el niño está usando lo que ha escuchado.

—¡Es de mala educación cuchichear, os lo deberían haber enseñado vuestras putas madres! —gritó Bernardo incorporándose, con una furia que hacía resplandecer sus ojos con fulgor encarnado y maléfico.

—¿Ya estamos faltando? —le contestó Gregorio, sacando el crucifijo—. Te vas a cagar y cuando acabe contigo te voy a lavar la boca con jabón.

Rodeó la cama y se acercó despacio por un lateral, anteponiendo la cruz y alzándola delante de su cara:

—*Crux sancta sit mihi lux. Non draco sit mihi dux. Vade retro Satana, numquam suade mihi vana. Sunt mala quae libas, ipse venena libas.*

El niño empezó a retorcerse y a gruñir como un animal herido, retrocediendo hasta quedar arrinconado contra el cabecero.

—¡Rápido, abre mi maletín y dame una de las botellas de cristal! —dijo a Andrés, que permanecía inmóvil y palidecía gradualmente a cada escorzo del muchacho.

Cogió el maletín y lo puso sobre un arcón de madera que había a los pies del armario, mientras Gregorio mantenía a raya al poseído a base de latinajos.

—¿Cuál es la combinación?

—666 —respondió Gregorio sonriendo—, no me digas que no es apropiado.

Andrés, a quien no pareció hacerle tanta gracia la broma, abrió el maletín, cogió uno de los frascos barrocos de cristal y se lo dio al padre Gregorio, que comenzó a esparcir su contenido sobre el chaval en pequeños chorreones.

—¡Ah, me quema, me quemaaa!

Gregorio se detuvo, se acercó el frasco a la nariz, lo olió y tomó un generoso buche.

—¡Cómo no le va a quemar, si esto es ginebra! Coge uno del otro lado, so cenutrio.

Andrés le obedeció y le acercó uno de los frascos que, esta vez sí, contenía agua Lanjarón previamente bendecida, provocando en el poseído idéntica reacción: «Me quemaaaa». Gregorio se apartó de la cama, sacó una Biblia de un bolsillo de la sotana, la abrió e instó a su ayudante a hacer lo mismo.

—Venga, vamos a rezar.

—¡Ahí va!, me he dejado la Biblia fuera, padre.

—¡Si es que...! Claro, estarías pendiente del busto de la muchacha y no estabas en lo que estabas.

—Diría que ese ha sido usted —respondió indignado.

—Bueno, sal a por ella.

Andrés se giró y cuando agarró el pomo de la puerta, el enorme cerrojo que la lacraba desde su interior se cerró súbitamente, produciendo un gran estruendo y haciendo respingar al cura, que se apartó acongojado.

—¡Qué cabrón! —exclamó Gregorio mirando al muchacho, que negaba con el dedo luciendo aquella sonrisa taimada—. Nada, olvídalo. Coge el pulverizador, date una vuelta por la habitación rociando agua y repite conmigo: Padre nuestro que estás en los cielos...

—Padre nuestro que estás en los cielos...

—Santificado sea tu nombre...

—Santificado sea tu nombre...

Siguieron rezando durante largo rato. Pasó más de una hora en la que Gregorio iba glosando páginas de su ajada Biblia, encadenando oraciones que relataba con vehemencia y Andrés repetía al pie de la letra. Durante ese tiempo, Bernardo emitía sólo sonidos guturales e inconexos, palabras sin sentido y alaridos esporádicos, hasta que en un momento de terrorífica lucidez, de sus ojos emergieron dos pupilas amarillas que devoraron a las suyas, su cuerpo se puso rígido e incorporó su tren superior sin ayudarse de las manos para comenzar a hablar en una lengua extraña:

«הדם טיפת עד ובתלמידיו בו להילחם נשבע אני. אלוהים את מקלל אני» «שלי האחרונה»

—¿Qué idioma es ese, don Gregorio?
—Hebreo. O peor: arameo. ¡Está jurando en arameo! Sigamos rezando. Coge mi mano.

Siguieron rezando unidos de la mano, ignorando las palabras que salían, mezcladas con espuma verde, de la boca del muchacho, hasta que éste se volvió a tumbar y quedó en estado catatónico.

—Continuemos —conminó Gregorio, tras detenerse para observar detenidamente al pequeño—. Santa María, madre de Dios.

—Ruega por nosotros.

—San Miguel, Santos ángeles de Dios, San Juan Bautista, San José.

—Ruega por nosotros —repitió Andrés.

«Chica qué dices... Saoko, papi, saoko...», sonó, con su melodía, desde un teléfono móvil que rápidamente Gregorio sacó de un bolsillo y se dispuso a descolgar.

—Tengo que cogerlo. Sigue tú —dijo pasándole la Biblia al ayudante y apartándose a un rincón—. Diga... mira, Bandicoot, me pillas trabajando... sí, un exorcismo... pues claro que es de verdad. Venga, qué quieres, que no me puedo parar mucho… ¿Cómo que han bloqueado la página?... pues arréglalo, ¿no eres jáquer?, pues jaquea… tú sabrás, es tu trabajo, no el mío. Lo que yo sé es que si la página no funciona y yo no ingreso dinero, tú no cobras. Así que más te vale solucionarlo… un niño en un pueblo de Ciudad Real, que resulta que… ¡Pero bueno, qué narices hago contándote esto! Anda, haz lo tuyo y ya me dirás… venga, Dios te bendiga, Dios te bendiga, adiós, adiós.

Gregorio guardó el teléfono y se acercó a la cama, donde Andrés había seguido rezando sin mucho afán por estar pendiente de la conversación.

—Nada, era el chaval que me hizo la página web de exorcismos online, que por lo visto está dando problemas. Bueno, pásame la Biblia, que esto no ha hecho más que empezar.

Los rezos siguieron varias horas más, largas y extenuantes. La tormenta cesó y el amanecer trajo los primeros rayos de luz, que irrumpieron en la habitación entrando furtivamente entre las rendijas de las persianas alicantinas de madera. Bernardo parecía profundamente dormido.

—Es todo por ahora. Esta tarde seguiremos —comentó Gregorio agotado y aquejado por una considerable ronquera.

Recogió sus enseres y los guardó en el maletín mientras Andrés, con unas ojeras violetas aflorando en su rostro, se recomponía y se dirigía a la puerta para comprobar que el pestillo ya no estaba echado.

Andrés no pudo pegar ojo en toda la mañana, afectado por la sesión de exorcismo y por los ronquidos de Gregorio, que dormía como un tronco en la cama de al lado. Se levantaron a las dos de la tarde y les aguardaba un potaje de garbanzos con chorizo y verduras del terreno, que Gregorio devoró con gran entusiasmo y su ayudante apenas probó. En la sobremesa, el exorcista puso a la familia al tanto de los avances obtenidos durante la noche y les tranquilizó saber que, según sus palabras, todo progresaba favorablemente. Gregorio aceptó de buen grado una copa de aguardiente y aconsejó a su pupilo que hiciera lo propio y le acompañara al exterior para hablar con algo de intimidad. Salieron y se sentaron junto a una muela de roca, debajo de un enorme castaño.

—Tienes que levantar el ánimo; te lo digo en serio. Yo sé que es la primera vez que te ves envuelto en algo así, pero debes centrarte. Tienes que dormir, tienes que comer y tienes que templar los nervios. Bebe.

Andrés, que escuchaba cabizbajo, acercó la copa a sus labios, sorbió tímidamente y respondió con un hilo de voz.

—Es que nunca me había enfrentado al Demonio. Se supone que es nuestra misión, acercar a la gente a Dios y alejarlos del Diablo, pero verlo así, cara a cara...

—¿El Diablo? Venga ya, no digas tonterías. Seguramente ese zagal ni esté poseído. Ya habrás visto el informe del psicólogo, con el que me tuve que pelear para que no obstaculizara la aprobación del exorcismo. Será un brote psicótico y en un tiempo estará bien.

—Pero ¿si usted no cree que haya posesión, por qué insistió en demandar un exorcismo?

—Porque curan. Porque el poder de la sugestión es descomunal y el cuerpo es una máquina formidable que a veces sólo necesita una inyección de moral para arreglarse por sí mismo. Porque ser curado de este modo une a las familias de un modo hermoso. Era esto o ingresar al muchacho en un hospital psiquiátrico y atiborrarlo a medicamentos. Hay que ver lo bonita que es esta zona.

Andrés asintió y siguió pensativo mientras Gregorio levantaba la cabeza y oteaba con admiración el paisaje que se abría ante ellos, a las faldas del cortijo. Una dehesa de encinas y matorral mediterráneo cerraba el bosque en la distancia, hasta llegar a unas lomas pintadas de olivos y un cerro grande que saludaba desde el horizonte.

—¿Cómo no va a estar poseído? —continuó Andrés—. ¿Vio sus ojos, la manera de levantarse...?

—Adrenalina, amigo mío.

—¿Y lo de hablar en arameo, una lengua que, como nos ha confirmado la familia, no ha estudiado?

—Yo que sé. Igual lo ha aprendido viendo *La Pasión*, de Mel Gibson. ¿La has visto, no?

Andrés se quedó mirándolo sin contestar.

—La madre que me parió —prosiguió Gregorio—. ¿Pero tú tienes tele, muchacho? Bueno, a lo que voy; no te puedes fiar de esas cosas. Te voy a contar un caso: una vez se puso en contacto conmigo un cura, porque una familia decía que su hija estaba poseída, que hablaba una lengua que no había estudiado. Cuando fui comprobé que la niña, de cinco años, hablaba el euskera como si fuera del mismo Azpeitia, pero claro, estábamos en Cádiz. «Euscádiz», para ser más exactos.

Gregorio se echó a reír, bebió lo que le quedaba de aguardiente de un trago, celebrando su chascarrillo, y siguió con la historia.

—Eso, que a ver cómo es posible que una niña en San Fernando, Cádiz, hable en vasco si nadie en su entorno lo habla. Puedes pensar que es cosa divina o, en este caso, maligna, ¿no? Pues resulta que no. Resulta que su abuelo, al que ella llamaba *aitona*, se quedaba con ella todas las tardes. Como el señor era sordo, le daba igual en qué idioma hablaran en la tele y ponía siempre ETB, el canal autonómico vasco, por cable, porque le gustaba la presentadora, que estaba muy apretada y de buen ver, las cosas como son, y ahí se recreaba el hombre la vista mientras la chiquilla absorbía el idioma como una esponja. ¡Fin del misterio! Ya ves, no era tan difícil de averiguar; si hasta jugaba la niña a levantar taburetes con el pescuezo como si fuera un *harrijasotzaile*, o como demonios se llame. Por eso te digo que no puedes afirmar nada hasta que descartes todas las posibilidades.

—¿Pero lo del cerrojo? ¿Cómo hizo eso?

—Vete tú a saber. Fíjate, por cierto, en que ha tenido la misma reacción al rociarlo con ginebra que con agua bendita. ¿No te parece raro? Es mejor no pensar en ello. Tienes que intentar descansar y recuperarte de cada sesión, porque nunca se sabe, a ciencia cierta, cuánto va a durar un exorcismo. Pueden ser minutos, semanas e incluso meses; así que cada vez que se acaba una sesión hay que recargar pilas para la siguiente. Venga, vamos a ir preparándonos.

Las tres sesiones siguientes transcurrieron del mismo modo, con los dos sacerdotes rezando entre insultos y frases en tan extraño idioma. Andrés cada vez estaba más débil y Gregorio empezó a preocuparse por el joven; aquello le estaba superando a pesar de sus consejos. En la cuarta sesión algo cambió. En lugar de mermar su poder, el demonio que parecía morar en el cuerpo del muchacho había cobrado fuerza. Cuando entraron en la habitación, un niño, que no era Bernardo, se encontraba llorando en la cama de espaldas a ellos.

—¿Qué te pasa? —preguntó Gregorio.

—Dejaste que me hicieran daño —dijo el niño entre sollozos— y no hiciste nada.

—Esa voz —dijo Andrés alterado.

—¿Quién eres? —volvió a preguntar Gregorio.

—No hiciste nada y me acabé muriendo —concluyó el pequeño, dándose la vuelta y mostrando su rostro.

—¡Javier! —exclamó Andrés intentando acercarse a él, pero fue sujetado por Gregorio, que le cogió la cara con las dos manos.

—Escúchame, no le hagas caso, no es Javier. Es un embustero.

—Déjame, es mi hermano.

—No es tu hermano, te quiere engañar.

Gregorio apenas podía contener al joven que usaba todo su vigor, acrecentado ahora de manera súbita, para acercarse a aquel niño que le llamaba con tono lastimoso. Finalmente dio un empujón y tiró al exorcista al suelo, acercándose a la cama y abrazándolo.

—Perdóname Javier, por favor. Perdóname.

Los ojos del niño cambiaron y con una voz de ultratumba, ronca y desagradable, le gritó al oído: «¡Tu hermano está ahora con nosotros y es por tu culpa!» y le mordió la mejilla, permaneciendo enganchado mientras Andrés intentaba quitárselo de encima. Gregorio acudió en su ayuda y puso el crucifijo en la frente del muchacho, que ahora volvía a lucir como Bernardo. Gritó y se soltó del cuello de Andrés, dejando de morder y arrojándose hacia atrás, con la boca ensangrentada. Apartó al sacerdote herido con una mano mientras con la otra seguía blandiendo la cruz, conteniendo a la criatura, que no paraba de blasfemar e insultar a Andrés:

—Javier está maldito y tú eres un bastardo y un traidor.

—No le hagas caso. Déjame que te vea.

Su cara estaba desgarrada y de la terrible herida brotaba sangre que le bajaba hasta el cuello.

—No te ha sacado el trozo de milagro. Venga, ve a que te curen y te desinfecten. Ya sigo yo.

—Tus padres están ardiendo en el infierno. Nunca te quisieron por lo que le hiciste a tu hermano. Él es un cabrón y ella una puta.

—Desde luego, qué poco original eres —comentó Gregorio girando la cabeza sólo un segundo; un segundo que bastó para que Andrés se abalanzara sobre el niño, lo cogiera del cuello y lo comenzara a estrangular.

—¡Te voy a matar, te voy a matar!

—¡Abel, Abel que te pierdes! —decía Gregorio intentando sujetarlo sin éxito.

Alertados por la ruidosa trifulca, los padres y el tío de Bernardo entraron por la puerta y al ver el panorama, ayudaron a Gregorio a contener al sacerdote y apartarlo a rastras de la cama. El niño empezó a reír y su madre, horrorizada, prorrumpió en un llanto desconsolado.

—¡Se ha marcado un padre Karras! —gritó Gregorio—. ¡Sacadlo de aquí y cerrad la puerta! ¡Ha perdido el control, que no entre más! Señora, tenga fe y váyase.

Sacaron a Andrés, cuyo rostro era el de la locura, y cerraron la puerta. Gregorio echó el cerrojo y se dio la vuelta encarando al que ya sabía que era un demonio. Ya no había dudas de que el muchacho estaba realmente poseído y se enfrentaba a un auténtico adversario de Dios y de la Iglesia.

—Ahora soy yo el que he cerrado la puerta, porque yo no estoy encerrado contigo; eres tú el que estás encerrado conmigo. Mejor dicho, conmigo y con Dios nuestro Señor.

Cogió el crucifijo y la Biblia, que estaban esparcidos por el suelo, los guardó en su sotana y abrió el maletín, ante la mirada curiosa de la criatura, que comenzó a hablar.

—Por fin solos, Goyete. ¿Has visto lo que he hecho con ese desgraciado? Ha sido por culpa tuya.

—Que sí, que sí —dijo Gregorio—. Y mi madre es tal y mi padre Pascual. ¿Te crees que con esa mierda vas a poder conmigo?

—Llevas muchos años haciendo daño a la gente, Gregorio Márquez, con la excusa de servir al traidor de los traidores. Y lo sabes. En el fondo de tu alma sabes que no haces el bien.

—Dices mucho mi nombre, escoria inmunda, pero no me has dicho el tuyo. ¿Cómo te llamas?

—Mi nombre no es relevante, sólo soy un emisario que viene a traerte un mensaje.

—¿A mí? Joder, qué importante soy y qué anticuado se está quedando el tito Luci. ¿Acaso no sabe que existe el correo electrónico? A ver, elige —dijo mostrando dos frascos de cristal con forma de Virgen—: denominación de origen Lourdes o Virgen de La Cabeza.

—Pronto el Príncipe volverá del infame destierro, tomará el trono que le pertenece y tú serás testigo en primera fila.

—Yo no soy nadie, no merezco tanto honor. Es mi jefe ante quien te doblegarás y quien te arrojará a la cloaca a la que perteneces.

Se acercó a la cama abriendo uno de los botes y sacó el crucifijo.

—Te ordeno Satanás, sal de este niño, siervo de Dios. Te ordeno Satanás, príncipe de las tinieblas, que reconozcas el poder de Jesucristo.

—Siempre has sido tú Goyete, desde que corrompiste tu primera alma; desde que ella se fue. La soberbia y el orgullo son tus pecados y estos alimentan a Lucifer, el único y verdadero Señor.

Gregorio comenzó a verter el agua bendita sobre el cuerpo del niño, produciéndole úlceras alargadas al tocar su piel, como afilados latigazos. Pero no se inmutaba. Seguía con esos ojos amarillos clavados en los de Gregorio, mientras él continuaba acercándose.

—No soy nadie, yo no importo; sólo Dios, nuestro Señor, importa. Vete de esta criatura. Vete en el nombre del Padre, del Hijo y del Espíritu Santo.

—Pronto te enfrentarás al único y verdadero Señor, REFICUL, REFICUL, REFICUL...

El exorcista se arrodilló en la cama ante el pequeño, intentando no escuchar sus palabras e interpuso la cruz entre los dos.

—¡*Crux sancta sit mihi lux. Non draco sit mihi dux. Vade retro Satana, Vade retro Satana*!

—¡Vengo por ti, Gregorio, no por este despreciable niño! —gritó con un atroz desgarro en su garganta y comenzó a arañar su propia cara, provocándose unas profundas heridas.

Gregorio sujetó su mano y gritó aún más fuerte.

—¡No importo, no soy nadie, sólo un siervo de Dios! ¡Abandona este cuerpo, Satanás! ¡Yo te expulso en el nombre del Padre, del Hijo y del Espíritu Santo!

—¡Pronto, Gregorio! Pronto el mundo se teñirá de sangre por tu culpa. Será tu soberbia la que lo hará posible.

Gregorio notaba cómo todos sus músculos se entumecían y le producían un dolor terrible. La mano del niño, que sujetaba para evitar que se infringiera heridas, estaba fría. Notó un poder desatado que comprimía su cuerpo y le impedía respirar. Estaba a punto de desfallecer. Pensó en su fe, pensó en aquel joven inocente, pensó en que era la única arma que podría salvar al muchacho y confió en sacar fuerzas de flaqueza mientras la criatura repetía: «No tienes poder, no puedes hacer nada, sólo mirar como corrompo tu mundo. Y lo verás. Vengo a darte el mensaje de que tu soberbia y tu orgullo desencadenarán el mal y no podrás hacer nada por evitarlo. No puedes combatirme».

—¡No soy yo! —exclamó, al borde de la extenuación, pegando su frente a la del niño—. ¡Abandona este cuerpo! ¡ES DIOS MISMO QUIEN TE LO ORDENA!

Un golpe sacudió la cama. El suelo y las paredes comenzaron a temblar y el niño a convulsionar. Gregorio lo abrazó entre el caos y susurró una última vez: «Es Dios quien te lo ordena». Cesaron las sacudidas y unos tremendos golpes sonaron en la puerta. Eran los familiares de Bernardo intentando echarla abajo. Un último puntapié terminó de descerrajar el pestillo y entraron en la habitación. Encontraron al padre Gregorio con Bernardo llorando en sus manos en unas condiciones lamentables.

—¿Mamá? —dijo el niño con su voz angelical.

—¡Ay, hijo mío! —gritó la mujer corriendo y rodeándolo con sus brazos.

Gregorio bajó de la cama y su debilidad le hizo poner una rodilla en el suelo. Anselmo, el padre del niño, le ayudó a levantarse y le preguntó: «¿Ya ha acabado?».

—Sí. El demonio ha abandonado el cuerpo de su hijo. Ahora está bendecido por Dios. Cúrenlo y en unos días estará completamente recuperado.

Terminando de decir esto, el sacerdote se desplomó y perdió la consciencia.

2. Cancelado

Una de las cosas que le gustaban a Gregorio de viajar en metro es que nadie miraba a nadie dentro de aquellos trenes que chirriaban en los túneles; ni siquiera a un señor con pantalón vaquero azul, camisa negra con alzacuellos y una gorra de Los Angeles Lakers. Se recostó en el asiento, se ajustó los auriculares inalámbricos y, embriagado por los acordes de Tubular Bells, echó un último vistazo a la carta de citación del Arzobispado de Madrid. En la primera parada accedió a su vagón un hombre ataviado con un poncho y un vistoso gorro andino multicolor, que solía amenizar los trayectos de la línea cinco tocando una flauta travesera. Gregorio lo conocía de verlo en la Plaza de Quintana, cerca de su casa, gastándose los cuartos en cerveza con sus inconfundibles gafas redondas, y paró la música para escucharlo. Cuando se anunciaba por megafonía la siguiente escala en el recorrido, el hombre dejó de tocar y se dio una vuelta buscando alguna propina entre los viajeros que, en su mayoría, ni se dignaron a levantar la vista. Gregorio sacó un billete arrugado de cinco euros y extendió la mano al paso del músico callejero. Pensó en acompañar su dádiva con algún consejo o pequeño sermón, pero decidió que no era nadie para juzgarlo sin saber: «si su deseo es gastarlo en bebida, sea pues». Fue el trovador, en cambio, quien le dio un misterioso consejo, cuando, cogiendo el billete, rodeó con sus manos la del sacerdote y dijo:

—No se aparte del camino de La Iglesia, padre. Haga caso a quien está por encima de usted y sirva a quien está por encima de todos.

—¿Cómo dices? —preguntó Gregorio atónito.

Pero ya era tarde; el hombre salió presto del vagón para entrar en otro antes de que se cerraran las puertas y seguir con su tortuosa labor. Para mayor sorpresa, Gregorio vio que no se había quedado el dinero; se lo había vuelto a soltar en la mano. Pensó que la única explicación lógica era que, de algún modo, hubiera podido leer la carta que había abierto y sostenía sobre sus piernas, pero aquella idea se le antojó descabellada y poco menos que imposible. Concluyó en no dar más vueltas al asunto, seguir escuchando música y prepararse para su encuentro.

Subió las escaleras de la estación cuya boca vomitaba gente en la bulliciosa Plaza de Callao, que cruzó inmerso en sus cavilaciones, y anduvo por la angosta Calle del Postigo, desembocando en la Plaza de Las Descalzas y continuando por San Martín hasta la Calle Mayor, llegando en pocos minutos a la gran explanada flanqueada por el Palacio Real a su derecha y la Catedral de la Almudena, su destino, a la izquierda. La gran puerta principal estaba cerrada y las visitas turísticas aún no habían comenzado. Gregorio entró al templo por la puerta de la izquierda, llamada Puerta de la Historia de España, y se acreditó ante el vigilante, poniéndole al tanto de su reunión. Éste le informó de que Monseñor Fernández aguardaba su llegada en el claustro y le invitó a pasar. Gregorio cruzó a través de las dependencias obispales, próximas a la entrada, y accedió al gran patio donde el arzobispo de Madrid cruzaba sus manos por detrás de la espalda y paseaba con la cabeza alzada, abstraído en la contemplación de las musas o las musarañas, dejando a elección del lector cualquiera de las posibilidades. Gregorio eligió pensar la segunda.

—Reverendísimo señor —dijo el sacerdote acercándose, descubriéndose y haciendo el ademán de besar su anillo al encontrarse con su superior a los pies de la Virgen de la Almudena, que presidía el claustro desde el centro del patio.

—Vamos a dejarnos de formalismos —le respondió el arzobispo poniendo sus manos en los hombros de Gregorio—. ¿Cómo estás?

—No me puedo quejar; bueno en realidad sí, pero de qué me serviría. ¿Quién me iba a escuchar, Dios?

—Bien. Primera frase y primera blasfemia. Me alegra saber que hay cosas que nunca cambian. Acompáñame, por favor.

Ambos comenzaron a caminar entre la estatua y los muros mellados por ventanales de medio punto y siguieron paseando al abrigo de su silencio. El arzobispo era un hombre muy alto, con buena percha para tener sesenta años, que tenía una perfecta cara de cura: rostro redondo, ojos pequeños tras gafas de montura fina, nariz discreta, labios estrechos que convertían su boca en una raya y un escaso pelo blanco, batiéndose en retirada desde su amplia frente y del que no había rastro en su coronilla; en general, unos rasgos suaves y amables que inspiraban confianza a no ser —según el criterio de Gregorio— que el observador hubiera estudiado en un colegio católico y supiera que los profesores con ese aspecto solían ser los peores. Pero Monseñor Fernández era una excepción; era un hombre justo, comedido y lo suficientemente cabal como para no empezar a hablar hasta que hubo encontrado el modo de afrontar un tema tan espinoso.

—Ay, Gregorio, qué hacemos contigo.

—Para empezar, explicarme qué hago aquí, porque me tienes en ascuas, Manolo.

—La de tiempo que hacía que nadie me llamaba así —murmuró el arzobispo para seguir hablando en tono más recio—. Estarás al tanto de la situación del padre Andrés Esteban, ¿verdad?

—¿Quién?

—¡Gregorio, por favor!

—Ah, es verdad, que me ha bailado el nombre... Pues una pena. ¿Ha cambiado algo en los últimos días?

—Nada. Sigue ingresado en el ala mental del hospital con un siete en la cara. No tiene buena pinta. Explícame cómo pudo pasar eso y cómo pudiste permitirlo.

—Ya veo de qué va el asunto; se me intenta responsabilizar por lo sucedido en mi último exorcismo, por otra parte, exitoso.

—¿Exitoso? Tenemos a un sacerdote joven que ha perdido la cabeza. ¿Cómo puedes llamar éxito a eso?

—Porque el niño, nuestro objetivo, una criatura inocente, un miembro del rebaño que debemos proteger, se salvó. Y el cura es un soldado de Dios herido en combate. Él ha caído haciendo su trabajo.

—¡Su trabajo es ser el párroco de la Iglesia de Villacaños! —levantó la voz el arzobispo—. Trabajo que ahora tiene que hacer un sacerdote que lleva dos iglesias a la vez. No estamos para perder clérigos precisamente.

Gregorio trató de establecer un perímetro de seguridad entre su pensamiento y sus palabras e intentó calmarse en la medida de lo posible.

—Monseñor, viendo el cariz de la conversación prefiero llamarle así...

—No me vengas con esas, hombre.

—Déjeme terminar, por favor. Creo que olvida usted, o más bien ustedes, la esencia de nuestro cometido. Bien que ese hombre estuviera asignado a una parroquia para hacer cosas de parroquia; si tiene que servir a La Iglesia en una misión especial, debe estar preparado. No es mi culpa que los curas nuevos sean unos blandos y, por otra parte, no imagino a un general pidiendo responsabilidades a un sargento por perder a un soldado en una batalla ganada en la que se siguió el protocolo.

—Vale, según tú se siguió el protocolo. ¿Y dónde estaba el médico? Ese médico que la ley canónica exige que esté presente en un exorcismo.

—No me jodas, Manolo.

—¡Vaya, vuelves a tutearme!

—Sí, porque sabes de sobra que estorban más que ayudan. Además ahora podríamos tener a dos personas con gorros de Napoleón hechos con papel de periódico, en lugar de una.

—¡Por el amor de Dios! —cerró los ojos y se santiguó resoplando y rogando el perdón de su Dios por nombrarlo en vano—. Fui yo quien me peleé por ti con el tribunal eclesiástico para la aprobación de este exorcismo y llevo haciéndolo muchos años, pero ahora mi apoyo ya no basta. Se te revoca la licencia de exorcista, cautelarmente, hasta que se estudie qué hacer contigo.

—Soy miembro de la Asociación Internacional de Exorcistas. Sólo El Vaticano puede hacer eso.

—¿De dónde crees que viene la orden? Ahora mismo ni tus amigos de Roma pueden ayudarte.

—¡Joder! —exclamó Gregorio ofuscado, alejándose del arzobispo.

—Gregorio, entiéndelo. Haces lo que te da la gana: has practicado exorcismos por tu cuenta, sin autorización de la Iglesia, das conferencias en convenciones de cine de terror y, cómo no, tu célebre página web. ¿Te crees que no la he visto? ¿Qué es eso del «posesiómetro»? ¿Una encuesta para calcular cuán endiablado está el afectado? ¿Y los exorcismos preventivos? ¿Y vender agua bendita en botellitas de…? ¿Cómo se llama esa bebida?

—Jägermeister.

—Eso. Pues son cosas intolerables, Gregorio. No puedes seguir así y menos ahora que está cerca la visita del Santo Padre y nos miran con lupa.

—Sencillamente estoy adaptándome a los tiempos, intentando llegar a la gente joven a través de las nuevas tecnologías, llamando su atención. ¿Es que no ves que nos hemos quedado anticuados? Necesitamos una revolución y ahora que por fin, después de muchos años, tenemos un papa español al que tú y yo hemos conocido antes de serlo y sabemos que es un gran tipo, debemos aprovechar para cambiar cosas. Para empezar, se han llevado en secreto casos de pederastia en la Iglesia, en vez de mostrar transparencia y mano dura con esos malnacidos.

—Esas cosas hacen mucho daño a la Iglesia y no se pueden airear a la ligera.

—Lo que hace daño es la opacidad, el secretismo. Hay que condenar al infierno a esos monstruos públicamente y pedir que los encierren en una cárcel y tiren la llave. Y otra cosa, hay que acabar con el celibato. Es lo único que salvaría nuestra institución.

—¿Ahora te quieres casar, Gregorio? —comentó el arzobispo con cierta burla en su tono.

La cara de Gregorio se tornó en ira y clavó la furia de su mirada en su interlocutor.

—Sabes que ya estuve casado y que yo no lo pido para mí.

—Discúlpame, ha sido una broma sin gracia —rogó el arzobispo cariacontecido.

—En fin, que eso, que ni Dios quiere meterse a cura ya —Monseñor Fernández se volvió a santiguar—. Los jóvenes ya no quieren condenarse a una vida abrazando el celibato y la soledad, sin poder formar una familia, reprimiendo los instintos; cosa que, a tenor de lo que dije antes, es un caldo de cultivo para los enfermos mentales. Quita el celibato y habrá hostias para hacerse cura.

—Gregorio, por favor, que voy a acabar con agujetas en el brazo —comentó el arzobispo tras concluir otro santiguo.

En ese momento irrumpió en el claustro el Prelado Territorial, un hombre estirado, calvo, con gafas redondas y una gran nariz.

—¡Coño, Mortadelo! ¿Cómo estás? —exclamó Gregorio con sonrisa pícara.

El prelado lo miró con desprecio y rehusó contestar, dirigiéndose al arzobispo:

—Monseñor, le reclama una llamada del Cardenal.

—Gracias, Jorge, ahora voy.

Se retiró y Monseñor Fernández siguió hablando.

—No lo has tragado nunca, ¿eh?

—Pues no. Siempre ha sido un remilgado y un trepa. Me cae como una patada en los cojones.

—Bueno, Gregorio, que tenemos que terminar. Tómate muy en serio esta suspensión. Reflexiona, relájate y quiero que en unas semanas volvamos a hablar. Te puedo colocar, prácticamente, en la parroquia que quieras: vida tranquila, un rebaño del que cuidar, tiempo para tus cosas…

—Pareces no comprender la importancia de mi trabajo. Deberías haber estado en este último exorcismo y haber mirado al mal a los ojos, porque esa sí fue una posesión real y, lo que es peor, un anuncio de que viene algo más grande; algo gordo. Tengo un muy mal presagio y pienso estar preparado. Buenos días, Reverendísimo señor —concluyó dándose la vuelta y marchándose airado.

—¡No te dejes dominar por tu orgullo!

—Caramba, eres la segunda persona que me dice eso en menos de dos semanas.

—¿Quién fue la primera?

—Si te lo dijera, Monseñor, tendría que exorcizarte. Hasta luego.

—Que Dios te guíe, amigo —murmuró el arzobispo observando cómo Gregorio abandonaba el claustro.

A Manuel Jesús Fernández Galera, arzobispo metropolitano de la Archidiócesis de Madrid, le quedó un sabor agridulce de la reunión con su amigo Gregorio Márquez. Él había sido, primero, su alumno en el seminario y después, cuando hubo sido ordenado, su pupilo y su protegido. Siempre le llamó la atención aquel hombre que decidió tomar los hábitos relativamente tarde, después de haber estado casado y llevar una vida que poco o nada había tenido que ver con el catolicismo. Siempre admiró su determinación para conseguir el que, desde el principio, fue su principal objetivo: hacerse exorcista; consiguiéndolo pronto y granjeándole una serie de amistades entre las más altas esferas vaticanas que usó para medrar en la carrera política de su mentor. El ahora arzobispo le debía mucho a Gregorio, que nunca tuvo el propósito de ascender en la jerarquía eclesiástica, pero hizo lo posible para que él sí lo hiciera. Era un hombre íntegro y nada ambicioso, pero soberbio y orgulloso. Manuel decidió dedicar sus próximas plegarias a su amigo y desear que entrara en razón.

Esa misma noche Gregorio rodeaba un edificio y se dirigía a la parte trasera del complejo donde estaban los aposentos de las Religiosas Esclavas del Sagrado Corazón de María, monjas y a un tiempo profesoras del colegio católico del mismo nombre. Se encaramó con dificultad a la valla de forja que delimitaba un patio interior, llegando a la parte superior, donde unas lanzas puntiagudas y verticales amenazaban su entrepierna al franquearlas. Descendió por el otro lado y, con un pequeño salto, puso los pies sobre un mullido césped. «Ya no estoy para estas cosas», pensó mientras se ajustaba la mochila, se dirigía a una puerta pequeña protegida por la negrura y sacaba el teléfono móvil.

«Ya estoy aquí. Abre o echo la puerta abajo», tecleó.

«No hay huevos», recibió como respuesta.

«Venga, abre, que está muy oscuro y tengo miedo».

Se abrió la puerta, lenta y sigilosamente, y asomó la cabeza una mujer que, cruzando sus labios con el dedo índice, le invitó a pasar. Una vez dentro, cerró con igual pulcritud e hizo un ademán para que Gregorio la siguiera. Avanzaron con la escasa iluminación que proporcionaba el teléfono de Teresa hasta una puerta que aguardaba entreabierta. Pasaron y ella la cerró con pestillo.

—Joder, Tere, si no eres monja de clausura ni nada, yo no sé por qué no te alquilas un piso y dejas de vivir en esta mazmorra.

—¿Tú sabes cómo están los alquileres en Madrid?

—Claro que lo sé, porque yo pago uno. No soy un rata ni pretendo ser el cura más rico del cementerio —dijo rebuscando en su mochila y sacando una pequeña bolsa con dos bultos envueltos en papel de aluminio—. Kebabs, comida sarracena, comida impía; una deliciosa transgresión.

—*Ego te absolvo*, Goyo, te has ganado el cielo pecando —dijo Teresa cogiendo y desenvolviendo uno.

Se sentaron en un sofá viejo pero confortable y comenzaron a dar buena cuenta de los bocadillos. Gregorio preguntó por la situación en el convento de cara a una velada inapropiada y prohibida.

—No te preocupes, en esta zona ya estoy yo sola; podemos estar tranquilos. Además la madre superiora duerme en el ala opuesta y está más sorda que una tapia.

—Eso espero, porque no me gustaría que se presentara aquí por sor-presa.

—De verdad, ¿no te cansas de hacer siempre la misma broma?

—Anda, mira en la mochila —le indicó Gregorio.

Teresa rebuscó en la mochila desgastada y sacó una película en formato *blu-ray*.

—¿*Como Dios*? Esta ya la hemos visto.

—Sí. Y no sólo una vez, pero siempre alegra ver hacer de las suyas a Jim Carrey.

—Hay un problema, yo tengo DVD pero no reproductor de *blu-ray*.

—¡No fastidies! Si me lo hubieras dicho habría traído la videoconsola, que sí tiene.

—Bueno, no pasa nada, de todas formas esta noche ponen *Forjado a Fuego* en la tele. Empieza en veinte minutos.

Gregorio refunfuñó al escuchar aquellas palabras. Unos meses antes él estaba viendo la televisión de noche y se encontró con ese programa. Conocía de pasada ese formato americano por otros espacios televisivos como *Empeños a lo Bestia*, pero cuando encontró *Forjado a Fuego* quedó completamente hipnotizado. No pudo despegar la vista de la pantalla, encandilado y ansioso por saber si la espada de Larry, de Idaho, iba a cortar el marrano colgado de una cuerda cuando fuera blandida por Doug Marcaida; o si el cuchillo de Joe, de Montana, iba a soportar los embates a un cráneo de vaca. Estaba ante un programa fascinante y tan rebosante de testosterona que le hizo sentirse más hombre, sobre todo cuando el tipo de rasgos orientales dijo: «Enhorabuena, su arma mata». Al día siguiente se lo comentó a su amiga Teresa y ella le respondió con desprecio: «¿No había un programa más "machirulo"?». Pero parece ser que despertó su curiosidad y el virus de *Forjado a Fuego* acabó entrado en ella implacablemente; desde entonces era una fanática y Gregorio sentía que su amiga sor Teresa le había robado el programa.

—Menos mal que no te gustaba.

—Calla, calla. Me vuelve loca. Y encima el presentador es un bombón.

—Vaya ejemplo de monja —comentó riendo Gregorio.

—¡Mira quién fue a hablar!

Terminaron de comer sus kebabs y Gregorio encendió un cigarro mientras Teresa abría otra lata de cerveza. Era el momento de sincerarse. Había estado esquivando la conversación pero, por otro lado, tenía ganas de contarle sus penas a su mejor amiga y desahogarse.

—Que me han echado, Tere.

—¿Cómo que te han echado?

—Pues eso, han revocado provisionalmente mi permiso para practicar exorcismos por lo que te conté de aquel cura que se ha quedado medio gilipollas.

—Pero es provisional. Tómatelo como un tirón de orejas y verás cómo en poco tiempo estás otra vez gritando en latín con tu bote de Cristasol relleno de agua bendita.

—Ahora uso uno más pequeño, así redondo, que me compré en los chinos.

—Bueno, como sea, pero sabes que tienes en el bolsillo al arzobispo.

—Yo que sé, Tere. Esta vez es diferente. De momento hasta que no pase la visita del Papa, nada. Creo que se han hartado de mí y yo no sé hacer otra cosa. Tú lo sabes. Desde que nos conocimos en Nicaragua no me has visto hacer otra cosa.

—A Kevin no le va a dar tiempo a templar —comentó Teresa pendiente de la televisión.

—¿Pero qué narices? Te estoy hablando.

—Y yo te estoy escuchando. A ver, Goyo, eres muy tremendo; yo creo que será temporal. De todos modos también podrías plantearte cambiar un poco. No sé, ser más comedido, llamar menos la atención.

—Yo soy como soy. Hasta ahora mis resultados han sido buenos y ese tío no tiene ni puñetera idea de usar la amoladora.

—¿A que no? —apostilló Tere—. Se está cargando el filo del cuchillo y se va a romper en la prueba de fuerza.

Los dos abandonaron la conversación para centrarse en el programa de televisión, celebrando con mucho entusiasmo que Doug Marcaida dijera: «señor, su cuchillo mata». Ella se retiró a su habitación una hora después y Gregorio se quedó durmiendo en el sofá hasta la mañana.

Teresa Vilches tenía unos muy bien llevados cuarenta y siete años. Tomó los hábitos y se casó con Dios a la edad de veintidós, tras acabar la carrera de historia, por una vocación humanitaria que poco después pudo desempeñar en una misión en Nicaragua. Allí conoció a Gregorio Márquez, un sacerdote todavía inexperto por aquella época, que ya era el alma de las fiestas y destacaba en la batalla contra el Diablo por su pericia practicando exorcismos. Congeniaron desde el principio de una manera excepcional, haciéndose amigos íntimos y llevando su confianza hasta terrenos que, más de una vez, levantaron suspicacias y habladurías entre el clero. Pero siempre les dio igual. Su relación era tan pura que ignoraron o se mofaron de aquellas habladurías y siguieron siendo un ejemplo de respeto mutuo de puertas adentro. Cuando se cansó de dar tumbos por el mundo, cursó un par de másteres y usó su formación académica para ejercer de profesora en un instituto religioso de disciplina laxa para las hermanas, que le permitía centrarse en sus alumnos y la comunidad y no perder el tiempo, según ella, en aislamientos innecesarios. Teresa era una mujer muy inteligente y preparada, que se había formado con brillantez en el ámbito que más le apasionaba y llevaba ese entusiasmo a la docencia. Siempre había sido muy atractiva y seguía conservando gran parte de su belleza. Las suaves formas de su agradable rostro apenas habían sido hendidas por arrugas y las que tenía estaban muy bien repartidas y le daban un aire interesante. Tenía unos ojos negros y grandes enmarcados por largas pestañas tupidas. Su nariz era pequeña y tocada por el rescoldo de unas pecas infantiles y sus labios muy bien rematados y sugerentes. En su larga melena ondulada y oscura, había aflorado alguna que otra cana que ella teñía, pues le gustaba ser coqueta; solía maquillarse, algo que muchas compañeras suyas no hacían, y usar potingues de todo pelaje para ver su piel esplender en el espejo. De vez en cuando le gustaba transgredir alguna norma, como quedar con Gregorio extramuros o hacer que la visitara cual adolescente, como esa noche; una noche forjada a fuego con cerveza y comida turca.

—Gregorio, levanta y escóndete en mi cuarto.
—¡Qué pasa! —preguntó él desperezándose.
—¿No has oído la puerta? —le volvió a susurrar.

Entre los dos recogieron las latas de cerveza vacías, los plásticos, el cenicero y él huyó hacia su habitación.

—Lo que más me jode es tener que esconderme sin haber echado un polvo —dijo con ironía.
—Anda, tira —animó ella entre risas.

Gregorio oyó a Teresa hablar con otra mujer, mientras él trataba de espabilarse en silencio. Cerraron la puerta y ella entró a avisarle de que ya no había peligro.

—Pero te tienes que ir ya.
—Voy, joder —dijo gruñendo.

La monja se asomó primero para asegurarse de que había vía libre e indicó a Gregorio que ya podía salir.

—Una cosa: ahora cuando salgas al jardín trasero, ten cuidado con el perro. No le gustan los curas.

—¿Qué perro?

—Adiós, Goyete, nos llamamos.

—Hasta luego, corta-rollos.

Gregorio salió con precaución, avizorando la zona ajardinada en la que amanecía aquel silencioso domingo. No vio a ningún perro y respiró aliviado, andando hacia la verja y procurando no hacer ruido. De pronto un animal se cruzó en su camino y comenzó a bufar a discreción con unos ladridos casi imperceptibles, debido a su ronquera y su endeblez.

—¿Pero qué demonios eres tú? —dijo Gregorio.

Un chucho maltrecho, diminuto, viejo y malformado, se revolvía en un violento arrebato de cólera, moviéndose en círculos mientras emitía aquellos sonidos angustiosos. Era de un nada homogéneo color negro y parecía estar deshilachándose mientras convulsionaba de puro odio. Gregorio observó que cojeaba y que, en realidad, no le estaba mirando a él, debido a la ceguera que parecía afectarle y se evidenciaba en sus ojos pálidos. El perro paró un instante para toser y sentarse sobre sus cuartos traseros a rascarse la oreja. Tras esa pausa continuó con su tormenta de reproches caninos.

—Creo que no hay exorcismo que te cure a ti, amigo —dijo Gregorio recordando la advertencia de Teresa y encaramándose a la valla.

3. El Padrino

Lo peligroso de perder el propósito de una vida es que puede llevar al afectado a buscar uno nuevo en lugares incorrectos. Gregorio, despojado de la autoridad para ejercer su oficio, cayó en las garras del desencanto y trató de sanar las heridas de un inmerecido oprobio bebiendo en las tabernas; haciendo de su vida un drama, de su capa un sayo y de su sayo una mortaja. Surcó, durante dos semanas, los farragosos lodos de la autocompasión y anduvo la vereda de la autodestrucción como mejor sabía.

—Ponme otra —demandó desde la barra de La Carreta, bar que nadie llamaba por su nombre, prefiriendo usar el de su camarero, gerente y propietario Alfonso.

—Aquí tiene, padre. Le voy a poner una tapa de ensalada de agujetas de las que me traen de mi tierra.

—Esas agujetas llevan en la barra desde que Juan Pablo Segundo era monaguillo, Alfonso. Se pueden catalogar como fósiles perfectamente.

—Pero qué dice, si son fresquísimas —dijo el rudo camarero, llenando un pequeño plato blanco de la bandeja colindante a la de los chorizos incrustados en grasa roja y sólida, bajo una urna de cristal estampada en churretes.

—Como te iba diciendo, Felipe...

—Me llamo Fernando, padre —protestó el ebrio interlocutor de Gregorio.

—Pues yo te bautizo como Felipe, en el nombre del Padre, etcétera, etcétera —dijo bendiciendo con su mano—. Así ya no me equivoco más de nombre. Pues eso, que antes de ser cura estuve novio con Rosario, la hija de Lola Flores. Como a sus padres, la Lola y el «Pescaílla», que en paz descansen, no les gustaba yo porque no era gitano, nos fugamos. ¡Alfonso!, ¿tienes pescadilla de tapa?

—No me queda —contestó.

—¿Cómo que no te queda? ¡Si no has tenido nunca! —replicó el parroquiano que escuchaba el relato de Gregorio.

—Para estar dando por saco, vete a tu casa —le respondió Alfonso malhumorado—, que cuando llegues no te va a conocer tu mujer. Macho, todo el día aquí metido...

Alfonso solía tratar con la punta del pie a su, habitualmente, necia clientela; a excepción de Gregorio con quien era diligente y educado, siendo el sacerdocio la única profesión que, hasta la presente, parecía respetar aquel patán con delantal, abundante vello hirsuto en sus brazos y uñas enlutadas. La taberna que regentaba era una mera extensión de su persona: sucia, tosca y anticuada. Posiblemente era de los últimos reductos de una España en extinción; la España del carajillo y del sol y sombra, la de los puritos Dux, la de tirar las cáscaras de gamba a un suelo cubierto de serrín, la de hablar a voces. Sobre la barra de madera, hendida por las rasgaduras del tiempo y enfoscada con una crasa amalgama de porquería, el expositor de tapas mostraba una serie de comistrajos que añejaban desde las bandejas de acero rectangulares, cubiertas con una cristalera donde entraban las moscas por proteger su vida ante la amenaza de la bayeta andrajosa que, con pericia, Alfonso manejaba como un arma. Gregorio era un asiduo de tan fascinante antro y, en las últimas semanas, con mayor prestancia de la aconsejable.

—Pues nos tuvimos que ir Rosario y yo —prosiguió Gregorio— a una habitación con derecho a cocina de un barrio de Jerez. Allí, dentro de lo que cabe, estábamos bien; nos sacábamos un dinerillo tocando yo la guitarra y cantando ella por los tablaos de la zona, pero luego se fue todo al garete. Como mi Charo, yo la llamaba así, se ponía a freír sardinas todas las mañanas... ¡Alfonso! ¿Tienes sardinas?

—¡No me quedan!

—Bueno, pues que liaba un pestazo en toda la corrala que nos acabaron echando y nada, se volvió con sus padres y yo me vine para Madrid porque me buscaba toda la familia para matarme o casarme que, por aquellas fechas, venía a ser lo mismo para mí, que era un cabra loca.

—Joder, padre, es usted un *crack* —dijo el hombre, levantando su caña de cerveza.

—Ahora salimos y nos echamos un porrillo —respondió Gregorio aceptando el brindis y sacando del bolsillo una piedra de hachís.

Llevaba tanto tiempo con aquella china de chocolate que ni siquiera recordaba de dónde la había sacado. Nunca había consumido de ella, pero le gustaba mostrarla, para darse aires de cura alternativo y moderno, casi tanto como inventar historias para encandilar a sus contertulios en los bares de mala muerte, consiguiendo no pocas invitaciones.

—Entonces es usted sacerdote de verdad, ¿no? —preguntó alguien que había tras él en la barra.

Gregorio se giró y vio a un hombre de su misma edad pero muy diferente condición. Era bien parecido y rellenaba con estilo un suntuoso traje italiano, visiblemente caro. Su pelo negro, engominado y peinado hacia atrás, brillaba como un disco de vinilo y tenía una faz simétrica, donde unos ojos azules destacaban como rasgo más llamativo. El escrupuloso apurado de su afeitado le dotaba de unas mejillas y barbilla límpidas que emanaban el aroma de una loción embriagadora. Su porte y su elegancia le daban un aspecto distinguido que su acompañante no tenía, a pesar de ir igualmente trajeado. Era éste un hombre de unos treinta años, robusto, fornido, con un rostro contundente que pareciera esculpido en piedra. El mentón que se adivinaba bajo su poblada barba, sus prominentes pómulos y el reborde pronunciado de sus cejas, le conferían un aspecto feroz que se incrementaba con su estatura, cercana a los dos metros. Cruzaba sus enormes manos delante de su cintura, como un guardaespaldas, y miraba atento a Gregorio, a quien extrañó una clientela tan poco habitual.

—Pues sí, soy sacerdote. Pero no un sacerdote cualquiera; soy exorcista. Y no un exorcista cualquiera, soy un pepino de exorcista.

—¿Un exorcista? Vaya, eso es fascinante.

—Bueno, tiene sus pros y sus contras, como todo.

—De verdad, me cuesta creer que esté conociendo a uno auténtico —dijo el hombre.

—Pues crea, crea. Aquí tiene mi tarjeta.

Gregorio Márquez Laguna
Exorcista

Tratamiento de todo tipo de posesiones demoníacas, males de ojo y maldiciones.
Especialista en exorcismos preventivos.
TLF: 6592699865
Email: GoyoML666@yahoo.com
Página Web: www.tuexorcismoonline.com

—Vaya, es fantástico. Se ve que es usted un profesional —dijo pasándole la tarjeta a su guardaespaldas.

—En efecto, es a lo que me dedico y más de veinte años de experiencia me avalan; además soy miembro de la Asociación Internacional de Exorcistas. De hecho, le contaré una cosa, amigo mío... —dijo extendiendo su mano.

—Oh, perdone, que no me he presentado —respondió estrechándola—. Gabriel y este hombre es mi ayudante.

El fortachón sólo asintió levemente mirando a Gregorio, sin relajar el frunce de su ceño.

—Pues como le decía, don Gabriel... Por cierto, tiene usted nombre de arcángel... Como le decía, yo me formé con una leyenda, el padre Gabriele Amorth, tocayo suyo y el más grande exorcista de todos los tiempos, que falleció, Dios lo tenga en su santa gloria, hace siete años. ¿Lo conoce?

—No tenía el gusto.

—¡Vaya! Qué injusta es la vida. En fin, que él fue mi maestro y, tras abandonar su tutela, he forjado una carrera como exorcista en la que llevo, si mal no recuerdo, más de mil intervenciones, siendo algunas de ellas memorables y muy comentadas en mentideros eclesiásticos.

—Me abruma, don Gregorio, tal vez debería pedirle un autógrafo —comentó sonriendo.

—No es para tanto, hombre. Además no me gusta ser vanidoso.

—Ya veo, ya. Padre —dijo bajando la voz y acercando su cara a la del sacerdote—, me gustaría comentarle una cosa en privado; fuera, si es posible y usted tiene a bien salir.

—Por supuesto, Miguel, vayamos para la calle. ¡Alfonso! —exclamó encaminándose al exterior— apúntame esto en la cuenta, no vaya a ser que me secuestren y no vuelva en un tiempo.

—No, padre, permítame invitarle —manifestó Gabriel.

—No hace falta...

—Insisto —dijo poniendo un billete de cincuenta euros sobre la barra—. Quédese con el cambio.

Alfonso cogió el billete y, mientras Gregorio y sus dos acompañantes salían del bar, se oyó reclamar a quien poco antes bebía con Gregorio:

—Ahí entra también lo mío.

—No, tú pagas, so borracho —le increpó el barman.

Varios niños jugaban a la pelota en la plaza ante el recelo de un grupo de madres que charlaban en un banco de madera, oreando a sus vástagos en carricoches y temiendo un pelotazo. Un reducto de adolescencia rebelde y ropa infame se pavoneaba desde otro mientras sus jóvenes ocupantes fumaban marihuana. El padre Gregorio hubiera ido a darles la murga de no ser porque aguardaba, apurando un Ducados junto al mostrenco de barba recia, a que Gabriel concluyera la llamada que había empezado nada más salir del bar de Alfonso y le pusiera al corriente del motivo de su petición. Colgó el teléfono y se dio la vuelta, acercándose de nuevo a Gregorio, mientras un gran coche negro de alta gama se aproximaba a su posición:

—Le voy a pedir, padre, que nos acompañe.

—¿Para qué?

El coche se detuvo y Gabriel abrió la puerta, invitando a subir al sacerdote.

—Un momento. O me dice qué pasa o no me subo.

—Súbase ya, haga el favor —le pidió de nuevo el elegante personaje, viéndose obligado Gregorio a obedecer, más por la mano del coloso apoyada con fuerza y empuje descendente sobre su hombro que por la petición de Gabriel.

Entró en el asiento trasero de la lujosa berlina de cristales tintados, tirando de chascarrillo para intentar evitar lo que, a todas luces, era un rapto:

—Oye, que lo que he dicho antes del secuestro era de broma, que os lo tomáis todo muy a pecho.

—Cállese —dijo el hombre robusto sentándose junto a él y cerrando la puerta.

Gabriel se montó en el asiento del copiloto e instó al chófer a emprender la marcha. Gregorio observó que a su izquierda había alguien, que ya estaba cuando entró, y, por tanto, se encontraba en medio de dos personas. Levantó la vista y lo miró, descubriendo a un hombre idéntico a quien le había obligado a entrar y se sentaba a su derecha.

—¡Coño, si están repetidos!

—Qué pasa, don Gregorio, ¿nunca había visto a dos gemelos? —le preguntó Gabriel.

—Sí, pero creía que dejaban de vestirse igual con once años. Bueno, ¿nadie me va a poner una capucha o cómo va esto? Es que soy lego en la ciencia del secuestro.

—No se preocupe, padre —dijo el de su izquierda.

—¡Habla igual el hijo puta! —exclamó Gregorio—. Bien, pues contadme de qué va esto; sé que no es por dinero, así que me quedo sin ideas.

—¿Conoce usted a don Florencio Sánchez de Castro y Valdivia? —preguntó Gabriel.

—Lo conozco yo y los otros cincuenta millones de españoles, pero por un nombre más corto: Florencio Sánchez o el Padrino de Concha Espina. Es el mayor empresario del país y, si las malas lenguas están en lo cierto, también el mayor mafioso.

—Las supuestas actividades delictivas de mi representado y cualquiera de sus corporaciones no son más que meras conjeturas, no hay nada demostrado.

—¿Su representado?

—Sí, soy el abogado de la familia.

—O sea, que eres Tom Hagen. ¿Habéis visto *El Padrino*, no? —preguntó a sus dos custodios en el asiento trasero.

—¿Pero la peli entera? —dijo el de la izquierda.

—No, señor —intervino Gabriel visiblemente enervado—. Como le he dicho, es un negocio legal.

—No te enfades, hombre. Además Robert Duvall ya estaba medio calvo en los setenta y tú tienes pelazo —comentó con sorna Gregorio, que había empezado a tutear al abogado desde que se supo raptado—. ¿Se puede fumar aquí?

—Sí —respondió el chófer.

—No —dijo Gabriel.

—Pues nada —continuó Gregorio guardando el paquete de tabaco que acababa de sacar—. Entonces usted es el abogado de Florencio Sánchez; bien, ¿y qué quiere de mí?

—Necesito su presencia en la mansión de la familia. Una vez allí se le informará de todo lo que necesite saber. Mientras tanto, relájese y... ¡Vamos a callarnos de una puta vez!

—Vaya un carácter —susurró Gregorio.

El hombre de su derecha permaneció impertérrito, como había estado desde que lo conocí, y el de su izquierda le hizo un gesto infantil quitando importancia al asunto. Gregorio apoyó la cabeza en el respaldo y cerró los ojos.

La verja de entrada ya se estaba abriendo cuando llegaron. Ascendieron por un camino interior que se adentraba en una finca recóndita situada en las afueras del norte de Madrid. Tras unos minutos, alcanzaron un llano donde el pavimento pasaba a ser de adoquines y hacía temblar levemente el coche. Llegaron a una explanada en forma de plazoleta que servía de colofón del camino y de antesala de una enorme, fastuosa y señorial mansión. El coche se detuvo y bajaron sus ocupantes, quedándose Gregorio admirando la excesiva opulencia de la fuente de mármol que presidía la plazoleta.

—Luego no quiere que lo llamen mafioso —comentó.

—Por favor, acompáñeme —pidió educadamente el abogado.

Gregorio se dirigió a la casa tras él, flanqueado por los dos temibles gemelos. Pasaron por el majestuoso atrio, bajo un pórtico levantado sobre columnas de estilo romano ornamentadas en su base, y atravesaron la gran puerta, entrando por un recibidor tan lujoso y de tan magnas dimensiones que a Gregorio le pareció estar entrando en una catedral. El mármol del suelo brillaba como un espejo y los techos abovedados lucían ornatos barrocos y dorados. La exuberancia de los jarrones y piezas históricas encerradas en vitrinas de cristal era abrumadora, así como las estatuas clásicas que destacaban por doquier. En las paredes pudo apreciar cuadros de ilustres autores, algunos de ellos dados por perdidos tras noticiosos robos en museos importantes y, supuestamente, inexpugnables. Anduvieron por el ala central del edificio hasta una sala con grandes puertas de madera donde aguardaba una señora. Estaba de pie, mirando una chimenea tan mayúscula y lujosa que a Gregorio le hubiera dado pena encender y, al ver entrar a la comitiva, se giró hacia ellos y habló a sus empleados.

—Por favor, dejadnos solos.

Los tres hombres se retiraron y cerraron las puertas, dejando en el salón a Gregorio y a la mujer, que se dirigió hacia él. Caminaba con toda la distinción de la que disponía, que no era poca, notándose que exageraba e impostaba para demostrar que había bebido de mieles aristocráticas desde el mismo momento en que nació. Vestía con una blusa firmada por algún rico pero bordada a mano por algún pobre, lo suficientemente abierta en su pecho para mostrar una gargantilla de oro y diamantes. Unos pasadores dorados, con esmeraldas engastadas, apuñalaban el aparatoso moño con el que se tocaba, dejando al aire dos pedruscos a juego que amenazaban con arrancar el lóbulo de sus orejas. En su cara se podía apreciar la mano de algún reputado cirujano plástico que había borrado todo atisbo de doblez, bien que no había conseguido ocultar que doña Virtudes frisaba los sesenta. Su cara conservaba cierta belleza, apoyada en sus ojos verdes y rasgados, pero, a criterio de Gregorio, no le favorecía la hinchazón artificial de sus labios; sobre todo el superior, que parecía una teja.

—Bienvenido, don Gregorio, y disculpe las molestias.

—Nada, no se preocupe, señora; estoy acostumbrado a que me secuestren.

—He hecho que lo traigan porque he oído hablar mucho de usted y me consta que es el mejor haciendo su trabajo, al menos por estos lares.

—Y por otros porque, no quiero pecar de arrogancia, hay mucho aficionado suelto por ahí.

—No lo dudo. Antes de nada le quiero hacer una pregunta muy importante —expuso con gravedad.

—Dispare. Metafóricamente, digo… Vamos, que pregunte lo que quiera.

Virtudes obvió la impertinencia de Gregorio y continuó a lo suyo:

—¿Hasta dónde llega el secreto de confesión?

—Hasta las últimas consecuencias —expuso Gregorio—. Un secreto de arcano es de derecho divino, del que la Iglesia ni ninguno de sus miembros, entre los que me incluyo, tienen la facultad para dispensar, incluso ante la hipotética muerte, Dios no lo quiera, del penitente. Es inviolable.

—Pues quiero que sea usted mi confesor y el de mi familia. Quiero que todo lo que yo le diga, o le digamos cualquier miembro de nuestra casa, que todo lo que vea y que todo lo que oiga aquí quede en un estricto secreto sacramental.

—Delo por sentado, señora. A partir de ahora tiene a su disposición a mi persona y mi silencio.

—Pues le cuento —dijo ladeando la cabeza y mirando al suelo—: tengo motivos para pensar que mi marido está poseído.

—¿Florencio?

—Sí, mi Floren; mi amor y mi compañero de vida. Nosotros hemos sido, y somos, unos fervientes católicos practicantes; de hecho, en la parte de detrás de la casa hay una capilla que mandamos construir hace más de veinte años y tiene usted a su servicio cuando la necesite.

Gregorio asintió conforme.

—Siempre hemos hecho notables obras de caridad y sustanciosas contribuciones a la Iglesia, como supongo que le consta.

—Desde luego; ya vi el Mercedes nuevo del arzobispo.

—Pues no sé cómo —siguió la mujer mientras se le quebraba la voz—, pero el Demonio ha entrado en nuestra casa.

Doña Virtudes comenzó a llorar desconsoladamente y Gregorio trató de confortarla apoyando una mano en su brazo. Eran incontables las ocasiones en las que se había visto en situaciones similares, con familiares destrozados ante la posibilidad de que el Maligno hubiera tomado como rehén a un ser querido, pero muy pocas en las que la ciencia no hubiera podido dar una explicación y un porqué. Aun así, él siempre aceptaba el reto y, aunque había perdido el apoyo de su Iglesia, se sabía con el amparo de su Dios.

—Antes de nada, doña Virtudes, será mejor que le eche un vistazo a su marido. Tranquilícese y verá como todo lo que a usted ahora mismo le parece un mundo, tiene arreglo.

La señora enjugó sus lágrimas con un pañuelo bordado que tenía pinta de costar un potosí y pidió a Gregorio que la acompañara.

—Lleva un tiempo que casi no sale de su despacho o sus aposentos en el ala este de la casa. Cada vez tiene menos momentos de lucidez, por eso últimamente no se deja ver en público. Las operaciones empresariales están en manos de sus testaferros y supervisadas por Gabriel.

—¿Y las otras operaciones?

—¿Qué operaciones? —preguntó Virtudes fingiendo ignorancia.

Gregorio la escrutó con aspereza antes de contestar.

—Soy su confesor, señora. Eso quiere decir que yo nunca hablaré con nadie sobre nada que ustedes me digan y no los juzgaré de ningún modo, pero no se haga la sueca. Necesito saber dónde me meto. Necesito conocer lo mejor posible a la persona de Florencio Sánchez, no a su imagen pública, inmaculada, mirada por el prisma de sus acólitos o turbia por el de sus detractores. Yo necesito la verdad, su verdad, para poder ayudarle.

—De momento estamos procurando mantener a mi marido al margen de tales actividades —comentó tras un breve titubeo—. Esos temas los dirigen diferentes capitanes, que operan desde varios lugares del país y antes él era informado en persona por Gabriel, quien igualmente los supervisa, o Víctor, que, digamos, se encarga de los soldados; ahora es a mí a quien informan. Quiero que Florencio tenga el mínimo de responsabilidades y preocupaciones hasta que se recupere. Tiene usted que ayudarle.

—Haré lo que esté en mi mano. ¿Está ahí dentro? —preguntó Gregorio al haberse detenido la mujer junto a una puerta.

—Sí. Yo me retiraré, pero será mejor que lo deje con hombres de confianza.

Hizo un gesto reclamando a los dos aguerridos gemelos, que observaban al final de un pasillo.

—Pasaréis conmigo y con el padre Gregorio y os quedaréis con él cuando yo me vaya.

Entraron los cuatro en un titánico salón, con paredes forradas de maderas nobles y columnas con ribetes, vestido con marcos gruesos y horteras que albergaban óleos con motivos de caza. Una librería con todo tipo de volúmenes antiguos y adornos copaba el fondo; un majestuoso ventanal con cortinas de terciopelo sujetas con cuerdas doradas iluminaba la estancia desde el lado derecho y en el centro de la sala lucía imponente la mesa de despacho color caoba. En el lado izquierdo se abría una puerta que accedía a un dormitorio que se adivinaba no menos ostentoso. En el rincón derecho, entre la ventana, ante la que se exhibía un antiguo globo terráqueo, y la puerta de entrada, había un oso pardo disecado que se alzaba inerte sobre sus patas traseras y mostraba sus fauces. En la pared del lado izquierdo una cristalera lucía varias armas de colección: carabinas, trabucos, arcabuces, espadas, floretes y puñales. Gregorio escudriñó el suelo ante la onerosa mesa de despacho para intentar encontrar la trampilla, cuya existencia daba por sentada, que se abría arrojando al incauto que la pisara a un foso lleno de cocodrilos cuando a Florencio Sánchez se le antojara apretar un botón bajo el escritorio. Afortunadamente éste se encontraba de pie, lejos de la mesa, mirando ensimismado su biblioteca.

—Floren, ha venido el padre Gregorio.

—¡Que pase!

Doña Virtudes dedicó una última mirada al sacerdote y se retiró, cerrando la puerta.

—Parece más gordo en la tele —susurró Gregorio a sus acompañantes.

Florencio Sánchez se dio la vuelta y dejó ver su rostro atormentado. Unos ojos pequeños y huidizos sobre bolsas malvas destacaban en su pálida faz. Sus facciones, cautivadoras en los medios gráficos, habían perdido vigor y lejos estaban de la imagen saludable y amable que solía mostrar en público. Tenía una cara ovalada y uniforme que ahora parecía estar derritiéndose, cayendo desde el borde de su cara en forma de carrillos colganderos y papada trémula. Sus labios lucían amoratados y su gran nariz asemejaba un pimiento morrón. El pelo, abundante pero acorralado por importantes entradas, lucía alborotado como un canento rastrojo. Gregorio pensó que Florencio no estaba, desde luego, en su mejor momento.

—Buenas tardes, señor Sánchez —dijo Gregorio.

Florencio ignoró al sacerdote y se dirigió a sus esbirros:

—¡Cuántas veces voy a tener que decir que me traigan al gallego ese!

—Enseguida, señor, voy a llamarlo —respondió uno de ellos, antes de susurrarle al otro: «Mierda, creía que se le había olvidado» y salir apurado de la estancia.

Gregorio iba a hablar de nuevo, pero decidió no hacerlo cuando vio que Florencio portaba en su mano un revólver que parecía sacado de un espagueti *western*. Prefirió quedarse a la expectativa mientras el Padrino deambulaba murmurando frases, aparentemente inconexas, hasta que volvió a aparecer el gemelo acompañado por un joven con cara de cordero degollado.

—Aquí está, don Floren.

—Ho... hola, don Floren —dijo el chico nuevo.

—Entonces eres tú el que va diciendo por ahí que he perdido la cabeza, ¿no?

—No, señor. Yo sólo le comenté al chófer del contable, cuando vino el otro día, que estaba usted un poco raro. Pero sin maldad ninguna; lo hablamos fumando un cigarro.

—Vaya, vaya... —dijo mientras seguía manipulando el arma—. Pues fíjate si estoy raro que le he metido a este revólver tres balas, de las seis que le caben.

Florencio apuntó de repente al tren inferior del hombre, que levantó las manos y comenzó a rogar: «No, por favor, don Floren, no volverá a pasar... ese hombre es muy discreto y no contará nada fuera de aquí».

—¿Tú crees? ¿Cuántas probabilidades crees que hay de que lo cuente? —preguntó haciendo girar el tambor del revólver—. Yo digo un treinta por ciento, las mismas que de que salga una bala de aquí cuando apriete el gatillo.

«Es un cincuenta, es un cincuenta, es un cincuenta», oyó Gregorio barruntar entre dientes a uno de los gemelos, que se había puesto tenso de pronto y apretaba los puños por el error matemático del empresario.

—¿Pero qué cojones? —susurró Gregorio mirando al bigardo. En ese momento vio que la situación se estaba descontrolando y que nadie iba a hacer nada al respecto, así que decidió intervenir.

—Don Florencio, por favor, baje el arma. No creo que dispararle a este hombre sea una forma razonable de zanjar una disputa —dijo dando un paso al frente.

—Vale, entonces le disparo a usted si le parece. Elija: su rodilla o la del mindundi ese.

—Hombre, mejor a ninguno.

—¡Esa opción no existe! ¿A usted o a él?

—Pues a él... —dijo volviendo atrás y retirándose al rincón—... qué narices... —concluyó murmurando y encendiéndose un Ducados.

Florencio Sánchez volvió a apuntar, cerrando aparatosamente un ojo, a la rodilla de su lacayo, de quien se alejaron también los dos hermanos, dejándolo aislado y tembloroso.

«Clic», sonó la pistola.

—Uf, menos mal —dijo el amenazado exhalando aire, bajando los brazos y desfalleciendo sobre su propio cuerpo.

—¡Y una mierda! —gritó Floren, volviendo a apretar el gatillo.

«Clic».

—¡Su puta madre! —exclamó encolerizado.

—¡Don Floren, que ya me ha disparado dos veces!

«Clic».

—¡Pero qué pasa aquí! —gritó de nuevo, arrojando con violencia la pistola contra el suelo, que se disparó y tras una serie de rebotes impactó, detrás de la posición de Gregorio, en el ojo del oso pardo.

De la nuca del oso salió esparcida una nube de serrín y la yerma estatua se inclinó hacia detrás, para volver a balancearse hacia delante. Cuando Gregorio volvió la vista, las fauces del animal que le caía encima estaban a punto de clavarse en su cara, pero unos brazos poderosos le agarraron, placándolo y tirándolo al suelo justo antes de que la figura disecada se estampara contra el suelo. Uno de los gemelos, que ahora yacía en el suelo junto a él, le había salvado de un extraño accidente cuyas consecuencias podrían haber sido fatales.

—Dios te lo pague, hijo —dijo levantándose con su ayuda—, pero esto ha sido una muy mala señal. No me gusta nada.

—¡Idos todos a tomar por culo! —exhortó Florencio dirigiéndose a su habitación.

—Pero don Floren, yo he venido a hablar con usted —reclamó Gregorio.

—¡¡A tomar por culo!!

El gemelo que le había salvado cogió su brazo y con un gesto silencioso le instó a salir con ellos.

—De la que te has librado, Nuno. Anda, tira para afuera y que no se te vea el pelo por aquí en unos días.

El chico obedeció y los tres se quedaron en la puerta de las dependencias de don Florencio.

—Pues os digo una cosa, es evidente que está poseído, porque esa locura y esa maldad no son muy normales —dijo Gregorio.

—No se crea, padre. Él ya era así habitualmente.

—No me jodas. A ver si es él quien ha poseído a un desdichado demonio —comentó Gregorio riendo y buscando la complicidad de los dos gemelos, encontrándola sólo en uno de ellos.

—¿Qué ha sido ese ruido? —preguntó la señora de la casa, aproximándose con premura hacia ellos.

—Nada, señora —dijo el cura—, que su marido le ha volado la cabeza al oso; lo normal, por lo visto.

—¿Cómo lo ve, don Gregorio?

—Le cuento, doña Virtudes —expuso llevándola a un aparte—: Muy centrado no parece que esté, pero primero habría que descartar problemas médicos, ya sabe.

—Ya han venido los mejores doctores de España y ninguno sabe qué le está pasando. No le hubiera hecho venir a usted de no haber descartado el resto de posibilidades.

—Bien. Ese aspecto es uno de los que hay que justificar antes de solicitar un exorcismo oficial y ahora mismo yo...

Gregorio estaba a punto de confesarle a Virtudes su reciente desposeimiento de la facultad de ejercer el exorcismo, pero ella le frenó y él consideró que prescindiría de ponerla al tanto, dado el cariz de la petición que siguió:

—¿Pero no lo entiende, padre? Esto debe de ser extraoficial. No queremos que se entere ni la Iglesia.

—Pero no tengo yo la certeza de que don Floren...

—Mire, le he oído hablar en idiomas que ni sé cuáles son, le he visto tirar La Biblia por la ventana y el otro día cogió del cuello a un empleado de cien kilos y lo levantó con una mano. ¡Ya ve usted, un hombre de 64 años que pesa setenta kilos y no ha hecho deporte nunca, más allá del golf!

—Son evidencias abrumadoras, pero yo no las he presenciado.

—¿Pero confía usted en mí?

—La verdad es que sí.

—Pues haga lo que tenga que hacer.

—Bueno —dijo Gregorio pensativo—, en primer lugar necesitaría mi maletín y mis cosas, también necesito a un sacerdote que me ayude pero, claro, teniendo en cuenta que será un exorcismo bajo cuerda eso va a estar difícil.

—Mire, padre, pongo a su disposición toda nuestra organización, todo nuestro dinero, nuestros medios, nuestra influencia... Cualquier cosa que pida se le proporcionará o se le ayudará a conseguir. De momento estos dos hombres estarán con usted, a su servicio, las 24 horas del día —dijo señalando a los dos gemelos para que ellos la oyeran—. Lo que necesite se lo pide a ellos, a Gabriel o a mí personalmente. Se lo ruego, tenemos que salvar el alma de mi marido, cueste lo que cueste.

—Así sea, señora —concluyó Gregorio estrechando su mano y acercándose a los fortachones.

Consideraba que en aquel hombre quedaba poca alma que salvar, pero su cometido era intentarlo. El destino le pedía que hiciera lo que mejor sabía y él no iba a dejarlo pasar. Comenzaba así, pues, el exorcismo de don Florencio Sánchez de Castro y Valdivia.

4. El cura indestructible

Nuno salió de la mansión asustado y enfadado y pagó su frustración pegando una patada en el suelo. «Maldito loco, que casi me pega un tiro», pensó mientras daba un segundo puntapié a un canto rodado que impactó contra una lavanda en flor. Una abeja que libaba alegremente el dulce néctar de aquel pimpollo violeta, se sobresaltó por el impacto de la piedra y emprendió el vuelo, alejándose del jardín.

Una vez recuperada del susto, giró sobre sus alas y se dirigió de nuevo a la frondosa entrada de la mansión para seguir con su labor junto a sus compañeras, pero el destino parecía tener planes diferentes para nuestra simpática apoidea. Al dar la vuelta pudo ver a un abejaruco que se aproximaba a ella con funestas intenciones y, con un milagroso escorzo, pudo evitarlo. Se dejó caer en picado, buscando el abrigo de unos matorrales que bañaban toda la loma de la montaña. Sabía que el pájaro no se iba a dar por vencido y así fue; lo pudo ver oteando la maleza con su implacable y perfecto vuelo. Era cuestión de segundos convertirse en alimento para el abejaruco, pero el oportuno y ruidoso revoloteo de un abejorro desvió la atención del ave que emprendió la persecución de aquella otra presa más suculenta. La abeja, desconocedora de tan afortunada vicisitud, siguió volando presa del pánico montaña abajo hasta que se alejó del bosque y surcó el aire sobre una plantación apenas brotada.

Siguió aleteando absolutamente desorientada con el objetivo de encontrar el rastro de su rebaño, pero no hizo sino alejarse cada vez más. Pasó sobre un terreno yermo, gris e interminable, donde unos ruidosos y veloces cacharros gigantes expulsaban gas venenoso y emitían sonidos que la desconcertaban aún más. Se posó sobre una farola y descansó un buen rato hasta seguir. Se hizo la noche absoluta y la abeja perdió la noción del tiempo y la esperanza de encontrar a sus iguales. Vagó y vagó, batiendo sus alas sin rumbo fijo hasta que comenzó a desfallecer.

Fue descendiendo por su debilidad, encontrándose a pocos metros del suelo, cuando una gran máquina pasó a su lado y una ventanilla bajada la succionó. Golpeó contra la cara del conductor de un camión de basura y rebotó, agarrándose a su cuello. La abeja se supo vencida y, con su último hálito de vida, decidió cometer un acto suicida. Clavó su aguijón en el cuello de aquel hombre, dejándolo incrustado y destrozando sus propias entrañas cuando tiró de su abdomen hacia fuera. Una mano la aplastó y el conductor perdió el control de su vehículo, saliéndose de la carretera.

Dos fueron las víctimas en ese accidente.

Después de hablar con doña Virtudes y aceptar su petición, Gregorio divagaba andando por la mansión, seguido por los dos aguerridos hermanos gemelos, hasta que se detuvo y se dirigió a ellos:

—Como no pienso aprenderme vuestros nombres, os voy a llamar Mork y Plork.

—Yo me pido Mork —dijo Mork.

—Tú eres tonto —dijo Plork.

—¡Cállate, Plork! —dijo Gregorio.

El sacerdote puso sus manos en la espalda y caminó pensativo andando en círculos, inclinado hacia adelante.

—Vamos a ver, a partir de ahora vosotros seréis mis adláteres y diréis: «¿Qué coño significa eso?». ¡Da lo mismo! Porque llevaba años queriendo usar esa palabra. Así que oír, ver y obedecer. Era así, ¿no?

—Oír, ver y callar, jefe —dijo Mork, siendo fulminado con los ojos por su hermano.

—Exacto. Nos vamos entendiendo, Plork.

—Yo soy Mork.

Plork se echó una mano a la cara.

—Lo sé. Te estaba poniendo a prueba. En primer lugar necesito una caja de agua Fontvella para bendecir... ¡Qué digo una caja! Una caja de Fontvella, otra de Solán de Cabras y una de Vichy Catalán; con gas, para que le pique al muy cabrón.

—Padre, que es don Florencio —protestó Plork afeándole el detalle.

—Ya, hombre, no nos estamos refiriendo a él sino al demonio que lo posee, ¿verdad? —dijo Gregorio, con media sonrisa pícara, dándole codazos a Plork. Éste se apartó y sacó el teléfono para pedir el agua demandada por el cura.

—Ahora tenemos que ir a mi casa a por mis cosas y después a buscar un ayudante para el exorcismo, así que pongámonos en marcha.

Comenzaba a anochecer cuando salieron de la casa. Se subieron a un coche negro, que pareciera de una gama mafiosa de vehículos de alto *standing*, a cuyos mandos se puso Plork. Gregorio se sentó en el asiento del copiloto y Mork en la parte trasera, algo contrariado. Emprendieron la marcha afrontando primero el camino interior y después la remota carretera de montaña hasta llegar a la autovía.

—¿Dónde es, padre?

—Ve tirando hacia el Barrio de Quintana, que ya te digo yo. Y me podéis llamar Gregorio o don Gregorio. Goyo o Goyete nunca; eso es para mis amigos íntimos.

El sacerdote se puso cómodo, encendió un cigarro y trasteó la radio del coche.

—Entonces —comenzó a decir—, ¿qué tal la vida como empleados del sindicato del crimen?

—Bueno, no nos podemos quejar. Pagan bien, nos tienen dados de alta como guardaespaldas y, generalmente, es un trabajo tranquilo —comentó Plork.

—Pero desde que don Floren está malo, es una mierda —dijo Mork—. Están todos paranoicos. Nos pusieron en estado de alerta y estamos atrincherados entre la mansión y el centro de operaciones, una nave en el polígono industrial de...

—Podrías callarte —le increpó su hermano.

—Vamos a ver qué es lo que no entiendes —le dijo Gregorio con autoridad—. Yo, ahora mismo soy el cura de la familia y el que manda aquí. Tengo acceso de nivel cinco a toda la información y a todos los medios de la organización.

—¿Qué es eso de nivel cinco? —preguntó Plork.

—¡Que a mí no se me oculta nada! Parece que no habéis visto una película de espías en vuestra puñetera vida. En fin, que no debe haber secretos para mí. Otra cosa: ¿Os habéis dado cuenta de que cerca del despacho de don Floren hay una coqueta con tres cajones? Pues el de arriba estaba medio abierto.

—¡No jodas! Plork, da la vuelta.

—¡Ajá! Eras tú el del cincuenta por ciento. Macho, hay que mirarse ese TOC.

—¿Qué es un TOC? —preguntó Mork.

—Trastorno Obsesivo Compulsivo; lo que tú tienes. Te preocupa el cajón porque tienes la cabeza hecha ceniza.

—¿Pero estaba abierto?

—¿Qué más da? La clave es que tienes que comprender que importa un pimiento.

—Ya, pero mira que si estaba abierto... Plork, podríamos volver para asegurarnos —dijo nervioso.

—¿Pero por qué sigues llamándome Plork? —le recriminó su hermano—. ¿Se da cuenta de lo que ha hecho, don Gregorio?

El sacerdote se giró hacia el asiento de atrás, donde a Mork le habían empezado a sudar las manos y se las frotaba compulsivamente.

—Venga, cálmate, Mork, que lo he dicho por provocarte. Te juro que el cajón estaba completamente cerrado.
—¿De verdad?
—¡Coño, y tanto! Un sacerdote jurando; no sé qué más pruebas necesitas. Sal por el siguiente desvío —indicó al conductor—. Por allí hay una hamburguesería de las que te atienden desde el coche, porque habrá que cenar, ¿no?
Mork y Plork afirmaron satisfechos.
—Ya veréis como soy un jefe muy enrollado —concluyó Gregorio.

Tomaron unas hamburguesas y unos refrescos de un restaurante de comida rápida y siguieron su camino. Bajaron por la carretera M30 hasta el Puente de Ventas y giraron a la izquierda para continuar por la Calle de Alcalá hasta las inmediaciones del Barrio de Quintana, donde bullían los grupos de gente en la calle, aprovechando que en aquellas noches de mediados de junio todavía refrescaba.
—Tira por la siguiente a la izquierda y ve buscando aparcamiento —indicó Gregorio a quien ejercía de chófer, que ahora era Mork.
Estacionaron el coche, tras diez minutos dando vueltas, y Gregorio los invitó a subir a su casa. Entraron a un destartalado bloque de pisos en cuyo portal había un joven mercadeando con sustancias ilegales que, al ver a los dos hombretones trajeados, intentó engullir la mercancía pensando que eran policías y se atragantó aparatosamente. Tras unos golpes suaves de Gregorio en su espalda y violentos

cuando tomó el relevo Plork, el muchacho pudo volver a respirar entre arcadas y lágrimas. «Tómatelo como un aviso divino, para que dejes de delinquir», le dijo Gregorio tras obligarlo a irse, so pena de ser acribillado por uno de sus hombres.

—Porque supongo que tenéis pistola, ¿verdad? —les preguntó subiendo las escaleras que conducían hasta su piso en la tercera planta.

—Sí, mire —dijo Mork mostrando una pistola *Glock* 9 milímetros que vio Gregorio y la cotilla del segundo, que se había asomado por el revuelo en el portal.

—Buenas noches, doña Carmen —dijo Gregorio ante el pasmo de la señora.

Llegaron a la vivienda de Gregorio, que sacó un manojo de llaves y comenzó a abrir cada una de las cuatro cerraduras que sellaban su puerta, hasta que, con el último giro, la hoja quedó libre para dar paso a un humilde apartamento.

—Toda precaución es poca. Adelante —dijo extendiendo su mano.

—Se había dejado la luz encendida, don Gregorio —apuntó Plork.

—Es la luz de los ladrones; ya sabéis, para que se crean que hay alguien dentro. De hecho, la tele también la dejo puesta. Ahí la tenéis —dijo entrando a un pequeño salón comedor—. Poneos cómodos mientras me cambio y cojo mis cosas. Hay cerveza y Monster en la nevera.

Gregorio se retiró a su dormitorio y los gemelos se quedaron en el salón, tras haber hecho escala en el frigorífico, uno sentado en el sofá viendo la televisión y el otro curioseando las estanterías.

—¡Tiene usted una colección guapa de películas, don Gregorio! —exclamó Plork cogiendo un DVD.

Mork sostenía una lata de Monster y cambiaba de canal, primero seleccionando canales impares y después pares. Un jaleo de cajones, puertas de armario y cacharros golpeando el suelo desde la habitación del sacerdote, precedieron su salida triunfal a la sala principal.

—Ahora sí que parezco un jodido exorcista como Dios manda —dijo Gregorio llevando su maletín en una mano, un crucifijo de metal en la otra y ataviado con sotana, alzacuellos y un sombrero de teja que sesgaba sobre su cabeza.

—Desde luego ahora sí parece un cura —comentó Plork mostrando un marco de fotos que sostenía en sus manos—. ¿El que está con usted en esta foto es el Papa?

—En efecto, amigo. Es de cuando él era un simple obispo. ¿Quién te crees que lo puso donde está?

Gregorio soltó el maletín y comenzó a blandir el crucifijo como si fuera un nunchaku, haciendo diferentes malabares y pasándolo por encima del hombro, para cogerlo con la otra mano por debajo de la axila, mientras emitía un remedo de gritos de kung fu.

—¿Estoy o no estoy en forma? —dijo faltándole el resuello.

La melodía de un teléfono móvil interrumpió la exhibición. Plork lo sacó del bolsillo y contestó:

—¿Diga? Sí, enseguida. Es Gabriel —dijo a Gregorio.

—¿El arcángel?

—El abogado.

—Ah, sí. Qué quiere.

—Me pregunta que qué quiere —dijo Plork a su interlocutor.

Una serie de palabras incompresibles, pero elevadas de tono, se dejaban escuchar hasta para las dos personas que no tenían el aparato en la oreja. Gregorio se acercó y le arrebató el teléfono a Plork.

—A ver, bien peinado, qué te pasa... No, no, para el carro. Yo te voy a dar las explicaciones que considere oportunas, ni una más. Iré cuando tenga que ir, haré lo que tenga que hacer y si tienes algún problema ve a llorarle a doña Virtudes. Mientras tanto, y parafraseando tus propias palabras de esta tarde en el coche: ¡Cállate de una puta vez!

Gregorio colgó el teléfono, levantó la mano y lo dejó caer a modo de rapero que acaba de humillar verbalmente a su adversario. Plork lo cogió al vuelo y Gregorio comenzó a andar por la sala como lo haría un «gangsta» afroamericano que se pavonea por alguna calle de Brooklyn.

—Un «madafaca» nuevo ha llegado a la ciudad, pequeños.

Ambos hermanos coincidieron en celebrar la salida de tono del sacerdote.

—Bravo, don Gregorio, no sabe qué ganas teníamos de que alguien le cantara las cuarenta a ese estirado.

—Sí, sienta de puta madre. Ahora vamos a tranquilizarnos, que os voy a explicar el plan —dijo Gregorio acercando una silla a la mesa camilla, sentándose y encendiendo un cigarro.

Plork vio en el suelo unas hojas de papel dobladas y envueltas de forma curiosa en plástico transparente, que habían caído desde el interior de la sotana al hacer Gregorio su grotesca exhibición. Apenas recogió la carta plastificada del suelo, Gregorio le dio un manotazo y se la arrebató de malos modos, diciéndole «no la toques nunca» y guardándola con mirada furibunda en el bolsillo de su camisa, remangando su sotana. Se centró y siguió hablando:

—A ver, ahora necesitamos a un sacerdote que me ayude con el exorcismo. Como ya sabéis, toda esta operación tiene que ser secreta; ni la Iglesia ni la prensa deben saber nada. Eso nos pone en un brete de mucho cuidado; no puedo llegarle a don Jesús, párroco de la Iglesia de Santa Bárbara, hombre pío que si no alcanza ya la santidad, la está rozando y que las únicas hostias que ha repartido en la vida son las del domingo en la boca o mano de sus feligreses, y decirle: «tío, vente al exorcismo ilegal de un puto mafioso». Me vais siguiendo, ¿no?

Los gemelos asintieron.

—Bueno, pues entonces hay que recurrir a otro tipo de cura, uno que sea un cabrón redomado y chantajeable; y tengo el candidato perfecto: Ricardo Linde. Éste es un párroco de una iglesia de aquí, de Madrid, dado al juego y al escarceo ocasional con chicas de alterne. Un golfo y un sinvergüenza con todas las palabras. Yo conozco sus pecados y puedo utilizarlos para extorsionarle y obligarlo a acompañarme sin decir ni «mu». Por tanto, si nadie tiene nada que añadir, vamos a por él.

Salieron del piso, habiendo dejado luces y televisión encendidas, caminaron hasta el coche y se dirigieron hacia un barrio en las afueras de Madrid. Tras asegurarse de que el sacerdote que buscaban no estaba en su casa parroquial, rondaron por los bares de la zona, los clubes y las salas de juego. Gregorio bajaba del coche, daba una vuelta por el local de turno y volvía ciscándose en algún nombre del santoral.

—Dónde se habrá metido este tío... Para allí delante —dijo señalando una sala de juego con aspecto turbio—. Debe de ser el último sitio que nos queda por mirar. Esperad, que ya vengo.

Se apeó, cruzó la calle, entró y volvió a salir en menos de cinco segundos con una complacencia evidente en su cara, montándose de nuevo en el vehículo.

—Lo encontré. Si sabía yo que éste...

—Y qué hacemos ahora —preguntó Plork.

—Pues de momento —dijo Gregorio pensativo—, aprovechando que es un apostador degenerado, vamos a sacarle los cuartos y para ello voy a usar vuestra duplicidad. A ver, intercambiemos teléfonos.

Gregorio apuntó los números de teléfono de sus dos esbirros y ellos hicieron lo propio.

—Tú, Mork, vas a entrar conmigo.

—Yo soy Plork —corrigió.

—Vaya, hombre, me gusta que por fin estés asumiendo quién eres —dijo Gregorio entre las risas de Mork—. Pues eso, tú entras conmigo y tú, Mork, esperas en la puerta. Cuando yo te haga un llama-cuelga, entras también. ¿Entendido?

—Vale, si usted lo dice.

—Que nos quede claro que no puede vernos nadie sacarlo por la fuerza, así que hay que convencerlo para salir. Y una cosa más: No os dejéis engañar por su aspecto ni por el hecho de que sea cura; ese tío es un tipo duro. Ha estado en misiones y guerras por todo el mundo, ha bregado con los mejores y bebido con los peores. Ha sobrevivido a atentados bomba, puñaladas y tiros y no parece haber manera de acabar con él. Una vez me contaron que se operó del apéndice él solito con un machete y una botella de anís Machaquito; que yo no sé si será verdad, pero siendo él me lo puedo creer perfectamente. Así que nada de confiarse.

Hizo un silencio para comprobar que los dos estaban mentalizados y abrió la puerta del coche.

—Ea, pues vamos para adentro.

Entraron en un local que tenía un cartel luminoso tan mellado que era prácticamente imposible descifrar su nombre. Atravesaron la primera puerta, donde un gorila no tan grande como Plork les abrió la segunda. El local era oscuro y tenía un suelo de grandes baldosas negras y paredes de moqueta gris, donde formaban en fila las máquinas tragaperras. Al fondo había una barra de bar sobre la que andaba una chica en paños menores y a su izquierda una barra vertical en la que se contoneaba otra cuyos paños, más que menores, eran inexistentes.

—Vaya, esto es un todo en uno —dijo Gregorio—. ¿Ves a aquel que bebe de un cubata sentado en la penúltima máquina de la derecha? Es nuestro hombre. Vamos para allá.

—Siempre supe que eras un apasionado de la fruta —le dijo Gregorio al verlo juntar dos sandías con una pera en el panel luminoso.

—¡Gregorio! —exclamó Ricardo girando la cabeza—. ¿Qué haces tú aquí? ¿No tienes a ningún curilla de pueblo al que mandar al manicomio?

—Caramba, las noticias vuelan.

—Ya sabes cómo va esto —dijo riendo como un orangután—. Aquí Dios es el último en enterarse de todo.

—Te voy a ser franco. Ese chico era un blandengue y no pudo soportar la presión, por eso necesito a alguien como tú, curtido en mil batallas.

—¿A mí? ¿Para qué? Anda y déjame en paz, que yo estoy muy tranquilo como estoy —comentó abruptamente, volviéndose de nuevo hacia la tragaperras.

Ricardo era un hombre corpulento y barrigón, que aparentaba cualquier cosa menos ser un valido de Dios. Llevaba una camisa abierta hasta el ombligo, dejando ver la pelambrera de su pecho y un medallón de la Virgen de Regla. En su mano izquierda destacaba un voluminoso reloj plateado y en la derecha una uña del meñique larga y sucia. Su cara, llena de cicatrices y marcas, lucía los estragos de una cepa de viruela que mató a todos los habitantes de una aldea en África menos a él, que después de retorcerse con fiebres y úlceras durante un mes y medio, salió del hospital de campaña por su propio pie. Ahora estaba jugando a una máquina tragaperras medio borracho y Gregorio debía tratar de convencerlo:

—No puedes rechazar mi propuesta sin escucharla antes. Mira, hacemos una cosa: te apuesto ahora mismo y aquí trescientos euros. Si ganas te los doy y me voy. Si pierdes sueltas la gallina y sales a que te haga la propuesta.

—¿Y en qué consiste la apuesta? —preguntó Ricardo interesado.

—Este muchachote que tengo aquí al lado se va a ir al lavabo del fondo, voy a chasquear los dedos y va a entrar por la puerta de la calle.

—Espera, espera —dijo Ricardo—, que no me fío de ti. ¿Dices que se va por el fondo y entra por la puerta? Claro, igual hay una puerta trasera en el baño o sale por la ventana.

—Tú sabes que no hay puerta —dijo Gregorio simulando conocer el local— y ya me dirás si el bicho este cabe por la ventana de un baño. Además no le daría tiempo, porque va a ser en dos segundos.

Ricardo se quedó pensativo en tanto que Gregorio le pedía trescientos euros a Plork.

—Don Gregorio, no me joda —dijo contrariado, cosa que hizo decidirse a Ricardo.

—¡Trato hecho! —exclamó buscando en su cartera.

Plork le dio el dinero a Gregorio y éste lo puso sobre la máquina, junto al de Ricardo.

—Venga, pues ve hacia el lavabo —le ordenó mientras marcaba con disimulo en su móvil.

—A ver que yo lo vea —dijo Ricardo levantándose y siguiéndolo con la mirada.

Plork desapareció por la puerta del aseo, ambos se dieron la vuelta para mirar hacia la entrada y Gregorio chasqueó los dedos. Transcurrieron treinta segundos pero por allí no entraba nadie.

—¿Qué quiere? —tronó una voz tras ellos, que les hizo respingar.

—¡Coño, Plork, qué susto, me cago en tu puta madre! —le recriminó Gregorio, que acababa de comprender que se había equivocado de hermano al marcar.

—Ja, Ja, Ja —carcajeó Ricardo—. Has perdido.

—Ni se te ocurra tocar el dinero —le dijo—. No he dicho que fuera a la primera. Anda, vete al baño otra vez.

En esta ocasión sí marcó el número correcto y nada más darse la vuelta y chasquear, apareció Mork por la puerta de la calle, dejando boquiabierto a Ricardo:

—¡La Virgen! ¿Cómo lo has hecho, Gregorio?

—Fuerzas oscuras, amigo —le respondió cogiendo el dinero—. Vamos para la calle.

Salieron del local y se dirigieron al coche, donde Gregorio invitó a entrar a Ricardo que, a regañadientes, aceptó y se montó en el asiento trasero junto a Mork.

—¿Y quién conduce? —dijo Ricardo.

—Ese que está cruzando la calle —le dijo señalando a Plork, que acababa de salir del antro.

—¡Me has engañado, cabronazo! ¡Devuélveme el dinero!

—Me temo que no es posible. Mork, enséñale la pipa al padre Richard para que se tranquilice.

Plork entró en el coche y Gregorio le instó a llevarlos a algún lugar apartado. Condujo, entre los reniegos de Ricardo, hacia una zona oscura en las afueras y se detuvo sobre un puente que pasaba por encima de una autovía. Todos bajaron del coche y Gregorio le ofreció un pitillo a su colega.

—Mira, Ricardo, lo que te voy a ofrecer es una oportunidad de redimirte y, de paso, ganar algún dinerillo.

Ricardo comenzó a hacer aspavientos y a vociferar malhumorado, alejándose del coche. A Gregorio no le preocupó que se distanciara porque sabía que cualquiera de los hermanos lo podría perseguir sin dificultad. «Que se desahogue», pensó.

—¡A mí nadie me secuestra y menos tú, un loco que se cree el puño de Dios o algo así! ¡Habrase visto! ¡Tú no sabes bien con quién estás tratando! ¡Yo tengo unos cojones que no caben en la mierda de maleta esa que llevas a tus teatrillos!

Gregorio y sus secuaces miraban atentos cómo el hombre profería todo tipo de soflamas e insultos, aguardando pacientemente a que se tranquilizara.

—¡Te crees importante, pero te digo una cosa! —le dijo a Gregorio señalándolo con el dedo—: No hay quien pueda conmigo. Yo voy a enterrarte a ti, a ti y a…

No le dio tiempo a señalar a su última víctima porque un camión de basura que pasó junto a ellos se desvió misteriosamente y embistió a Ricardo, lanzándolo por encima de la barandilla del puente. Se asomaron veloces para ver cómo caía, desde unos veinte metros, sobre la autovía y era atropellado por un tráiler primero y un coche después, que se lo llevó enganchado, perdiendo el control, estrellándose contra un bolardo de hormigón y explotando.

—Manda cojones —comentó lacónico Gregorio, viendo el amasijo arder entre deflagraciones que despedían trozos de vehículo y, supuso, trozos de Ricardo.

Le dedicó un santiguo y un «descanse en paz» mientras los tres alternaban miradas hacia el estropicio y entre ellos. El conductor del camión de basura, que pudo frenar a tiempo para no caer también por el puente, se bajó completamente pálido de su vehículo.

—¿Han visto lo que ha pasado? Me ha parecido atropellar algo.

—Nada, no se preocupe. Diría que era un jabalí —le explicó Gregorio.

—Menos mal. Es que me ha picado un bicho en el cuello y he dado un volantazo sin querer. ¡Madre mía la que se ha liado allí abajo!

—Por nosotros puede estar usted tranquilo, caballero. Estábamos echando un cigarro y no hemos visto absolutamente nada. Así que si yo fuera usted, me iría tranquilo a descansar, que seguro que se lo ha ganado.

El hombre se fue rascándose la cabeza hacia su cabina y Gregorio, Plork y Mork montaron en el coche.

—A ver de dónde saco yo un cura vivo a las dos de la mañana —expuso Gregorio apesadumbrado—. Muchachos —dijo—, me sobra una habitación con dos camas. Vamos a dormir; ya se me ocurrirá algo.

El camino de vuelta hasta el apartamento transcurría en completo silencio; ni siquiera Gregorio, habitualmente locuaz, decía palabra alguna. Miraba callado ora su móvil, ora una pequeña agenda, mientras se frotaba la barbilla. Mork daba cabezadas en el asiento trasero y Plork conducía diligente y sereno. Finalmente el sacerdote tomó la palabra:

—Me da muy mala espina todo esto. Algo maligno no quiere que luchemos contra lo que sea que posee a don Floren. En el casoplón casi me mata un oso disecado en extrañas circunstancias y por una serie de casualidades que podrían parecer fruto del azar. Ahora perdemos al que iba a ser mi ayudante en una situación no menos extravagante. Claro, que con él ha tenido que cebarse para asegurar el deceso, porque ese tío era casi indestructible; de ahí el atropello, caída, atropello, nuevo atropello, explosión e incineración. No se ha andado con contemplaciones la Parca. Supongo que habréis visto la peli *Destino final*.

Ninguno contestó. Un escalofrío recorrió el cuerpo de Plork, que tragó saliva mirando de soslayo a don Gregorio, quien siguió hablando.

—El caso es que voy a poner en serio peligro a quien coja para ayudarme. En este caso tampoco se ha perdido mucho, porque Ricardo era un cafre y una mala persona, pero he de elegir al próximo candidato con cuidado, sabiendo que la muerte le pisará los talones en cada momento. No puedo hacerle eso a un buen cura.

Volvió a abstraerse en sus pensamientos mientras Plork conseguía estacionar el coche a un par de calles de la vivienda de Gregorio. Anduvieron hasta el bloque, subieron y entraron en el piso, parándose a recapitular en el salón. Gregorio cogió una cerveza y se sentó a la mesa.

—Tengo una idea —dijo sacando el teléfono móvil y marcando.

—Diga.

—Sí, Bandicoot, qué haces.

—Aquí, jugando online. ¿Y usted?

—Nada, echando cañas con unos amigos. Mira, necesito tus servicios de jáquer.

—¿Para su página?

—No, es otra cosa. Te voy a mandar mi código de acceso para una web interna del Vaticano. De esa forma podrás entrar y consultar mucha información restringida para cualquiera, pero hay algo a lo que ni yo tengo acceso: es un listado en la sección de personal que debería de poner «reasignaciones»; ahí habrá una serie de nombres. Necesito los de la Comunidad de Madrid.

—¿Y cómo hago yo eso, don Gregorio?

—No lo sé, yo no soy pirata informático; pero también te digo que la seguridad digital del Vaticano no es de élite precisamente, porque son unos tacaños y asignan muy poco dinero. No tiene que ser difícil para ti.

—Bueno, a ver lo que puedo hacer. Ya le diré algo.

—Pero te tienes que poner ahora. Es muy urgente. Si me lo haces esta noche, mañana por la mañana nos vemos y te doy cincuenta euros.

—¿Cincuenta? Vaya mierda de tarifa.

—Que sean cien.

—Trato hecho. Mándeme el código.

—Enseguida. Adiós, adiós, adiós.

Gregorio colgó, mandó un mensaje a su informático, dejó el móvil en la mesa y se volvió a dirigir a sus hombres.

—Os explico: La Santa Iglesia, en su afán por esconder sus trapos sucios, y motivada por la escasez de sacerdotes, ha ido recolocando a curas con sospechas de pederastia o actividades casi igual de repugnantes, en lugar de encerrarlos en una mazmorra, que es lo que merecen. Me consta que algunos fueron reasignados aquí, en la Comunidad de Madrid, pero no sé quiénes son. Cuando lo averigüe, tendré una fuente de sacerdotes prescindibles a los que no me importará en demasía si Satanás les mete una cruz por el ojete. ¿Entendéis?

—Me parece brillante, don Gregorio —dijo Mork.

—Y si el Demonio no se los carga, lo haré yo —dijo Plork malhumorado.

—No seré yo quien te detenga, hijo. Por cierto, es de justicia repartir lo que le hemos sacado a ese patán.

Gregorio sacó un fajo de billetes y puso cien euros delante de cada hermano.

—A partes iguales; para que veáis que soy legal.

—Pero, un momento —reclamó Plork—. ¿Y los trescientos euros que he puesto yo?

—Eso anótalo como gastos, porque supongo que se los irás pasando al bien peinado, ¿no?

—Claro.

—Pues nada, apunta en la libretilla.

—En la libretilla dice —murmuró Plork sacando el teléfono móvil.

—Ahora vamos a dormir, que mañana será un día largo. Ahí en la puerta de la derecha del pasillo tenéis vuestro cuarto; el baño está al fondo. Buenas noches —dijo Gregorio retirándose a su habitación.

5. Animales nocturnos

Las sombras de la noche se habían cernido sobre la Mansión Sánchez unos minutos después de inundar el valle que se apostaba a sus pies. En el interior de la casa una calígine casi imperceptible, extraña y gélida, se apoderaba de cada rincón; acariciaba las hebras de los tapices que vestían habitaciones olvidadas, mecía con delicadeza perniciosa las excesivas lámparas, dirigía la danza de llamas de las velas que la Doña de la casa había dispuesto en un altar ante el retablo de la capilla. Al cabo de los pasillos sepultados por la penumbra y al principio de cada momento, una zozobra gobernaba el ánimo de quienes guardaban la paz de los ricos.

Sergei lo notó cuando patrullaba la nave principal y el vello de sus brazos se sublevó, precediendo a la sacudida de un escalofrío que le hizo contorsionar la espalda. Ya se había acostumbrado a los sobresaltos que le producía la visión repentina de alguna estatua, pero aquella sensación le atenazaba y secaba su garganta. Llamó por radio a su compañero Fiodor que le confirmó, en perfecto ruso, que todo estaba tranquilo por su zona. Tras refugiarse en el consuelo de una voz amiga, se volvió a ceñir el subfusil y continuó caminando por el recodo que torcía a la derecha para enfilar el ala de la casa donde estaban la sala de reuniones y las dependencias de don Floren, en busca del soldado que hacía guardia permanente en la puerta del despacho. Cuando se hubo acercado a la distancia necesaria para divisarlo, su ausencia le preocupó. Llegó hasta el mismo quicio y se detuvo mirando en ambas direcciones, sin atisbos de su compañero Vladimir. Volvió a recurrir a la radio, esta vez para saber dónde estaba el hombre que no debía abandonar su posición bajo ninguna circunstancia, teniendo la orden de avisar para ser momentáneamente relevado cada vez que necesitara ausentarse para ir al baño o a tomar un refrigerio. Avisó por radio pero sólo obtuvo una maraña de ruido por respuesta; ajustó la frecuencia y volvió a intentarlo. No hubo éxito. Nadie respondía y sintió una sensación de abandono que desconocía. Sergei comenzó a sudar.

Pensó que su compañero podría haber entrado en el despacho reclamado por don Floren y se giró para agarrar el pomo de la puerta, pero nada más tocarlo una sombra pasó veloz a su espalda, produciéndole un repullo que le hizo darse la vuelta y poner su arma en posición defensiva. Se frotó los ojos en un intento de comprender lo que había visto; algo parecido a una persona había pasado a su lado corriendo como un animal, apoyado sobre sus manos y sus pies a una velocidad sobrehumana. Anduvo titubeante en la dirección en la que había huido aquella cosa y al final del corredor comenzó a divisar una figura erguida. Tenía las piernas parcialmente abiertas y pudo distinguir sus ojos mirándolo con la cabeza gacha. En su mano izquierda portaba algo parecido a una urna. «¡Quién es!», gritó Sergei con voz temblorosa. La figura no contestó y dos pasos después pudo distinguir a don Floren, completamente desnudo, con su horrible cuerpo salpicado de algo oscuro y una sonrisa amplia y terrible. Sus ojos brillaban en las tinieblas con un fulgor ámbar que pareciera clavarse en el alma del soldado. «Don Floren, qué le pasa», dijo antes de proceder con un último intento de contactar por radio: «Vladimir, ¿estás ahí? Vladimir, contesta». Y Vladimir llegó a su posición aunque no en su totalidad, como pudo ver al tropezar en sus pies la cabeza que había hecho rodar don Floren desde su mano. El pánico paralizó la garganta de Sergei, impidiéndole gritar, pero no levantar el arma y apuntar a la estantigua que avanzaba implacable hacia él. Sabía que no debía disparar, que debía dar la vida por proteger al Padrino, pero no estaba dispuesto a morir decapitado por aquel monstruo y apretó el gatillo. El arma se encasquilló y no salió ninguna bala del subfusil. Cuando agachó la cabeza para intentar solventar el problema ya era demasiado tarde; una mano atravesó sus entrañas y le arrancó el corazón.

Virtudes corrió asustada cuando al amanecer le avisaron de la carnicería que evidenciaban los trozos de cuerpos y la sangre esparcida por doquier. Entró en el despacho de su marido y la visión de dos cabezas humanas colocadas a ambos lados de la mesa de caoba le hizo emitir un desgarrador alarido. Entró al dormitorio y sobre la cama observó a don Floren yaciendo entre vísceras y sangre. Balbuceaba palabras incomprensibles y se retorcía medio catatónico. Virtudes se acercó y cogió su rostro áspero por la sangre seca entre las manos.

—¿Qué te pasa, amor mío? ¿Por qué haces estas cosas?

Comenzó a sollozar desconsoladamente con la cabeza hundida en el pecho de su marido, que no hacía nada salvo babear con los ojos ausentes. Gabriel entró en la habitación con varios asistentes y ordenó que se la llevaran. A duras penas pudieron desprenderla del hombre que parecía haber perdido la razón irremisiblemente. Doña Virtudes salió del brazo de dos soldados que la llevaron a la cocina y atendieron la orden de Gabriel de administrarle algún calmante.

Gregorio se despertó con los primeros rayos del alba, que entraban, inclementes, por su ventana entreabierta. La cerró, más que por la luz, por el ruido de la barahúnda de coches y gente que iban saliendo del hormiguero para procesionar en fila hacia sus destinos. Se puso la parte de arriba de su pijama de Batman y fue al lavabo a solventar los menesteres matutinos. Cuando acabó se dirigió a la habitación donde descansaban los hermanos gemelos. No pudo reprimir una sonrisa al ver los pies de ambos sobresalir por la parte de abajo de las camas. «Seguro que Blancanieves no tenía este problema con sus enanos», pensó antes de subir la persiana bruscamente y comenzar a vociferar:

—¡A levantarse, haraganes!

—Joder, Gregorio, no sea usted cabrón y déjenos un rato más —protestó Mork, enroscándose hacia un lado.

—¡Y un huevo! Venga, que hay mucho que hacer.

Gregorio dejó la puerta abierta y sintonizó Rock FM a máximo volumen en el equipo de música del salón, para ayudar a desperezarse a sus muchachos. Guardó su sotana, su sombrero y algunas mudas en una maleta y se puso una camisa de diario rematándola con alzacuellos. Se sentó a leer el periódico digital en su tableta, con los auriculares puestos para no quedarse sordo con los berridos que emitían los adustos altavoces, mientras los dos hombres se turnaban en el baño. Tras unos estruendosos quince minutos, Plork salió al comedor seguido al instante por su hermano y se tomó la libertad de bajar el volumen de la radio.

—Si no le importa, don Gregorio…

—Nada, quítalo del todo si quieres; era para motivaros. Si ya os habéis lavado los dientes y quitado las pitarras, vamos a desayunar —dijo poniéndose en pie, ataviándose con unas gafas de sol pequeñas y cuadradas y ordenando a Mork que llevara su maleta.

Caminaron hasta el coche para dejar el equipaje de Gregorio y se dirigieron andando al Bar de Alfonso.

—Vais a probar, pequeños «padawanes», el café más potente que el ser humano haya conocido; desfibrilador lo llamo, porque te pega tal hostia en el pecho que resucitaría hasta al más inerte de los corazones —comentaba Gregorio por el camino—. Y servido con la simpatía y la gracia del bueno de Alfonso.

—Buenos días, Alfonso —dijo al entrar al bar.

—Buenos serán para la putísima madre de todos los políticos —respondió con los ojos puestos en la tele, donde el noticiario repasaba el último consejo de ministros.

—Ponte por aquí lo de siempre, café solo y copa de coñac. A ver qué queréis vosotros —dijo mientras avizoraba la selecta concurrencia.

Mork y Plork pidieron lo suyo y Alfonso, palillo en boca, comenzó a hacer tronar la cafetera cuando le vino en gana. En un rincón había un hombre pequeño, de unos cincuenta años, sentado a una mesa leyendo un periódico a dos centímetros de sus gafas, de un grosor similar a la ventanilla de un submarino. De vez en cuando cogía una libreta que tenía a su lado y apuntaba unos misteriosos números, para volver al periódico.

—Ese, muchachos, es el Flecha —dijo Gregorio a sus chicos—; un cliente habitual. Viene todos los días, se sienta en la misma mesa y echa la mañana con un café con leche mirando los periódicos. El hombre está «más pacá que pallá» y ve menos que Pepe Leches, pero es muy querido y respetado aquí. Un día a alguien se le ocurrió decirle tontico y se montó una zapatiesta que hasta yo le pegué, por faltarle a nuestro Flecha. Así que si alguien se mete con él tenéis mi permiso para darle una tunda.

Alfonso plantó tres cafés, una copa de coñac y un plato de porras en la barra y volvió a su taburete a seguir viendo la televisión. La siguiente noticia del informativo llamó poderosamente la atención de los tres hombres y se giraron también para mirar la pantalla:

«Aparatoso accidente esta madrugada en la A-2 a la altura de Canillejas. Varios vehículos se han visto involucrados en un accidente en el que un turismo ha quedado calcinado, mu-

riendo todos sus ocupantes. La policía baraja la posibilidad de que el desencadenante fuera el intento de suicidio de un varón de mediana edad que se arrojó desde un puente que cruza la autovía en ese punto kilométrico. Su estado es de coma inducido y se encuentra en la unidad de cuidados intensivos del hospital, con pronóstico reservado».

—Que está vivo —susurró Gregorio echándose las manos a la cabeza—. Ya os dije que el tío era duro.

—Si quiere, podemos mandar a alguien al hospital para que se ocupe de él —dijo Plork.

—Cuando dices ocuparse de él —dijo Gregorio— te refieres a desconectarle las máquinas, pegarle sesenta puñaladas, ahogarlo con una almohada, inyectarle cianuro, rociarlo con ácido y luego meterle fuego al hospital, ¿no? Porque ese cabrón, por lo visto, es imposible que se muera. Y tengo mis dudas de que funcionara, porque por lo visto es ignífugo.

—Usted dirá.

—No, mira, no le llegué a contar nada. Aunque despertara, que lo hará, sólo podría decir que yo me lo llevé para hablar con él. No supone un problema.

«Saoko, Papi, Saoko…»

—Es doña Virtudes. Ahora vengo —dijo Gregorio antes de descolgar el teléfono y salir a la calle buscando algo de silencio.

Tras una conversación de cinco minutos, volvió a entrar en el bar y volvió a pedir otra copa de coñac.

—No gano para disgustos —comentó.

—Qué pasa —preguntó Mork.

—Don Floren, que no se ha levantado muy católico —dijo riendo—. ¿Lo habéis pillado?

—¿Qué ha hecho?

—Por lo visto le ha arrancado la cabeza a dos tíos; unos tales Sergei y Vladimir.

—Ah —dijo Mork—, esos son rusos; son hombres de Víctor.

—Eran —puntualizó Gregorio—. Esos ya no beben más vodka.

Los dos gemelos se quedaron cariacontecidos y visiblemente preocupados. La situación en la mansión del Padrino estaba tomando un cariz peligroso y, conociendo la rudeza de los soldados asesinados por don Floren, pensaron que ellos también podrían sucumbir. Gregorio advirtió su desazón e intentó tranquilizarlos.

—Mirad, muchachos: esto nos da una dimensión aproximada de a qué nos estamos enfrentando; no es para tomárselo a la ligera. Pero yo os garantizo que si hacéis lo que yo os diga y cuando yo lo diga, estaréis a salvo. Con un adversario de este tipo las armas convencionales no cuentan, hay que usar las armas que Dios pone a nuestra disposición y a sus guerreros, entre los que me incluyo. Yo llevo combatiendo al demonio casi treinta años y sé lo que me hago. A vosotros os dejaré al margen a la hora de la verdad. ¿Estamos?

Ambos asintieron aparentemente más tranquilos, pero sin llegar a borrar del todo el atisbo de duda que palidecía sus caras.

—¿Y estos hombres que le acompañan quiénes son? Si me permite la pregunta, padre —dijo Alfonso.

—Son mis guardaespaldas. He sido elegido para velar por la seguridad y el buen funcionamiento de la visita papal, dentro de poco, y la archidiócesis ha puesto a mi disposición una escolta de profesionales muy preparados.

—¿Tú crees que se inventa las trolas sobre la marcha o las prepara en sus ratos libres? —susurró Plork al oído de su hermano.

—Impresionante, don Gregorio, este coñac corre por cuenta de la casa —dijo Alfonso llenando la copa del cura.

Gregorio echó un vistazo al último mensaje recibido de su informático, pidiéndole más tiempo, y decidió que qué mejor sitio que aquella taberna para matar el tiempo durante la espera. Animó a sus chicos a quitarse las chaquetas y ponerse cómodos y, afectado por la ingesta de más licor de la cuenta a tan temprana hora, comenzó a divagar sobre sus aventuras, formándose el corrillo habitual a su alrededor.

—Ni os imagináis —contaba copa en mano— la de gente famosa que está poseída; unos de manera fortuita y otros porque hacen pactos con el Maligno para mejorar en su disciplina. Algunos consiguen convivir con su demonio durante muchos años, en una especie de simbiosis, pero a la larga el Diablo los acaba derrotando.

—Díganos usted alguno, padre —demandó un vendedor de cupones que se había arremolinado en torno a Gregorio.

—Pues, por ejemplo: Cristina Almeida, sólo hay que oírla hablar; el Cordobés, sólo hay que verlo hacer lo que sea; Leticia Sabater...

—¿Leticia Sabater? —Preguntó Alfonso.

—¿Tú has escuchado la canción de la Salchipapa? Es un alegato satánico en toda regla. Y esa es la mejor que tiene.

—Ahora que lo dice...

—Luego está Raphael; decidme si es normal esa voz y esos movimientos con ochenta años. Un pacto con el Diablo claramente, como Carlos Sainz.

—¿El actor?

—¡El piloto de *rallies*, melón! Ganó dos mundiales con la gorra y a partir de ahí, todo desgracias. Claro, le fue bien hasta que el Diablo con el que pactó dijo «hasta aquí hemos llegado». Si no, a santo de qué va a perder un mundial por una avería extraña a cincuenta metros de la meta.

—¿Y los del programa Sálvame? Esos tienen toda la pinta —preguntó alguien.

—De ellos, en concreto, no tengo constancia pero sí te aseguro que el que está endemoniado es su cirujano plástico. Y os voy a contar un caso que os va a dejar con el culo torcido: ¿Sabéis quién estuvo poseído un montón de años? —preguntó Gregorio ante las miradas de expectación de su público—. José Luis Moreno, el ventrílocuo.

—¡No fastidie! —clamó el populacho.

—Pues sí. ¿Quién os pensáis que le ponía voz a los muñecos? No era normal la habilidad de ese tío. No despegaba los labios ni un milímetro y sus figuras hablaban de manera prodigiosa con mucho ingenio, por cierto; se ve que el demonio en cuestión era un cachondo, las cosas como son. Y, ¡vamos!, los gestos obscenos que hacían los muñecos... sobre todo Rockefeller.

—¿Ese era la urraca? —preguntó Mork.

—No, era un cuervo —dijo Marcelo.

—Exacto. Simbología satánica. Pues yo me enteré a través de un compañero más veterano, que me dijo que había conseguido convivir con su posesión durante muchos años, hasta que un día se torció el asunto —dio un generoso trago a su copa y demandó a Alfonso su llenado—. El caso es que, ya en los noventa, en una actuación en diferido de Televisión Española, al muñeco Monchito se le fue la olla y comenzó a soltar soflamas nazis e intentó estrangular a un camarógrafo. Evidentemente, ese programa no se emitió y me llamó muy preocupado Pepelu, yo lo llamo así, que ya no podía más: «Goyo, por favor, tienes que sacarme esto del cuerpo». Y lo hice, por supuesto. Camuflamos su exorcismo con la falsa noticia de que habían entrado en su casa a robarle y le habían pegado una paliza, porque el pobre quedó hecho un Cristo —Gregorio paró para santiguarse—. Y fijaos que a partir de entonces tiene que mover mucho la boca en sus actuaciones, porque ya les tiene que poner la voz él, y ya no tienen tanta gracia los muñecos; donde se ponga un discípulo de Lucifer para hacer humor, que nos quitemos los beatos, desde luego.

La melodía de su móvil volvió a sonar e interrumpió la apasionante historia que había congregado a gente tan variopinta como un repartidor de refrescos que, tras depositar dos cajas de Pepsi sobre la barra, se quedó escuchando, o una funcionaria de hacienda que estaba alargando su cuarto café. Gregorio salió del bar y, después de una fugaz charla, entró de nuevo soltando veinte euros en la barra.

—Lo siento, amigos, otro día seguiremos. Plork, Mork, coged vuestras cosas que nos vamos.

—Ni se le ocurra pagar, don Gregorio —dijo un caballero que cogió el billete y se lo devolvió. Dense usted y sus acompañantes por invitados.

Bandicoot vivía en una buena casa unifamiliar de una urbanización bastante decente. Cuando se apearon del coche, Plork dijo estar sorprendido porque un chaval de veintipocos años se la pudiera permitir.

—Qué dices, Mork. Vive con sus padres y se ha acabado haciendo fuerte en el sótano, de donde sale poco tirando a nada, por no hablar de la calle, que no la pisa.

Bajaron por una rampa de cemento estriado hasta la puerta de un garaje, que había sido parcialmente abierta por mor de una llamada previa de Gregorio. Entraron y divisaron en el fondo a un muchacho níveo y cabezón, que les daba la espalda a ellos y encaraba cuatro pantallas de ordenador sentado en una aparatosa silla de jugador de videojuegos. El sótano-garaje, reconvertido en guarida de un ser asocial, huraño e inadaptado para la vida real, se partía en su mitad por una gran cortina enhebrada en una barra que cruzaba toda la estancia, para aislar aún más a aquel individuo de la luz exterior.

—Muchacho —dijo Gregorio acercándose—, eres lo más parecido a un vampiro que he conocido en mi vida.

—Qué tal, padre —respondió el joven con simpatía, haciendo rotar su sillón.

Joaquín Torralba, alias Bandicoot_01 en la nube, vestía una camiseta de tirantes negra que hacía que destacaran sobremanera su macilenta piel y las migajas de doritos que llevaba prendidas en el pecho y la barriga. Su estructura ósea se adivinaba frágil bajo una musculatura flácida, unos hombros estrechos y unas manos finas y blancas. Era alto y, a pesar de estar delgado, tenía cara de gordo: un rostro en forma de pera, sembrado de pústulas de acné tardío, se tocaba en su parte superior por una melena rizada y liviana que se pegaba a su frente sudorosa y en su parte inferior por cuatro pelos mal distribuidos en su barbilla. Apoyaba unas gafas rectangulares y feas sobre una nariz prominente y tenía unos labios gruesos con boqueras de comida.

—Permíteme que te diga, Bandicoot, que da asco verte. Tienes que salir a la calle a que te dé el sol y tienes que dejar las pajas, que pareces una paella. En fin —dijo señalando a los dos hermanos—: Chicos, este es Bandicoot; Bandicoot, estos son Mork y Plork.

—Caramba, qué nombres más raros —dijo estrechándoles su mano, que parecía ridícula en comparación.

—Pues anda que el tuyo —refunfuñó Plork, limpiándose la mano en el pantalón.

—¿Lo de tu nombre es por el juego Crash Bandicoot? —preguntó Mork.

—¡Por supuesto! —respondió orgulloso el informático.

—Bua, menudos vicios nos echábamos hace años, ¿te acuerdas? —preguntó a su hermano, que no contestó.

—Bueno, dejaos de gilipolleces —intervino Gregorio—. ¿Qué tienes para mí?

—Mire, padre —dijo mostrándole uno de los monitores—: éste es el listado de nombres que me pidió; se lo he impreso ya en un folio. Ha estado tirado jaquear la web, no me ha costado ni cinco minutos. Vaya putos inútiles los del Vaticano... Con perdón.

—Si has tardado cinco minutos, ¿por qué llevo esperando diez horas?

—Don Gregorio, entiéndalo. Me pilló usted anoche en un maratón de «WOW» —se excusó.

—¿Un maratón de qué? —dijo, enervado, cogiéndolo de la patilla—. Mira, me cago en tu puta madre.

—¡Hola, padre, qué tal está! —comentó la recién nombrada, entrando por la puerta interior del sótano.

—Hola, qué tal, señora —respondió Gregorio con la patilla de su hijo asida con fuerza.

—Bueno, ahí vamos. ¡Ay, padre! A ver si usted lo convence para que salga y se busque un trabajo de verdad y una novia... o un novio, que a mí me da lo mismo.

—En ello estamos. De hecho me estaba planteando pegarle un tiro en la rodilla, para ver si espabila.

—¡Qué cosas tiene, don Gregorio! Anda, Joaquín, hazle caso, que es el único amigo decente que tienes. En verdad, es el único en carne y hueso.

—Sí, Mamá. Venga, vete ya a ver si me suelta.

—¿No quieren usted o sus acompañantes tomar nada? —ofreció amablemente la mujer.

—En otro momento, de verdad. Se lo agradezco mucho. Llevamos algo de prisa.

—Bueno, pues ya les dejo.

La mujer se retiró, Gregorio cogió la hoja de papel con los nombres y ordenó a Plork que le diera a Bandicoot cincuenta euros y apuntara cien en la libretilla.

—Nos vamos. Haz el favor de hacerle caso a tu madre.

—Pero si ella dice que le haga caso a usted.

—Bendito sea, bendito sea... —masculló malhumorado Gregorio—. ¡Hasta luego!

—Aquí tenemos, amigos míos, un infame catálogo de sospechosos de pederastia, vejaciones, malversaciones varias, abuso de autoridad y otras lindezas —dijo Gregorio mostrando el papel—. Que no digo que todos sean culpables, pero si los han escondido aquí es por algo. A ver, Mork, toma y escoge un nombre.

Mork escrutó la lista y, tras un par de gestos dubitativos, puso el dedo sobre una línea.

—¡Éste! Fulgencio Hernández.

—A ver —dijo Gregorio recuperando el papel—. Aranjuez; eso está a tomar por saco. Escoge otro.

—Pues éste: Eufemiano Torres.

—Vaya nombres, macho —dijo comprobándola de nuevo—. Vale, esta iglesia nos pilla cerca. Toma, Plork, mira la dirección y vamos a por otro cura.

En los veinte minutos de trayecto, Gregorio fue explicando el nuevo plan a sus esbirros. Esta vez sería un secuestro simple y por la fuerza, «nada de negociación ni leches en vinagre», amén de sus propias palabras. Debían usar sus conocimientos en el mundo del hampa para coger al sacerdote con discreción y firmeza y meterlo en el maletero.

Llegaron a una pequeña iglesia de un pueblo cercano a Madrid, con pocos habitantes y menos movimiento, perfecto, a juicio de Gregorio, para sus propósitos. Aparcaron frente al adusto templo, que tenía la puerta abierta, y Gregorio les dio unas últimas indicaciones.

—Entráis, lo cogéis, lo maniatáis, le ponéis una mordaza y me llamáis. Cuando esté todo despejado y no haya nadie mirando yo os aviso y os espero con el maletero abierto, ¿entendido?

—No se preocupe, don Gregorio, que de esto sí sabemos —le dijo Mork saliendo del coche para coger unas cuerdas, cinta americana y un trapo del maletero.

Los dos cruzaron la calle y entraron en la Iglesia. Transcurrieron poco más de cinco minutos, que a Gregorio se le hicieron eternos, hasta que le llamaron por teléfono. Él salió del coche y oteó la calle en ambas direcciones, advirtiendo solamente a una mujer mayor que arrastraba un carro de la compra de tela en la lejanía. «Todo despejado», dijo procediendo a abrir el maletero. Salieron a la calle portando uno de ellos en el hombro un cuerpo maniatado y con una capucha puesta; el otro le seguía a dos metros de distancia. Llegaron al maletero, lo soltaron como un saco de patatas y Gregorio cerró.

—¿Dónde estaba? —preguntó.

—Limpiando el copón y demás aparejos de decir misa —respondió Mork.

—¿Pero de qué establo te has escapado tú? —le dijo Gregorio con desprecio—. Limpiando dices... No sé yo.

Gregorio abrió el maletero antes de mirar en derredor de nuevo.

—¿Puede hablar?

—Espere —dijo Plork, que metió la mano debajo de la capucha y sacó un trozo de cinta americana de un formidable tirón—. Ahora sí.

—Eufemiano —le llamó Gregorio.

—Yo no soy Eufemiano, soy Paco el sacristán. Por favor, suéltenme —imploró el hombre.

Gregorio se mordió los nudillos enfurecido, e hizo el amago de pegarle al esbirro que tenía más cerca.

—¿Sois gilipollas? ¿No sabéis preguntar? —les susurró a ellos—. ¿Y dónde está Eufemiano? —le preguntó a él.

—En su casa, en la puerta de al lado de la iglesia —lloriqueó Paco.

—Ale, id a por él —exhortó Gregorio.

—¿Y qué hacemos con este, nos lo cargamos?

—No, hombre, no. Dejadlo maniatado delante del altar, así no podrá llamar a la policía en breve. Ya entrará alguien y lo desatará. Venga, zumbando de aquí.

Mork y Plork entraron a la iglesia de nuevo, dejaron el paquete, salieron a la calle, forzaron la cerradura de la casa anexa y salieron a los dos minutos con otro paquete, tras recibir el «vía libre» de Gregorio. Cruzaron de nuevo y lo soltaron en el maletero. Gregorio cerró y todos se montaron en el coche.

—Estáis seguros de que es este, ¿no?

—Sí, le hemos preguntado.

—Venga, pues vámonos. Tengo que hablar con él antes de llegar a la mansión, así que conduce hasta un lugar apartado, a ser posible lejos de puentes y autovías.

Plork cogió una carretera secundaria durante algunos kilómetros, hasta que giró a la izquierda por un camino remoto. Un par de kilómetros después se detuvo en mitad de la misma nada, entre terrenos baldíos y secos. Bajaron del coche, sacaron al sacerdote del maletero, lo pusieron de pie y lo desproveyeron de la capucha y la mordaza. El sol le cegó y guiñó los ojos profusamente torciendo la cabeza.

—Buenos días, más bien tardes ya, don Eufemiano —dijo Gregorio.

—¿Quién es usted? ¿Qué quiere de mí?

—La pregunta no es qué quiero, sino qué ofrezco, amigo mío; te ofrezco la redención. ¿Qué hiciste para acabar desterrado en ese pueblo? ¿Por qué te escondió la Iglesia?

—Yo no hice nada, de verdad —dijo lastimosamente—. Me acusaron de tocar a los monaguillos lascivamente, pero yo sólo profesaba amor sano y paternal por ellos.

Plork se acercó a Eufemiano con una terrible agresividad en sus movimientos y una mirada iracunda que intimidó al sacerdote.

—De verdad, «Eufe», qué asco más grande me das —dijo Gregorio dándose la vuelta y metiendo medio cuerpo en el coche para buscar el tabaco de la guantera—. Pero te voy a dar una última oportunidad de ser un hombre de Dios.

Mientras Gregorio decía estas palabras y rebuscaba dentro del coche, Eufemiano lloriqueaba y soltaba excusas hasta que un gran estruendo cortó de raíz sus lamentos. El disparo provocó la estampida de una bandada de palomos torcaces que medraban en las cercanías y se propagó por aquel yermo paraje hasta perderse en el horizonte. Gregorio volvió detrás del coche y miró con los ojos muy abiertos cómo Eufemiano yacía muerto sobre un charco de sangre y masa encefálica que se desperdigaba a lo largo de varios metros.

—¿Soy yo —dijo— o este hombre no tenía hace un minuto el cerebro fuera de la cabeza?

—¡Era un pederasta, don Gregorio! —se excusó Plork con la pistola, todavía humeante, en su mano y la cara salpicada de bermellón.

—¡Pero que has matado a un cura delante de otro! —exclamó Gregorio fuera de sí, cogiéndolo de la solapa y zarandeándolo—. ¿Tú sabes el nivel de condenación del que estamos hablando? Bien está que muera fruto del azar o del Maligno, como el padre Ricardo, aunque ese, para ser honestos, todavía no ha torcido el labio. Pero nosotros no podemos ir liquidándolos; no es decisión nuestra. Además nos hacen mucha falta.

Lo soltó y se alejó pensativo mientras Mork le dedicaba una mirada vituperante a su hermano.

—Bueno, qué le vamos a hacer; luego te confieso. Ahora ya no vale de nada lamentarse. He visto que lleváis palas en el maletero, así que os doy media hora para que lo enterréis —dijo lanzándole una a Plork.

—¿No nos ayuda, don Gregorio? —preguntó Mork.

—Hay dos clases de hombres en el mundo, los que no van por ahí volando cabezas de sacerdotes y los que cavan.

Vosotros caváis. Supongo que habéis visto la peli del Bueno, el Feo... ¡bah! Olvidadlo. A currar —sentenció metiéndose en el coche.

Un rato después, don Gregorio celebraba un pequeño responso en solitario a la memoria del finado y se ponían de nuevo en marcha.

Transcurrieron más de tres horas hasta que pudieron hacerse con otro sacerdote: Avelino Santos. Tuvieron que descartar previamente a dos que estaban en Iglesias cuyos aledaños estaban demasiado concurridos. Gregorio decidió no hacer escalas previas a la Mansión Sánchez para preparar al nuevo cura, motivado por los funestos precedentes. Pararon a comer en un restaurante de carretera con el aparcamiento atestado de camiones de gran tonelaje, que, a criterio de Gregorio, eran los mejores. Procuraron dejar el coche aparcado en la sombra, para que no se les muriera insolado el cura que llevaban en el maletero. Tras dar cuenta de tres bocadillos, tres cervezas, tres cafés y una copa de coñac, volvieron al coche y emprendieron la marcha hasta la mansión. Llegaron a la puerta principal de la casa a media tarde y doña Virtudes, avisada por los hombres de guardia, salió a recibirles.

—No sabe, señora mía, lo difícil que nos ha resultado conseguir a un ayudante —le expuso Gregorio—. Hay algo que trata de impedirnos intervenir, pero aquí estamos. ¿Cómo está don Florencio?

—No ha tenido ni un momento de lucidez hoy. Después de lo que ocurrió esta madrugada ha estado completamente ido y balbuceando en la cama. Hay apostados en la puerta un grupo de soldados del Señor Víctor... ¡Víctor, ven un momento! —gritó avisando a un curtido soldado, viejo y con cara de pocos amigos—. Y estamos a la espera de que usted comience.

—Buenas tardes —dijo Víctor con acento ruso—. Haga usted algo porque no me puedo permitir perder más hombres.

—Enseguida estoy con ello —respondió Gregorio estrechando su mano—. Sus armas ya no valen en esta guerra.

6. Primer asalto

—Yo te absuelvo de todos tus pecados —dijo Gregorio a Avelino, sentado en un rincón de las caballerizas donde tenían retenido al sacerdote, esposado a un amarradero—. Ahora te voy a dar un consejo: si alguno de los dos mozarrones que te han cogido esta tarde te pregunta qué hiciste para que la iglesia te escondiera, di que robaste dinero del cepillo, ¿estamos?

—Como usted diga —respondió asustado.

—¡Mork, Plork, venid a soltarlo! —exclamó a los dos hombres que hablaban en la puerta con otros compañeros—. Vamos a currar, don Avelino.

Al salir de aquella nave, Gregorio se fijó en unos depósitos con pistola pulverizadora que tenían dos correas cada uno, a modo de mochilas.

—Coged una de esas, enjuagadla y llevadla para la casa —ordenó.

Entraron en la mansión y se detuvieron en unos sillones que había en el gran recibidor. Gregorio se atavió con la sotana, estola, sombrero, medalla, crucifijo y biblia. Bendijo dos botellas de agua, una se la dio a Avelino y con la otra rellenó sus frascos. Sacó una pequeña grabadora de cinta, probó su funcionamiento y se la guardó en un bolsillo. Una vez munido con todos los pertrechos de exorcizar se levantó y cogió su maletín. Ordenó traer una Biblia de la capilla para Avelino y llenar el depósito de fumigar con una de las enormes garrafas que había junto a los dispensadores de agua. La bendijo y le dijo a Mork que se la pusiera, justo cuando llegaba Plork con la Biblia que dio al otro sacerdote. Doña Virtudes los miraba en la distancia.

—Bueno, equipo, ya estamos preparados. Vamos allá —arengó Gregorio, que encabezó la marcha hacia las dependencias de don Floren.

Caminaba altanero y decidido, con Avelino dos pasos por detrás de él, con la cara mustia y la cabeza gacha. Cerraban el grupo los dos hermanos, andando estoicos en la retaguardia. Llegaron a la puerta del despacho, donde un grupo de soldados armados hasta los dientes permanecían custodiando la entrada. Doña Virtudes y Víctor se acercaron, cada uno desde un lugar diferente. Gregorio puso sus manos sobre los brazos de la mujer:

—Doña Virtudes, váyase usted a rezar por su marido. Aléjese de aquí y no intente entrar pase lo que pase y oiga lo que oiga. Le prometo que, mientras yo esté ahí dentro, él estará a salvo.

Ella lo miró con ojos vidriosos y no contestó. Le besó la mano y se retiró en dirección a la capilla.

—Y usted, Boris —dijo mirando a Víctor—, me da igual que permanezcan aquí en la puerta todos o que se vayan, pero tampoco quiero que intervengan. Lo que pase ahí dentro a partir de ahora está fuera de su jurisdicción.

El hombre lo miró con aquellos ojos pequeños enclavados en su pétreo rostro y asintió levemente.

—Venga muchachos —dijo Gregorio abriendo la puerta—. Vamos a patearle el culo al Diablo.

Entraron los cuatro y cerraron. «Qué huevos tiene», se oyó comentar a un aguerrido soldado.

—Me tenía que haber puesto una bufanda —dijo Gregorio ante el terrible frío que se había apoderado de la estancia principal, ahora vacía—. Mork, date una vuelta rociando agua bendita por todo este despacho; no te olvides de echarle también al oso tuerto. Hay que ir limpiando la maldad.

Mork obedeció y comenzó a accionar la pistola pulverizadora aquí y allá. Entre tanto, Gregorio indicó su posición y su función a Plork durante el exorcismo:

—Tú quédate cerca de la puerta del dormitorio. Toma, coge esta grabadora y acciónala cuando entremos. También quiero que cubras a tu hermano mientras pulveriza agua ahí dentro. Cuando acabe, que se quede contigo a una distancia prudencial del poseído. En principio sólo Avelino y yo nos acercaremos a don Floren. ¿De acuerdo? —concluyó mirando al sacerdote secuestrado.

—¿Qué? Ah, sí —dijo Avelino tembloroso.

—Céntrate, padre, o ese cabrón de ahí dentro se te va a merendar en cinco minutos. ¡Mork, vamos para el dormitorio!

La habitación estaba especialmente fría y la ventana apenas conseguía iluminar ya la enorme cama donde don Floren se debatía entre extraños carraspeos y palabras sin sentido. Gregorio prendió la luz y mandó a Mork a fumigar. Posó su maletín sobre una coqueta de estilo florentino, lo abrió, sacó un frasco y se acercó a la cama, instando a Avelino, que permanecía como una estatua, a que le acompañara.

—Florencio Sánchez, ¿está usted ahí?

Encendió la linterna de su teléfono móvil y la aproximó a su cara, abriéndole los párpados con los dedos y comprobando que sus ojos estaban en blanco; el hombre seguía perdido. Aparte de la evidente catatonía que lo tenía sumido en un mundo de tinieblas, pudo observar los restos de una limpieza descuidada, que le habían dejado trazas de sangre seca y le daban un aspecto sucio y desagradable. Gregorio sacó un rosario de su bolsillo, arrimando el pequeño crucifijo que lo coronaba a la cara de don Floren. Cuando la cruz tocó su frente el hombre tampoco reaccionó pero comenzó a aflorar una extraña humareda de su piel y el sacerdote la retiró.

—¡Eh, mirad, el Padrino está que echa humo! —dijo poniendo y quitando la cruz en su frente en repetidas ocasiones, con una risa bobalicona y buscando la complicidad de sus ayudantes, a los que miraba, perdiendo de vista a don Floren, que le agarró la mano.

—¿Te diviertes, Gregorio? —dijo, pasmosamente despierto, con una angustiosa mezcla de voces de ultratumba.

—¡Ay, qué susto! —gritó Gregorio intentando alejarse de la cama, cosa que no podía hacer porque el Padrino, o lo que fuera aquella cosa, no le soltaba la muñeca.

Ante la inacción de los demás, Gregorio sacó con bastante pericia el frasco de agua bendita de su bolsillo con la mano libre, desenroscó el tapón con los dientes y lanzó un chorreón que cruzó el brazo de su captor, haciéndole abrir la mano y proferir un alarido.

—¡Suelta, coño! —le dijo Gregorio alejándose un par de pasos.

El resto de los concurrentes, expectantes y aterrados, no movía ni un músculo. Gregorio guardó el rosario y sacó el crucifijo grande, acercándose un poco pero manteniendo la guardia. Don Floren dejó de gritar y se incorporó sobre la cama, mirando con atención a cada una de las personas que acompañaban al exorcista.

—A ver —intervino Gregorio—, ahora que te has despertado, hablemos. En primer lugar, dime quién eres. En segundo lugar, ya te adelanto que voy a estar aquí los días que hagan falta para expulsarte, así que... ¿por qué no abandonas este cuerpo ya y te vas a tomar viento fresco?

—Necesito este cuerpo y esta alma, Goyete. Cuando ya no los necesite lo sabrás —dijo «don Floren» inclinando la cabeza exageradamente y mirándolo con una despiadada sonrisa.

—¿Y por qué éste? Siempre habéis sido más de corromper a criaturas desvalidas, de inocencia pura; almas prístinas y jugosas para vuestro repugnante apetito.

—¿¡Habéis sido!? —exclamó con furia—. ¿Con quién crees que estás hablando?

—No lo sé. Dímelo tú.

Don Floren terminó de ponerse en pie y extendió los brazos, formando una cruz con su cuerpo, con las palmas hacia abajo. Agachó la cabeza y comenzó a recitar, con voz confusa, una amalgama de tonos con estridencias agudas y sentencias raucas que parecía provenir de su boca y de cada rincón de la habitación al mismo tiempo; con palabras en latín perfectamente identificables y otras que, pronunciadas al revés, ponían los pelos de punta. Se intercalaba la voz principal con otras que sonaban mezcladas y superpuestas en jergas que Gregorio apenas lograba identificar.

«*In nomine Dei Nostri Satanas Luciferi Excelsi! In nomine Satanas, earret sunimod Dominus terrae, Rex Mundi iubet quia infernalia sua potestate tenebrarum vireseffundite super me...*»

—Y yo que creía que los políticos decían gilipolleces... —dijo Gregorio sacando su Biblia, alzando el crucifijo y pidiendo a Avelino que repitiera con él:

—*Crux sancta sit mihi lux.*

El sacerdote no respondió. Se encontraba petrificado, sujetando una Biblia y una botella de agua, mirando fijamente la estampa de aquel demonio que bramaba desde lo que parecían ser las profundidades del averno. Gregorio le lanzó una patada y reclamó su atención.

—¡Repite!

— *Crux sancta sit mihi lux* —dijo con un hilo de voz que se perdía entre la infernal verborrea.

— ¡*Non draco sit mihi dux*! —gritó Gregorio.

— *Non draco sit mihi dux.*

—¡*Vade retro Satana, numquam suade mihi vana!*

—*Vade retro Satana...*

Una violenta sacudida interrumpió su rezo, estremeció la habitación e hizo retumbar cada muro, cada mueble y cada baldosa. El poseído se dio la vuelta, encarando la gran figura de madera que plasmaba a Jesucristo crucificado en la pared, sobre el cabecero de la cama. Todos pudieron ver como la cruz se invertía y quedaba boca abajo. Don Floren giró la cabeza sin mover el cuerpo y miró a Avelino desde esa antinatural postura que hubiera fracturado el cuello de cualquier ser humano. Incluso Gregorio, veterano de mil batallas contra el Maligno, se sintió sobrepasado por semejante aberración y tal muestra de poder, que se incrementó cuando los pies de aquel cuerpo corrupto dejaron de tocar la cama.

—¿De qué tienes miedo, Avelino? ¿Todavía no has asumido que tu alma nos pertenece y que hagas lo que hagas no vas a poder salvarte? No tengas miedo a la muerte; tú ya estás muerto.

—Mírame, Avelino. No hables con él —dijo Gregorio antes de arrojarse contra don Floren, en un intento de someterlo con agua bendita y el poder de la cruz; pero algo le detuvo. Una fuerza descomunal le sobrevino desde cada lugar de su cuerpo y le postró de rodillas junto a la cama. Le pesaban los brazos, los hombros; le pesaban los párpados y la cabeza. Le pesaba la vida.

El demonio giró aún más la cabeza para mirar a Plork, que se sostenía con alfileres sobre un lecho de terror, visible en sus ojos, muy abiertos, y en la rigidez que parecía amordazar su musculoso cuerpo. Estaba de pie junto a la puerta y sostenía en una mano la grabadora y en la otra, nadie sabía desde cuándo, su pistola.

—¿No te ha contado tu amigo Gregorio lo que hizo Avelino? ¿Por qué no se lo cuenta usted, padre? —dijo volviéndose a dirigir al sacerdote que ejercía de ayudante, que clavó sus ojos en la pistola que sujetaba el hombre en su mano agarrotada.

Pero Avelino no contestó y don Floren se volvió de nuevo hacia Plork:

—Que te cuente lo que le hizo a esas mujeres.

—¡No lo escuches! ¡Quiere manipularte! —gritó Gregorio haciendo un esfuerzo hercúleo por luchar contra lo que le impedía apenas poder respirar—. ¡Mírame a mí... Aaaaaah!

Un dolor punzante e intenso hizo que Gregorio se doblara sobre su propio cuerpo y clavara la cabeza sobre el suelo alfombrado. Plork miraba ahora con intensidad a Avelino, que comenzó a titubear, intentando defenderse de las acusaciones del Diablo.

—Yo no hice nada a esas mujeres que ellas no quisieran.

—¿Qué les hiciste? —inquirió Plork levantando el arma.

Mork se debatía confundido entre su hermano, el cura amenazado, don Floren y Gregorio, que se retorcía en el suelo de dolor e intentaba levantarse sin conseguirlo, pero que pudo sacar fuerzas para hablarle.

—Mira a tu hermano. Es tu hermano y le quieres. Dile que baje el arma. Acércate.

Mork se acercó a su hermano y puso una mano en su hombro. Estaba tenso, furioso y no apartaba su vista de Avelino, ni el cañón de su arma de su trayectoria.

—Déjalo, nene. Baja el arma.

No contestó. Avelino intentó hablar de nuevo, pero Gregorio le gritó: «¡Cállate!» y se dirigió a Plork:

—Haz caso a tu hermano. Míralo. Lo quieres...

Un apretón en las correas invisibles que constreñían sus movimientos le hizo volver a hincar la cabeza y parar, pero tomó resuello y siguió:

—Harías cualquier cosa por él. Baja el arma por él.

—Bájala —le volvió a repetir Mork.

—Abrázalo —le dijo Gregorio—. Abraza a tu hermano. Demuéstrale el amor que le tienes.

Mork abrazó a su hermano, que seguía rígido y no deponía su actitud amenazante.

—¡Míralo! —siguió Gregorio—. Recuerda cuando erais pequeños y jugabais juntos, cuando alguien se metía con él y tú le defendías. Mira a tu hermano y deja que el amor te dé el poder que necesitas.

Don Floren había asistido atento y rebosante de gozo a la encrucijada donde su propio veneno había llevado a aquellos hombres, pero, súbitamente, su poder pareció disminuir. Sus pies se posaron en la cama, su cuello se enderezó y Gregorio consiguió levantarse haciendo acopio de la poca energía que atesoraba en ese momento. Avelino temblaba ante la escena de aquellos aguerridos hermanos, en la que uno abrazaba al otro y el otro, por fin, parecía perder la furia de sus ojos y recuperar la humanidad.

—¡Abraza a tu hermano! —gritó Gregorio, ya completamente erguido.

Plork bajó el arma, miró a su hermano y se fundió en un abrazo con él. Don Floren giró todo su cuerpo y Gregorio le atacó con el agua bendita y alzó de nuevo la cruz.

—¡Yo te expulso! ¡Ríndete ante tu Dios!

El Padrino cayó de nuevo en la cama, ahora sobre sus cuartos traseros, y Gregorio cogió su Biblia del suelo para seguir rezando, pero algo trastocó sus planes y rompió el equilibrio que había conseguido en la batalla. Avelino salió corriendo y pasó veloz junto a los dos hermanos, saliendo de la habitación. El «no» angustiado que emitió Gregorio no lo contuvo y pudieron escuchar cómo golpeaba la puerta del despacho que daba al corredor principal, pidiendo ayuda. La puerta se abrió y Víctor entró empuñando un enorme revólver. Cuando Gregorio miró la cama pudo comprobar que don Floren ya no estaba. Alzó la cabeza y la visión de aquella cosa andando por el techo como una araña en dirección al despacho le horrorizó como nada lo había hecho nunca. Avisó a Mork y Plork, que no advirtieron al Don pasando sobre sus cabezas, y los tres salieron corriendo del dormitorio. Se encontraron a Avelino encañonado por aquel hombre cuyos ojos ya no eran sus ojos, y cuya voluntad parecía quebrantada. Vieron cómo don Floren reptaba pared abajo sin que Víctor pudiera notar su presencia y vieron cómo Víctor le reventaba el pecho de un balazo a Avelino. Vieron cómo la mano del demonio, que parecía ser invisible para los hombres que aguardaban detrás de Víctor, dirigía su brazo y ponía el cañón en dirección a su propia cabeza. Vieron cómo apretaba el gatillo y, a ojos del resto de testigos, se disparaba y acababa con su propia vida.

Don Floren desapareció y Gregorio volvió a mirar en la habitación, donde estaba, sentado en su cama, con una maléfica sonrisa; como si no se hubiera movido de allí en ningún momento.

—¡Todo el mundo fuera de aquí, vamos! —Gritó Gregorio—. Arrastrad los cadáveres rápido, salid y cerrad la puerta. Yo os cubro.

Se quedó bajo el quicio que unía las dos habitaciones. Ellos obedecieron y en medio minuto habían salido todos. Entró con precaución y recuperó su maletín, para volver a abandonar el dormitorio.

—¿Esto es lo mejor que puedes hacer, Goyete? —dijo don Floren.

—Acabamos de empezar —respondió—. Sólo has ganado el primer asalto.

Gregorio se sentó en uno de los bancos de madera que habían hecho traer para la improvisada guardia a la puerta de las dependencias de don Floren. Estaba cansado y frustrado. Se encendió un cigarro mientras observaba el barullo de gente que se agolpaba nerviosa y agitada por la muerte de su comandante. Trajeron una bolsa de plástico para el sacerdote y a Víctor lo tendieron sobre una manta. Mork y Plork andaban desorientados sin saber muy bien qué hacer y Gregorio los llamó para que le acompañaran y tomó la grabadora que aún sujetaba Plork en la mano.

—Lo habéis hecho muy bien, muchachos. Sentaos.

Se sentaron a ambos lados del sacerdote y permanecieron mudos, observando el alboroto.

—En serio os lo digo. Mirad a esa mierda de cura, cómo ha metido la pata y sin embargo tú —dijo Gregorio mirando a Plork— has aguantado los embates del Demonio.

—Pero ha sido terrible —dijo Plork apesadumbrado—. Jamás pensé que podría ver algo así ni sentir lo que he sentido. Era una furia que no podía controlar...

—Tampoco es que esta mañana te hayas controlado mucho con el bueno de Eufemiano —matizó Gregorio.

—No, esto era distinto... me hablaba... Esa cosa hablaba en mi cabeza. Y flotaba... y giraba la cabeza... y andaba por el techo.

—Bah, no le des más vueltas, eso es de primero de exorcismo. Ya te acostumbrarás. Y al final mira, has conseguido no incrementar tu cifra de curas asesinados en el día de hoy.

—Pero estoy confuso, don Gregorio —farfulló Plork—. Ese hombre merecía morir. Entonces, ¿era tan malo a lo que me estaba empujando don Floren?

—Mira, para empezar, como ya te comenté esta mañana, nadie debería tener la potestad de quitar una vida, excepto Dios. Y es cierto que hay gente que merece morir, no te lo voy a negar, pero éste no era el caso. Avelino se acostó con dos mujeres adultas, con dos feligresas ingenuas que se dejaron embelesar. Él usó su posición como líder espiritual para conseguir embaucarlas y aprovecharse de ellas, pero no me parece un pecado capital. ¿Que merecía una paliza, ser echado de la Iglesia y un lustro en la cárcel para reflexionar sobre su miserable comportamiento? Pues estoy de acuerdo, pero ser ejecutado es excesivo y es ahí donde entra el papel del Diablo. Te engaña, te hace creer que lo que ibas a hacer está bien y te empuja a hacerlo. Si hubieras disparado, él te hubiera acercado un poco más a su redil y ahora serías menos libre, pero has aguantado con una de las más devastadoras armas que se pueden usar en su contra: el amor. El amor fraternal y puro de dos hermanos. Dentro de toda la desgracia y el horror, ha sido hermoso. Le habéis derrotado y ahora él tiene menos poder sobre vosotros. Estoy satisfecho con vuestro papel —concluyó levantándose al paso de doña Virtudes, que acudía acompañada de Gabriel, recién llegado a la casa.

—Oh, Dios mío —dijo la señora horrorizada—. ¿Cómo ha podido pasar esto?

—Pues simple y llanamente —le respondió Gregorio—, por no seguir mis instrucciones. Dije expresamente que no entrara nadie bajo ninguna circunstancia, oyeran lo que oyeran dentro. Boris no hizo caso y pasó; ahora hay un ruso y un cura menos en el mundo.

—Pero me han comentado en la entrada que ha disparado al sacerdote y se ha suicidado —intervino Gabriel.

—Eso es lo que ha parecido, sí, pero no ha sido su mano la que empuñaba el arma. Miren, han de comprender que cuando estoy en un exorcismo, Dios crea una burbuja alrededor del Diablo en la que estamos mi gente y yo. Dentro de esa burbuja se puede luchar y se puede conseguir un equilibrio de fuerzas entre el bien y el mal. Cuando alguien profano interviene desde fuera, como ha sido el caso, todo se descompensa y hay un Demonio desatado para el que esa persona no está preparada ni protegida.

—¿Y cómo está mi marido?

—Endemoniado perdido, señora, para qué la voy a engañar —le contestó Gregorio—. Es un ente muy, pero que muy poderoso al que nos estamos enfrentando.

—Madre mía, esto es un completo desastre. ¿Tiene usted idea de quién es ese hombre que hay ahí muerto? —expresó Gabriel desesperado.

—¿Un mafioso ruso con experiencia militar, vodka por sangre y un pasado en el KGB torturando gente?

—Era el jefe de nuestro grupo armado. El líder de un completo operativo de soldados; un hombre temido y respetado en cuatro continentes.

—Pues mira, el Demonio se lo ha ventilado en cuatro segundos —contestó Gregorio con cierta sorna.

—Todo viene —intervino Virtudes mirando a Gabriel— a raíz de esa maldita espada que le trajiste.

—Pero, doña Virtudes, sabe que a él le hizo una ilusión tremenda y…

—Un momento —interrumpió Gregorio—. ¿De qué están hablando?

—Mi marido, como usted puede que sepa, es un gran coleccionista de armas antiguas. Gabriel le trajo una espada templaria que, efectivamente, le entusiasmó y al examinarla se hizo un corte cerca de la muñeca; le habrá visto usted la venda —dijo mirando a Gregorio y tocándose su propio antebrazo—. Ese corte no llegaba a curarse nunca; es más, cada día estaba peor, pero él no quiso ir al médico. Pues yo diría que fue a partir de entonces cuando empezó con sus extraños comportamientos y con su deriva hacia la oscuridad, alejándose de nuestro Señor.

—¿Pero por qué cojones...? Perdón, señora... ¿Por qué narices me estoy enterando de esto ahora? —dijo Gregorio indignado—. Los objetos tienen poder y estamos hablando de un objeto templario nada menos. Tengo que examinar esa espada.

—Disculpe, don Gregorio, se me pasó por alto comentárselo; vamos al museo. Gabriel, acompáñanos.

—Antes permítanme una cosa —dijo el sacerdote.

Gregorio sacó un crucifijo de madera de su maletín y ordenó a los hombres que pululaban por las inmediaciones del despacho que buscaran un martillo y clavos para fijarlo a la puerta. Asimismo sacó dos pequeñas figuritas, un San Judas Tadeo y un San Pancracio, y las colocó en el suelo, a ambos lados del marco.

—¡Y que a nadie se le ocurra abrir esa puerta ni entrar ahí! —conminó a los presentes, para darse la vuelta y ponerse a disposición de la señora de la casa y el melindroso abogado—. ¿Lo ven? Lo que he dejado ahí son reliquias. Yo creo en ellas, así que vamos a ver esa espada.

Caminaron los tres hacia el ala opuesta de la casa y bajaron por unas escaleras que descendían a un sótano, encontrándose con una puerta muy sofisticada. Gabriel, haciendo acopio de sus refinados modales, pidió permiso para introducir el código, la abrió, activó un interruptor y cedió el paso a sus acompañantes, dando prioridad a la dama. La sala que se iluminó ante ellos era sobrecogedoramente bella. Un sinfín de vitrinas mostraba todo tipo de utensilios de guerra, cuidadosamente colocados y catalogados con pequeños carteles que detallaban cada aspecto de la pieza.

—Es impresionante —comentó Gregorio.

—Síganme, por favor —demandó Gabriel andando a través del museo—. Aquí está. Como ve, no dio tiempo a colocarla.

Sobre un poyete de mármol reposaba una espada guardada en una vaina de madera recubierta de cuero. Gregorio la cogió y, observando el pomo detenidamente, pudo ver una cruz templaria grabada en un lado y una moneda en el opuesto. Tenía una suave y firme empuñadura de cuero trenzado. Pidió a sus acompañantes que se apartaran un poco y desenvainó la espada mostrando su argéntea hoja, que esplendía rutilante e inmaculada. La pronunciada acanaladura tenía cincelada una inscripción en latín que rezaba: *Non Nobis, Domine, Non Nobis, Sed Nomini Tuo Da Gloriam.*

—Nada para nosotros, Señor, nada para nosotros sino para la gloria de tu nombre —masculló Gregorio pensativo, antes de izar la ceja de desconfiar—. ¿Y estás seguro de que es auténtica?

—Sí, tiene su correspondiente certificado de autenticidad.

Gabriel se acercó a un lateral de la sala cuya pared lucía desnuda y donde, aparentemente, no parecía haber nada más que cemento. Metió la mano detrás de una vitrina cercana y activó un botón que hizo que, por ensalmo, se desplegara una pequeña puerta oculta en el forjado de la pared, dejando al descubierto el frontal de una caja fuerte. Gabriel procedió a abrirla, sacó de dentro un archivador y volvió al poyete, donde escarbó en los compartimentos para sacar una hoja de papel.

—Éste es —dijo mostrándoselo a Gregorio—. Comprenderá usted que hay que tener precauciones con estos certificados porque sin ellos, muchos de los objetos de esta sala dejarían de tener valor, más allá del testimonial.

—Ya veo, ya —comentó cogiéndolo y leyéndolo con atención, haciendo hincapié en la rúbrica—. ¿Y quién dices que te la vendió?

—No la compré; fue un regalo de un coleccionista italiano que, pretendiendo ganar el favor del señor Sánchez, quiso agasajarle con este obsequio. Es algo habitual.

—Entiendo que es la primera transacción realizada con Giuseppe —dijo Gregorio sin dejar de leer.

—¿Con quién?

—¡Con el italiano; con Giuseppe, con Luigi, con Francesco, con el Señor Espagueti! —exclamó Gregorio, mostrándose algo irascible.

—Sí, es la primera.

—Pues parece estar todo correcto, pero hay algo que me llama la atención: aquí pone que esta espada no ha sido modificada y ni siquiera ha sido afilada. De hecho, si miran el filo, efectivamente no verán marca alguna de amolado.

Volvió a coger el arma con una mano y acercó la hoja de la navaja a una esquina del documento, que fue cortada con una facilidad y limpieza asombrosas.

—Enhorabuena, señora, su arma corta —dijo Gregorio a Virtudes, adquiriendo una ceremoniosa pose.

—¿Qué? —preguntó ella incrédula.

—Nada, cosas mías. Pero no me digan que no es increíble. Aun sin darle uso, el filo del acero acaba perdiendo eficacia con el tiempo y esta arma sigue igual después de ochocientos años. Voy a sacar unas fotografías y a consultar con una persona experta en la materia.

Sacó su teléfono móvil y fotografió el documento, devolviéndoselo a Gabriel para que lo archivara de nuevo. Después comenzó a sacar fotos de la espada en diferentes ángulos, así como de la vaina. Dándole la vuelta para inmortalizar el envés, notó una aspereza en la guarda y se detuvo para mirar con más atención. Encendió la linterna y pidió algo con lo que poder inspeccionar con más detalle. Gabriel abrió un cajón de un mueble auxiliar y le trajo una lupa.

—Aquí hay unas letras grabadas de manera tosca bajo la guarda, a ver... F, J, B —dijo sacando una pequeña libreta de papel y apuntando en ella con un gastado lápiz de Ikea que llevaba trabado en el alambre.

Terminó de hacer las fotos y guardó su teléfono.

—A ver, les cuento. Voy a investigar el origen y circunstancias de esta supuesta espada templaria, por si hay algo que pueda arrojar luz a tan extraño tema. Por otro lado, dado que la esperanza de vida de un sacerdote a mi lado es bastante exigua, necesitaré más. Para eso me valdré de Mork y Plork...

—¿De quién? —preguntó Gabriel.

—Cállate, que no he terminado. Bien, como he dicho, el tema de la captación de nuevos sacerdotes es cosa mía; mañana saldremos a por ellos. Los vigilantes seguirán de guardia en la puerta de don Floren y, como ahora les explicará de mi parte el Tom Hagen de la meseta, deberán rociarla cada hora con agua que previamente habré bendecido; no queremos que salga por las noches a descabezar secuaces. Por otro lado, necesito retirarme a escuchar la grabación de la sesión y a descansar un poco, si usted tuviera a bien proporcionarme alojamiento, claro —dijo a doña Virtudes.

—Por supuesto. Tiene una habitación preparada. Le acompaño.

—Ejem —carraspeó Gabriel—. Doña Virtudes, debemos de hablar del tema de Víctor y la nueva situación.

—Bien, habla —dijo ella tajante.

Gabriel miró con preocupación a la señora, haciendo un gesto con los ojos para advertirle de la presencia del sacerdote en una conversación tan delicada.

—Aquí no hay secretos para don Gregorio, ya te lo dije. Así que habla.

—Bueno —comenzó Gabriel—. Habrá que ponerse en contacto con la familia de Víctor y gestionar el traslado de su cuerpo. También habrá que pensar en el modo de contarles lo sucedido; hay que ir con pies de plomo, ya que una sublevación de la facción rusa de la organización nos daría muchos quebraderos de cabeza.

—Pues sí, hay que pensar y gestionar y te pagamos para eso, así que ponte con ello, pero no llames a nadie antes de consultarme —dijo la señora.

—Perfecto, eso es cosa mía, pero hay una cuestión más apremiante aún y más espinosa: hay que solucionar el tema de su sucesión al mando de la tropa. Mañana hay un encuentro con los capos colombianos que Víctor iba a llevar a cabo en persona, dada su importancia.

—Pues tendrás que ir tú —le expresó Virtudes.

Gabriel demudó su expresión en una mueca tétrica, semejable a haber visto un fantasma, y palideció hasta niveles mortecinos.

—Pero yo no puedo hacerme cargo de eso, señora. Esa gente es despiadada y no respeta absolutamente a nadie, salvo a don Florencio y a Víctor.

—Que en paz descanse —puntualizó Gregorio.

—Que en paz descanse, claro —repitió el abogado.

—¿Y qué hay de su segundo? —preguntó ella.

—Está en San Petersburgo, pero aunque estuviera aquí, los colombianos no iban a querer tratar con él. Son muy especiales, así como inflexibles y peligrosos. Deberíamos posponer la reunión.

—¡De eso nada! —exclamó tajante—. Esa reunión no se puede aplazar.

Gregorio contemplaba y escuchaba la conversación absolutamente fascinado por los entresijos de la organización mafiosa. Veía las gotas de sudor resbalar desde el pelo encapsulado de Gabriel y le complacía, así como la intransigencia de doña Virtudes. Entonces decidió intervenir:

—Iré yo.

—¿Cómo? —preguntó Gabriel asombrado.

—Lo que oyes pipiolo. Yo negocio con demonios de toda laya, ¿piensas que me va a dar miedo negociar con colombianos? Además me he visto dos temporadas de la serie «Narcos».

—¿Pero y ellos? ¿Qué van a pensar ellos?

—Pues se van a quedar a cuadros y pensarán que cómo de cabrón tiene que ser un cura para tomar el relevo de un asesino ruso con cara de asesino ruso y fama de asesino ruso. Te aseguro que los cogeremos con el pie cambiado.

—A mí me parece bien —sentenció doña Virtudes.

—Eso sí —dijo Gregorio al abogado—: tú te vienes conmigo, que yo no sé qué diantres hay que negociar.

—Pero, pero…

—¡De peros nada! —dijo ella—. Te vas con él. Y ahora ve a organizar a la gente y a gestionar lo de Víctor. Gregorio, acompáñeme, que le enseño sus dependencias.

La habitación que le fue brindada a Gregorio para su asueto era tan señorial que llegó a desear que la situación se prolongara mucho en el tiempo. Se descalzó, hizo que el mozo asignado a su servicio, que se sentaba fuera, le trajera una cerveza y se recostó en la cama, poniéndose unos auriculares conectados a la grabadora y encendiendo un cigarro, utilizando como cenicero un jarrón chino que prometía ser auténtico. El aparato de grabación, que usaba casetes en miniatura, estaba ya muy desfasado, pero no dejaba de ser un artefacto de alta gama en su sector y le permitía reproducir las grabaciones a la inversa, cosa que hizo. La grabación no era muy larga y no tardó mucho en llegar a la parte final, que venía siendo el principio del exorcismo, momento en el que a Gregorio le dio un vuelco el corazón al escuchar algo. Se levantó como un resorte y rebobinó la cinta lo justo para poder escuchar de nuevo. «No puede ser», se dijo haciendo la misma maniobra varias veces. No había dudas; una voz perfectamente nítida había contestado después, en este caso antes, de preguntar Gregorio su nombre al diablo, pronunciando la palabra AZAZEL.

Gregorio se levantó nervioso y comenzó a andar por la habitación con la respiración agitada. Intentó calmarse y volvió a sentarse en la cama, cogiendo su teléfono y marcando.

—Dime, Goyete.

—Teresa, tengo que hablar contigo. Has acabado ya las clases, ¿no?

—Sí, la semana pasada, ¿por qué?

—Porque necesito que me hagas un favor. Tengo una espada que quiero investigar. Claro, cuando la he visto me he acordado de *Forjado a Fuego* y cuando me he acordado del programa he caído también en su mayor seguidora que, casualmente, es la historiadora más brillante que conozco y mi mejor amiga.

—Te refieres a mí, supongo.

—No, me refiero a mi Tía Juanita. En fin, que la espada no te la puedo enseñar pero sí te puedo mandar unas fotos del arma y del certificado de autenticidad.

—¿Y de dónde has sacado la espada?

—No te lo puedo… Rectifico: no te lo quiero decir.

—¿Pero estás hablando en serio?

—Completamente.

—En qué estás metido, Goyo.

—Te repito que...

—¡Ni te repito ni leches! ¿Desde cuándo me ocultas cosas? Contesta, porque si no me cuentas de qué va esto no pienso ayudarte.

—Tere, de verdad, lo hago por protegerte.

—¡Vete a la mierda! —Y colgó el teléfono.

Gregorio esperó los dos minutos de rigor que sabía que Teresa se tomaría para calmarse y devolverle la llamada. Así fue; antes de que se fumara medio cigarro que había encendido, ella llamó.

—Dime de qué va esto —inquirió.

—A ver cómo te lo explico... Piensa en la persona más peligrosa de España para practicarle un exorcismo.

—Mmmm no sé... —titubeó Teresa—. El presidente del Gobierno, Pepón Nieto, Florencio Sánchez, la Pantoja...

—¡Bingo!

—¿Estás exorcizando a la Pantoja?

—No, a Florencio Sánchez, es que he estado lento.

—¡¡¿Estás exorcizando al Padrino de Concha Espina?!!

—Ni más ni menos.

—¿Pero la Iglesia tiene conocimiento de esto?

—No, ya te dije que me revocaron la potestad para ejercer. Todo esto es bajo cuerda, así que huelga decir que no se lo puedes contar a nadie nunca.

Se hizo un silencio tenso y prolongado en el que Gregorio tuvo la prudencia de no hablar tampoco; sólo esperar a que su amiga reaccionara como finalmente hizo, vertiendo sobre él una serie de improperios, descalificaciones y exabruptos impropios de una señora medianamente comedida, como era Teresa, y que Gregorio pensó que necesitaría del sacramento de la confesión y posterior penitencia. Tras el desahogo de la mujer, él la puso al tanto de los pormenores del caso, con todas sus escabrosas vicisitudes y circunstancias, pudiéndose oír a través del pequeño altavoz del teléfono el rechinar de dientes de Teresa.

—Y eso es todo.

—Madre mía, Gregorio, qué estás haciendo.

—Mi deber —contestó dignamente—. Porque mi compromiso es para con Dios en primera instancia, no con una Iglesia que o cambia, o mal camino llevamos.

—Pero a mí ahora me preocupas tú; ni la Iglesia, ni el ricachón mafioso, ni nadie —dijo Teresa con ternura.

—Pues hazme caso, Tere; debería preocuparte también a lo que me estoy enfrentando. Dime una cosa: ¿Cuándo te he mentido? ¿Cuándo he exagerado contándote algo? Eres la única persona con la que soy transparente y lo sabes.

—Sí, es cierto.

—Pues créeme si te digo que nos estamos enfrentando a algo grande; algo extremadamente poderoso. Siempre he bromeado con el tema de dar vueltas una cabeza humana y hoy lo he visto, por primera vez, con mis ojos. He visto a un ser humano flotar y andar por el techo de una habitación como un insecto. He visto quebrantada la voluntad del hombre a manos del Diablo con la nitidez de un amanecer. Y otra cosa: sabes que en un exorcismo uno pregunta el nombre del demonio que posee a la víctima. Normalmente, si llega a responder, es cuando ya está débil y se tiene dominio sobre él. Pues hoy, en un derroche inmenso de poder por su parte, me ha contestado: Azazel. ¿Te suena de algo?

—¿Azazel dices?

—Sí, Azazel, uno de los nueve príncipes del infierno. Y no uno cualquiera; es el Teniente del Erebo, el segundo en la escala de poder. Azazel es el que está sentado a la mano siniestra de Lucifer. Y lo tengo grabado, puedes escucharlo cuando quieras.

—Pero tú siempre has insistido mucho en que el Diablo es mentiroso, que no te puedes fiar de él. ¿Por qué iba a decirte su verdadero nombre?

—Porque puede, porque no me teme; porque sabe, o cree saber, que no tenemos nada que hacer contra él. Y otro detalle importante es que ya fui avisado en mi anterior exorcismo, el del niño de Ciudad Real. Aquel demonio me advirtió de lo que estaba por llegar. Me dijo que era un emisario, un mensajero, anunciando la avenida de algo superior. Dime si no es para preocuparse y piensa una cosa: ¿Puedes imaginar lo terrible que sería un Demonio de tal magnitud en simbiosis con una persona tan poderosa?

—Bueno, igual lo mejora y todo —bromeó Teresa.

—Sí, yo también hice ese chascarrillo pero he visto con mis propios ojos la aberración absoluta que es ahora. Y esto no ha hecho más que empezar...

—¿Y si pides ayuda a tus amigos del Vaticano?

—Me excomulgarían, eso para empezar, y esta familia jamás permitirá que aquí hubiera nada público ni oficial.

Además no hay que olvidar el reguero de sangre que vamos dejando.

—Esa es otra, Goyo, ¿cuántos sacerdotes más tienen que morir?

—Los que hagan falta, Teresa. Además llamar a esos tipejos sacerdotes es mucho decir. Estoy solo; en el plano espiritual sólo puedo contar contigo, pero una cosa te digo: no quiero que te acerques aquí. Si me quieres ayudar, adelante; pero desde fuera.

—Y aquí me tienes y me tendrás. No lo dudes. Solo pido a Dios que sepas lo que haces. Mándame todo lo que tengas de la espada y mañana mismo me pongo con ello.

—De acuerdo. Muchas gracias, Teresa.

—Nada, hombre. Voy a beberme una o siete copas de vino para asimilar todo esto. Cuídate Goyete.

—Y tú. Ve con Dios.

7. El Escorial

Teresa anduvo por la enorme explanada de piedra que flanqueaba el monasterio en su fachada norte, admirando la grandeza de aquel lugar sacro y señorial. Rezumaban los adoquines el frescor de la noche sanlorentina, azotada por las brisas gélidas que acarreaba el monte Abantos desde la Sierra de Guadarrama; saña con gusto a mediados del mes de junio. El Real Monasterio de San Lorenzo de El Escorial siempre le había parecido un maravilloso exceso ordenado construir por Felipe II, uno de los monarcas españoles menos malos en su opinión; un humanista convencido y un hombre muy cultivado a quien no libró la historia de ser pasto de la Leyenda Negra. Negra como el perro que amedrentó a los obreros durante los veinte años que duró la construcción de tan titánico complejo; aquel perro que guardaba la puerta del Infierno que quiso sellar el rey del Imperio Español en su mayor apogeo, valiéndose del peso de un palacio, una basílica, un panteón, un colegio, un monasterio y la gran biblioteca renacentista que, a juicio de Teresa, era la más bella del mundo, con el permiso de la Abadía de Admont. Aquella biblioteca, con una cara vista impresionante y una trastienda menos lustrosa pero más valiosa a ojos de una historiadora, era el objetivo de su visita.

Dobló la esquina y divisó a lo lejos a Fray Roberto esperándola cerca de la puerta principal, ataviado con su hábito de sayal negro. Conociendo la sobriedad, en forma y costumbre, de los moradores de El Escorial, Teresa llevaba una muy discreta ropa de paisano y se había puesto su cofia de monja, que tuvo que rescatar del fondo de su armario y desempolvar al vuelo de su ventana. Roberto era un veterano fraile de San Agustín, orden que ocupaba el monasterio y desempeñaba diferentes encomiendas al margen de su tarea religiosa y contemplativa, propia de una orden eremítica y mendicante. Él guardaba como nadie el alma de la biblioteca y ejercía de conservador tanto como de estudioso, algo que pudo comprobar Teresa durante los seis meses que había estado agregada al monasterio para completar una tesis y ayudar en labores de restauración y catálogo.

—Buenos días, Fray Roberto, perdone que le hiciera llamar tan temprano esta mañana.

—No te preocupes, hermana, siempre es una grata noticia saber de una visita tuya —respondió aquel hombre encorvado de ochenta años, cabello lacio y plateado y ojos como cabezas de alfiler.

El entusiasmo del fraile por recibir a sor Teresa iba más allá del mero apego o el anhelo de compañía. En su época como estudiosa y colaboradora en la biblioteca del monasterio, la hermana no tardó mucho en comprender el carácter curioso y algo lascivo de aquel hombre aislado desde su mocedad y privado de los estímulos que a cualquier varón produciría la contemplación de una bella y lozana criatura humana, mujer en su caso, en paños menores. Por tanto, en algo que a Teresa no le parecieron más que granujadas sin mayor recorrido, cada vez que tenía la necesidad de acudir al monasterio, obsequiaba a Fray Roberto con alguna baraja de cartas en cuyo anverso se mostraba una serie de señoritas sin más atuendo que el del rímel de sus ojos y el carmín de sus labios. Dada la premura con la que había acudido a El Escorial, avisada por Gregorio la noche anterior, no había tenido tiempo de comprar en el bazar donde solía adquirir tan rancios y trasnochados juegos de cartas; así que, siendo las ocho y media de la mañana, no le había quedado más remedio que pasarse por un quiosco de prensa al llegar a San Lorenzo:

—Buenos días, ¿me puede dar una revista erótica? —preguntó Teresa.

El quiosquero se quedó mirando fijamente a la mujer, incidiendo en el velo de monja, y preguntó:

—¿Temática heterosexual o lesbiana?

—Heterosexual, por favor. Es para regalar a un hombre, por si sirve de algo el dato. Y si me la pudiera envolver...

El señor se agachó a coger una revista y se retiró a un rincón de la parva casetilla a envolverla en papel de estraza, tras lo cual se la dio a Teresa, cogió el billete y le soltó el cambio con una zafia sonrisa:

—Que la disfrute, hermana.

«Gilipollas», pensó. «Gracias, buenos días», dijo.

Diez minutos después, Teresa sacó de su bolso el paquete y se lo entregó al anciano fraile:

—Aquí tiene un pequeño obsequio, Fray Roberto. Sería conveniente no abrirlo aquí.

—Oh, hermana, no tenías que haberte molestado —dijo cogiéndolo y guardándolo bajo su hábito—. Entremos ya si te parece. Toma, ponte esto.

Teresa se colgó del cuello la acreditación que le permitiría deambular por las estancias aledañas e inferiores a la biblioteca y ambos entraron por la gran puerta principal y se dirigieron a la escalera de acceso al Salón de Manuscritos, pero ella pidió a Fray Roberto visitar antes el salón principal, aprovechando que hasta las diez no empezaba el horario de visitas turísticas. Él accedió amablemente y subieron a la biblioteca principal, el Salón de los Frescos, donde el silencio les aguardaba a tan temprana hora. Cada vez que Teresa visitaba aquel lugar, le impresionaba tanto como la primera vez. Anduvo por el regio pavimento, que alternaba mármoles blancos con pardos, levantando la cabeza para disfrutar de los preciosos frescos que decoraban la imponente bóveda de cañón, que se alzaba desde sus diez metros de alto a lo largo de los cincuenta de la nave; una bóveda dividida en siete zonas, representando las siete artes liberales consideradas por los estudiosos de la época. Se detuvo a contemplar el retrato de Felipe II y siguió andando, mientras acariciaba con su mirada las bellas estanterías donde los libros lucían con sus cantos dorados hacia afuera, al reclamo de la esfera armilar en el centro de la sala. Aquel enorme artefacto de madera y metal representaba el Sistema Solar según Ptolomeo, con la Tierra en el centro, que si bien había perdido su interés científico a manos de Galileo y Copérnico, aún conservaba intactos su encanto y su magia. Pasó también por las mesas de mármol gris y ágata sobre las que se exponían algunos de los incunables, de valor incalculable, que albergaba la Biblioteca de El Escorial: Las *Cantigas de Santa María*, de Alfonso X el Sabio; el *Apocalipsis Figurado* de Juan Bapteur; o, el que llamó más la atención de Teresa, el *Códice Áureo*, un libro de evangelios escrito en el siglo XI con letras de oro.

—Y pensar que este libro tiene casi mil años... —comentó Teresa maravillada, para darse la vuelta y dirigirse a Fray Roberto—. Pues cuando usted quiera, viejo amigo, nos vamos abajo.

Bajaron por la escalera hasta el Salón del padre Alaejos, pasando por el de Manuscritos, una antigua ropería del monasterio, reconvertida ahora en zona de trabajo y que había servido de cortafuegos en el incendio de 1872, salvando innumerables obras de las llamas. Allí Teresa se había detenido a buscar y coger tres enormes libros de temática templaria, con los que bajó al salón inferior. El Salón del padre Alaejos era una zona recóndita y olvidada de la biblioteca, al cabo de un angosto pasillo, que tenía una puerta oculta en un extremo, con varios peldaños de piedra que bajaban a otra habitación aún más remota. Teresa insistió en trabajar en esa pequeña sala, que conocía por usarla para fumar con las novicias en sus días en el monasterio.

—Aquí en el Salón del padre Alaejos puedes estar tranquila, el director de la biblioteca estará fuera estos días y sus ayudantes rara vez acuden por aquí. Además, como bien sabes, la de abajo es una sala prohibida cuya existencia no debería conocer nadie ajeno al monasterio —le dijo Fray Roberto.

—Ya lo sé, pero usted ya me entiende —le respondió sacando un paquete de tabaco—. Yo cogeré de aquí varios manuscritos y los estudiaré abajo más a mi aire. ¿Quiere un cigarro?

—Pues vamos a echarlo —dijo el hombre complacido, apartando con dificultad la estantería que bloqueaba el acceso a la sala inferior y abriendo la puerta con una llave maestra.

Teresa hizo acopio de innumerables legajos de papel, pergaminos y libros a medio desguazar, que bajó en varias tandas por la corta escalera y depositó en una vieja mesa de madera, junto con los tres libros que había cogido del Salón de Manuscritos. Fray Roberto, mientras, encendió la luz de la maltrecha lámpara y buscó un candelabro con velas, que colocó también en la mesa.

—A veces se va la luz aquí abajo; no está de más andar precavido, pero ya sabe: tenga cuidado con las llamas... ¡Bueno, qué te voy a decir a ti que no sepas, sor Teresa!

—Nada, tome usted —dijo ofreciéndole un pitillo.

Se fumaron un cigarro hablando de los achaques de Fray Roberto y, tras apagarlo en un ajado cuenco de bronce, él le comentó que tenía que ausentarse por unos asuntos y la dejaría allí sola:

—Tómate todo el tiempo que necesites, hermana; yo volveré en un rato. Eso sí, cerraré la puerta para que nadie sepa que estás en «la habitación prohibida» —concluyó riendo y desencadenando una profusa tos que fue apaciguada por los palmetazos de Teresa en su espalda.

Subió despacio los pocos escalones que separaban la habitación del Salón del padre Alaejos y cerró la puerta tras de sí, echando la llave. Nada más saberse en absoluta intimidad, sacó de su refajo el paquete que contenía la revista que le había regalado Teresa, con un brillo pícaro en sus minúsculos ojos. Lo desenvolvió con una agilidad impropia en un anciano, pero con cuidado, y puso sus lentes sobre la nariz y la portada de la revista ante sus lentes.

PORNO EXTREMO ULTRA-HARDCORE VOL. 122
"Especial Cuentos"
-Follarcito.
-Hansel, Gretel y un equipo de fútbol americano.
-Las tres cerditas.

Fray Roberto quedó maravillado con la señora que mostraba sus atributos entre las letras, pero no comprendió muy bien el significado del nombre de la revista ni los grotescos títulos de los reportajes anunciados en su portada, por lo que abrió una página al azar y lo que vio hizo que sus pequeños ojos se abrieran hasta asemejar dos pelotas de golf. Comenzó a respirar de forma entrecortada y a hiperventilar y notó un dolor que se le propagaba desde el brazo hasta el pecho, donde puso su mano en un acto reflejo y la apretó antes de caer fulminado al suelo y morir. Una mueca extraña, entre el vicio y el horror, quedó grabada en su cara.

El hecho de estar sola en aquel lugar y tener tantas páginas en las que sumergirse, entusiasmaba a Teresa de un modo infantil, casi primario. Le encantaba la idea de bucear entre todos esos libros, legajos y pergaminos, algunos casi inéditos, que eran un tesoro para una historiadora de vocación como ella, con una memoria y meticulosidad que rozaban lo enfermizo. Había recordado la colocación casi exacta de los libros que tenía que consultar y las estanterías de cuyas baldas debía coger los atadijos de papeles, con sólo seis meses de trabajo previo por los rincones de aquel vergel de conocimiento. Seis meses que le bastaron para descubrir que la sala donde estaba, cuyo uso sólo le había costado un cigarro y una sonrisa, guardaba una enorme estantería oculta con textos prohibidos, censurados y arcanos. Se puso sus coquetas gafas de cerca, en previsión de largas horas de estudio, sacó una libreta y un lápiz y colocó en la mesa el teléfono móvil donde guardaba las fotos y documentos enviados por Gregorio. Tan abstraída estaba que no escuchó la cabeza de Fray Roberto golpear violentamente el suelo algunos escalones por encima, al otro lado de la puerta.

Teresa llevaba ya dos horas en la vorágine de crónicas, decretos, epístolas, narraciones y efemérides cuando dio con el nombre de Frey Juan Bechao. «F.J.B.», barruntó mordisqueando la base del lápiz. Todo apuntaba a que la espada le había pertenecido a él y se avivó aún más su curiosidad. No extrañaba en absoluto la ausencia de Fray Roberto, que veía positiva a la hora de acometer la estantería oculta con más libertad, como hizo cuando ya tenía un nombre y una historia oficial:

Juan Bechao fue el comendador de Xerez y Ventoso —actual Jerez de los Caballeros, en Badajoz— a finales del siglo XIII y principios del XIV y Maestre de la Orden del Temple que había tomado el gobierno de la zona casi cien años atrás. Cuando el papa Clemente V, presionado por Felipe IV de Francia, ordenó disolver la Orden, y el Rey de Castilla, Fernando IV, tuvo a bien obedecer, fueron cayendo uno a uno todos los bastiones templarios de España, algunos aceptando la resolución y otros rindiendo la plaza a las bravas. Pero hubo unos caballeros templarios que siguieron en sus trece hasta el final y se negaron a capitular, los de Jerez de los Caballeros, comandados por Juan Bechao; no permitirían que les fueran arrebatados los bienes concedidos por la propia Iglesia y la Corona por su inquebrantable servicio a la Fe y sus cruzadas contra el infiel y se conjuraron para morir defendiendo su castillo. Fernando IV se vio obligado a enviar a un numeroso contingente de sus mejores tropas y la batalla fue encarnizada, debido a la fiereza de los frailes guerreros que, aun superados ampliamente en número, aguantaron el sitio hasta atrincherarse en la torre del homenaje. Fue allí donde por fin cayeron; y los últimos supervivientes, varios caballeros y el propio maestre Juan Bechao, fueron decapitados y sus restos arrojados por la gran torre, pasando a denominarse desde entonces y hasta la actualidad La Torre Sangrienta.

A Teresa le pareció un hecho muy relevante la caída de Juan Bechao, el último templario, y le extrañó que no hubiera ninguna crónica detallada del sitio de Jerez, una contienda asaz épica; con más motivo al ser una victoria de un rey medieval a quien complacía el relato de sus gestas. Teresa compuso la historia a base de referencias, retazos y alusiones, pero había un hueco, un vacío insólito en lo que aconteció en aquella cruenta batalla, por eso recurrió a la estantería de arcanos. Desempolvó un sinfín de legajos y escrutó docenas de archivos sin éxito.

Se acercaba ya la hora de comer y le dio hambre. Fue entonces cuando comenzó a echar en falta a Fray Roberto; no era normal su ausencia. Ascendió por los escalones hasta topar con la puerta y comprobó que estaba cerrada. Bajó de nuevo y sacó una barrita de coco del bolso, que engulló mientras se preguntaba por el viejo fraile y miraba de soslayo el caos de la estantería secreta. Allí vislumbró en un rincón el lomo de una carpeta y se acercó a comprobarla. Estaba encajada debajo de unas maderas que soportaban el peso de una gran pila de papel que, con denodado esfuerzo, sujetó para extraer la carpeta sin desbaratarla. Se encontraba ante un viejo y grueso cartapacio de cuero rojo, oscurecido por el desgaste del tiempo, que estaba sellado con una correa y tenía la hebilla lacrada en cera. Rompió el sello calentándolo con su mechero y pudo retirar la hebilla y abrir la carpeta que contenía, según su primera estimación, más de doscientos documentos. Comenzó a hojear y a cada página su vello se erizaba un poco más; tenía delante un catálogo de secretos, sorprendentes unos y terribles otros, que a buen seguro habían sido ordenados destruir en su día por el rey o el líder religioso de turno y habían ido salvando anónimos guerreros de la verdad que, por lo visto, haberlos hubo. El corazón de Teresa se aceleró, sus pupilas se dilataron y su boca permaneció abierta con pasmo de colegiala mientras realizaba lecturas diagonales y rápidas de cada hoja y pasaba a la siguiente con acucia. Así, ensimismada y emocionada, le sorprendió el apagón de la lámpara, que sumió el remoto sótano sin ventanas en la más absoluta oscuridad. Teresa buscó a tientas su mechero y lo encendió para localizar el candelabro y prender las velas. Apartó todos los papeles, cayendo no pocos al suelo, para no tentar al fuego y se quedó sólo con el cartapacio, poniendo el candelero a una distancia prudencial. Sumida en el prurito incontenible de quien escarba en terreno ignoto, perdió la noción del tiempo. Siguió repasando aquellos papeles y varias horas después, a la luz de la débil llama, encontró lo que buscaba: crónica del asedio de Xerez y Ventoso. Lo que leyó en aquel estremecedor relato le dio las respuestas que necesitaba; el trabajo estaba hecho y no había necesidad de seguir allí.

    Llevó de vuelta y depositó en su sitio todo lo sacado de la estantería menos la carpeta de cuero, con la dificultad de la exigua iluminación que proporcionaban las ya agonizantes velas, colocando después los tablones que ocultaban el archivo secreto. Apiló en la mesa los libros traídos de fuera, así como el resto de legajos y pergaminos, y buscó más velas con la ayuda de la linterna de su teléfono móvil. Encontró unos cirios a medio derretir en unos muebles bajos y prendió uno de ellos, llevándolo en la mano hasta la puerta de salida. Miró la hora en su teléfono móvil: eran las ocho de la tarde. La desazón comenzó a invadir su mente y titubeó antes de golpear la puerta para llamar la atención de Fray Roberto, si es que andaba en las inmediaciones, o cualquiera que pudiera pulular por allí. Nada; no hubo más respuesta que el silencio vano y profundo de las entrañas del monasterio. Hizo un esfuerzo por contener la desesperación que se estaba apoderando de ella y bajó a reflexionar. Se le antojó que la causa más probable de la ausencia de Fray Roberto sería el olvido; un señor tan mayor y con tanto achaque bien podía haberse distraído y haber condenado a Teresa en alguna laguna de su memoria. Volvió a mirar su teléfono y volvió a comprobar que no había atisbos de cobertura. Probó a accionar en repetidas ocasiones el interruptor de la pared por si regresaba la electricidad a la lámpara por repetición o arte de birlibirloque; tampoco resultó. Se sentó en el suelo encendiendo un pitillo y recostó su cabeza contra la pared, explorando sus alternativas. Al encender el mechero observó que la llama se abatía en dirección opuesta al fondo de la sala, evidenciando una ligera corriente de aire que podría provenir de otra puerta desconocida para ella. Se levantó y se puso manos a la obra.

El sudor resbalaba por la frente de Teresa, que había intentado mitigar el sofocón recogiendo su melena con un coletero. Abrió su blusa, remangó su falda cogiéndola con varios alfileres que llevaba en el bolso y elevó la barbilla, mirando al techo, exhalando un profundo suspiro. Había explorado cada centímetro de pared, cada baldosa, cada rincón. Había movido estanterías y muebles, había subido a golpear la puerta en varias ocasiones y notaba que ya no podía más. La llama del cirio, que usaba para orientarse, parecía no oscilar en ningún sitio en concreto y en todos a la vez. Miró el viejo busto de San Jerónimo, enorme y deteriorado, que desde la penumbra de un rincón frente a las escaleras parecía burlarse de ella. Se acercó y comprobó que la sucia figura de piedra componía un todo con la base, un gran cajón de madera sin aperturas que parecía macizo. Intentó moverlo pero no pudo; era demasiado pesado. Un pálpito la llevó a seguir intentándolo, esta vez munida con una barra de acero apilada bajo una balda. Hizo palanca contra la pared y, con ímprobo esfuerzo, pudo desplazarla unos centímetros. Dos embates más movieron la tosca estructura una cuarta y sirvieron para que Teresa mirara el trozo de suelo que había quedado libre y descubriera una trampilla de madera. Aquel hallazgo la empujó a seguir con más fuerza hasta que, después de más de media hora y un par de descansos, liberó completamente la puerta del suelo del yugo de la estatua. Acercó la linterna del teléfono y pudo comprobar que la puerta tenía un boquete donde una argolla era trabada por un candado pequeño y oxidado que parecía atesorar siglos de existencia. Cogió la barra de nuevo para descerrajar el candado, pero antes se paró a pensar: «¿Para qué necesito una puerta que me lleve a un lugar aún más profundo?». Pero un animal encerrado sólo busca salir de su jaula de cualquier modo y, amparada en la posibilidad de que aquella puerta diera a un acceso a galerías por las que alcanzar otra salida, metió la barra en el candado y lo partió, liberando la trampilla. En ese momento le volvieron a asaltar las dudas. Sopesó sus posibilidades sumida en la incertidumbre e, indecisa, se sentó de nuevo en el suelo a pensar, con el beso del frío adobe en su nuca. Antes de que se diera cuenta estaba dormida.

La despertó el ruido lejano de lo que parecía ser una sirena. Advirtió, por el letargo de sus brazos entumecidos, que había dormido más de la cuenta. Se levantó y se desperezó en la oscuridad; la llama del cirio se había extinguido. Tenía hambre. Por un momento había olvidado su desesperada situación, hasta que encontró a tientas el mueble abierto y encendió otro cirio, devolviéndola a la realidad. Miró la trampilla.

Dio una vuelta nerviosa por la sala y volvió a golpear la puerta sobre las escaleras, en un último coletazo antes de aventurarse por el misterioso portillo del suelo. Cogió de nuevo su teléfono, encendió la linterna y se aproximó a la trampilla, con San Jerónimo dándole la espalda. Tomó aire y metió la mano en la hendidura de la madera para abrirla, recibiendo una bofetada de aire frío y viciado. Alumbró el interior y vio el inicio de una escalera de caracol, también de piedra, que se perdía en las profundidades. El pánico la arredró terriblemente, incluso antes de divisar aquellos ojos brillantes que la miraban desde las tinieblas; cuando quiso reaccionar ya era tarde. Intentó cerrar mientras se arrojaba hacia atrás, pero una mano salió antes de la clausura de la puerta y la agarró del tobillo, tirando de ella hacia el abismo. No podía ver a quién pertenecía aquella mano que tenía uñas afiladas, como una garra, y dedos largos y huesudos, pero podía apreciar el fulgor de unas pupilas cetrinas bajo la puerta apoyada en su pierna; no podía escuchar más que sus propios gritos ahogados y el rechinar de sus uñas intentando agarrarse al suelo. Justo cuando todo su tren inferior había sido sepultado bajo la trampilla, esta se abrió y Teresa supo que era el final.

8. Tormenta

Gregorio se levantó temprano y se aseó frente al espejo de su cuarto de baño privado. Se vistió —vaqueros, camisa y alzacuellos— y salió al pasillo a reclamar la atención del mozo que vigilaba en su puerta, que estaba doblado en un sillón, profundamente dormido. Carraspeó exageradamente para despertarlo, pero no funcionó. Tosió y tampoco abrió los ojos el joven. Decidió entonces sacar a pasear la palma de la mano y le dio una colleja.

—¡Ay, qué hace, padre!

—Pues que han entrado a matarme siete u ocho asesinos a sueldo de Belcebú y tú estabas ahí sobando.

—¿Pero ya se han ido?

—Sí, los he molido a palos mientras roncabas.

—¿Roncando yo? ¿Usted se ha escuchado, que parece un tractor?

A Gregorio le hizo gracia la impertinencia del chaval y no pudo reprimir una carcajada. Después le preguntó dónde podía tomar un café y él le explicó que el personal desayunaba en la cocina y se ofreció a acompañarle. Llegó a la cocina más grande que el sacerdote había visto en su vida y sobre una desproporcionada mesa de mármol que había en el centro, varios hombres se daban al refrigerio sentados en taburetes. Eran atendidos por Agustín, el jefe de cocina, y varios pinches y camareros. Se sentó e intercambió «buenos días» con los presentes, para solicitar un café con leche y un cruasán recién hecho de los que se podían oler a media legua de los hornos. Mandó buscar a Mork y Plork —«¿A quién, padre?», «¡A los gemelos grandotes!»— y pidió una copa de coñac, que Agustín vino a despacharle personalmente:

—Este es un Pierre Ferrand gran reserva, padre —dijo mostrándole la botella—. Me dijo la Señora que le atendiera con la despensa y la bodega personal de don Florencio.

—Estupendo José Luis; pues deja la botella.

Los hermanos tardaron en venir un cuarto de botella de coñac y Gregorio les concedió tiempo para desayunar. Mientras tanto, se entretuvo en leer la noticia de la desaparición de un sacerdote en Carabaña que respondía al nombre de Avelino Santos. Se santiguó y se dirigió a sus hombres:

—A ver, muchachos, hoy no vamos a perder el tiempo nosotros en secuestrar curas; que lo hagan otros. ¿Para hacer este encargo tengo que hablar con el abogado?

—No, don Gregorio, nos ocupamos nosotros —contestó Plork—. Desde que estamos con usted nos han dado más autoridad.

—Pues nada, hablad con quien tengáis que hablar. Quiero ocho curas de la lista; que se lleven una furgoneta o un microbús o lo que vosotros veáis. Y que sean discretos: explicadles que si no hay opciones de llevarse a uno sin levantar polvareda que lo dejen y se vayan a por otro, que quedan todavía quince nombres aquí.

Sacó la lista, tachó dos nombres y la puso sobre la mesa.

—Descuide, don Gregorio, nos ocupamos ahora mismo —dijo Mork.

—¿Nosotros qué vamos a hacer? —preguntó su hermano.

—A su debido momento. Id a gestionar esto y nos vemos en la puerta del despacho de don Floren.

Mork y Plork se fueron rumbo a las oficinas para hablar con el jefe de personal que, advertido por Gabriel, enseguida puso a su disposición los medios y la gente necesaria para la misión. Una vez reunidos, los gemelos les dieron las precisas instrucciones que Gregorio había pormenorizado y todo se puso en marcha. Cruzaron la mansión y llegaron hasta la puerta de las dependencias de don Floren, donde Gregorio departía con un corrillo de soldados alrededor.

—... y dice Jesucristo —explicaba Gregorio—: «quien esté libre de pecado que tire la primera piedra» y un enorme guijarro impactó en la cabeza de la mujer, a lo que se da la vuelta Jesús y dice: «Ya te vale, mamá, tú no cuentas».

Un estallido de risas y muestras de algarabía siguieron al chiste de Gregorio, a quien los soldados pedían más.

—Qué fenómeno —susurró Mork a su hermano—; es el alma de las fiestas.

—Lo siento chicos, será en otro momento —se disculpó Gregorio acercándose a ellos—. Qué, ¿nos vamos?

—Cuando usted quiera, don Gregorio.

—Ah, una cosa antes de irnos —dijo dirigiéndose de nuevo a los soldados—: si llegan los curas antes que nosotros, los ponéis, de uno en uno, a rezar aquí en la puerta en turnos de dos horas.

—¿Y si se niegan? —preguntó uno.

—Yo que sé; vosotros sois los criminales, no creo que os cueste obligarles —concluyó alejándose, seguido por Mork y Plork.

—Tenemos delante a un demonio muy chungo, amigos —contaba Gregorio en el coche mientras se dirigían a la ciudad—. Anoche descubrí, gracias a la grabación del exorcismo, que nuestro adversario es Azazel, el chivo expiatorio, el forjador de armas, un hijo de puta de mucho cuidado. Se podría decir que es el Alfonso Guerra del Infierno; por lo de ser el segundo al mando, me refiero…

—¿Y qué vamos a hacer? —preguntó Mork preocupado.

—Armarnos contra él, proveernos de herramientas poderosas que puedan hacerle frente; por eso vamos a la Catedral de la Almudena. Allí guardan los santos óleos de la misa crismal, bendecidos por el arzobispo de Madrid, que, por cierto, es amigo mío. Aunque no hay manera de que se ponga al teléfono…

Gregorio volvió a llamar al arzobispado intentando hablar con Monseñor Fernández, pero siempre obtenía la misma respuesta: «El señor Arzobispo no está disponible, ¿quiere usted dejar un recado?». Se ofuscó, lanzó el móvil sobre el salpicadero y abrió la ventanilla para pagar su frustración con un conductor al que adelantaban:

—¡Que el carril del medio es de todos, gilipollas!

—¿Y con la espada esa que pasa, don Gregorio? —preguntó Plork.

—Le he encargado a una experta que la investigue. Los templarios fueron antaño el brazo armado de la Iglesia, aunque también unos fanáticos; nobles y rectos, pero exaltados. Una espada templaria podría ser una poderosa reliquia pero, ojo, también para el Maligno. Si cayó en manos equivocadas podría haberse vuelto en nuestra contra.

Decidió entonces llamar a Teresa, pero le sonó una alocución informando de que su teléfono estaba apagado o fuera de cobertura; no le preocupó demasiado. Llegaron a la catedral sin que hubiera podido contactar con el arzobispo. Se bajó con Mork y Plork se quedó esperando en el coche. Entraron en La Almudena y Gregorio pidió a Mork que dejara cinco euros en la caja de donativos. Se dirigieron a la puerta de las dependencias arzobispales y un vigilante les informó de que el arzobispo estaría fuera todo el día.

—Vaya por Dios. ¿Y podría hablar con don Jorge, el prelado territorial? Dígale que es urgente.

—Un momento.

Después de unos minutos, apareció por la puerta Jorge Molina y al ver a Gregorio resopló malhumorado.

—A ver, qué te pasa —preguntó de mala gana.

—Buenos días a ti también, don Jorge.

—¿Hoy no me llamas Mortadelo?

—Caramba, veo que te tomas las bromas muy a pecho —comentó Gregorio—. Bueno, que necesito pedirle una cosa al arzobispo; como no está te lo digo a ti: necesito aceites santos de la misa crismal.

—Ja, ja, ja —rio el prelado con superioridad—. ¿Y para qué quieres eso tú?

—No te incumbe. Es una cosa entre el arzobispo y yo.

—Pues mira, aquí cerca hay un supermercado que tiene muchos tipos de aceite. Buena suerte.

—¿Esas tenemos, no? Pues ándate con ojo; puede que te arrepientas de esto.

—¿Sí? ¿Qué vas a hacer, difamarme en tu página web?

Gregorio enfocó su teléfono a la cara de Jorge y disparó una foto, que deslumbró al prelado.

—¿Qué haces? —protestó.

—Es por si la gente no se cree que conozco a Mortadelo.

El prelado se dio la vuelta muy airado y mandó cerrar la puerta. Gregorio comenzó a mascullar, andando en círculos y marcó en su teléfono móvil.

—Bandicoot, te voy a mandar una foto para que la pongas en la página web con un rótulo enorme que diga: Jorge Molina, alias Mortadelo, prelado de Madrid, es un imbécil... ¡No! —se interrumpió—, olvídalo. Tengo una idea mejor. Hasta luego.

—Mork, te voy a mandar la foto a ti —dijo en voz baja—. Me lo secuestren.

—¿Pero ahora?

—No, manda a otra gente y que lo hagan con discreción; lejos de aquí. Que lo esperen, lo sigan y lo secuestren en su casa, que lo lleven a la mansión encapuchado para que no sepa dónde va y una vez allí lo retengan, a él solo, en una habitación sin vistas.

—A la orden, don Gregorio.

Marcharon ambos rumbo a la puerta de salida, pero al pasar cerca de un banco donde rezaba una mujer mayor, esta alzó la voz:

—No es aquí donde debe buscar, padre.

—¿Qué? —dijo Gregorio deteniéndose junto a la señora, que hablaba sin mirarlo con la frente hundida en sus dedos entrelazados.

—Se ha equivocado de Iglesia. Debe buscar donde está el libro de los libros. Siga el camino del perro y la encontrará.

—¿Encontrar a quién?

—A ella.

Gregorio se sentó a su lado y volvió a preguntar:

—¿Quién es ella?

—Hola, padre —dijo la mujer levantando la cabeza.

—¿Me conoce? —preguntó Gregorio.

—No tengo el gusto —respondió la mujer.

—¿Y qué me estaba diciendo?

—Nada, yo estaba rezando. No le he dicho nada.

La cara de incomprensión de la señora evidenciaba que decía la verdad. Gregorio se disculpó y se levantó pensativo.

—Ya he dado la orden, don Gregorio —dijo Mork, que había ido a un aparte a hablar por teléfono—. ¿Nos vamos?

—Sí. Es que la mujer esa...

Gregorio señaló los bancos vacíos.

—¿Qué mujer?

—Me cago en mi puta vida —contestó—. Ninguna. Vámonos.

Pararon a comer un bocadillo de calamares en el Paseo del Prado, fueron a un bazar a comprar globos y una pistola de agua y se pasaron por una administración de lotería para que el sacerdote echara la quiniela. Acabadas las pesquisas, pusieron rumbo de nuevo a la mansión. Gregorio iba callado, cavilando y dándole vueltas al encuentro con la mujer de la catedral: «¿Qué habrá querido decir?», se preguntaba. Fueron varias las veces que probó a llamar a Teresa en el transcurso de la mañana, con la misma alocución por respuesta. Llegaron a la mansión a la hora de comer y fueron a la cocina, pero doña Virtudes quiso que Gregorio comiera con ella en el comedor. Él la puso al tanto de los pormenores y le avisó de la sesión de exorcismo que habría de empezar tras la sobremesa; ella le rogó que lo intentara todo y le recordó la reunión, por la noche, con el grupo colombiano. Empezando con los postres, fue avisado de que los sacerdotes requeridos ya estaban allí.

—Poned a uno a rezar en la puerta de don Floren y al resto alojadlos juntos en alguna habitación vigilada. ¿Tienen? —Preguntó Gregorio a doña Virtudes.

—Por supuesto. Llevadlos a alguna de las habitaciones de personal del ala antigua.

El hombre se marchó y Gregorio se levantó y se excusó con su anfitriona.

—Recuerde, doña Virtudes, lo mejor que puede hacer es ir a la capilla a rezar. Del resto me ocupo yo.

Gregorio se dirigió a la cocina, donde varios hombres charlaban animados, tras llenar la andorga. Le pidió a Agustín su botella de coñac y se sentó junto a Mork y Plork.

—Bueno, ¿estáis preparados para otro asalto?

—Para lo que usted nos diga, don Gregorio.

—Bien... ¡Ah! Una cosa —dijo sacando los globos de colores de tamaño pequeño que había comprado en el bazar—, llenadlos de agua y ponedlos en un cubo.

Mientras los hermanos llenaban y anudaban los globos, con la ayuda de otros soldados que había por allí, Gregorio dio buena cuenta de un par de copas de coñac. Los metieron en un balde que trajo un pinche de cocina y se marcharon hacia el despacho de don Floren.

Francisco Núñez rezaba tembloroso en la puerta del despacho, rodeado por varios vigilantes que lo miraban mal. Gregorio le pidió acompañarlo a un rincón alejado y allí lo confesó y volvió refunfuñando, acordándose de la familia de varios santos que, los pobres, poca culpa tenían de los pecados de don Francisco. Bendijo las diferentes aguas —botellas, frascos, globos, fumigador y la pistola de agua que se ciñó en el cinturón—, se atavió con la estola y demás pertrechos, le dio una Biblia al sacerdote y encaró a su gente:

—Equipo, vamos para adentro. Y vosotros —se dirigió a los guardianes—, ya sabéis lo que le pasó a Víctor por abrir la puerta. Que no entre nadie, oiga lo que oiga y pase lo que pase, a no ser que yo personalmente abra y os lo ordene. ¿Estamos?

Todos asintieron y los cuatro entraron en el despacho.

La sesión se presentó, de partida, mucho más tranquila y Gregorio llegó a pensar que el diablo que moraba en el cuerpo de don Floren se estaba debilitando. Éste hacía poco más que balbucear mientras él recitaba sus fórmulas y rezaba con el eco de don Francisco. De vez en cuando, un chorro de agua bendita avivaba la furia del poseído, pero se volvía a postrar y quedaba a merced, de nuevo, de las oras de los sacerdotes. Llevaban casi tres horas de tedioso ritual cuando don Floren pareció espabilarse:

—Goyete, Goyete, Goyete… ¿Qué voy a hacer contigo? —dijo con la voz gruesa propia de un demonio.

—Hombre, lo suyo es que te vayas. Porque vaya un peñazo, macho —le indicó Gregorio.

—No te preocupes, don Gregorio. No te voy a molestar mucho porque hoy será un mal día para ti. Hoy vas a perder a otra mujer.

A Gregorio le cambio el rictus completamente y la cólera se fue apoderando de él a cada pregunta:

—¿A qué mujer te refieres? —dijo Gregorio pensando en Teresa.

—A la que estás pensando, ¡ja, ja, ja! —Comenzó a proferir unas terribles y estridentes carcajadas que hicieron que Mork y Plork se taparan los oídos y don Francisco guiñara los ojos en un intento vano de que no le afectaran.

—¿¡Qué pasa con ella!? —volvió a inquirir Gregorio enfurecido.

—¡Hoy cruzará las puertas del infierno y será mía, ja, ja, ja! ¡No tienes suerte con las mujeres ja, ja, ja...!

Gregorio se retiró a un rincón para llamar por teléfono a Teresa, mientras las atroces carcajadas se clavaban en el ánima de los presentes, y volvió a recibir la misma respuesta al otro lado: «apagado o fuera de cobertura». Se plantó delante de la aberración, que seguía riendo, y en un arrebato de ira que no pudo contener, se arrojó sobre don Floren y comenzó a abofetearlo:

—¿¡Dónde está, hijo de puta, dónde está!? —gritaba mientras le golpeaba con todas sus fuerzas.

Mork y Plork corrieron a sujetarlo y lo apartaron de la cama.

—Tranquilícese, don Gregorio.

Gregorio los miró y sintió una repentina vergüenza. Él, que avisaba constantemente a los demás de que cosas así podían suceder, se había dejado embaucar. «Perdonad», les dijo.

—Y tú, príncipe de las mentiras, has de saber que no me engañas. Sufre.

Arrojó un potente chorro de agua de la botella que don Francisco, inmóvil y callado, tenía en la mano y acercó su crucifijo hasta ponerlo en el pecho de don Floren. Éste se retorció, dejó de reír y quedó sumido en una especie de letargo, que se acentuó con el rezo de una última oración.

—Eso es todo, chicos. Vamos a descansar —dijo Gregorio recogiendo.

El otro sacerdote, en contraste con la apatía que había mostrado durante toda la sesión, se puso en marcha muy rápido y fue el primero en abandonar el dormitorio y entrar en el despacho. Cuando salieron los demás, don Francisco andaba por mitad de la sala y Gregorio preguntó mirando el rincón opuesto:

—¿Cuándo han quitado el oso disecado?

Una décima de segundo después una bestia enorme surgía desde un lateral y se abalanzaba sobre el desdichado cura: el oso pardo había cobrado vida y lo estaba destrozando. Los gemelos sacaron sus armas y comenzaron a disparar a discreción sobre la monstruosa criatura, sin producirle daño alguno. Gregorio, por empatía, sacó su pistola de agua y le disparó también, observando que el chorro líquido sí parecía dañarlo.

—¡Rápido, los globos! —gritó.

Plork acercó el cubo y los tres comenzaron a coger y lanzar globos de agua bendita sobre el oso demoníaco, produciéndole terribles daños en cada impacto. Cada explosión de un globo sobre el cuerpo de la criatura le quitaba, prácticamente, un pedazo. Continuaron hasta que dejó de atacar al sacerdote y del oso quedó poco más que un espantajo de pelo y hueso que se desmoronó sobre el suelo de mármol. Pero ya era tarde para don Francisco, cuyo cuerpo había sido mutilado, descuartizado y esparcido por la sala. Gregorio resopló y abrió la puerta del pasillo resignado, donde todos los hombres estaban en guardia con los rostros agarrotados de puro terror, apuntando en su dirección.

—No os preocupéis, ya ha pasado todo —dijo saliendo, seguido de Mork y Plork.

—¿Y el cura? —preguntaron.

—Don Francisco es ahora una partida de Tetris. Hay que traer otro sacerdote de repuesto. Eso sí, después de que retiréis al anterior y, de paso, llevaros los restos del oso; no vaya a ser que se nos asuste el próximo.

Varios hombres realizaron la limpieza del despacho supervisados por Gregorio, que no se fiaba de dejarlos solos allí. Cuando acabaron volvió a cerrar la puerta y mandó traer a otro sacerdote y seguir con el protocolo: turnos de rezos de dos horas cada uno. Animó a los gemelos a que fueran a descansar y él hizo lo propio retirándose a su cuarto. En dos horas partirían a la reunión con los colombianos.

Gregorio se duchó, se cambió de ropa y mandó traer un café y una rosquilla. Se recostó en un sillón junto a la ventana y quiso escuchar música, pero la intranquilidad no le dejaba: «¿Dónde estará esta tía? ¿Qué habrá querido decir "don Floren"? ¿Y la mujer misteriosa de la Almudena?». A eso de las nueve vinieron a avisarle para ir a la reunión. Yendo hacia la puerta principal le informaron de que ya tenían al prelado Jorge Molina retenido en una habitación:

—¿Qué hacemos con él?

—Déjame pensar… Quiero que le interroguéis y le preguntéis dónde está Filemón, pero sin pegarle ni torturarle; le ponéis el foco ese blanco y le preguntáis cansinamente. Dejadle tiempo para dormir, pero no mucho, y mañana seguís.

—Como usted mande —dijo el soldado

Montaron en un coche Gregorio, sus dos muchachos y Gabriel. A Gabriel le disgustó ir en el asiento trasero junto a Mork, pero Gregorio quiso dejar clara la jerarquía actual, yendo delante, y necesitaba de las instrucciones del abogado. Tras el coche principal emprendieron la marcha varias furgonetas con gente armada. Durante el trayecto Gabriel expuso los puntos de la reunión: contó que existía un amago de sublevación en la banda de narcos colombianos llamada «Los Mendoza»; ellos se encargaban de la distribución de drogas en la Costa del Sol y parte del Levante español, con la cobertura de la organización de don Florencio, a quien tributaban un treinta y cinco por ciento de los beneficios. Unilateralmente habían decidido pagar sólo un treinta por ciento y amenazaban con romper el pacto. «Esta gente no se anda con juegos», advirtió Gabriel, «Vienen de un mundo donde sobreviven con sangre y fuego; tienen poder, tienen muchos hombres, son de gatillo fácil y muy difíciles de controlar». Por eso insistió en la importancia de Víctor en esta clase de reuniones: «Era un hombre legendario y temido, acostumbrado a la guerra. A él no le asustaba nadie y tenía mucha experiencia tratando con narcos, que sólo respetan la mano dura». «Pues de momento se van a tener que conformar conmigo», dijo Gregorio.

—Estamos llegando —avisó Plork.

Pararon ante una colosal y llamativa discoteca entre las últimas casas de la ciudad y un incipiente polígono industrial. Una vistosa amalgama de neones brillaba y parpadeaba en la fachada y varios focos proyectaban un haz de luz en el cielo. Gabriel indicó a Plork que la rodeara para aparcar en la parte trasera, donde debía llevarse a cabo la reunión.

—No, para. A ver, explícame cómo va esto —preguntó Gregorio al abogado.

—El club está conectado a dos naves en la parte trasera. Normalmente las reuniones pequeñas se hacen en las oficinas que están en una planta superior, entre esta y la nave industrial mayor, pero en la de hoy estamos citados detrás.

—¿Ambos sitios están comunicados entonces?

—Así es.

—Pues nos bajamos aquí. Vamos a entrar por delante.

—Pero ellos...

—Pero nada, tío. A ver, ¿quién manda aquí? ¿Quién es *il capo di tutti i capi*? Don Floren. Así que hay que sacar músculo haciendo lo que nos salga de los cojones; esa debe ser la actitud. Además quiero ver la discoteca, que llevo sin pisar una desde que estaba casado.

Mork, Plork, Gabriel y Gregorio se bajaron del coche delante de la sala de fiestas. Tras ellos se detuvieron las dos furgonetas que los acompañaban y empezaron a salir hombres, pero Gregorio los detuvo.

—Vais a esperar aquí fuera. Meteos de nuevo en las furgonetas —les ordenó Gregorio—. No los necesitamos —le dijo a Gabriel, notoriamente desconcertado, y se puso su sombrero, cogió su maletín y cruzó la calle seguido de Mork y Plork. Gabriel emprendió la marcha tras ellos:

—Pero, don Gregorio —le dijo—, mostrar músculo es precisamente eso, llevar un buen grupo de soldados; así lo hacía Víctor.

—Eso es mostrar endeblez y debilidad; no sería tan duro ese tipo. Un verdadero «alfa» no necesita arroparse con tanto figurante.

Llegaron a la puerta de acceso a la discoteca, donde una maroma roja alzada por bolardos, paralela a la acera, delimitaba la zona donde la gente se apretujaba haciendo cola para entrar y al final de la cual dos gorilas, casi más anchos que altos, imponían las leyes de admisión. Gregorio fue directamente hacia ellos y al llegar se detuvo y se quedó callado, dejando que Gabriel, que estaba tras él, hablara.

—Venimos a reunirnos con don José Mendoza.

Gregorio no se dignó a levantar la vista, sólo permaneció recto como una estatua. Desde su altura los apaisados porteros no podían verle la cara, debido al sombrero de teja que llevaba encajado hasta las cejas, y parecieron intimidados ante la estampa de aquel hombre vestido con sotana negra, acompañado por un mafioso de manual y dos matones superiores incluso a ellos. Gregorio evidenciaba estar en otro nivel. Se apartaron e indicaron a otro portero, que sujetaba la puerta interior, que les dejara pasar. Enfilaron un gran pasillo que se fue abriendo por un lateral, mostrando un templo de música disco en cuya pista de baile, dos niveles por debajo, se agolpaba una marabunta de gente bailando y gritando bajo una colosal bola de discoteca y el influjo de todo tipo de luces, golpes de altavoz y, muy probablemente, drogas en abundancia. Varias plantas, superiores e inferiores a las de la entrada, acumulaban barras de bar, reservados y zonas de asueto. Había plataformas donde varios gogós, mujeres y hombres vestidos a golpe de catálogo sadomasoquista, hacían las delicias del respetable y de Gregorio, que miraba de soslayo sin descomponer su figura recta e impasible.

—Siga hasta el fondo —le sopló Gabriel.

Gregorio caminaba con tal decisión y seguridad que, unidas a su atuendo, hacía que las numerosas personas que encontraba a su paso se apartaran con temor. Avanzaba implacable con su maletín en la mano; una roca bajo la sotana y el sombrero que le daban un halo de misterio y evocaban una zozobra ciertamente irracional. También se fijó el sacerdote en que algunos individuos con aspecto feroz les empezaban a seguir a cierta distancia después de cruzarse con ellos. Llegaron al final donde un par de tipos con cara de malos aguardaban junto a una puerta blindada con una cámara encima que miraron todos menos Gregorio. La puerta se abrió y pasaron a través de un descansillo que tenía una suerte de sala acristalada elevada a su izquierda y unas escaleras descendentes delante, al cabo de las cuales un grupo de soldados armados esperaban sin quitarles ojo. Descendieron seguidos por la improvisada comitiva y Gregorio se detuvo en mitad de una nave, a unos metros de un hombre estrafalariamente bien vestido y rodeado, también a distancia, por una serie de esbirros que parecían competir por adoptar la pose más macarra. Mork y Plork se detuvieron tras Gregorio, formando en paralelo y cruzando sus manos al unísono sobre la hebilla de su cinturón, como tan bien sabían hacer. Gabriel, que estaba en medio, quiso tomar la palabra:

—Buenas noches Don...

—Chssssst —chistó Gregorio con severidad, sin mirarlo y levantando un dedo.

Permaneció de esa guisa y se tomó su tiempo antes de levantar la voz:

—¡Y en el cielo aparecerá un dragón rojo con siete cabezas y diez cuernos! Y sobre sus cabezas siete diademas de fuego. Y su cola arrastrará la tercera parte de las estrellas del cielo y las arrojará sobre la Tierra. Y la mujer vestida de sol con la luna bajo sus pies y la corona de doce estrellas dará a luz un varón; aquel que ha de pastorear a todas las naciones... ¡¡Con vara de hierro!!

Diciendo las últimas palabras con un tono de voz mucho más elevado, dejó caer su maletín desde la mano y al impactar en el suelo, todos los presentes se sobresaltaron, dando algunos de ellos un mayúsculo repullo. Lo miraban confusos, incluyendo a don José, que permanecía atónito frente a él sin saber muy bien cómo reaccionar. Les abrumaban sus palabras, que no acababan de entender del todo y les intimidaba la forma en la que había mandado callar a Gabriel, quien todos sabían que era la mano derecha de don Florencio. «¿Quién será este personaje siniestro que parece ser intocable y habla como si estuviera por encima del bien y el mal?», se preguntaba el capo de la organización colombiana, un hombre de más de treinta y menos de cuarenta, que llevaba una camisa de colores chillones abierta hasta el esternón y varias cadenas de oro que competían entre ellas en grosor. Lo miraba desde sus gafas con cristales amarillos y se tocaba el diamante del zarcillo de su oreja izquierda. Gregorio, tras una pausa, siguió:

—Y habrá un combate en el cielo: Miguel y sus ángeles combatirán contra el dragón y el dragón luchará con sus demonios. Y no prevalecerá ni quedará lugar para ellos en el cielo. El gran dragón, la serpiente del mundo antiguo, ¡Satanás!, el que engaña al mundo entero, será precipitado a la Tierra y sus ángeles con él…

Gregorio hizo una pausa para sacar un cigarro, poniendo aún más en guardia a los presentes, que desconfiaban de lo que fuera a buscar bajo su sotana y respiraron aliviados cuando le vieron encender el pitillo.

—…y todo el mundo, admirado, seguirá a la bestia; y adorarán al dragón por haber dado su autoridad a la bestia, de quien dirán: «¿Quién como la bestia?, ¿quién puede combatir con ella?». Y se le dará una boca grandilocuente y blasfema y se le dará autoridad para actuar cien años. Abrirá la boca para blasfemar contra Dios, para blasfemar contra su nombre y contra su morada y los que habitan en el cielo. Y lo adorarán todos los habitantes de la Tierra, cuyos nombres no están escritos en el libro de la vida del Cordero degollado, desde la creación del mundo. ¡¡Quien tenga oídos, que oiga!!

Gregorio tiró el cigarro al suelo y lo pisó bajo un silencio sepulcral en el que podía escucharse cada roce de su zapato contra el cemento. Alzó la cabeza, miró fijamente al jefe colombiano y le habló directamente:

—Puede, y espero, don José, que sea la última vez que nos veamos.

—¿Quién es usted? —preguntó él titubeante— ¿Y dónde está Víctor?

—Ya no volverá a ver a Víctor; era un blando y digamos que le he dado boleto. Por mi parte, decirle que soy el padre Tormenta.

—Toma castaña —murmuró Plork.

—De acuerdo, señor Tormenta.

—Me puede llamar sólo padre.

—Pues de acuerdo, padre, ¿a qué debo el honor de su presencia? —preguntó.

—Estoy aquí para informarles de que puedo dar la orden, cuando se me antoje, a los trescientos hombres que tengo fuera, de que arrasen este lugar desde los cimientos y acaben con todos ustedes, incluidos los incautos que bailan encocados en la discoteca, que me vienen importando un bledo. Pero ese no es mi estilo. Eso sería una maricona más propia del difunto Víctor que, como referí anteriormente, carecía de mano dura.

A Gabriel le entró un pequeño ataque de pánico al escuchar aquellas palabras que le hicieron transpirar y valorar, seriamente, el salir corriendo. Gregorio continuó con su perorata:

—¿Porque para qué voy yo a castigar vuestros cuerpos físicos pudiendo condenar vuestras almas? Yo estoy en contacto con quien todo lo ve y todo lo oye.

—¿Pero qué vainas...? —dijo uno de los soldados que se encontraba a su derecha y fue rápidamente compelido por Gregorio.

—¡Cállate, que te tocas por las noches! —exclamó señalándolo ferozmente con el dedo.

—¿Cómo lo...? —dijo amedrentado, sin saber qué responder.

—¡Y tú —arremetió ahora contra un lugarteniente de don José que susurraba a su oído—, dilo en voz alta que nos enteremos todos y, de paso, le explicas a don José dónde va ese dinero que le escamoteas de vez en cuando!

El hombre comenzó a tartamudear, repartiendo su mirada entre su jefe y Gregorio —«yo... yo...»— y su cara se encendió de rojo.

—Como ve, don José, tengo las cosas muy claras, así que voy a ir al grano: en contra de lo que aconsejan sus competidores, algunos de ellos de los que dicen ser sus amigos... tiene usted que plantearse de nuevo ciertas amistades —le dijo ahora con tono paternal—. Voy a aceptar el nuevo trato, pero con matices: no será el treinta y cinco por ciento lo que tributen a nuestra organización, sino el cuarenta.

—¿Pero cómo que cuarenta, si nosotros ofrecemos el treinta?

—Pues muy fácil, porque os interesa. Tenéis respaldándoos a la mayor organización de Europa y nosotros tenemos traficantes como vosotros a patadas, algunos de ellos deseando ocupar vuestro puesto y comeros la tostada, como bien he dicho antes, pero don Floren aprecia la amistad y la lealtad. Los otros son como vosotros pero no son vosotros. Él y yo valoramos las viejas alianzas y que no haya disconformidades. Como pago por esta información que acabo de dar, que aquí no hay nada gratis, se os sube la cuota un cinco por ciento que, en mi opinión, sigue siendo un gran trato si decidís aceptar; si lo hacéis, os ganaréis mi confianza personal que os aseguro que a la larga os será más que beneficiosa.

—Aceptamos —dijo una mujer saliendo desde la parte trasera de la nave, a espaldas de don José—. Me gusta este hombre.

Era una señora escultural de unos cuarenta años que contoneaba su cuerpo de manera suntuosa sobre unos interminables tacones de aguja. Vestía un ajustado pantalón de cuero negro y una camiseta *crop* con un generoso escote a cuyo quicio no pudo evitar asomarse Gregorio cuando ella se acercó, recogiendo con su brazo a don José por el camino. Tenía unas pestañas largas y tupidas y unos labios y pómulos potenciados, probablemente, por el bisturí de algún virtuoso médico remendón. La belleza que desprendía aquella criatura con delicioso acento antioqueño era tan grande como el peligro que se le adivinaba.

—Hola, padre —dijo extendiendo su mano—, soy Gisela y éste, como ya sabe, es mi hermano José.

Gregorio estrechó la mano de ambos y Gabriel se acercó al rebufo de la buena nueva, haciendo lo propio.

—Para sellar el trato nos complacería invitarles a beber en nuestra sala personal —dijo ella.

—Estupendo, no estaría de más echar una copeja —respondió Gregorio—, pero aquí nuestro abogado se tiene que ir a informar personalmente a don Floren, ¿verdad?

—Eh, sí, claro. Con su permiso me he de ausentar —dijo Gabriel con un sentimiento agridulce, porque si bien conocía que los Mendoza sabían cómo hacer divertirse a alguien, lo había pasado rematadamente mal y sentía la imperiosa necesidad de salir de allí y gritar como un loco.

Se excusó y se dirigió presto a la escalera, no sin antes recibir instrucciones al oído por parte de Gregorio para que dejara a los hombres emplazados en la puerta y se llevara sólo un coche y un chófer: «Nunca se sabe». Gisela cogió del brazo a Gregorio y se volvió para hacer un ademán con la cabeza, señalando al hombre acusado por el padre Tormenta de robar. Lo sujetaron entra varios y se lo llevaron a rastras hacia el fondo de la nave, mientras él trataba de justificarse diciendo que había sido poco dinero y ya no lo volvería a hacer más. Gregorio sospechó que iban a servirle de poco sus súplicas y echó a andar con Gisela y el resto hacia la exclusiva sala.

—Pues nada, vayamos a «rumbiar».

—Vaya, padre, maneja usted bien la jerga colombiana —respondió Gisela caminando junto a él—. ¿Dónde lo tenía escondido don Florencio?

—Si te lo dijera, tendría que exorcizarte —contestó usando su latiguillo favorito.

Tal fue el desenfreno de la fiesta que pasó más de una hora y media hasta que Gregorio pudo hablar, con cierta intimidad, con sus muchachos. La sala se había llenado de chicas y chicos con escasas —que no escuetas— vestiduras, alcohol, bandejas con droga y un enano que repartía canapés. La cristalera principal, que daba a la discoteca, estaba abierta y se podía ver casi toda la sala, rebosante de gente en éxtasis, y disfrutar de la sesión de DJ Palco. Gregorio, que tenía a dos chicas sentadas en sus rodillas, compartía un sofá en forma de ele con doña Gisela y don José y había hecho las delicias del corrillo de gente que acostumbraba a rodearle cuando se daba a la narración de sus peripecias.

—Y entonces, padre, ¿ella no lo volvió a llamar? —preguntó alguien.

Plork se acercó a susurrarle algo al oído, él pidió amablemente a las jóvenes que le dejaran levantarse y se puso en pie con cierta dificultad:

—No, lo de Monica Bellucci fue cuando Terelu Campos y yo nos dimos un tiempo. Ya no supe más de ella. Si me disculpan... —dijo alejándose junto a Plork.

Se fueron a un rincón, cerca de donde Mork bailaba con una *Drag Queen*, y Gregorio le dijo muy preocupado:

—Las drogas no son buenas, Glork, me he metido dos rayas de esas y he visto un enano.

—¿No le da vergüenza, don Gregorio? Bueno —dijo Plork cambiando el tono—, que los de la puerta dicen que están hasta las narices, que qué hacen.

—Sal fuera, elige uno al azar y pégale un tiro. Luego pregunta si alguien más tiene alguna queja.

—¿En serio?

—No sé, igual eso es pasarse un poco; diles que se esperen y punto.

En estas se acercó Mork, completamente eufórico, y se unió a la conversación.

—Don Gregorio, lo de la reunión fue impresionante. Tiene que explicarnos cómo ha sabido lo del pajillero, lo del que le robaba al jefe y lo del grupo que les quiere quitar el territorio.

—Psicología —dijo él—. Psicología pura. Mira, el primero era un exaltado, alguien que no se controla; pues imagínate a un tipo así cuando le asalten las tentaciones nocturnas.

El otro es de cajón: ¿quién no le sisa de vez en cuando a su jefe? Mira, tú mismo —dijo mirando a Plork— gastaste cincuenta euros y apuntaste cien en la libretilla.

—¡Pero si me lo dijo usted! —contestó ofuscado.

—Venga, no te hagas el digno, que tampoco te vi negarte mucho. Y lo de la banda rival es simple: he visto las suficientes películas y series para saber que estos grupos siempre andan a la gresca con otros. Sólo he plantado la semilla de la sospecha y ellos mismos se han montado sus propias historias.

—Don Gregorio —proclamó Mork orgulloso—. Es usted un fuera de serie. Merece un monumento más grande que El Escorial.

—¡Eso es! —dijo Gregorio—. Creo que acabas de descifrar el enigma, muchacho.

—¿Qué enigma?

—Las palabras que me dijo aquella señora, que luego desapareció, esta mañana —comentó pinzando su barbilla y mirando a la nada—. Buscar en otra iglesia... el libro de los libros... el camino del perro... ¿Dónde he visto yo el último perro? Joder, la cabeza me da vueltas. ¿Y por qué me habló de «ella» si es un libro? ¡Pues claro, ceporro! Ella, la Biblia, el libro de los libros.

—Creo que ha bebido y se ha drogado demasiado, don Gregorio, ¿se encuentra bien? —preguntó Plork preocupado.

—¡Y tanto! Vamos a ir a El Escorial y vamos a robar el Códice Áureo.

Gregorio se acercó a los jefes colombianos, tomó su sombrero y cogió su maletín, que estaba junto al sofá:

—Gisela, José, ruego nos disculpen, pero nos tenemos que ir. Me ha surgido un importante asunto que reclama mi atención inmediata.

—Oh, qué pena, padre, con lo bien que lo estábamos pasando —dijo Gisela, levantándose y dándole un efusivo abrazo. José estrechó su mano y él apretó su hombro.

—Ha sido un verdadero placer conocerles. Aunque tú, José, pareces un hombre muy capaz, me gusta la idea de que vuestro padre haya escogido a tu hermana para llevar la batuta a este lado del charco, porque ella es mayor que tú y los años cuentan y porque es mujer y, hazme caso, las mujeres tienen un cerebro privilegiado para los negocios. Podéis hacerlo muy bien juntos.

—Ay, es usted un zalamero —dijo ella.

—Zalamero pero sincero, como dijo aquel. Y hablando de sinceridad, no olvidéis cuidar vuestras espaldas de la competencia.

—Descuide, padre —dijo José—. Una cosa, si no es mucho preguntar: ¿Qué lleva en el maletín?

—El arma más poderosa del mundo —contestó con rotundidad—. Y ahora ruego me excusen con el resto de la concurrencia.

Gregorio tocó el ala de su sombrero galantemente y se dio la vuelta para reunirse con sus dos secuaces, que lo esperaban cerca de la puerta.

—Bueno chicos, vámonos… ¡Coño, el enano! ¿Lo veis? —dijo señalando al hombre de menguada estatura que portaba una bandeja.

Plork le hizo un gesto a su hermano para que respondiera negativamente.

—Yo no lo veo, don Gregorio —dijo Plork.

—Yo tampoco —dijo Mork.

—Ya no me enfarlopo más —dijo Gregorio.

9. El perro del Infierno

Costó más trabajo convencer a Bandicoot para salir a la calle que a su madre.

—Pero, don Gregorio, que son las doce de la noche.

—¡Si tú te acuestas a las seis de la mañana, desgraciado!

—Además, qué va a decir mi madre.

—Pásamela.

—Pero…

—¡Que me la pases!

Se oyó un refunfuño, un traqueteo de puertas y, finalmente, una voz: «Mamá, que quiere don Gregorio que me vaya ahora con él a un campamento de "nosequé"». «¡Pásamelo!», contestó ella.

—Don Gregorio, en diez minutos está en la puerta. ¡Joaquín, ponte ropa en condiciones y prepara tus cosas, que voy a hacerte un bocadillo! Muchas gracias, padre, por sacarlo a la calle.

—De nada, mujer, para eso estamos. Páseme con él otra vez y muy buenas noches.

—Buenas noches. ¡Toma!

—Queeeee —dijo Bandicoot con desgana.

—Que no se te olviden los arreos de jaquear; en quince minutos estamos ahí.

Pasaron a recoger al informático, que esperaba en la puerta de su casa con una mochila en la espalda, un ordenador portátil bajo el brazo, un bocadillo envuelto en papel de aluminio en la mano, una pose desganada y una cara de hastío tremenda. No pareció impresionarle la comitiva de furgones negros que acompañaba al coche de don Gregorio.

—Anda, entra, Nosferatu —le dijo Gregorio mientras Mork le abría la puerta trasera desde dentro.

—Pues nada, ya me habéis sacado de mi casa —dijo con resignación mientras el coche se ponía de nuevo en marcha—. ¿De qué va esto?

—Te necesitamos para entrar en El Escorial. A ver, como iba explicando antes de que te recogiéramos, allí se guardan algunos de los tesoros más valiosos de España, así como la mayor colección de reliquias del mundo, aunque a nosotros nos interesa sólo una: el Códice Áureo, que no es exactamente una reliquia, pero es un evangelio manuscrito con letras de oro hace mil años, que viene siendo el Michael Jordan de las biblias, y la mujer invisible me dijo que tenía que buscarla. Imaginad practicar un exorcismo con ese libro; tiene que ser como correr el Tour de Francia con una moto.

—¿Y cómo puedo ayudar yo con eso? —preguntó el joven.

—Pues que, lógicamente, aquel lugar está protegido como si fuera el Banco de España. Vigilantes de seguridad por todos lados y un sistema de alarmas increíble, sobre todo en la biblioteca principal, que es donde está expuesto el libro.

Ahí es donde entras tú: necesito que desactives las alarmas; de los vigilantes ya se ocupan mis hombres.

—¿Y cómo lo voy a hacer?

—¡Jaqueando, coño, cómo va a ser!

—Pero yo lo que suelo hacer es utilizar VPN para hacer ataques DoS, usar *bots* para *spamear* vía *mail*, *rootear* Android, *crackear passwords* de Redtube y cargar *mods* para «chetar» *players* en el *online*.

Ninguno de los presentes entendió una sola palabra.

—Mork, dale una colleja —dijo Gregorio.

Las gafas de Bandicoot se deslizaron hasta la punta de su nariz bien que, milagrosamente, no cayeron: «¡Ay!».

—¡Toda esa mierda que has dicho se la tienes que hacer al Monasterio del Escorial, para que podamos entrar! ¡No es tan complicado lo que pido! —sentenció Gregorio.

El joven abrió su portátil y se puso unos cascos grandes que sacó de la mochila. Un rato después llegaban a las inmediaciones de El Escorial, aparcaban a una distancia prudencial y Gregorio se volvía hacia el asiento trasero.

—¿Qué has averiguado? —le preguntó.

—A ver, desconectar las alarmas ya le digo yo que no lo puede hacer ni Dios, pero sí que puedo saltarme el cortafuegos con la punta del nabo...

Gregorio hizo un gesto y Bandicoot recibió otra colleja.

—¿Cómo tienes la mano tan grande? —protestó antes de seguir—. Que eso, que puedo saltarme el cortafuegos y aislar la señal para que, aunque suene la alarma no salga de ahí y no se envíe a la policía ni a nadie. También puedo meter las imágenes que quiera en las cámaras.

—Eso es bueno —comentó Gregorio—. ¿Podemos ocuparnos de los guardias de dentro? —preguntó a Plork—. Pero no quiero muertos; que los intercepten y los inmovilicen.

—¿Cuántos hay?

—No creo que haya más de ocho en la zona donde vamos; eso sí, fuera hay también, que los estoy viendo desde aquí.

—Sin problema. Primero nos ocupamos de los de fuera, los escondemos y que los chicos se pongan sus uniformes. Luego ya podremos pasar. Por cierto, ¿cómo vamos a entrar?

—Eso es cosa mía. Manda a la gente a que vaya despejando el terreno. Y que no se olviden de ponerse las capuchas; todos tenemos que cubrirnos si no queremos que nuestras caras aparezcan mañana en el *Telediario*.

Plork se dispuso a salir para organizar el operativo.

—Una cosa —indicó Bandicoot—: este sitio seguro que tiene conexión por cable, aparte de aérea. ¿Veis todos esos cables que se ven por encima de la fachada, medio disimulados? Habría que cortarlos todos al mismo tiempo que yo bloquee la señal. Pero que no vayan a cortar los de electricidad; sólo la fibra óptica.

—Vale, tenemos escalas y cizallas en las furgonetas —dijo Plork—. Cuando el exterior esté despejado, subirá uno y cuando esté preparado para cortar yo os avisaré. De momento ve anulando las cámaras.

Bandicoot interceptó y sustituyó las imágenes de las cámaras. Gregorio pudo comprobar sobre el terreno la eficacia del grupo armado, cuyos hombres acechaban en las sombras con su indumentaria negra y cazaban con rapidez a los

guardias de seguridad. En menos de cinco minutos había uno escalando la fachada. Sonó el teléfono de Gregorio; era Plork:
—Preparados.
—5, 4, 3, 2, 1 —contó Bandicoot—, ¡ya!
El apagón informático, por vía terrestre y aérea, se produjo al unísono.
—Voy para allá. Mork, te quedas con él —dijo Gregorio poniéndose su capucha.
—¡Pero yo quería ir! —protestó Mork.
—No se puede, tienes que proteger a nuestro jáquer. Además El Escorial está sobrevalorado, ya te lo digo yo.
Gregorio anduvo en la noche silenciosa y se reunió por el camino con Plork y un grupo de hombres encapuchados y vestidos de negro, que ajustaban sus transmisores de radio y le dieron una linterna para la cabeza como las que llevaban ellos.
—Seguidme —dijo—. Hay una pequeña y recóndita puerta que custodian los Agustinos. Esa gente vive todavía en la Edad Media y existe una fórmula infalible para que nos dejen entrar. Por cierto, no les hagáis nada; portaos bien con ellos y dadles tabaco, que a los frailes les encanta fumar.
Acercándose a una esquina del monasterio oyeron a un perro aullar; miraron y lo vieron en la lejanía, recortándose como una sombra sobre el tenue resplandor de la luna. Era pequeño, negro y escuálido y se movía en círculos, cojeando bastante. De pronto, en mitad de un aullido, pareció quedarse sin aire y comenzó a toser.
—Esa tos... esa cojera... ¿De qué me suena? —barruntó Gregorio, que no recordaba haberlo visto en el jardín de la

residencia de Teresa de quien, por cierto, no se había vuelto a acordar en las últimas horas.

Gregorio siguió andando pensativo hasta que, en un arrebato de aparente clarividencia, dijo eufórico:

—Claro, «sigue al perro negro». Vamos por el buen camino.

Llegaron a una deteriorada puerta escondida en un costado del monasterio, escondida entre dos columnas y camuflada por yedras. Gregorio se detuvo delante y usó la herrumbrosa aldaba de bronce para llamar. Tras un par de minutos volvió a golpearla. Se quedó plantado esperando, con Plork y el resto de hombres detrás mostrando impaciencia. «Tranquilos, seguro que abren. Pero pensad que el más joven de aquí tiene 75 años; se mueven despacio». Unos minutos después alguien con voz añeja habló desde el otro lado de la puerta:

—¿Quién es?

—Quiero acogerme a sagrado; abra, por favor —dijo Gregorio.

—¿Cómo?

—Pues eso, que me persiguen los grises y quiero acogerme a sagrado.

—Sí, espera un momento, hijo.

Media docena de pestillos y cerrojos se oyeron chirriar y deslizarse al otro lado de la puerta antes de que esta se abriera y asomara la cabeza un fraile de, aproximadamente, noventa años. Gregorio terminó de abrirla completamente y entró seguido de los demás.

—Estos son mis amigos y también se acogen a sagrado. Tome usted un cigarro. Vamos, chicos.

Avanzaron por el interior del monasterio por donde Gregorio, que tenía nociones de la ubicación de la biblioteca, les iba indicando a sus secuaces. Cuando notaban la presencia de un guardia, dos de ellos se adelantaban y lo reducían con rapidez. Nada más abrir la puerta del Salón de los Frescos, una estruendosa alarma retumbó por todo el edificio. «Esperemos que sea verdad que la alarma no sale de estas paredes», pensó Gregorio aproximándose al atril donde se exhibía el Códice Áureo, que cogió a la voz de «ven aquí con papá», haciendo saltar nuevas alertas acústicas. Cuando se disponía a salir por donde habían entrado, los hombres lo detuvieron:

—Padre, tiene que salir por otro sitio. Vienen hacia aquí varios guardias por el patio interior y vamos a contenerlos.

—Vale, salgamos por la Sala de Manuscritos. Sígueme —dijo a Plork, que ordenó a dos secuaces que los acompañaran.

Descendieron por unos escalones y Gregorio se detuvo dudando. «Creo que es por aquí», dijo enfilando otra escalera que daba a una sala con un corredor estrecho en un costado. Gregorio lo atravesó dubitativo y llegó, sin saberlo al Salón del padre Alaejos, encontrándose con la figura inerte de Fray Roberto tendida sobre el suelo y agarrando una revista.

—¿Pero qué demonios? —exclamó agachándose sobre el cuerpo del hombre, tocándole el cuello—. Éste está más tieso que la mojama —dijo a sus acompañantes cogiendo la revista y hojeándola con su mano libre—. Y no me extraña.

Se guardó la revista y, tras echar un vistazo a la sala, concluyó que por allí no había salida.

—Tenemos que volver por donde hemos venido. Vamos.

Empezó a caminar por el pasillo, pero algo le hizo detenerse: «¿Habéis oído eso? Me ha parecido escuchar unos golpes». Se dio la vuelta y se plantó en mitad de la habitación. Plork quiso hablar, apremiado por la situación, pero el padre lo impidió levantando una mano. Exceptuando el rumor lejano de las alarmas, reinó el silencio hasta que un grito amortiguado se escuchó desde el otro lado de una pared; un grito familiar, una voz asustada que pareció hablarle desde dentro de su propio corazón. Gregorio descubrió una puerta a medio camuflar en un extremo de la sala. Espoleado por un ímpetu primordial e iluminado por una poderosa chispa de lucidez, corrió a coger la llave que había visto colgada del cuello del monje mientras los hombres lo miraban intranquilos y confusos. Abrió la puerta y vio a una mujer siendo arrastrada por una grotesca abominación de ojos amarillos a través de una trampilla en el suelo. Gregorio no se lo pensó ni medio segundo; avanzó hacia la mujer, que ya tenía medio cuerpo dentro de aquel pasadizo, y golpeó la cabeza de la criatura lanzando lo que llevaba en la mano, el Códice Áureo, cogiendo a la mujer del brazo y tirando de ella. La abominación gritó y se estremeció, soltando las piernas de Teresa y cayendo en las profundidades del abismo junto con el libro.

—¿Estás bien? —dijo Gregorio poniendo una mano en su cara y levantándose la capucha.

—Go... Goyo —respondió ella, en estado de *shock*, antes de abrazar a Gregorio y romper en un llanto desconsolado.

Él cerró el portillo con un pie y observó las marcas del mueble con el busto de San Jerónimo sobre él y el hueco con la argolla. Mandó a los chicos que usaran algo para cerrarla y pusieran el armatoste sobre la trampilla. Uno de ellos sacó dos bridas de acero y las ciñó en la argolla y entre Plork y él pusieron el mueble encima.

—Venga, vámonos —consignó Gregorio—. Teresa, mírame —dijo cogiendo su cara entre las manos, tratando de enjugar sus lágrimas con los pulgares—. Tienes que ayudarnos a salir, ¿vale? Dependemos de ti. ¿Te ves capaz?

Ella afirmó con la cabeza y se pusieron en marcha.

—¡Un momento! —dijo Teresa volviéndose a la mesa, donde cogió el cartapacio de cuero—. Ya.

Subieron la escalera hasta la sala donde reposaba el cadáver del fraile.

—Fray Roberto —dijo ella con pena y angustia.

—Está muerto —apuntó Gregorio, cayendo de pronto en algo importante—. Dadme una navaja.

Rasgó la capucha de sayal del fraile y se la puso sobre la cabeza a Teresa, «por si las moscas». Gregorio le explicó que querían salir por la antigua puerta de servicio y ella les guió con precisión, por un entramado de puertas y pasillos por donde deambulaban los frailes absolutamente enloquecidos. Una vez en la salida, Plork ordenó por radio la evacuación absoluta de todos los hombres, que fueron saliendo en oleadas mientras ellos corrían hacia el coche.

Llegaron al vehículo cuando se empezaban a escuchar sirenas de policía acercándose. Gregorio abrió la puerta trasera y entró Teresa, sentándose junto a Bandicoot. Él se colocó delante, en el asiento del copiloto, y empujaba con la mirada a Plork, que venía corriendo: «Vamos, vamos». Llegó, se puso a los mandos del coche y salieron a toda velocidad de allí, viendo cómo el resto de furgonetas también arrancaban paulatinamente. Se alejaron del monasterio en una dirección antes de que un tropel de coches y agentes de policía llegara al lugar del crimen desde otra. Gregorio indicó a Plork que pusiera rumbo a su piso y mandara al resto de gente a sus cuarteles generales.

—¿Por qué ha venido la policía? —reclamó Gregorio, indignado, a Bandicoot.

—¿Vosotros sabéis la que habéis montado? Se escuchaban las alarmas por todos los alrededores. Yo he hecho lo que he podido; tampoco soy Dios, joder… ¡No me pegues, por favor! —dijo a Mork, que ya tenía la mano levantada, echándose encima de Teresa.

—Bueno, hemos escapado que es lo importante.

—Antes de hacer el millón de preguntas que tengo que hacer —comenzó Teresa—: ¿Qué le ha pasado a Fray Roberto? ¿Le habéis hecho algo?

—¿Nosotros? No, el abuelo, que por cierto era un guarrete, ya había entregado la cuchara antes de que llegáramos, probablemente por culpa de esta revista —respondió Gregorio sacando la revista porno—: «Ultra-hardcore extreme». Le he echado un vistazo y puede que sea la cosa más depravada jamás impresa por el ser humano. Se ve que el hombre se ha puesto tieso y se ha quedado tieso.

Teresa se echó las manos a la cabeza:

—¡Ay, madre mía, que se la regalé yo!

—¡Tere, ya te vale!

—¡Fue el idiota del quiosco quien la eligió!

—¿Puedo verla? —pidió el informático.

—No, que te vas a quedar ciego —le replicó Gregorio—. Por cierto, no os he presentado; ella es Teresa, ellos son Mork, Plork, y Bandicoot —dijo señalando con el dedo.

—No me digáis más: os ha bautizado Gregorio.

—Cómo lo conoces —dijo Plork.

—A mí no —dijo Bandicoot.

—Te podrías haber callado —le dijo Teresa— y hubieras quedado mejor. ¿Has bebido, Goyo?

—Y se ha drogado —añadió Mork, ante la estupefacción de la monja.

—Eres un chivato —le acusó Gregorio para ofrecer su explicación a Teresa—. He tenido una reunión con unos narcotraficantes colombianos y me tenía que meter en el papel. Profesionalidad se llama.

—Pero Goyo, ¿a ti no te pueden pasar cosas normales?

—Bah, eso no es nada. A mi último sacerdote auxiliar de exorcismo se lo ha comido un oso. Pero no me distraigáis, porque estoy pensando y ahora, por fin, ato cabos —expuso Gregorio—. Teresa, ¿habías oído hablar de la leyenda del perro negro que guardaba la supuesta puerta del Infierno que había en El Escorial?

—Claro —dijo Teresa, que vio el bocadillo de Bandicoot y comenzó a comérselo sin preguntar siquiera a quién pertenecía.

—Pues lo hemos visto esta noche y, no te lo vas a creer, era el chucho de mierda ese que había en el jardín de tu residencia.

—¿Estás seguro?

—Segurísimo. Ese perro desapareció cuando la puerta fue sellada, con el fin de las obras hace quinientos años. Ahora, en los albores de una nueva apertura, apareció de nuevo y vigilaba a la que iba a ser artífice de tal despropósito. Por eso estaba primero en la residencia y luego en El Escorial. Y por eso daba asco verlo; son cinco siglos, mínimo, los que tiene.

—¿Te refieres a que yo...?

—Sí, tú. Y tápate, que al enfermo este se le van a salir los ojos.

Bandicoot disimuló y Teresa, que aún tenía la blusa abierta y la falda recogida hasta casi el nacimiento de sus muslos, se recompuso un poco sin soltar el medio bocadillo.

—Oye, ¿cuánta gente hay aquí? ¿Y esto es físicamente posible? —dijo Gregorio mostrando a Teresa la revista que no había dejado de hojear mientras hablaba.

—Quita eso de mi vista, cerdo.

—La has comprado tú, guapa... —respondió pasando la página.

—A todo esto, don Gregorio, ¿y el libro? ¿Dónde está el libro? —preguntó Plork.

—Ha habido un pequeño incidente y se ha perdido.

—Pero bueno, ¿todo el operativo que hemos montado ha sido para nada?

—Para nada no, mira detrás. Es la mejor mujer que vas a ver en tu vida.

—¿Entonces no has ido al Escorial por mí?

—¡Yo qué iba a saber, Tere, si no me dijiste nada! Si al menos hubiera recibido alguna señal alertándome de que estabas en peligro o que me diera pistas sobre ti... Pero no soy adivino.

—¿Y qué libro querías?

—El Códice Áureo.

—¿¡Has perdido el Códice Áureo!? ¿Cómo?

—Pegándole en la sien a un demonio que se quería llevar a mi amiga; mira tú por dónde. Y no creo que un libro normal lo hubiera detenido pero, claro, le he atizado con la palabra de Dios plasmada en oro nada menos.

—Dios mío, Goyo, pero qué has hecho. Has destruido uno de los tesoros más valiosos del mundo —dijo rozando el sollozo.

—¡Me viene a regañar la tía a la que dejo sola un rato, mata a un fraile y abre una puerta del infierno! —exclamó Gregorio—. Además no está destruido, sólo que ahora lo tienen ellos. Igual les da por leerlo, se evangelizan y se sublevan contra Lucifer. ¡La virgen, pero cómo es esto posible! —dijo mirando una página de la revista, que giraba y observaba desde diferentes ángulos.

Teresa, gran erudita y ferviente conservadora de cualquier patrimonio histórico, estaba muy afectada por la pérdida del libro, que anteponía incluso a su propia vida. Agachó la cabeza, dejó de comer y permaneció en silencio hasta que Gregorio tomó de nuevo la palabra:

—A ver, Tere: ¿Qué es ese libro sino un legajo de papeles manuscritos por el hombre? ¿Qué valor puede tener comparado a una vida humana? Y no una vida humana cualquiera; la vida de una persona excepcional. Míranos a nosotros: Bandicoot es un alma perdida, al que le faltan años para expiar el pecado de todas las manuelas que se ha hecho. Y al menos tiene alma; Mork y Plork ni eso. Seguro que no tienen ni madre y fueron creados en el laboratorio de algún villano calvo.

Todos permanecían en silencio, mientras Gregorio seguía con sus extraños razonamientos.

—¿Y yo? Soy un completo desastre que me dedico a secuestrar curas y a drogarme con mafiosos. Tú, en cambio, mereces la pena. Eres la mejor persona que conozco y créeme si te digo que quemaría El Escorial desde los cimientos y sacrificaría todos los tesoros del Vaticano por salvarte. He dicho.

Nadie comentó nada excepto Plork, que preguntó preocupado:

—¿Y qué era esa cosa que agarraba a Teresa, don Gregorio? Yo lo he visto de refilón y creo que no podré dormir esta noche.

—Pues no sé si era un demonio, el hombre del saco, el Grinch, el Chupacabras o el Cromenoque, pero sí sé que, si no llevas bragas, Teresa, te ha visto todo el chumino.

El grupo calló ante la procacidad de Gregorio, hasta que Teresa rompió en un estallido de carcajadas que se fue contagiando al resto.

—Qué haría yo sin ti, Goyete. Qué haría el mundo sin alguien como tú —le dijo Teresa, agarrando sus hombros desde atrás y apretándolos con cariño.

10. La profecía

No había nadie por la calle y podía oír algunos coches circulando, pero no verlos. El cielo estaba gris y apenas arrojaba luz sobre los edificios, que lucían incoloros con la parte superior difusa. Teresa había salido de una piscina y andaba con su hábito puesto por un callejón que comenzaba a estrecharse tanto que la obligó a ir de costado. Al final había una escalera que bajaba hasta un patio andaluz. Antes de poner el pie sobre el primer peldaño, miró tras de sí y vio el Monasterio de El Escorial en la lejanía; ella lo identificó como tal sin problema, pero su aspecto era el de una pirámide con una gigantesca puerta en un costado, flanqueada por dos grandes columnas y coronada por la estatua del ángel caído del Parque del Retiro de Madrid, una de las cuatro estatuas alusivas a Lucifer que hay en el mundo.

Bajó por las escaleras y al final del patio se abrió un arco que desembocaba en la plaza de Quintana. Salió y vio a Fray Roberto robando las monedas de un parquímetro; estaba desnudo. Teresa miró su propio cuerpo en ese momento y comprobó que también estaba desnuda. Se ocultó avergonzada detrás de un coche estacionado y se agachó, avizorando sobre él a la gente que pasaba por la acera de enfrente. Tenía que llegar al centro de la plaza pero se lo impedía su desnudez. Fue pasando de coche en coche, evitando ser vista, hasta que llegó a una tienda y entró. Cogió un vestido de una percha y lo miró. El dependiente, que era Florencio Sánchez, le dijo que la ropa que llevaba no le quedaba tan mal; agachó la vista y vio que llevaba puesta una sotana. Se enfadó y salió corriendo al exterior.

Cruzó la calle hasta la plaza, que se elevaba en su centro hasta formar una montaña. Comenzó a subir la cuesta con mucha dificultad, viéndose obligada a gatear para poder coronarla. Cuando llegó a la cima se encontró a José Luis Moreno sentado en la silla gestatoria del Papa de Roma. Gregorio estaba sentado en sus rodillas y el ventrílocuo le metía una mano por detrás de la cabeza. Gregorio comenzó a mover la boca: «Yo soy la clave, yo soy la clave. Yo tengo el arma que derrotará al príncipe». Era la voz de Gregorio, pero no provenía de su garganta ni de la de José Luis Moreno; salía de unos altavoces con forma de megáfono colgados de las farolas. Teresa fue a preguntar pero se resbaló y comenzó a caer ladera abajo. Descendía cada vez más rápido y no podía evitarlo; no era capaz de agarrarse a nada. Temía llegar al suelo y precipitarse contra la acera a gran velocidad. Su corazón comenzó a acelerarse y el pánico la llevó a gritar, pero no era capaz; se le había olvidado cómo hacerlo. Cada vez veía el suelo más cerca, pero el impacto no parecía llegar nunca, hasta que cerró los ojos y los volvió abrir. Acababa de despertar.

—Esto parece un piso patera —refunfuñó Gregorio al levantarse, intentando no pisar a Bandicoot.

El grupo había llegado a las dos de la mañana a la casa de Gregorio y él los había distribuido cediendo su cama, a regañadientes, a Teresa, la habitación doble a los gemelos y poniendo un camastro en el suelo del salón para Bandicoot; él durmió en el sofá. Gregorio puso al tanto a Teresa, antes de acostarse, de sus últimas fechorías, entre las que destacaban el rapto de los ocho curas y el prelado Mortadelo. Ella quiso compartir asimismo el resultado de sus indagaciones antes de ir a la cama, pero él la convenció de que descansara y lo postergara hasta el día siguiente, pareciéndole una tarea bastante ardua.

Gregorio procuró no hacer ruido y fue a la cocina a hacer café. No tenía mucho donde elegir de su famélica despensa y decidió sacar la carne de membrillo que le había regalado la familia del niño exorcizado en Ciudad Real y acompañarla de unas rebanadas de pan tostado. Las puso en una bandeja junto a dos tazas de café, dos pequeñas tarrinas de leche, dos terrones de azúcar y un cuchillo y se dirigió a la habitación de Teresa. Le dio cierta envidia ver a Bandicoot durmiendo como un bendito al pasar por el salón; fue hasta la puerta del cuarto cedido a su amiga y, dejando la bandeja sobre un mueble del pasillo, picó sutilmente con los nudillos recibiendo enseguida la respuesta de Teresa: «¿Quién?»

—¿Dormías?
—No, estaba despierta.
—¿Puedo pasar?
—Un momento... Ya.

Cogió la bandeja y entró en la habitación. Teresa se había cubierto con una enorme camiseta que encontró tirada en el suelo junto a un armario y le esperaba sentada en la cama. Gregorio puso la bandeja a su lado.

—¿A que tu marido no te trae el desayuno a la cama por mucho que le reces?

Teresa cogió el cuchillo y cortó un trozo de carne de membrillo con entusiasmo, poniéndolo sobre una tostada.

—Si alguna vez me divorcio, Goyete, te pediré matrimonio.

Ambos desayunaron juntos y en relativo silencio. Teresa comió como lo haría un náufrago y Gregorio se limitó a beber café. Acabando ella el que parecía su último bocado y apurando la taza de café, Gregorio le pidió entrar en faena.

—A ver, Tere, cuéntame qué averiguaste.

—Primero te voy a contar un sueño que he tenido.

Le narró los pormenores de su pesadilla antes de que se le olvidaran y cayeran en el limbo de los sueños olvidados.

—¿Y José Luis Moreno movía los labios o no?

—¿Eso es lo primero que se te ocurre preguntar?

—Me parece un detalle importante, pero bueno... Lo curioso es que últimamente le ha dado a la gente por llamarme soberbio y vas tú y sueñas con que tengo el arma que derrotará al príncipe, que imagino que será el de las tinieblas, porque no tengo yo nada en contra de Felipe de Borbón.

—Ese, para tu información, lleva casi diez años siendo el Rey de España.

—Bah, tonterías. Para mí, hasta que no se muera, el rey seguirá siendo el padre, el que va liquidando elefantes por ahí. Otra cosa, Tere, ¿entonces le has visto la chorra al fraile?

—Mira, si lo sé no te cuento nada, que parece que tienes quince años. En fin... Lo que descubrí ayer en El Escorial es algo muy turbio: esa espada perteneció, casi con toda seguridad a Frey Juan Bechao, el último templario. Era el comendador de Jerez de los Caballeros cuando el Papa ordenó disolver la orden y él se negó a acatarla, planteando la defensa de la plaza hasta las últimas consecuencias. El caso es que, oficialmente, no existe una crónica del asedio, pero en la carpeta que me traje hay una que es, digamos, extraoficial y sospecho que fue mandada a destruir en algún momento.

Teresa se levantó y cogió el cartapacio de cuero que había dejado en el escritorio de Gregorio por la noche.

—Mira, aquí hay varios documentos de la época. Explican que cuando obligaron a encerrarse en la torre del homenaje a los últimos caballeros templarios que resistían, hubo una terrible sacudida que hizo temblar el suelo de toda la zona y de las ventanas de la torre salió un poderoso destello. La versión oficial cuenta vagamente que el Ejército Real los derrotó, los encerró en la torre y, posteriormente, los decapitó a todos, incluido Juan Bechao, arrojando sus restos desde arriba: la leyenda de la Torre Sangrienta. Pues en este documento, que es mucho más específico, se narra con pelos y señales cómo, después de la sacudida y el destello, fue el propio maestre Juan Bechao el que decapitó y desmembró a casi todos sus hombres y los arrojó por las ventanas. Cuando los soldados se atrevieron a abrir la puerta éste comenzó a blandir terriblemente su espada, «una espada que refulgía con el brillo del averno», desmembrando y aniquilando a decenas, cientos, de hombres. Era imposible derrotarlo; las flechas de los arqueros que le alcanzaban no conseguían infligirle daño alguno y él siguió abatiendo soldados hasta que un caballero templario moribundo, que no había sido arrojado por la ventana, le clavó una cruz de níquel por la espalda y lo sometió, comenzando su cuerpo a arder en llamas verdes y amarillas.

—Suena a posesión demoníaca —apuntó Gregorio.

—Totalmente —dijo Teresa, para proseguir—. Se cuenta que la espada estaba maldita y fue ocultada en las catacumbas de una abadía cerca de Roma, de donde, supongo, acabó saliendo para acabar en manos de quien se la regaló a Florencio. También se recoge el testimonio del caballero que clavó la cruz en la espalda de Juan Bechao que, agonizando, contó que el comendador había maldecido a La Iglesia, al papa Clemente, a Felipe IV de Francia y a Fernando IV de Castilla; que renegó de Dios y de la Iglesia de Roma e hizo un pacto con el Diablo, escrito con sangre, y que tenían que encontrarlo como fuera para poder destruirlo. En los siguientes meses fueron ordenadas por el rey varias expediciones para dar con él, pero el pacto nunca apareció y en poco tiempo murieron los dos monarcas y el Papa en extrañas circunstancias, como bien es sabido por cualquier historiador. Siempre se atribuyeron estas desgracias a Jacques de Molay, el último maestre de los templarios de Francia, quien también había maldecido a los tres cuando fue quemado en la hoguera, pero aquí se asegura que la auténtica maldición fue la de Juan Bechao. ¿Qué te parece?

—Un maestre de la Orden del Temple haciendo un pacto con Satán es, cuanto menos, interesante… y creíble, porque imagina la frustración de que el propio Vaticano mande censurar a sus más fervientes guerreros con la amenaza de que si no confiesan herejía serían quemados en la hoguera.

Gregorio hizo una pausa y guardó un silencio secundado por Teresa.

—Esa espada sigue maldita, Tere. Don Floren se cortó con ella y la maldición entró en él. Debemos buscar el pacto nosotros y destruirlo o, al menos, intentar usarlo en nuestro favor.

—Pero Goyo, estás yendo demasiado lejos. Todo esto te está, nos está —matizó— superando. Mira la cantidad de gente que ha muerto, el destrozo de El Escorial. No sé… deberíamos apartarnos.

—Tú sí. Quiero que te quedes al margen porque ayer casi mueres, o algo peor, por mi culpa. Pero yo ya no tengo opción; ya no hay marcha atrás. He cometido delitos y he sido cómplice de otros, he actuado a espaldas de la Iglesia y he sobrepasado todos los límites.

—Siempre se puede parar.

—No cuando superas el punto de no retorno, Tere. Pero lo dicho, no quiero que te impliques más y te pido perdón por haberte metido en esto.

—De eso nada, Goyete. Yo voy a ir contigo hasta el final porque lo que yo he visto y he descubierto es real, no son fabulaciones tuyas. Y mi deber como clériga es luchar contra el mal. Si quieres dejarlo aquí y ahora, me tienes contigo, pero si tú sigues, yo sigo.

—Pero Tere...

—Ni peros ni nada. Además piensa una cosa: el perro del Infierno, si es que era eso, que yo creo que sí, ya me acechaba antes de que a ti te reclutaran para el exorcismo del Padrino. Yo ya había sido implicada de alguna manera en todo esto.

Gregorio agachó la cabeza, derrumbándose sobre sus codos apoyados en las piernas:

—Yo no puedo perderte a ti también, Teresa. No podría soportarlo —dijo con un hilo de voz.

—Mírame, Gregorio. A mí nunca me vas a perder.

Teresa abrazó a Gregorio, a quien unas lágrimas saladas y tristes humedecieron sus ojos y recorrieron su cara, siguiendo el cauce de los dobleces del tiempo.

Gregorio se pasó a despertar a los gemelos y regresó al salón, donde se sentó en el sofá, encendió un pitillo y se puso a leer el periódico digital en su móvil, dando de cuando en cuando una patadita a Bandicoot para sacarlo de los férreos, en su caso, brazos de Morfeo. Tras rezongar unas cuantas veces y cambiar de posición otras tantas, el muchacho decidió abrir los ojos y cubrirlos con sus gafas.

—¿Qué hora es?

—Tarde.

—Buah, don Gregorio, he dormido de puta madre y eso que el suelo está durísimo.

—Claro, porque has hecho una cosa que solemos hacer los humanos: dormir de noche. Y si algún arte dominamos como especie es la vagancia. Deberías probarlo más a menudo.

—No sé, pero estoy nuevo. ¿Los demás ya se han despertado?

—Teresa sí, los clones están en ello.

Gregorio siguió navegando entre noticias y comentó casi para sí mismo: «Anda, qué curioso. Aquí se preguntan dónde está Florencio Sánchez, que lleva un tiempo desaparecido de la escena pública. Especulan con su estado de salud...»

—Ese es nuestro jefe, ¿no?

—¿Qué? —dijo Gregorio volviendo de su ensimismamiento—. ¡Ah, no! Nuestro jefe es Dios. Don Floren no es ahora mismo más que un espantajo del Diablo. Espera... dicen que hay dudas de si asistirá en Madrid a un encuentro oficial con los empresarios más importantes del mundo, reunión en la que él es el anfitrión, y que está programada para dentro de una semana. Yo creo que va a ser que no; se van a quedar sin fiesta los ricachones.

Bandicoot se siguió desperezando sin hacer mucho caso a las palabras del sacerdote y cambió de tema:

—Le voy a decir una cosa, padre —dijo ahora bajando el tono—: Su amiga Teresa está buenísima, es una *milf*.

—¿Pero qué *milf* ni qué niño muerto? ¿Qué clase de tarado sin respeto alguno eres tú? —dijo Gregorio enfadado y usando gestos amenazantes—. Está casada y encima podría ser tu madre, degenerado.

—¿Es que no sabe lo que es una *milf*?

—Pues claro que lo sé; a ver si te piensas que soy un ermitaño. Además anoche miré el reportaje «Las milf y una noches» de la revista.

—Buenos días —dijo Teresa entrando al salón mientras se secaba el pelo con una toalla.

Ambos respondieron y Gregorio añadió:

—Que dice Bandicoot que estás buena —provocando el sonrojo del muchacho.

—¿Le has hablado de mi marido?

—En ello estaba.

Después del desperece general y las pertinentes visitas al aseo, todos se reagruparon en el salón. Gregorio mandó a Bandicoot recoger su camastro y a Mork comprar churros en el puesto ambulante de la plaza. Comieron con voracidad de una generosa rosca de harina frita, incluida Teresa, cuya carpanta parecía persistir. Gregorio se puso enfermo al ver a Mork mojar cada churro en el café en secuencias pares: una, dos, pausa, una, dos y para el gaznate. Concluido el desayuno, con la totalidad del grupo sentado alrededor de la mesa camilla con tapete de croché bajo el cristal, Gregorio tomó la palabra:

—Hoy nos vamos de viaje, gorriones míos; a Badajoz, para ser más preciso.

—¿Yo también? —dijo Bandicoot.

—Tú el primero. Necesitamos tus habilidades informáticas y, aunque me joda, he de reconocer que ayer lo hiciste bien.

El muchacho se sintió halagado y sacó pecho, dando por buena la petición del sacerdote.

—Vosotros —continuó mirando a los hermanos— vais a ir a la mansión de don Floren. Tenéis que cambiar el coche por una furgoneta y ya de paso coged vuestra bolsa de aseo y vuestra ropa, o lo que necesitéis los matones del sindicato del crimen para viajar. Procurad que la furgoneta sea confortable; que tenga bastantes asientos y a ser posible que no lleve un cartel luminoso que diga «vehículo perteneciente a la mafia», como el coche que hemos estado usando hasta ahora. Eso sí, que al menos esté provisto del kit básico para delinquir, por si fuera necesario.

—No se preocupe, don Gregorio, nosotros nos ocupamos —dijo Plork—. ¿Quiere que le digamos algo a doña Virtudes o a Gabriel?

—No hace falta. Ahora llamaré yo a la Doña.

—Yo también tengo que ir a por mi ropa y algunas cosas, que estoy hecha un desastre —dijo Teresa.

—No me fascina la idea de que vayas sola —argumentó Gregorio—. Si te parece, cuando salgamos de viaje nos pasamos por tu casa y te esperamos. Ahora tú y yo nos podemos quedar estudiando los papeles del cartapacio.

Teresa asintió conforme y los gemelos se levantaron.

—Si no es mucho preguntar —dijo Mork—. ¿A qué vamos a Badajoz?

—A desentrañar los secretos de la espada de don Floren. Es allí donde podríamos encontrar la clave.

A Plork le sonó el teléfono y, tras una breve conversación, informó a Gregorio:

—Me dicen que el prelado ha cantado y ya conocen el paradero de Filemón, que si quiere que vayan a por él.

—Me cago en la leche —dijo Gregorio asombrado—, esto no me lo esperaba... No. De momento que no vayan a ningún sitio y le pregunten ahora por el superintendente Vicente.

—Como usted mande —respondió antes de dar la consigna a su interlocutor y que Teresa se cubriera media cara con la mano.

Gregorio cedió el escritorio de su habitación al informático para que matara el tiempo con su ordenador portátil y ambos clérigos inundaron la mesa del salón con papeles que fueron estudiando concienzudamente, hasta que un chirrido en la pared les soliviantó.

—¿Qué es eso? —preguntó Teresa.

—Será mi vecino, que siempre está pensando en qué ruidosa chapuza acometer —dijo dirigiéndose a la ventana del salón, que abrió de par en par para asomarse.

—Buenos días, padre, ¿le he molestado?

—Para nada, Ginés. ¿Qué haces?

El hombre había improvisado una especie de andamio que sujetaba entre su balcón y una cornisa y se sostenía con dificultad en él, portando un taladro.

—Estoy terminando de hacer los agujeros para poner el compresor de un aire acondicionado. Ayer hice los dos de arriba, pero se me rompió la broca y no pude terminar los de abajo. He comprado una broca nueva y a ver si ahora puedo.

—Es inútil, Ginés. En esa zona hay una viga de hormigón armado; no se puede perforar. De todos modos con los agujeros de arriba es suficiente. Mi hermano es instalador de aires acondicionados y dice que los soportes inferiores de los compresores son de adorno. Sólo hay que poner los superiores.

—¿Sí? —preguntó aliviado.

—Claro. Tú haz lo que quieras, pero vas acabar cayéndote por hacer unos agujeros inútiles.

—Pues nada —dijo bajando el taladro—. Muchas gracias, don Gregorio. Me quito de aquí ya, que no me fío mucho del andamio.

—Buenos días —dijo Gregorio cerrando la ventana.

—¡Vaya! Me sorprenden mucho tus conocimientos en albañilería y la existencia de un hermano secreto —dijo Teresa con sarcasmo.

—Bueno, lo importante es que nos va a dejar en paz.

Ambos siguieron investigando los diferentes documentos y no tardó mucho en aparecer un extraño pergamino que llamó la atención del sacerdote:

—Escucha, Tere. Te leo lo que parece una profecía: «*Con su infame burla, el Ángel que no quiso ser traerá una plaga desde donde Dios nuestro Señor trajo la esperanza en forma de estrella. Desatará un terrible mal que sellará la boca de los hombres y quitará la vida de quien no lleve su marca*». ¿No encuentras un paralelismo actual?

Teresa ató cabos rápidamente:

—La Estrella de Oriente y una plaga que viene del mismo sitio… ¿El COVID19?

—Hombre, dime tú: «Sellará la boca de los hombres»: las mascarillas. «Matará a quien no lleve su marca»: las vacunas.

Y tenemos también la afición del Diablo por burlarse y ridiculizar a Dios con la imitación burda de la Estrella de Oriente.

—La verdad es que es muy curioso —dijo Teresa.

—Curioso no, acojonante. Y espera, que sigo leyendo: *«Esta plaga será la llamada para el ascenso de los nueve príncipes del ángel traidor, que tomarán los nueve poderes que doblegarán la voluntad del mundo entero.*

Buscad al profeta, hombres de la Tierra; atended al hombre olvidado que vendrá con la lanza del Oeste y usará el prisma de sus ojos para guiar la tormenta de Dios; esa tormenta que surgirá con sus dos columnas, el ángel blanco y la sabiduría de la madre».

—Ahora sí que me lo vas a tener que explicar, Goyete.

—Habla de la tormenta y puede que sea casualidad, pero mi nombre en clave en el mundo del hampa es Padre Tormenta.

—Has conseguido —dijo Teresa con resignación— que esa frase me parezca hasta normal. Sigue.

—Pues eso, que aparte de la coincidencia de la palabra tormenta, habla de dos columnas: Mork y Plork; un ángel blanco: ¿Tú has visto el color de piel del informático? Y por último la sabiduría de la madre: tu sabiduría.

—Madre mía, Goyo. Se te ha ido la cabeza del todo —se lamentó Teresa.

—Dime que no podría ser. Venga, dímelo. Dime que es casualidad que después del COVID me haya encontrado con Azazel, uno de los nueve príncipes, y que es casualidad que tú hayas encontrado esta carpeta con una profecía.

—Para empezar, ¿por qué habría de ser yo la madre?

—Eres mujer y eres sabia.

—Y claro, tú eres la poderosa tormenta, cómo iba a ser si no... Tus delirios de grandeza no dejan de sorprenderme.

—La tormenta es una metáfora, no quiere decir que yo sea un fenómeno meteorológico. Padre Tormenta es la persona que es cabeza visible en la lucha contra el Diablo ahora mismo y en este lugar; el que lidera un grupo donde están dos hombres grandes e idénticos como columnas, el ser humano más pajizo de la Tierra y una mujer sabia. Para mí tiene todo el sentido del mundo. Sólo nos faltaría el profeta... —dijo pensativo.

—También hay algo que no me cuadra: habla del ángel caído, Lucifer, y sus nueve príncipes. Que yo sepa son nueve los príncipes del Infierno contándolo a él —intervino Tere.

—Error. No son nueve, sino diez. Te olvidas de Lillith, la primera mujer de Adán, desterrada por Dios y convertida en la princesa del Infierno. Un demonio con toda la maldad de la que es capaz una mujer, que es casi ilimitada —dijo guiñando un ojo.

—Me tomaré eso como un cumplido —dijo ella.

Gregorio se quedó pensativo y comenzó a caminar por la estancia, como solía hacer para poner en orden sus ideas. Teresa siguió enfrascada en sus papeles, habiendo dejado en un segundo plano la profecía que tanto parecía inquietarle a su compañero.

—¡Lo tengo! Tengo al profeta —dijo parando y levantando un dedo llevado por un estro que, a tenor de su expresión, diríase que era divino—. El día que me dirigía a la catedral de la Almudena para hablar con el arzobispo, un hombre me habló en el metro de manera profética. Es un señor que, por sus rasgos y su ropa, deduzco que es de Perú o Bolivia, que lleva gafas y que tocó la flauta y fue ignorado por todas las personas que había en el vagón.

Gregorio corrió a la mesa a consultar el pergamino.

—Aquí está: «*...el hombre olvidado que vendrá con la lanza del Oeste y usará el prisma de sus ojos...*». Ignorado, que vino de América en avión y con gafas; tres de tres. Blanco y en botella.

—¿Estás hablando en serio?

—Y tanto. Además puedo encontrarlo. Suele estar en el metro o en la plaza de Quintana tomando alguna bebida espirituosa. Me voy a buscarlo; aquí te quedas con el ángel blanco.

Gregorio salió por la puerta y bajó los escalones hacia la calle tan rápido que a doña Carmen no le dio tiempo a asomarse para cotillear quién era. Anduvo enloquecido hacia la plaza de Quintana y dio una vuelta mirando cada banco, cada rincón y asomándose a cada comercio. No encontró a su profeta y se sentó a esperar observando un Ducados que se consumía a bocanadas de humo. Le asaltó la duda: ¿Acaso se estaba volviendo loco? ¿Estaba llevando demasiado lejos su papel de guerrero de Dios? ¿Era cierto que su soberbia podría distorsionar su percepción de la realidad?

Decidió cortar todos aquellos pensamientos de un plumazo y aprovechar el tiempo para realizar una tarea pendiente.

—Doña Virtudes, buenos días.

—Buenos días, don Gregorio.

—Perdone que la llame por teléfono, pero es que hoy no voy a poder ir a su casa. Tengo firmes y fundadas sospechas de que la espada que le regalaron a su marido está maldita y puede que, efectivamente, sea el origen de todo el problema.

—Ay, Dios mío, mira que lo sospechaba.

—No se preocupe, vamos a viajar al origen de la maldición e intentar encontrar respuestas. De momento que nadie entre al museo sin estar yo presente; que nadie se acerque a la espada. Esta tarde llamaré para conocer el estado de don Floren. ¿Cómo está ahora?

—Bueno, parece que está más tranquilo desde que rezan los sacerdotes en la puerta. Estas noches no ha salido a atacar a nadie.

—Eso está bien. Allí seguirán día y noche, como dispuse.

—Por cierto, don Gregorio, quiero darle mi enhorabuena por la negociación con los colombianos. No sé cómo lo hizo pero no sólo cortó su sublevación sino que aumentó el porcentaje. Me parece un milagro.

—No tiene por qué, señora. Estoy, de momento, a su completo servicio.

—Cuando acabe todo esto debemos hablar por si sigue interesado en trabajar con nosotros, dada su prodigiosa capacidad de negociación.

—Me halaga, doña Virtudes, pero cuando acabe con el exorcismo de su marido creo que tendré los siguientes cuarenta años ocupados, rezando para expiar mis pecados.

—Ay, qué cosas tiene. Bueno, que aquí estoy para lo que necesite.

—Vaya usted con Dios.

Cuando guardó su teléfono móvil lo vio con su poncho de colores, su gorro andino encajado a perpetuidad, su flauta en la mano y sus gafas redondas, saliendo de la boca de metro. Anduvo el trovador con ese gesto de indiferencia que parecía arrojar un aura de sabiduría, una mirada que veía a través del alma de las personas. Gregorio se levantó y, maravillado, pensó: «es el profeta». Lo vio caminar durante unos metros y disponerse a cruzar la calle. Gregorio le silbó y levantó la mano para reclamar su atención. Fue ese el motivo por el que el hombre levantó la cabeza, comenzó a cruzar la calle sin mirar hacia los lados y fue embestido salvajemente por un autobús. Gregorio se acercó corriendo, al igual que otras personas que deambulaban por los alrededores. Una mujer que dijo ser doctora se agachó en su socorro, puso la mano en su cuello y confirmó su fallecimiento. Ella misma llamó a la ambulancia que no podría hacer nada por salvar su vida, mientras el sacerdote rezaba en silencio por su alma.

Gregorio se marchó cabizbajo y hundido hacia la taberna de Alfonso. Era allí donde acostumbraba a ahogar sus penas en licor, allí donde se preguntaría si el mal habría vuelto a derrotarle.

—Buenos días, Alfonso.

—Buenas, padre.

—Ponme un pelotazo —dijo con semblante taciturno.

—¿Dónde se ha dejado a los guardaespaldas?

—Los he mandado a hacer recados.

Alfonso echó cubitos de hielo, con las manos aceitosas, en un vaso de tubo que puso frente a Gregorio y vertió un generoso chorro de Larios. Abrió una tónica y la puso al lado.

—¿Sabe usted qué ha pasado en la plaza, que me han dicho que había un follón muy grande?

—Que el Demonio se ha llevado a un hombre de Dios —respondió melancólico, dándose la vuelta hacia la tele para dar por zanjada la conversación.

Hablaban de política, hablaban del tiempo, hablaban de cosas que a Gregorio le parecían nimiedades. Salía un hombre que había bautizado su perro y le había sacado un DNI. Después, comenzaron a debatir sobre la extraña ola de secuestros que estaba azotando a las parroquias de la Comunidad de Madrid. «El mundo se va a la mierda», dijo a los presentes.

—Tenga usted cuidado, padre —le advirtió uno—. Que los curas están cayendo como moscas.

—Yo estoy libre de pecado; o al menos de ese tipo de pecados —dijo ante la incomprensión de los clientes y el propio Alfonso.

Se dio la vuelta y encaró la barra de nuevo. Miró el rincón y allí estaba el Flecha, con sus gafas de culo de vaso y su libreta llena de números aleatorios, leyendo el periódico a dos centímetros de sus ojos. Alfonso leyó la mirada de Gregorio y comentó, girándose también hacia el rincón:

—Mira el Flecha, ese no se mete con nadie. Él pasa de todo el mundo y todo el mundo pasa de él.

—En un rincón olvidado... —barruntó Gregorio—. Alfonso, ¿tú sabes de dónde es?

—De Pontevedra. Vino de Galicia hace ya bastantes años.

Gregorio se irguió y miró asombrado, diciendo solemnemente:

—He ahí la lanza, la flecha que vino del Oeste. He ahí un profeta.

—Bandicoot, deja lo que estés haciendo, que tengo una misión para ti. Luego te terminas la gayola.

—Vale. ¿Qué hay que jaquear ahora, la Moncloa, el CNI? —respondió muy dispuesto.

—No, es una misión de campo.

—¿Tengo que salir?

—Sí, muchacho. Tienes que salir a ese misterioso y desconocido mundo llamado calle. Si ves que cuando te da el sol echas humo, te tiras por la sombra. Bueno, a lo que voy: según salgas del portal andas hacia la derecha. En la primera esquina hay una papelería; entras y compras una libreta, tamaño folio, de color azul marino. Luego tienes que girar la esquina hacia la derecha y la primera calle a la izquierda para venir al bar donde estoy, que se llama «Café Bar La Carreta». Verás el nombre en un cartel de Mahou pequeño que hay sobre la puerta. ¿Te vas quedando con el tema?

—Sí, lo estoy apuntando.

—Bien, esto es muy importante: cuando llegues al bar haz como que no me conoces; tú no me has visto nunca. Le pedirás al camarero una cerveza sin alcohol. Como no suele servir esta bebida muy a menudo, guarda las botellas en el fondo de una de las neveras. Mientras se agacha a buscarla te vas hacia el rincón de la derecha. Allí habrá un hombre pequeño, de unos cincuenta, con una camiseta verde y unas gafas muy gordas. Cuando te acerques a él yo lo llamaré para que me mire; mientras lo hace tiras al suelo una libreta que tiene encima de la mesa y sales corriendo con la libreta que habrás comprado bien visible. ¿Entendido?

—Creo que sí, don Gregorio, pero no sé qué sentido tiene todo esto.

—Pues que tú serás el señuelo. Saldrás corriendo y él te seguirá. Mientras tanto yo podré robarle la libreta original.

—¿Y si me coge? Que yo corro muy poco.

—¿En serio, tío? Tienes veintidós años y él es un retaco de cincuenta. Es imposible que te coja.

No mintió Gregorio cuando le dijo que era improbable que el Flecha, que en cuanto a velocidad no hacía honor a su nombre, lo pudiera alcanzar, pero tal vez sí omitió la posibilidad de que no fuera el único que lo persiguiera, como finalmente pasó. Tras Bandicoot salieron corriendo, además del propio afectado, varios de los parroquianos que bebían en el bar, así como dos hombres que fumaban en la puerta. Alfonso salió a mirar la persecución junto con el resto de la concurrencia que, a las doce de la mañana, era más bien escasa. Gregorio se quedó solo en la taberna. Cogió la libreta del suelo y, en lugar de robarla, decidió fotografiarla movido por un sentimiento de compasión hacia el peculiar profeta. Sacó el teléfono móvil y comenzó a hacer fotos de cada página escrita, con un ojo en la libreta y otro en la puerta. Fue hábil y en menos de dos minutos ya había fotografiado las veinte páginas que contenían alguna escritura. La puso otra vez sobre la mesa y salió a la calle, donde vio que traían a rastras a su informático en mitad de una turba de borrachos.

—¿Qué pasa aquí? —intervino Gregorio.

—Que le ha robado la libreta al Flecha, padre, y le vamos a dar lo suyo.

—¿Qué demonios decís? La libreta no se ha movido de su mesa.

Entraron todos al bar sin soltar a Bandicoot, que lucía magullado, y preguntaron al Flecha que si aquel era su cuaderno. Él fue hasta la mesa, lo abrió, compuso una extraña sonrisa, se sentó de nuevo y siguió leyendo el periódico como si nada hubiera pasado.

—¿Entonces... esto? —dijo uno cogiendo la libreta que todavía sujetaba Bandicoot—. ¡Está nueva! ¿A qué ha venido el drama entonces, Flecha?

No contestó —nunca lo hacía— y siguió a lo suyo como si el mundo no fuera con él.

—Creo que le debéis una disculpa a este muchacho y dad gracias a que no os va a denunciar. Porque no los vas a denunciar, ¿verdad?

—Sí —respondió lastimosamente Bandicoot.

—Anda, no digas tonterías. Invitadlo a lo que quiera y ya está. ¿Qué quieres?

—U... una lata de Monster.

—Dale una lata, Alfonso, que la pagan los abusones y lo mío, por cierto, también. Que muy barata os iba a salir la broma si no —regañó Gregorio.

Alfonso cogió una lata de Monster de decoración, caliente, que había en una estantería —su única existencia de esa bebida— y se la dio a Bandicoot delante de sus perseguidores, cabizbajos por la vergüenza. Gregorio se ofreció a acompañar al muchacho y salió del bar cogiéndolo del brazo y repartiendo alguna que otra admonición más. Ya fuera de peligro, le soltó el brazo y le dio un cariñoso palmetazo en la espalda.

—La operación ha salido absolutamente perfecta.

—Pero me han pegado, Don Gregorio —se quejó.

—Gajes del oficio, muchacho. Pero mira qué aventura has vivido a plena luz del día. ¡Quién te lo iba a decir hace una semana!

Gregorio estaba satisfecho. Nadie oyó nunca la voz del Flecha en el bar de Alfonso y sabía que él tampoco podría sacar una palabra de aquel extraño hombrecillo. Por eso lo vio claro. Eran muchas las veces que habían comentado los asiduos a aquella taberna de mala muerte la curiosa afición del individuo sentado en el rincón, muy querido por otra parte, por apuntar números y letras sin aparente significado en su cuaderno. Viéndolo mirar el periódico y abrir su libreta muy de vez en cuando para hacer alguna anotación, se preguntaban si aquello tendría sentido; si había algún propósito. Nunca lo supieron, pero ahora Gregorio tenía en su poder la palabra del profeta y estaba dispuesto a descifrar el caos.

Teresa sacó su faceta más tierna para curar con mimo y agua oxigenada las magulladuras de Bandicoot y Gregorio le enderezó las gafas. Mork y Plork les recogieron en la puerta. Ambos iban sin traje y se le hizo muy extraño a Gregorio ver con camiseta a uno y polo náutico al otro. Pasaron por la residencia de Teresa, donde esperaron mientras ella cogía su equipaje. Gregorio le recordó que cogiera un hábito de monja y un CD de Pink Floyd. «Esto no tiene para poner cedés», le dijo Plork. «Pues ya me habéis dado el viaje», refunfuñó él. Salieron poco antes de las dos de la tarde y pararon a comer en el tercer bar de carretera, donde le pareció a Gregorio que había más camiones aparcados.

La furgoneta era un impresionante vehículo de alta gama, grande y confortable. Tenía una serie de asientos ergonómicos que se podían disponer en múltiples posiciones y adaptarlos a unas mesas fijas para usar como despacho. Teresa tomó posesión de una y sacó el cartapacio y todos sus papeles. Bandicoot se puso en otra y comenzó a descargar y organizar en su portátil las fotos de la libreta del Flecha. Plork conducía, Gregorio iba en el asiento del copiloto y Mork probaba diferentes asientos donde dormitar.

La carretera de Extremadura se mostraba ante ellos como un extenso camino que habría de llevarlos, entre encinas y páramos amarillos, hasta un lugar de leyenda que ocultaba la ignota pieza de un puzle aterrador; pero sólo Gregorio creía ser consciente de ello. Miraba el horizonte sopesando la gravedad de una situación a la que había arrastrado a un grupo de personas que parecían creer en él, las unas por imposición y la otra por devoción. Él también confiaba en ellos, pero a la hora de la verdad, cuando llegara el final que él sabía peligroso y aventuraba trágico, debía —y quería— enfrentarse solo al destino. ¿Sabría decidir en qué momento apartarlos de su lado? Rezó en silencio porque así fuera; por tener la sabiduría y la determinación necesaria para elegir bien.

En ningún momento quiso pensar en ella, pero lo hizo. Tanto tiempo sin echarla de menos le había hecho olvidar cuánto dolía. Le dolía tanto que le costaba respirar. Le dolía el pecho y el corazón, le dolía el alma; le dolía todo menos su fe. Esa fe que le salvó la vida ejerciendo como coraza de un corazón tan roto que se hubiera desmoronado en esquirlas diminutas con el breve aliento de una brisa. Pensó en Juan Bechao y su historia le ayudó a espantar el dolor, a guardarlo en el cajón que se había prometido tantas veces no volver a abrir. Pensó en la similitud de la insurrección de aquel caballero templario con la suya, que, a la vez, había sido opuesta: A Juan Bechao le fue arrebatado todo en lo que creía, el propósito de su vida, y renegó de Dios; a Gregorio Márquez le pasó lo mismo y buscó a esa misma divinidad. La cara y la cruz. Dos gotas de agua a través de un espejo.

11. La Torre Sangrienta

Llevaban una hora de plácido viaje cuando Gregorio decidió navegar entre las distintas frecuencias de radio y se detuvo en una que emitía un boletín informativo:

«Encarnizada guerra de bandas asociada al narcotráfico en la Costa del Sol. Durante el día de hoy se han producido diferentes tiroteos en Marbella, Torremolinos y Estepona, dejando un balance provisional de más de veinte muertos. Fuentes policiales hablan de la participación de Los Mendoza, un grupo perteneciente a un cártel colombiano que llevaría operando varios años en la zona. Escuchemos al Comisario General de Información, Francisco Vallejo: "Creemos estar ante una lucha por el monopolio local de tráfico de drogas y armas en un punto clave para dominar el narcotráfico en casi toda la península. Algunas investigaciones apuntan a que Los Mendoza están haciendo una limpieza de posibles bandas rivales. Hemos realizado numerosas detenciones y en breve esperamos poder arrojar más luz sobre estos terribles sucesos. De momento no puedo revelar más detalles".

En otro orden de cosas, vamos de nuevo con el robo de un tesoro de valor incalculable, producido anoche en el Monasterio de El Escorial...».

—Qué rollo —dijo Gregorio cambiando el dial—, voy a poner música.

—Ya está, don Gregorio. Tengo ampliadas las capturas de la libreta y esto es un galimatías de mucho cuidado —dijo Bandicoot, que se había cubierto cada trozo de piel visible con crema solar—. Sólo hay números dispersos, garabatos y letras desordenadas.

—Yo lo he mirado por encima y tampoco he entendido nada, pero tiene que significar algo. Usa programas informáticos o algoritmos matemáticos para buscar un patrón. Ahora le echas un vistazo tú, ¿vale? —le dijo a Teresa, que estaba inmersa en sus papeles.

—Tengo aquí la partida de nacimiento de Cristóbal Colón —contestó ella ignorándolo—. ¿Queréis saber dónde nació?

—En Génova.
—En Barcelona.
—En Lisboa.
—En Colombia —dijo Bandicoot.
—Dale —dijo Gregorio a Tere, que le propinó una colleja al informático, para levantar un documento añoso y gastado ante ella y proclamar:
—¡En Murcia!

—Me cago en la Virgen —dijo Gregorio—. ¿Y por qué habrían de enterrar el documento que confirma su procedencia?

—Cuestiones de márquetin, supongo. Quedaba mejor hablar de un hombre misterioso que vino de algún lugar desconocido, que decir que sus padres cogían coquinas en la Manga del Mar Menor.

Sonó la canción de Rosalía que servía de tono en el teléfono de Gregorio y éste volvió a hablar con doña Virtudes, que le informó de que a don Floren se le escuchaba extrañamente activo, pero nadie se atrevía a pasar. «Que no lo hagan», le dijo Gregorio, «que lleven a otro sacerdote a la puerta y doblen los turnos de rezo». Colgó y comenzó entonces a pensar en voz alta:

—Un exorcismo debe ser constante; no se puede tomar uno días libres. No hacer la sesión de hoy es un paso atrás en nuestra lucha...

Se llevó un rato rascando una incipiente perilla y mirando el tornadizo horizonte, hasta que se quitó el cinturón de seguridad y fue a la parte trasera, sentándose junto a Bandicoot.

—Dime, ¿con esto se pueden hacer videollamadas? —dijo señalando el ordenador portátil.

—Pues claro, padre, es de gama alta; tiene un procesador *octacore* de...

—Calla, que se me ha ocurrido una cosa. Vamos a hacer un vídeo-exorcismo.

Gregorio mandó a Plork aparcar en un área de descanso donde el informático corroborara una buena cobertura de datos. Mientras la buscaba llamó a los hombres de la puerta de don Floren, a través de Mork, y organizó el operativo ante las reticencias de Teresa que le preguntó si era buena idea. «Es una idea genial», respondió él. Ordenó buscar en la mansión un ordenador portátil solvente, que los dos sacerdotes se confesaran mutuamente y bendijeran dos botellas de agua, con gas y sin gas, y que se les proporcionaran dos crucifijos de tamaño medio. Una vez preparados ellos y detenido el vehículo en una agradable zona de descanso bajo varios chopos frondosos, iniciaron la videoconferencia con todo el grupo mirando con expectación detrás de Gregorio.

—Un soldado sujetará el ordenador —consignó—. Los dos sacerdotes llevarán una botella de agua, una biblia y un crucifijo cada uno. Si no os apañáis, metéis la botella debajo del sobaco o el crucifijo en el bolsillo; lo que vosotros veáis. Una vez dentro yo dirigiré el exorcismo. ¿Estamos?

—No —dijeron los curas.

—Pues adelante entonces.

Tras echar a suertes los soldados a quién le tocaría entrar a las dependencias de don Floren, los tres se pusieron en marcha. Atravesaron el despacho y entraron en el dormitorio, donde aún había bastante luz natural. Don Floren estaba sentado en la cama y Gregorio ordenó poner la pantalla del portátil frente a él con un sacerdote a cada lado:

—Un poco más arriba... ahí. No, espera, no tanto... ¡Ahora! Bien, ¿se me escucha? Hola —dijo Gregorio moviendo la mano delante de la cámara y comprobando en el pequeño recuadro que se le veía con nitidez—. Bien. Don Floren, Azazel, la sesión de hoy tiene que ser de esta manera, si no les importa. Me ha surgido un contratiempo y no puedo estar de cuerpo presente, pero si todos ponemos de nuestra parte no tiene por qué haber ningún problema.

Don Floren o Azazel —o ambos— miraba la pantalla sin contestar y con cara de besugo. Gregorio tomó de nuevo la palabra:

—Comencemos. Señores, échenle al poseído un generoso chorrete de agua bendita.

Los sacerdotes obedecieron y don Floren retrocedió y se agazapó sobre el cabecero de la cama como una alimaña arrinconada, emitiendo un sonido amenazador, enseñando los dientes y recuperando el brillo feroz de sus ojos.

—Recemos —continuó Gregorio.

Comenzó a recitar las fórmulas clásicas para el exorcismo mientras los sacerdotes, al otro lado de la pantalla, repetían cada palabra. Gregorio intercalaba algún «no muevas tanto el ordenador, coño» entre los rezos pero, en general, estaba satisfecho; don Floren parecía tranquilo.

A la media hora de sesión Bandicoot se fue hacia otro lugar de la furgoneta. Era el que había mostrado más entusiasmo por asistir a su primer exorcismo, pero aquella retahíla de rezos monótonos y repetitivos le estaban aburriendo. Los demás se quedaron detrás de Gregorio más o menos atentos. Un repentino movimiento de don Floren y un llamamiento les hizo sobresaltarse y poner de nuevo toda su atención en la pantalla, motivando que Bandicoot se acercara otra vez.

—Goyeteeee —dijo el malévolo personaje (da igual a cuál de los dos nos refiramos), acercándose súbitamente a la pantalla.

Los dos sacerdotes dejaron de rezar y se notó titubear al portador del ordenador portátil.

—Dime, endemoniado mío.

—¿Te gustan las películas de miedo?

—Bueno, depende, porque últimamente el cine está de capa caída...

Un violento ataque hacia uno de los sacerdotes cortó súbitamente la respuesta de Gregorio, que presenció entre vaivenes de la cámara, junto con el resto de su grupo, cómo agarraba de la cara al cura de la derecha y le hundía los pulgares en los ojos. El otro sacerdote, lejos de amilanarse, mostró más determinación que sus predecesores y comenzó a arrojarle agua bendita; un agua que hacía quejarse a la criatura pero que no le hacía soltar a su presa. Cuando lo hizo, el hombre atacado cayó fulminado al suelo, pero con vida. Don Floren se arrojó entonces a por el que le hostigaba con el agua. Entre mareantes y confusos giros de cámara, pudieron apreciar cómo el primer sacerdote intentaba gatear. El soldado retrocedió instintivamente y grabó de soslayo a don Floren llevando al otro en volandas hasta un rincón opuesto de la habitación. En ese momento Gregorio reaccionó y, dando por perdida la vida de aquel hombre, ordenó al soldado retirarse, sacando al cura herido de la sala. Así lo hicieron, confirmándolo la proyección en pantalla del inconfundible pasillo principal, ya que la retirada había sido un caos en el que apenas podían distinguir nada.

—¡Cerrad la puerta y traed otros dos curas a rezar en ella! —ordenó Gregorio.

—¿Y qué hacemos con éste? —preguntó uno acercando la cara del herido al objetivo.

Sus ojos emanaban dos incesantes hileras de sangre y evidenciaba un *shock* que le hacía emitir extraños gritos en voz baja.

—¡Virgen del copetín! —exclamó Gregorio—. Llevadlo a que lo curen, a ver si hay suerte. Cambio y corto.

El grupo se quedó en silencio durante un momento. Nadie decía nada y en algunos de los rostros presentes todavía se dibujaba una expresión de incredulidad y miedo.

—Y esto es, amigos míos, por lo que siempre digo que tengo serias dudas sobre el tema del teletrabajo —manifestó Gregorio encendiendo un cigarro.

—¿No os ha parecido que la alfombra de delante de la cama estaba torcida? —observó Mork.

—¿Ya estamos con las neuras? —le recriminó Gregorio.

—Madre mía —dijo Bandicoot horrorizado—. ¿Y contra esas cosas lucha usted?

—Más o menos, pero hay que reconocer que éste es una máquina de triturar curas. ¿Cuántos nos quedan?

—Cinco —respondió Plork.

—¿Pero contando al que se ha quedado sin ojos?

—No.

—Pues entonces cinco y medio, suponiendo que sobreviva, claro. Pero bueno, miremos el lado positivo: hemos cumplido y no hemos roto la continuidad del exorcismo. La sesión de hoy la podemos tachar. Así que, si nadie va a bajar a mear, podemos seguir nuestro viaje.

Teresa pidió a Gregorio que la acompañara fuera antes de emprender de nuevo la marcha y ambos salieron de la furgoneta.

—Goyo, no puedes enfrentarte a eso. Y no podemos confiar en que lo que encontremos en Jerez de los Caballeros, suponiendo que encontremos algo, te ayude. Hay que pensar en alguna alternativa.

—Pero es que ya está todo inventado, Tere. Esto de los exorcismos es así: agua bendita, mucho rezo, mucha fe y poco más. Ahora ha tocado un maldito jefe final del Infierno y hay que afrontarlo de la misma manera.

—Ya, pero siempre hablas del poder de las reliquias. De hecho fuiste a El Escorial a por una. ¿Por qué no conseguimos más?

—Ya me dirás tú cómo.

—¿Cómo? Piénsalo, tienes a la organización criminal más poderosa del país a tu servicio. Puedes hacer casi lo que quieras.

—¿Insinúas que los podría usar para conseguir más reliquias? —dijo repentinamente eufórico—. Teresa, eres diabólicamente brillante.

Gregorio emprendió su habitual caminata en redondo para pensar.

—¿Qué te parece el Santo Sudario de Oviedo? —dijo.

—Me gusta —respondió Teresa atusándose un mechón de pelo—. ¿Y el Santo Cáliz de la Catedral de Valencia?

—¡Eso es un pepino! Imagina disponer del Santo Grial. Y tengo otro que te va a fascinar, Tere: vamos a robar El Santo Rostro de Jaén.

—Goyete, estoy empezando a salivar.

Gregorio asomó la cabeza dentro de la furgoneta y preguntó a Mork y Plork:

—Chicos, ¿tenemos gente en Oviedo, Valencia y Jaén?

—Tenemos gente en toda España, jefe —contestó Plork.

—Estupendo. Id llamando al abogado, que tengo deberes para él —dijo antes de volver donde estaba Teresa—. Tere, voy a encargarles lo del sudario y el cáliz a ellos. A Jaén vamos a ir nosotros en persona.

—¿Por qué?

—Porque mañana es viernes, tengo trato con el obispo, quiero comprar unas garrafas de aceite de oliva y además conozco bien esa catedral. No te preocupes, pediremos gente de apoyo; toda la que haga falta.

—Pues nada, seguimos el viaje, ¿no?

—Claro, pero antes, querida, quiero darte dos noticias; una buena y otra mala.

—¿Cuál es la buena?

—Que viendo lo chunga que eres, ahora me gustas más.

—¿Y la mala?

—Que te empiezas a parecer peligrosamente a mí.

El castillo de Jerez de los Caballeros se alzaba decadente y bello sobre el cerro al que abrazaba el pintoresco pueblo desde su altollano; un precioso paraje situado allá donde muere un extremo de Sierra Morena. Llegaron a las ocho y media de la tarde que, estando en los días más largos del año, les daba más de una hora de luz que Gregorio no quiso desperdiciar. Entraron en la zona amurallada por la puerta de Burgos y accedieron a la planicie de piedra desde la que se dominaban las torres del castillo, construidas con mampostería y sillares de granito allá por el siglo X. Se detuvieron y Gregorio se dispuso a trazar el plan.

—Ya habrán acabado las visitas turísticas, cosa que nos favorece dado que necesitamos tranquilidad para buscar. Si no me equivoco, la Torre del Homenaje, nuestro objetivo, es aquella —dijo señalando la más grande—. Entrar ahí puede ser complicado, así que debemos organizarnos. Posiblemente ahora cierren la entrada del recinto y venga algún vigilante a pedirnos que nos vayamos; habrá que reducirlo y ocultarlo en la furgoneta. ¿Ningún problema con eso, no? —preguntó a los hermanos.

—Descuide, don Gregorio.

—Bien, luego estará el tema de abrir las puertas, propiamente dicho. ¿Podemos?

—Depende de la puerta. Tenemos ganzúas y anuladores para cerraduras eléctricas. Si la puerta se resiste llevamos explosivo plástico. Lo cojo por si acaso —dijo Mork.

—Esperemos que no haga falta. Sigo. Tú, Bandicoot, a lo tuyo: quiero que revises si existen alarmas y se pueden jaquear. Y tú, Teresa… ¿Teresa? ¿Dónde está?

Comprobaron que no estaba en la furgoneta y, mirando por una ventanilla, la vieron llegar andando. «¿Pero cuándo ha salido?», se preguntó Gregorio.

—Venga, vamos para adentro —dijo mostrando unas llaves.

—¿Cómo? —preguntó Gregorio con incredulidad, saliendo junto con los demás del vehículo.

—Fácil. Le he enseñado al vigilante mi carnet de la facultad de historia, le he dicho que somos de la UNESCO y que vamos a hacer un informe para proponer el lugar como patrimonio de la humanidad. Me ha dado las llaves del castillo y ha seguido viendo el fútbol en la tele.

—Pues ese era el plan B, chicos.

Anduvieron juntos hacia la Torre del Homenaje y Teresa, con su instinto docente aflorando, aprovechó para dar una clase teórica:

—Son cuatro las torres que aún siguen en pie: la del Carbón, que es aquella, la de la Veleta, la Torre de las Armas, que es la de aquella punta, y la del Homenaje, conocida también como la Torre Sangrienta, por los funestos acontecimientos que estamos investigando.

—Puf, ¡qué mujerón! —comentó impresionado Bandicoot, que andaba rezagado junto a Plork. Éste le devolvió una mirada tan severa que el muchacho se calló.

Llegaron a la puerta, Teresa la abrió y entraron, subiendo por las escaleras hasta la estancia principal de la torre, un tosco gabinete medieval ricamente decorado. Sobre el poyete de una ventana en el lado izquierdo, había un ánfora de barro y una damajuana recubierta de mimbre; a sus pies, un cofre de madera no menos rudimentario que los sillares de piedra de las paredes. Una mesa de pino, tallada en bajorrelieve, destacaba en mitad de la sala, con una tela adornada con tejido de cintas derramándose de ella. En las paredes había apoyados escudos, lanzas y banderas templarias y, anclados en ellas, algún cuerno de toro. Al fondo, la ventana más vistosa —gótica, geminada y polilobulada, según explicó Teresa— lucía con una belleza de otro tiempo.

—Bien —dijo ella—, todo lo que veis aquí ha sido colocado después del momento que nos interesa, así que nada de buscar en muebles ni adornos. Nos limitaremos a buscar en las paredes y el suelo. Si veis algo raro, un hueco o una hendidura en la pared, avisad para que la inspeccionemos.

Todos se pusieron a apartar objetos y desperdigarlos por el centro de la sala, facilitando el registro de las paredes.

—Si aquí ya buscaron en su día varias veces y no encontraron nada, ¿por qué íbamos a hacerlo nosotros? —preguntó Plork.

—¿Se lo explicas tú o lo hago yo? —dijo Teresa apartando un escudo de un rincón.

—Imaginad a unos soldados de la Edad Media —expuso Gregorio—, supersticiosos y analfabetos, mandados a buscar un documento satánico. Ya te digo yo que no hicieron ni el intento. Se pararían en la taberna del pueblo y beberían hasta reventar; luego volverían a la corte diciendo que no habían encontrado nada.

Siguieron con la búsqueda hasta que la luz comenzaba a escasear y Gregorio se planteaba seguir al día siguiente, pero Plork llamó la atención sobre algo que le pareció raro.

—Mirad aquí —dijo alumbrando una pared con la linterna—: el cemento, o lo que sea, que rodea este bloque de piedra es diferente a los otros.

—Es cierto —dijo Teresa.

Gregorio pidió una navaja y comenzó a rascar a su alrededor. Hizo lo propio con otras partes del muro y comprobó que la argamasa que rodeaba el sillar era mucho más dura que el resto.

—¿Lo veis? Es como si esta piedra se hubiera colocado después, con una masa más dura. Tal vez se movía y en alguna restauración la pegaron de nuevo.

—Déjeme —dijo Plork, cogiendo la navaja y rascando con fuerza.

Apenas conseguía horadar la mezcla que rodeaba el bloque de piedra y su ímpetu le llevó a romper la navaja.

—¡Es imposible! —se lamentó Plork.

—Esperad, tengo una idea —dijo Mork sacando el explosivo plástico.

—¿Vas a volar la pared? —preguntó Gregorio.

—No, este es un explosivo muy preciso. ¿Cómo lo llamaba Víctor?

—Quirúrgico —respondió Plork.

—Pues eso, confiad en mí. Ponemos un pequeño hilo rodeando el bloque de piedra... ajá... —dijo mientras aplicaba el espeso engrudo, que parecía plastilina—. Ahora le clavamos el detonador, desenrollamos el cable y... será mejor que nos apartemos.

Retrocedieron hasta la entrada de la sala, agrupándose junto a la puerta, con Mork desenredando el cable y poniéndose junto a ellos.

—¿Qué pasa aquí? —vociferó un hombre desde detrás.

El vigilante entró, observó el cuadro de aquel peculiar grupo de gente apelotonado junto a la entrada, vio el cable y lo siguió hasta el ladrillo de la discordia.

—¡Salgan de aquí inmediatamente y ahora me explicarán qué narices es esto!

Nadie reaccionó salvo Bandicoot, que en un arrebato motivado, probablemente, por su perturbada mente achicharrada por los videojuegos, las bebidas energéticas, la pornografía y los foros de Internet, le arrebató el mando a Mork de la mano y dijo:

—¡A tomar por culo! —apretando el botón.

La explosión fue gigantesca y la onda expansiva los arrojó a todos al suelo, sumiendo la estancia en una tupida nube de polvo y trozos de tierra que caían del techo. Gregorio, a quien le pitaban los oídos de forma insoportable, se puso en pie con dificultad y ayudó a levantarse a Teresa, apenas distinguible entre la polvareda, bajo un trozo de bandera.

—¡Me cago en sus muertos! ¡Dónde está el psicópata ese, que lo arrastro! —gritó iracundo.

—¿A mí? —sonó la voz de Bandicoot entre toses—. Será al que ha puesto el explosivo, que decía que era quirúrgico o yo qué sé.

El suelo comenzó a temblar y las paredes a crujir.

—¡Esto se viene abajo! —gritó Plork—. ¡Hay que irse!

—¡Espera! —dijo Teresa, que se había cubierto la boca y la nariz con un pañuelo y se dirigió hasta el punto cero de la explosión, encendiendo la linterna de su teléfono móvil y sumiéndose en la espesa nube.

De nada sirvió a Gregorio intentar sujetarla y mandó buscar al vigilante entre el desastre.

—¡Hay que sacarlo de aquí!

—No va a poder ser —dijo Mork cuando lo encontró.

El bloque de piedra había salido disparado con la deflagración, incrustándose en su cara y provocándole una muerte instantánea.

—¡Pues vámonos! ¡Teresa, Teresa! —vociferó Gregorio sin obtener respuesta.

La vibración del suelo aumentó y varios bloques de piedra cayeron del techo. Uno de los gemelos cogió en volandas a Gregorio y salió con él escaleras abajo, pero el sacerdote intentó resistirse.

—¡Suéltame! ¡Teresa, Teresa! —gritaba desesperado mientras salían al exterior y Mork seguía sujetándolo.

—¡No se puede hacer nada, don Gregorio!

La torre se estaba desmoronando como un castillo de naipes con un estruendo que resonaba en los alrededores. Apenas quedaba piedra sobre piedra cuando Teresa saltó desde la puerta y cayó al suelo junto a ellos. Estaba desfallecida y tosía sin cesar. El castillo terminó de derrumbarse y Gregorio la apartó como pudo y se agachó sobre ella.

—¿Pero qué haces, loca? No ganamos para sustos contigo.

Aclarando la garganta con violentos carraspeos y sacudiéndose la cara con el pañuelo que se quitó de la boca, respondió: «Lo tengo».

Montaron en la furgoneta y salieron a la carrera de aquel lugar para abandonar el pueblo lo antes posible. Gregorio indicó a Plork que saliera en dirección a Zafra, para poner rumbo a Jaén. Pasados unos kilómetros, donde no hablaban pero tosían y los pañuelos se mecían en profusas sonadas de nariz, se detuvieron junto a una fuente para intentar limpiar la capa de polvo, entre ocre y blanca, que les cubría por completo.

—Enhorabuena, Bandicoot, eres un asesino. Si acaso no lo tenías ya, hoy te has comprado un billete de ida al infierno —dijo Gregorio después de aventar agua hacia su rostro y batir una toalla contra su ropa.

Como el muchacho se había embadurnado previamente en crema solar, el polvo se había mezclado con la pringue y asemejaba una figura de arcilla que, por momentos, se cuarteaba.

—Tal vez la culpa es de quien ha puesto la puñetera bomba de Hiroshima allí dentro —dijo.

Mork calló y Gregorio apostilló: «Los dos vais bien servidos». Se acercó a Teresa, que secaba su cara con un papel que se teñía de marrón a cada friega, y le preguntó cómo estaba.

—Bien, pero por poco lo cuento.

—Te diría que no hicieras más algo así, pero no creo que me escucharas. ¿Qué tenemos?

—He encontrado un atadijo de cuero envolviendo una tela que parece contener algo, en el hueco que dejó el sillar.

—Pues vamos a buscar un lugar donde recomponernos y después le echamos un vistazo. ¿Te parece? ¡Chicos, vámonos y busquemos un lugar para cenar y dormir!

Motel Cuatro Caminos se llamaba aquella desolada fonda de carretera, pasando Zafra en dirección Córdoba. Cogieron tres habitaciones, se ducharon, se cambiaron de ropa y se reunieron en el bar. Teresa bajó la última y la barra ya era dominada por Gregorio, que se había puesto su alzacuellos y hacía las delicias de su grupo, varios agricultores que mitigaban el calor de su faena a golpe de botellín y el propio camarero.

—Y claro, cuando Sánchez Dragó, que en paz descanse, me dijo: «Goyete, mira las imágenes de la tertulia en la tele y dime si Fernando Arrabal no está poseído». Por supuesto lo miré... Ponme otra, Jaime.

—Enseguida, padre —dijo Julio.

—Pues nada, que yo vi a ese hombrecillo de tamaño llavero, loco perdido, intentando hablar del milenarismo y me dije: «ese cabrón lo que lleva es una "tajá" como un piano» y así se lo hice saber a Nando, como yo lo llamaba. Le dije: «Mira, es imposible que esté poseído porque, para empezar, no le cabe un demonio y si fuera el caso, ninguno se va a meter voluntariamente en un zulo. Y en segundo lugar, Nandete, no creo que exista en el infierno alguien tan cansino, ¡por el amor de Dios!».

Todos comenzaron a reír y Teresa se acercó esbozando una sonrisa.

—¡Es usted la bomba, padre! —comentó un señor muy jocoso.

—No, la bomba son estos dos —dijo él señalando a Mork y a Bandicoot.

—Hola, chicos, ¿cenamos? —propuso Teresa.

—Hola, señora Vilches —respondió Gregorio—, como usted disponga. Ya tenemos una mesa preparada.

Compartieron conversación y una cena en la que todos probaron suculentos platos de la gastronomía local menos Bandicoot, que comió macarrones con tomate y unas patatas fritas congeladas. Cuando terminaron, el camarero les invitó a un chupito de licor de hierbas y Gregorio quiso seguir la fiesta en la barra, pero Teresa lo cogió del brazo y se lo llevó arriba, donde eligió su propia habitación para un cónclave. Desenrolló el paquete de cuero que había sacado de la pared del castillo, desligando las cuerdas que lo sujetaban; lo extendió sobre la mesita que había junto a la cama en la que se sentaba y, con cuidado, fue desenvolviendo la tela harapienta que contenía, hasta que descubrió un trozo de pergamino enrollado. Estaba lacrado con lo que parecía un coágulo de sangre seca, que opuso poca resistencia a ser quebrado. Lo extendió ante la mirada de todos y mostró su contenido.

—He estudiado lingüística, grafología y he analizado muchísimos textos en lenguas muertas, pero os aseguro que no sé qué lenguaje es éste ni qué son estos símbolos —dijo Teresa.

—Lo que está claro es que fue escrito con sangre —dijo Gregorio cogiéndolo con sumo cuidado— y que, casi con toda certeza, es el pacto que firmó Juan Bechao cuando se reveló contra Dios; por tanto esta será, probablemente, la letra del Diablo.

—Ostras, qué mal rollo —dijo Bandicoot, uniéndose al escalofrío que recorrió cada uno de los cuerpos que estaban en la habitación de Teresa.

—¿Y qué hacemos ahora? —preguntó Mork.

Gregorio sacó un mechero y lo acercó al papel.

—No, tenemos que saber lo que pone —intercedió Teresa sujetando su mano.

—Nada bueno, Tere. Lo mejor que podemos hacer es destruirlo.

Gregorio procedió a encender el mechero y acercar la llama al pergamino, pero comprobó estupefacto que éste no ardía. Lo intentó por las diferentes esquinas del papel, pero el fuego no lo dañaba en absoluto.

—Pues ahora sí que lo he visto todo —dijo Teresa.

—Es asombroso —comentó Gregorio—. Lo más parecido que he visto a este papel se llama Ricardo y le da a las máquinas tragaperras.

Los demás asistían ojipláticos a lo que parecía un truco de magia; todos menos Mork, que intentaba poner recto el envoltorio de cuero con la mesita.

—Ya no cabe ninguna duda de que estamos ante algo sobrenatural. La pregunta es qué vamos a hacer ahora —dijo Gregorio resignado.

—Dámelo.

Teresa lo guardó en el cartapacio con el resto de documentos y prometió investigarlo hasta traducir su contenido. Gregorio le preguntó si era buena idea que durmiera en la misma habitación que ese pedazo de maldición, pero ella alegó que no le tenía miedo a los papeles. Zanjado el tema provisionalmente, Teresa sacó la otra cuestión que debían tratar:

—Hay que hablar sobre lo de mañana.

—Ya, pero podríamos haber echado una copa antes —protestó Gregorio—. Y con más razón después del susto que tenemos en el cuerpo con lo que acabamos de ver.

—Por eso no te preocupes —dijo ella sacando una botella de *whisky* del bolso— no quería que se nos fuera la lengua en la barra hablando de robos a catedrales, castillos derribados o vigilantes de seguridad fallecidos. Por eso he comprado esta botella cuando he ido al baño. Supongo que lo comprendéis.

—¿Bebemos a morro o usamos los vasos de lavarse los dientes?

—Vasos —dijo Mork levantándose.

Visitó los aseos de las tres habitaciones y volvió con cinco vasos de plástico en los que Teresa vertió moderadas cantidades de licor. Sentados unos en la cama, otros en butacas y Bandicoot en el suelo, atendieron a las instrucciones de Gregorio, despachando cada uno su bebida a su propio ritmo.

—Llena —indicó Gregorio—. Pues como le comenté antes por encima a Tere, conozco al obispo de Jaén. Resulta que todos los viernes exponen el Santo Rostro, la reliquia que vamos a robar, durante un par de horas para que los devotos pasen a venerarla. Pero yo sé una cosa que la gente no sabe: lo que muestran de cara al público no es la reliquia auténtica, sino una copia. La original se guarda en un camarín secreto prácticamente inexpugnable; es ahí donde está el lienzo de la Verónica con la verdadera cara de Jesucristo impresa, dentro de una caja sellada cuya llave sólo tiene el obispo. Del mismo modo, solamente él tiene la combinación para abrir el camarín y las huellas dactilares que lo hacen posible. Las instrucciones para abrirlo, en caso de que falleciera, se guardan en una caja de seguridad de vete tú a saber dónde, para entregarlas a su sucesor. Esta información nos la contó él mismo, al actual arzobispo de Madrid y a mí, una noche de picos pardos por la capital andaluza. No os penséis que me refiero a una fiesta como la de los Mendoza; con clérigos de ese nivel y esa inmaculada catadura moral, que todo hay que decirlo, la parranda se limitó a una generosa ingesta de vino en una tasca vacía.

—No parece fácil —añadió Plork.

—No lo es. De hecho es casi imposible, por eso llevo unas horas dando vueltas al tema. Bandicoot, ¿puedes mirar en Internet a ver si aparece el horario de exposición del Santo Rostro?

—Enseguida —dijo consultando su móvil—. Viernes de 10:30 a 12:00 y de 17:00 a 18:00.

—Tiene que ser por la mañana, porque sé que el obispo tiene que estar presente cuando se saca «el falso rostro», y nuestro robo ha de ser simultáneo al de Oviedo y Valencia; ahora llamaré para que estén preparados a las 10:45, que es cuando actuaremos nosotros. Esto es muy importante porque si alguien se adelanta y salta la noticia, el resto de lugares donde guardan reliquias se pondrá en alerta. Daos cuenta que estamos hablando de tres de los objetos más valiosos de la cristiandad.

—El planteamiento es muy completo, Goyete, y veo que lo tienes todo muy bien pensado menos la cuestión de cómo narices sustraer algo tan protegido —dijo Teresa.

—Pues, como he expuesto, aquí la clave de todo es el obispo; sólo él puede cogerlo, pero es uno de los hombres más rectos y más devotos que he conocido, que protegerá con su propia vida la reliquia. No se le puede obligar amenazando con matarlo o torturándolo de la forma más horrible que podáis imaginar. Por tanto, os contaré cómo lo haremos...

Gregorio explicó pormenorizadamente los detalles de su plan, mientras iba mermando el contenido de la botella, y el grupo, al margen de las quejas por tener que madrugar mucho, quedó impresionado.

—Goyete —dijo Teresa alzando su vaso para brindar—, hay que reconocer que tienes un don para el crimen.

—Por supuesto. No en vano me llaman Padre Tormenta en los círculos mafiosos.

—Ah, se me olvidó preguntarle la otra noche el porqué de su apodo —intervino Plork, cuyos ojos comenzaban a enturbiar.

—Es por un texto anónimo que reza de la siguiente manera: El Diablo susurró al oído del guerrero: «no podrás sobrevivir a la tormenta» y el guerrero respondió: «yo soy la tormenta». O algo así era —comentó rellenando su vaso.

—¡Madre mía, qué pasada! —dijo Bandicoot.

—¡Madre mía, qué flipado! —dijo Teresa.

Bebieron hasta acabar la botella de *whisky* en un ambiente muy distendido. Mork y Plork contaron cómo se dedicaban a extorsionar a políticos y secuestrar a sus familiares para que recalificaran terrenos, aprobaran enmiendas o dieran el visto bueno a proyectos industriales de dudosa legalidad. Bandicoot, por su parte, habló de su participación en el pirateo informático que hizo posible que Rodolfo Chiquilicuatre fuera a Eurovisión y de cómo había entrado en la web de un colegio de monjas para meter foto-montajes con la cara del Papa. Acto seguido, sufrió un linchamiento a base de collejas por parte de la facción célibe del grupo.

—Por cierto —añadió recolocándose las gafas—, ahora que lo estoy pensando... ¿Cuál es mi papel en la misión de mañana?

—A ti te dejaremos en una cooperativa para que compres unas garrafas de aceite de oliva. Y que sea del bueno, del virgen extra ese que es de color verde. ¿Quién va a querer?

—Yo quiero dos —contestó Teresa.

—Bien, lo vamos apuntando y mañana te lo decimos.

—¿En serio he quedado para eso?

—Bueno, chaval, mañana no te necesitamos en la catedral pero eso no quiere decir que no seas valioso. Además piensa que, muy probablemente, acabemos todos en la cárcel menos tú.

Pero el joven siguió protestando:

—Y otra cosa, ¿por qué Teresa tiene una habitación para ella sola y yo tengo que dormir con usted?

—No querrás dormir con ella, pájaro. Y, por otro lado, escuchar mis ronquidos será la penitencia por tus pecados.

—Don Gregorio, quería yo preguntarle... —dijo Plork, visiblemente ebrio—. Entonces, ¿estuvo usted casado antes de ser cura?

Gregorio clavó una mirada atroz y furibunda en él, se levantó y abandonó la habitación sin decir una palabra.

—¿Qué he dicho? —preguntó incrédulo.

—Mira —le habló suavemente Teresa—, sí estuvo casado antes, pero es una etapa de su vida de la que no habla nunca ni quiere hacerlo. Ni siquiera a mí, que soy su mejor amiga y lo conozco desde hace más de veinte años, me ha referido nunca casi nada. Así que será mejor que no le preguntéis. Y ahora, si no os importa, me voy a acostar. Vayan desalojando mi habitación.

—¿Está relacionado con la carta esa que guarda siempre con él? —insistió Plork.

—Buenas noches —sentenció Teresa.

Cuando Bandicoot entró en su habitación no quiso molestar a Gregorio. Sacó su ordenador, lo puso sobre el escritorio, lo conectó a un enchufe y se colocó sus enormes cascos, mientras el sacerdote fumaba en la ventana.

No hubo paz para Gregorio Márquez aquella noche.

12. El Rostro de Dios

El comisario Vallejo entró malhumorado en las dependencias policiales de Málaga. Nadie se atrevió a intercambiar con él una frase más allá del saludo de rigor a un superior. Se dirigió al ascensor acompañado de un inspector que se le unió en el último momento, para bajar con él a la zona de interrogatorios mientras lo ponía al tanto de las investigaciones en curso.

—Nadie dice una palabra de provecho, señor.

—Yo sé que esta gente es dura pero ¿de verdad en más de catorce horas de interrogatorio con los mejores agentes, que yo me he encargado personalmente de mandar, no hay ninguno que se haya desmoronado?

—No, señor. Están aterrorizados. No deja de sonar un nombre: Padre Tormenta, que parece producirles auténtico pánico.

—¿Padre Tormenta? ¿Es una broma?

—Para nada, señor.

—Pues suena a personaje de tebeo, como el Capitán Trueno.

Salieron del ascensor y se encontraron con varios inspectores más, que informaron a su jefe:

—Todavía nada.

—¿Pero les habéis ofrecido tratos, rebajas de pena, protección de testigos? —preguntó el comisario.

—Sí, pero no aceptan. De hecho, varios de ellos han declarado que prefieren morir antes que hablar. Todo por temor a Padre Tormenta, que no tenemos ni idea de quién puede ser. No dejan de nombrarlo, pero se niegan a dar una descripción.

—¿Y qué dicen de él?

—Hay uno que dice que aniquiló a un grupo de contrabandistas serbios él solo, otro dice que manda sobre todos los capos de la mafia, otro que es el Diablo en persona...

—O sea, a ver que yo me entere: me estáis diciendo que existe un poderoso genio del crimen que tiene acojonados a los narcos más peligrosos de España, algunos de ellos provenientes de guerrillas colombianas, que han visto y hecho de todo, entre otras cosas cargarse a veinte rivales ayer, y nosotros no teníamos ni puñetera idea de su existencia. ¿Es eso lo que me estáis diciendo? —dijo enfadado.

Ninguno contestó. Se limitaron a soportar la mirada de furia del comisario los unos y clavar sus ojos en el suelo los otros.

—¿El CNI sabrá algo? —volvió a preguntar Vallejo.

—Les hemos consultado y están casi igual que nosotros. Por lo visto hay rumores entre los confidentes en Madrid de que es quien ordenó la masacre de ayer. También se comenta que puede estar implicado en la oleada de secuestros de sacerdotes y en el robo de El Escorial. Pero son sólo meras habladurías.

—¿Pero qué narices está pasando...? —murmuró alejándose—. Padre Tormenta... Padre Tormenta... Vale, seguid con los interrogatorios. Yo volveré a Madrid hoy mismo.

Francisco Vallejo era un hombre implacable con una determinación férrea a la hora de perseguir el crimen. Fue primero militar y después un policía que empezó desde abajo, destacando pronto por su eficacia y su carácter inquebrantable, y se convirtió en un reputado inspector. Comenzó a ascender porque sus superiores entonces, acostumbrados a promocionar a chupatintas bien apadrinados, no tuvieron más remedio debido a sus dotes de líder y a la fama que, poco a poco, fue ganándose en el cuerpo, pero nunca acabó de gustar en las altas esferas; su ascenso fue un sarpullido en el trasero de muchos cargos policiales que coqueteaban con el crimen organizado y agentes que se dejaban sobornar. Él, empero, era incorruptible. Desde el momento en que había pasado a ocupar el mayor cargo operativo —no político— de la policía española, había promovido varias limpias en el cuerpo de policía, usando el departamento de asuntos internos, y había puesto en jaque y obligado a retirarse a más de un jefe de policía.

Su aspecto era el reflejo de su persona: alto, robusto y con una forma física envidiable a sus 56 años. Tenía unos ojos negros y profundos, unas cejas pobladas y una nariz puntiaguda que se asomaba a la cornisa de un bigote recio y bien perfilado. Su mentón, firme y pronunciado, y la dureza de sus facciones, hacían de su cara una figura cuadrada donde proliferaban las líneas rectas y sólo una cicatriz entre la mejilla y la oreja rompía la armonía de su rostro. La mata de pelo gris de su cabeza, que aguantaba estoicamente los embates del tiempo, tenía la longitud justa para ser peinada, excepto en la nuca y los laterales, donde lucía un rapado como vestigio del soldado que fue.

El Comisario Vallejo era el azote del crimen y a nadie, buenos o malos, parecía gustarle.

Emprendieron el viaje antes de descollar el alba y el amanecer les alcanzó cuando atravesaban los bellos parajes a las faldas de Sierra Morena, dejando a su izquierda los interminables prados y campos de cultivo del Alto Guadiato. Pararon a tomar café en la Estación de Obejo, enclavada en las montañas que precedían la bajada hasta Córdoba, y Mork tomó el volante de manos de su hermano para seguir con la ruta. Pasando la Ciudad de los Califas dirección Jaén, los olivos inundaron el paisaje y el sol comenzó a castigar sin misericordia.

—¡Escuchad, tengo algo! —alertó Bandicoot—. He estado dándole vueltas a una serie de números que hay en una página, alineados en vertical, y resulta que coinciden con la numerología del nombre de los demonios de los que hablaron, que los he buscado.

—¡No fastidies! —exclamó Teresa poniéndose a su lado.

—Sabía yo que el bueno del Flecha escondía algo —dijo Gregorio accediendo a la parte de atrás.

—Mirad —dijo mostrando sus anotaciones en pantalla:

11464531 - Asmodeus.
11219628 - Astaroth.
181853 - Azazel.
25365769 - Belfegor.
253913 - Belial.
354912815 - Leviathan.
393928 - Lilith.
3339659 - Lucifer.
414465 - Mammón.
114153 - Samael.

—A su lado, en el cuaderno original, veo que hay un código asociado a cada número —apuntó Gregorio.

—Sí, pero eso todavía no sé lo que significa. Son letras y números y es más difícil —dijo Bandicoot.

—Bueno —intervino Teresa—, sabemos que Florencio Sánchez está poseído por Azazel; podrías empezar por ahí.

—¡Claro! Bien visto, Tere. Mira si el código que aparece al lado del número de Azazel tiene algo que ver con don Floren, sus empresas o su organización. Si hallas un patrón ahí puede que logres descifrar el resto. Ponte con ello —dijo Gregorio, para llevarse a Tere a un aparte y susurrar:

—¿Qué te parece?

—No sé, Goyo. Cada cosa que descubrimos me da más miedo que la anterior.

—¿Y cómo va la traducción del pergamino de Juan Bechao?

—Sigo como al principio; no tengo ni idea todavía. He probado incluso a leerlo reflejado en mi pequeño espejo de mano, buscando un enfoque inverso, ya sabes... Pero nada.

—Verás cómo acabas descifrándolo; no tengo ninguna duda. Por cierto, tú cómo lo llevas.

—¿A qué te refieres?

—Pues al tema de que sé que ver primero perderse el Códice Áureo y después una joya del patrimonio medieval español, no debe de ser fácil para alguien con tu amor a la historia. Eso por no hablar del pobre guardia de seguridad...

—Procuro no pensarlo, porque me pongo de mala leche.

—Bueno, no te molesto más, que ya mismo llegamos.

En las proximidades de Jaén, Teresa aprovechó los cristales tintados de la furgoneta para cambiarse en la parte trasera y ponerse el hábito de monja. Gregorio hizo lo propio con su sotana y volvió al asiento del copiloto.

—Vale, estamos llegando. Entra por ahí a la derecha. Perfecto. Cooperativa Santa Catalina. Bandicoot, aquí te quedas. Ya sabes, yo quiero tres garrafas y Teresa dos.

El chico se bajó refunfuñando y los gemelos con él.

—Aquí tienes —le dijo Plork—: trescientos euros. Que no se te olvide comprar tres para doña Virtudes y no te quedes con la vuelta.

—Vale —respondió resignado.

—Otra cosa: tienes que estar muy atento al teléfono y cuando vengamos a recogerte no nos hagas esperar.

—Sí, señor. Por cierto —les dijo Bandicoot antes de despedirse—, ¿habéis visto lo bien que le queda a Teresa el disfraz de monja?

—El disfraz dice... —comentó Plork a su hermano cuando se subían de nuevo al vehículo.

Mork confirmó por teléfono que la gente de su organización ya estaba preparada y en posición. Teresa y Gregorio se bajaron de la furgoneta a una distancia prudencial de la Catedral, en pleno casco antiguo de la ciudad, y los gemelos condujeron hasta un callejón para cambiarse de ropa y dejar el vehículo al recaudo de uno de sus hombres, apeándose también.

—La Catedral de la Asunción, joya del Renacimiento y el Barroco —dijo Gregorio cuando accedieron a la explanada donde se levantaba el majestuoso templo con toda su magnitud—. ¿Sabías que esta iglesia fue el molde para muchísimas catedrales de Iberoamérica?

—¿Tú qué crees, Goyete?

—No sé, hermana, llevo tanto tiempo sin verte vestida de monja que me tienes confundido.

Entraron a las diez y diez minutos de la mañana en la catedral, dirigiéndose directamente a El Camarín, la capilla interior donde habría de ser expuesto el Santo Rostro. Preguntaron por el obispo y, después de toparse con ciertas reticencias por parte del personal, este mandó recibirles.

—Excelentísimo señor —dijo Gregorio.

—¿Desde cuándo me llamas así, amigo mío? —respondió el obispo, con muy buen talante, antes de estrechar su mano—. ¿Qué te trae por aquí?

—Pues hoy vengo de mero acompañante de sor Teresa Vilches, teóloga e historiadora, a quien le presento.

—Excelentísimo.

—Hermana.

—Y nada, que nos han dicho que ahora exponen el Santo Rostro, cosa que no recordaba —dijo Gregorio.

—Sí. Cada viernes desde hace «nosecuántos» años, aquí estamos al pie del cañón. Por eso les voy a tener que dejar ahora; tengo que realizar la ceremonia de apertura de El Camarín. En cuanto acabe estoy con ustedes y ya nos ponemos al día. Si me disculpan…

El obispo se marchó por una puerta y Gregorio se sentó en un banco junto a Teresa.

—Ahora tengo dudas, Goyo. ¿Estás seguro de esto?

—Es normal ponerse nervioso, pero no te preocupes, que todo va a salir bien. Ten en cuenta que he visto *Ocean´s Eleven* como unas cinco veces.

—Tú y tus películas —dijo Teresa disimulando una risa nerviosa.

El obispo de Jaén celebró el arcaico rito con el que una pequeña y ornamentada puerta era abierta para sacar la imagen del Santo Rostro, enmarcado en un relicario engalanado con todo tipo de piedras preciosas, que lucía como un lujoso marco de fotos. Lo puso sobre el altar y concluyó la ceremonia bendiciendo a los presentes, que se agolpaban en fila para pasar delante de la imagen y venerarla. El obispo entró a una sala anexa y la cadena humana comenzó a girar. Transcurridos diez minutos desde su marcha, el obispo volvió y llamó a Gregorio en la distancia, quedándose en un rincón de El Camarín.

—Entonces, cómo te va la vida.

—Pues ya sabe usted… Con mis exorcismos y mis cosas.

—Siempre combatiendo al Diablo, Gregorio; tu labor es encomiable. Yo soy de los pocos que sigo defendiendo a capa y espada la realización de exorcismos.

—Me consta —dijo Gregorio.

—Y a usted, hermana, es un honor conocerla. Si es amiga de Gregorio es amiga mía. ¿Es la primera vez que viene a esta catedral?

—Sí, excelentísimo señor, y he de reconocer que es más impresionante en persona.

—Pues sí, tenemos aquí un tesoro que me temo que es la gran olvidada de todas las catedrales importantes.

En ese momento un bullicio y una estampida interrumpieron la conversación y los tres miraron hacia el altar, desde donde la gente huía como aves espantadas por un disparo.

—¡Han robado el Santo Rostro! —exclamó un sacerdote antes de ser arrollado por la muchedumbre.

Vieron correr en la distancia a varias personas encapuchadas y antes de que al obispo le diera tiempo a reaccionar, dos hombres enormes les empujaron violentamente y les introdujeron a punta de pistola en la habitación anexa.

—Denos ahora mismo el Santo Rostro —dijo Plork al obispo.

—¡Cómo te atreves! —dijo Gregorio encarándose a él.

Plork golpeó a Gregorio con la pistola y el sacerdote cayó al suelo, donde se inclinó Teresa para ver cómo estaba.

—¡No lo vamos a repetir más! —exigió Mork, apuntando al obispo.

—¿Pero no habéis visto que lo acaban de robar? —alegó él.

—Sabemos que ese no era el auténtico, así que no se haga el tonto y saque el de verdad, obispo de los cojones.

—Yo creo que se lo tendrías que dar —dijo Gregorio levantándose con dificultad y tocándose la cabeza.

—¡Ni muerto! ¡Venga, dispárame! —exclamó el obispo encolerizado, agarrando el cañón de la pistola, dirigiéndolo a su propia cabeza y apretándolo contra su frente—. ¡Vamos, échale valor!

«¡Qué cabrón!», pensó Gregorio.

—Monseñor, no se deje matar por eso —le rogó Gregorio.

—¿Por eso? ¿Crees que considero más valiosa mi vida que el verdadero rostro de Dios?

—Pues entonces los mataré a ellos —amenazó Plork encañonando a Gregorio y Teresa.

—Adelante —dijo el obispo.

—¡Pero Sebastián —protestó Gregorio, llamando ahora al obispo por su nombre de pila—, no seas hijoputa!

—No, Gregorio. Esta reliquia es más grande que nosotros. Si morimos defendiéndola, tendremos un lugar privilegiado en el cielo.

—Puto loco —susurró Gregorio al oído de Teresa.

—Pues usted lo ha querido —sentenció Plork, terminando de enroscar el silenciador a su arma y apuntando al pecho de Teresa.

El estallido de la pistola fue ahogado, pero contundente, e impactó en la mujer, que cayó fulminada en el suelo, quedando boca abajo. Gregorio se arrodilló ante ella y clamó:

—¿Te parece que merece la pena cambiar la vida de esta hermana por conservar esa reliquia?

—Sí, me parece. Y cambiaré la mía, la tuya y la de quien haga falta porque estos malnacidos no se salgan con la suya —apostilló sin perder un ápice de determinación.

Mork y Plork comenzaron a discutir entre ellos en un idioma que parecía ser árabe.

—Son musulmanes —bisbiseó el obispo—. Ya me lo imaginaba.

—Hemos colocado explosivos por toda la catedral y la vamos a volar —dijo Plork.

Mork enseñó un cinturón de explosivos que llevaba debajo de la chaqueta y gritó: «¡Alabujarbar!».

—Tócate los cojones —dijo Gregorio sin poder reprimirse.

Aquella amenaza sí pareció afectar al obispo, que se mostró mucho más conciliador, intentando negociar.

—Vamos a ver, no nos pongamos nerviosos. Puedo daros joyas, cuadros de valor obsceno e incluso algún relicario con diamantes incrustados, pero no os voy a dar el Santo Rostro.

—¡Que estoy muy loco! —gritó Plork sacando el detonador y amagando con pulsarlo.

—No, no. Esperad un momento —intercedió Gregorio antes de hablar al obispo en voz baja—. Sebastián, escúchame: no puedes permitir que estos terroristas destruyan un templo como este; un bastión de la cristiandad. Vale que te la sude, con perdón, que nos liquiden a nosotros, pero no dejes que la Catedral de la Asunción se convierta en escombros.

—¡Vamos ya, que reviento esto! —volvió a amenazar Plork.

—¡Esperad un momento, leche, que estoy hablando con el obispo! Esta gente va en serio, Sebastián, fíjate lo poco que han titubeado para pegarle un tiro a Teresa.

—Pero el Santo Rostro es nuestro patrimonio también, Gregorio.

—Y el de ellos, piénsalo. Jesús es también un profeta del Islam. Ten por seguro que no lo van a destruir. Lo cuidarán y lo mantendrán a salvo hasta que, en poco tiempo, lo volvamos a recuperar —habló en voz muy baja a su oído.

—De acuerdo, os lo daré. Y ahora quita el dedo de ese botón —concluyó el obispo, dirigiéndose a un extremo de la sala y accionando un mecanismo que dejaba al descubierto una puerta de seguridad tras un enorme cuadro. Marcó un código en un panel, puso su mano en un dispositivo de cristal líquido y la puerta se abrió. Entró y salió con la caja. Teresa tosía en el suelo y Gregorio le sujetaba la cabeza.

—Parece que está viva. Necesita un médico —dijo Gregorio mientras Mork se acercaba al obispo y le pedía la llave.

Se la entregó de mala gana y Mork abrió la caja, mostrando el auténtico Santo Rostro dentro de una fina urna de vidrio.

—¿Estamos? —preguntó Plork.

—Estamos —respondió su hermano.

—¡Necesita ir a un hospital! —insistió Gregorio, sosteniendo la cabeza de su amiga moribunda.

—¡De eso nada, os venís de rehenes! —dijo Mork—. Y tú te vas a quedar aquí quietecito y calladito.

Ataron las manos y los pies del obispo y le cubrieron la boca y los ojos con cinta americana. Cogieron a Gregorio del brazo, que a su vez llevaba a Teresa, y salieron de la habitación, cerciorándose de que en la capilla donde antes se exponía la reliquia no quedara nadie. Al cerrar la puerta tras de sí, Gregorio soltó a Teresa, milagrosamente recuperada, y tomó la iniciativa: «Seguidme». Anduvo por un pasillo a espaldas del altar de una capilla colindante y pronto apareció una puerta ante ellos que se abría desde dentro. «¿Está nuestra gente ahí fuera?», preguntó. «Sí, me lo acaban de confirmar por radio», aseguró Plork. Gregorio abrió la puerta, asomó la cabeza y dio vía libre al grupo. Teresa escondió la caja con la reliquia bajo su hábito y salió junto a él. Un hombre bajó de un utilitario verde y dejó la puerta abierta, que usó Gregorio para meterse en el coche y ponerse al volante. Teresa montó junto a él y se pusieron en marcha. Pudieron ver por el retrovisor cómo Mork y Plork se subían a una furgoneta de reparto amarilla y giraban por otra calle.

El centro de Jaén en particular y la ciudad en general era un hervidero de coches de policía, con patrullas apostadas en diferentes esquinas realizando controles. En uno de ellos, al dar el agente el visto bueno a la continuidad de aquella inocente pareja de clérigos, Gregorio preguntó:

—¿Es verdad que han robado el Santo Rostro?

—Y tan verdad, padre. Los hemos perseguido hasta las afueras, pero ahora mismo hay tal descontrol que no sabemos si los han cogido o no.

—¿Y entonces estos controles?

—Son porque ha sido una operación a gran escala y puede que aún queden compinches por aquí.

—Pues Dios quiera que se solucione todo. Adiós, hijo.

El agente saludó con su mano en la sien y ambos pudieron seguir su camino.

—Mira que te gusta regodearte, ¿eh? —le dijo Teresa.

—No, hermana, era mera curiosidad —afirmó él con media sonrisa de satisfacción.

Teresa y Gregorio llegaron al punto de encuentro, una vía muerta bajo un puente, cinco minutos antes que la falsa furgoneta de reparto, pero la espera se les hizo interminable. Cuando por fin bajaron Mork y Plork, ambos respiraron aliviados. Detrás de ellos llegó su vehículo; el que habían usado durante todo su viaje y que guardaba sus cosas. Al entrar en él de nuevo, los cuatro se sintieron un poco en casa. Despidieron a los soldados y pusieron rumbo a la cooperativa para recoger a Bandicoot.

—¿Todo bien? —preguntó Gregorio.

—Sí, pero las hemos pasado canutas para salir de la ciudad; hemos tenido que dar varios rodeos —respondió Plork, que conducía tenso.

Apenas hablaron hasta que llegaron a la fábrica de aceite, en cuya puerta se sentaba Bandicoot sobre varias cajas y bajo una moreda, muy atento a su teléfono móvil. Pararon, metieron las cajas en la parte trasera de la furgoneta y el grupo al completo salió del término municipal de Jaén.

—Queridos míos —comenzó solemne Gregorio—, cuando Jesucristo nuestro Señor subía el monte Calvario, portando su pesada cruz y siendo hostigado por soldados romanos, una mujer, la Verónica, se agachó a su auxilio y secó con un paño el sudor y la sangre de su rostro. En esa tela quedó impresa milagrosamente la cara de Jesucristo, convirtiéndose en una de las mayores reliquias de la historia... ¡He aquí el Santo Rostro! —dijo señalando a Teresa, que levantó la caja.

—¡Yo quiero verlo! —exclamó Bandicoot.

—Aquí no lo vamos a abrir —dijo Gregorio—. Ya lo verás cuando toque.

El muchacho se quejó:

—Joder, siempre me pierdo lo mejor.

—Te diría que no te quejaras, pero no —dijo Gregorio—; quéjate con razón, porque ha sido maravilloso. Para empezar, Oscar al mejor actor y actriz a todos los presentes, quitando algún patinazo en árabe, como la grotesca soflama llamando a la guerra santa, y lo de: «os venís de rehenes». ¿Así os enseñan a decirlo en la escuela de delincuentes?

—He improvisado, don Gregorio —respondió el aludido.

—Ha colado, que es lo importante. Bueno, contadme, ¿han logrado escapar con el señuelo?

—Sí —contestó Plork—. Hemos sacrificado a dos o tres peones que no tienen ni idea de qué iba la cosa, así que no podrán contarle a la policía nada. Los demás han escapado de la ciudad y a esta hora deben estar dejando el Santo Rostro de pega en la parroquia que usted nos dijo.

—Perfecto. Por cierto, te has entusiasmado golpeándome y casi me abres la cabeza.

—Lo siento, don Gregorio, quise hacerlo lo más posible... Pero vamos, que ha salido todo como usted lo planeó.

—Pues claro. Ya os dije que con la barba tenéis cara de moros y el obispo todo lo que tiene de hombre recto y pío, lo tiene de racista. En cuanto os ha escuchado hablar en árabe, o lo que fuera eso, se ha bloqueado.

—¡Padre Tormenta lo ha vuelto a hacer! —se jactó Mork, riendo satisfecho.

—Deberíamos dejar ya de vanagloriarnos por nuestras fechorías, ¿no creéis? —intervino Teresa.

—Bueno, Tere, no todos los días se hace algo así...

Llevaban menos de veinte minutos de viaje cuando Plork adelantó un coche donde uno de los ocupantes le resultó familiar y notó que les empezaban a seguir.

—Acércate más, que vea la matrícula —dijo el comisario Vallejo, con una radio vía satélite en la mano—. Aquí Alfa uno, les paso matrícula de posible sospechoso: dos, cero, uno, cero, Juliet, Tango, Lima. Furgoneta gris con cristales tintados. Confirmen, por favor. Cambio.

Tras unos segundos recibió la respuesta: «Aquí central Jaén: Le confirmo matrícula de uno de los vehículos que rondaban por la Catedral en los minutos previos al robo. Cambio».

—Cambio y corto. Te lo he dicho; esa furgoneta me daba mala espina. Síguela sin dar mucho el cante, a ver lo que hacen.

—Pero, Señor, ¿no sería mejor dar el aviso a las patrullas locales y seguir nosotros hacia Madrid? —dijo el chófer y único acompañante del comisario.

—¡De eso nada! Antes que jefe soy policía y voy a hacer mi trabajo. Si lo considero oportuno pediré refuerzos. Ahora síguela.

Francisco Vallejo no estaba de buen humor porque el avión que tenía que llevarle había tenido un problema técnico que tardarían algunas horas en solventar. No quiso esperar ni recurrir al avión comercial y decidió tomar un coche oficial de la policía para volver a Madrid. Ahora su instinto había despertado; era un tiburón que había olido sangre.

—Sí —confirmó Plork—. Nos están siguiendo. Seguro.

—¡Mierda!, pues no podemos permanecer en la autovía. Hay que esconderse en algún sitio. Mira, toma la salida de Linares, que está ahí más adelante. Cuando estuve por esta zona hice un exorcismo en un barrio marginal de la ciudad y es un sitio que conozco bien —apuntó Gregorio nervioso.

—Efectivamente han tomado la misma salida que nosotros —apuntó Plork.

—Parece que van a pasar por Linares; mejor. Cuando entremos en la ciudad pediré refuerzos y los pararemos. No los sigas muy de cerca —ordenó el comisario.

Cuando pasaron por la primera entrada de Linares, el comisario Vallejo se disponía a usar la radio, pero un fuerte acelerón de la furgoneta que les precedía lo frenó unos segundos.

—¡Rápido, no los pierdas! —exclamó sacando el rotativo luminoso por la ventanilla, pegándolo encima del coche y prendiendo la sirena. Acto seguido comenzó a pedir ayuda por radio, pero su desconocimiento de la ciudad le hizo ser impreciso.

—¡Corre, acelera! —dijo Gregorio—. Los vamos a meter en una ratonera.

Recorrieron a toda velocidad, saltándose semáforos y señales, un entramado de calles que se iban estrechando paulatinamente. En el último giro Plork dudó un poco, porque parecía que entraban en una zona muy diferente. Casas bajas, pobres y medio derruidas dejaban el hueco justo para que un vehículo pudiera acceder. En los cables de la luz, numerosos y caóticos, que cruzaban el depauperado callejón, proliferaba el calzado deportivo pendiendo de sus cordones. Gente de mala calaña se asomó a puertas y ventanas.

—¿Esto es lo que parece? —preguntó Plork.

—Sí, es una zona de narcotráfico. También hay buenas personas, pero los traficantes mandan aquí. Para, abre la ventanilla y avisa de que viene la policía detrás. ¡Corre!

Plork detuvo el coche, sacó medio cuerpo por la ventanilla y gritó: «¡Que viene la policía!». Una marabunta de personas comenzó a correr y moverse por los alrededores. Reanudaron la marcha y todos pudieron ver por los espejos, o mirando a través de la luna trasera, cómo el coche perseguidor entraba en el barrio y era interceptado. Comenzó a lloverle basura arrojada desde las ventanas impidiendo la visión al conductor. Cuando se despejó el parabrisas se encontraron con varios palets apilados de mala forma en la calzada y, para colmo, un vehículo oxidado llegó sin conductor desde un pequeño callejón e impactó contra la pared a unos metros de ellos, cortándoles totalmente el paso.

—¡Pero qué diablos pasa aquí! —gritó el comisario enfurecido, bajándose del coche, sacando su arma y disparando al aire.

De repente no parecía haber nadie en ningún sitio. No tardaron en llegar varios coches patrulla que se detuvieron detrás. Bajaron los agentes y comenzaron a despejar la calle.

—Enseguida se podrá pasar —dijo una sargento de la Policía Nacional al comisario.

Él ni siquiera contestó. Estaba frustrado y furioso.

—No se preocupe, señor. El barrio sólo tiene esta calle para entrar y salir.

—¿En serio? —dijo el comisario.

—Sí, están encerrados.

Una hora después dieron por finalizada la búsqueda del coche sospechoso, al no aparecer por ningún lado.

—¡Buf! Hemos escapado por los pelos —dijo Teresa.

—Sí, pero lo hemos hecho. Ya os dije que conocía la salida secreta del barrio y sólo ha habido que untar al portero con cincuenta euros —comentó Gregorio.

La puerta de atrás del barrio, que no conocían ni las fuerzas del orden, era una casa con una cochera a la que se accedía previo pago al dueño y con la autorización de algún jefe del narcotráfico que hubiera por allí. Una vez en la cochera, se cerraba la puerta por la que se había entrado y se abría otra, que estaba delante, camuflada como una pared de ladrillo. Esta segunda puerta daba a una rampa que bajaba hasta la linde de un arroyo por un camino polvoriento y oculto entre un cañaveral y varios sauces llorones. Desde el arroyo se accedía a una vía pecuaria que conectaba directamente con una carretera secundaria y esta, a su vez, con la autovía. Antes de llegar a la carretera principal, se detuvieron y estacionaron el vehículo detrás de un cortijo abandonado.

—Este vehículo ya está fichado. Hay que conseguir otro —dijo Gregorio con resignación.

—Dadnos cinco minutos —dijo Mork.

Salieron los dos hermanos de la furgoneta y comenzaron a quitar una película que recubría la pintura del coche, ayudados por una suerte de rascador. Después cambiaron las dos placas de matrícula por otras que guardaban en un compartimento bajo la rueda de repuesto.

—¡Tachán! —exclamó Plork señalando la furgoneta e invitando a todos a salir—. Ahora la furgoneta es azul. Tenéis que comprender que trabajáis con la organización líder del sector en Europa.

—¡Qué pasote! —comentó Bandicoot admirado.

—La verdad es que es impresionante, ¿a que sí, Tere?

—Calla y dame un cigarro, Goyete, que aún estoy intentando procesar todo lo ocurrido.

—Podemos irnos tranquilos —proclamó Mork.

Siguieron su viaje a Madrid haciendo una parada al poco de salir porque Gregorio se empecinó en comprar pasteles de Guarromán. Veinte minutos después atravesaban el puerto de Despeñaperros y abandonaban Andalucía.

—Pues estoy convencido —dijo Plork— de que quien nos ha perseguido con el coche es el comisario Vallejo.

—A mí también me lo ha parecido —añadió Mork.

—¿Os referís al jefazo de policía bigotudo que sale a veces en la tele? —dijo Gregorio.

—Exacto. Ese tío es el más cabrón del mundo. Don Floren tiene en nómina a más de la mitad de los mandos de la policía, pero ese es imposible de comprar. De hecho es el que más daño le ha hecho a la organización —explicó Plork.

—¿Y qué pinta en Jaén persiguiendo coches por la autovía? —preguntó Teresa.

—Pues no tengo ni idea; patrullar las carreteras no es precisamente su trabajo.

«Saoko, papi, saoko...»

—Ese tono de móvil se lo puse yo —dijo Bandicoot con orgullo antes de que Gregorio descolgara su teléfono móvil.

—Diga... ¿Quién? Espere un momento. Chicos, ¿conocéis a algún Gabriel?

—El abogado, don Gregorio.

—¡Ah sí! Perdona hombre, que no te había conocido la voz... Sí... Ajá... Sí... Muy bien, pues lo quiero todo esta tarde en la mansión, ¿de acuerdo?... Vale, hasta luego, adiós, adiós, ve con Dios. Grupo, os informo de que los otros robos han sido un éxito.

Todos aplaudieron y vociferaron, incluida Teresa, que comentó:

—Tengo sentimientos encontrados. Por un lado estoy muy feliz y por el otro me tiraría ahora mismo de la furgoneta en marcha.

—Eso es lo más normal del mundo. A mí me pasa mucho —comentó Gregorio.

Tras la intensa mañana y la frenética huida, hubo un momento de silencio y paz. Teresa volvió al estudio del enigmático documento encontrado en lo que había sido la Torre Sangrienta, Bandicoot a su inmersión en los *bytes* de su ordenador y Mork se recostó en un asiento y se descalzó. Gregorio buscó la compañía de una emisora de radio mientras Plork conducía relajado por las rectas interminables de La Mancha, en esa zona que parecía no pertenecer a ningún lugar. Vastos páramos castigados por el viento cruel de Castilla la Nueva, el que en invierno precede al sabañón y la pulmonía y transporta sabor a polvo y flama en verano; el que levanta remolinos de tamo allá en la llanura que no abarca con la vista el caminante; el viento que lucha, como el Caballero de la Triste Figura, contra las aspas yertas de molinos olvidados en la inmensidad. Terrenos baldíos, vides mustias de junio, secarrales sin alma, tormentas de silencio. Casas de postas, fondas de pasión exangües despintadas por el tiempo, y pintarrajeadas por quien nunca olió el mar, perdidas en la memoria de quien ya no recuerda que una vez amó en ellas. Horizontes sin final ni quebranto de montañas que ganen terreno a un cielo tan cercano a la tierra y, a su vez, tan lejos del hombre.

A Gregorio le invadió el desconsuelo y el temor al infinito le hizo notar su fragilidad: un día creyó que ya no tenía nada que perder y se lanzó al abismo, esperando no volver a tener miedo. Se equivocó.

Hablaban en la radio de la que era la noticia del día: los robos de reliquias en las diferentes catedrales. Informaron de que se había recuperado el Santo Rostro en una pequeña capilla de un pueblo de Jaén, para que poco después saliera el obispo a confirmarlo. «Vivimos unos momentos muy confusos y no queda claro si se ha llegado al fondo del asunto. Seguiremos informando con nuevas actualizaciones», decía una locutora. Pasaron a otro orden de cosas, no demasiado alejado del anterior, informando de que se había encontrado el cadáver maniatado de un sacristán en la iglesia de un pueblo de Madrid, cuyo párroco, Eufemiano Torres, también había desaparecido. Los miembros de la Policía científica afirmaban que podría llevar allí más de tres días y habría muerto de inanición.

—¿Lo dejasteis a la vista? —preguntó Gregorio en voz baja.

—Delante del altar; se veía desde la entrada.

—Luego dicen algunos que a los católicos nos va bien. Tres días sin pisar nadie la puñetera iglesia.

«Antes de abordar los preparativos de la próxima visita del Papa, repasamos el preocupante ascenso de la violencia en la Costa del Sol, donde los narcos han comenzado una...»

—Últimamente las noticias son demasiado previsibles y no me sorprenden nada —dijo Gregorio apagando la radio.

Pararon a comer en un restaurante en las inmediaciones de Madridejos, donde sólo coincidieron en el postre, tomando todos queso con carne de membrillo. Cien kilómetros después, poco antes de las cinco de la tarde, entraban en Madrid para cruzarlo de sur a norte. Gregorio pidió a Plork desviarse un poco para pasar por su casa a dejar las garrafas de aceite y a Teresa y Bandicoot que le ayudaran. Cuando llegaron a la puerta de su bloque, se bajaron Teresa, Gregorio y Bandicoot, este último a regañadientes.

—Joder, pesan mucho, don Gregorio.

—Cállate y cógelas, o te parece bonito llevar sólo una y que ella cargue con dos. Hay que ser un poco caballeroso, muchacho.

Subieron las escaleras del bloque con las cinco garrafas. Mientras Gregorio las dejaba en la cocina Teresa fue al baño y el muchacho cogió una lata de Monster de la nevera. Todos se reunieron de nuevo en el salón y Gregorio tomó la palabra:

—Os vais a quedar aquí. Os llevaría a vuestras casas pero prefiero que ninguno de los dos estéis solos, así que me gustaría que os hicierais compañía y cuidarais el uno de la otra y viceversa. Ahora mandaré subir vuestras cosas.

—¿Pero qué dices? —reclamó Teresa incrédula.

—Lo que oyes. El único que tiene la obligación de ir a aquella mansión, enfrentarse al Demonio y seguir mezclándose con la mafia, soy yo. Vosotros podéis seguir ayudándome desde aquí.

—Lo siento Gregorio, yo ya estoy metida en esto y necesito ver esa espada. Ya tuvimos esta conversación y no la voy a tener más. Si te parece, llevamos al chico a su casa y nos vamos a la mansión.

—¡Y un huevo! —exclamó Bandicoot—. Yo me voy con vosotros.

—Pero si eres un niño, no digas tonterías —protestó Gregorio.

—De eso nada, soy el informático del Escuadrón Tormenta. Vámonos —dijo poniendo su brazo para que Teresa lo agarrara, cosa que hizo antes de abandonar el piso con él, diciéndole: «Bien por ti, ángel blanco».

Gregorio permaneció unos segundos con los ojos muy abiertos, hasta que salió tras ellos y cerró la puerta mascullando. Bajaron de nuevo a la calle, pero la furgoneta no estaba. «Han debido de ir a dar una vuelta porque estaban estorbando o algo. Vamos a la esquina». Caminaron por la larga acera que desembocaba en la plaza y Gregorio sacó el móvil para avisar, pero antes de marcar vio que una extraña y vociferante criatura se aproximaba. Andaba cojeando y apoyándose sobre dos muletas, tenía prótesis de metal recubriendo algunas extremidades y parte del rostro vendado. La parte descubierta mostraba horribles ampollas y jirones de piel levantada y oscura.

—¡Te voy a matar! —amenazó.

—Coño, Ricardo, te veo bien. ¿Ya te han dado el alta? —dijo Gregorio retrocediendo.

—¡Estoy así por tu culpa y me las vas a pagar!

—¿Qué culpa tengo yo de que te atropellara un camión?

El hombre salió corriendo hacia Gregorio, de grotesco modo, con los ojos enfebrecidos de odio.

—¡Corred! —alertó Gregorio a sus acompañantes, que emprendieron la huida retrocediendo por donde habían venido.

Gregorio corría por la acera, con Teresa y Bandicoot delante, y cada vez que volvía la vista atrás Ricardo estaba más cerca. Avisó a Teresa y le arrojó las llaves de su bloque de pisos, al que estaban llegando, para que abrieran e intentaran ponerse a salvo, pero cuando encaró la puerta el nerviosismo hizo que Teresa no atinara a embocar la llave correcta. Viendo que era inevitable el encontronazo con Ricardo, Gregorio se detuvo, se dio la vuelta y alzó su mano.

—¡Para!

El hombre se detuvo un instante, dudando, a tres metros de Gregorio.

—Estás cometiendo un error, Ricardo. Deberíamos...

Una máquina pesada y grande cayó sobre Ricardo Linde y le aplastó. Era el compresor de un aparato de aire acondicionado, que dejó medio sepultado al sacerdote ya de por sí maltrecho. Bandicoot se quedó inmóvil y Teresa se tapó la boca horrorizada.

—¿Habéis visto? El tío, empezado y todo, corría más que nosotros enteros; eso es porque le empujaba la maldad absoluta —comentó Gregorio—. ¡Venga, vámonos! ¡Rápido!

—Pero ese hombre... —dijo ella.

—No te preocupes, ya te digo yo que no está muerto —afirmó él cogiéndola de la mano—. La Parca no puede con él. Lleva intentando llevárselo un montón de años y no hay manera. Ese tío es una especie de *Terminator*.

Corrieron de nuevo hacia la esquina, por la que aparecieron Mork y Plork con la furgoneta. Montaron en ella y abandonaron el barrio.

—¿Qué ha pasado? Os veo muy sofocados —observó Mork.

—Hemos tenido un pequeño encontronazo con el cura indestructible —explicó Gregorio.

13. Lucha sin cuartel.

La estampa de la Mansión Sánchez había cambiado desde la última vez que Gregorio la había visto. Se levantaba sombría y lívida a pesar de que la luz aún incidía en parte de la loma sobre la que se sostenía la casa principal y las dependencias aledañas. Los árboles que acompañaban el camino empedrado hasta la puerta principal habían perdido follaje, ofreciendo un aspecto más acorde con la estación otoñal. Una extraña neblina rodeaba y envolvía el complejo, filtrando los rayos de sol amarillos para convertirlos en un lánguido y tenue vislumbre, que pintaba la fachada con la pátina triste de la desdicha. Se encontraron con un frío seco al bajar del vehículo; no soplaba ni la más átona brisa y el campo guardaba un silencio luctuoso. Ya no ardía la tarde con el canto de la chicharra, ni bullía con el aleteo de las aves, y atrás quedó el agradable céfiro que acariciaba el resto de la montaña; el mundo parecía haberse detenido en aquel lugar.

Gregorio supo que el mal ganaba terreno ahí dentro, pero quiso creer que hasta ese día había sido una partida con dados trucados. Ahora se sabía con mejores fichas y llegaba el momento de usarlas; era la hora de plantar cara.

—Esto parece la casa del Conde Drácula —comentó Bandicoot impresionado.

—Ojalá lo fuera —respondió Gregorio.

Doña Virtudes salió a recibirles a las escaleras de entrada, arropadas ahora por arbustos febriles y secos.

—Don Gregorio, esperábamos su regreso como agua de mayo.

—Yo también ansiaba volver, doña Virtudes. He rezado por don Floren en la distancia —dijo cogiendo sus manos.

Observó un deterioro en el aspecto de la señora, venida a menos por el padecimiento de quien ve sumirse en la oscuridad a su compañero de vida. Gregorio no pudo por menos que empatizar con ella. Le conmovieron sus ojos hinchados y su aspecto de florecilla marchita, porque él había detectado, nada más conocerla, que era una mujer vigorosa y dura; una fuerza de la naturaleza. Su endeblez actual no era más que otra muestra del poder destructivo del Diablo. Tal vez doña Virtudes era una persona con moralidad ambigua, de las que rezaban en la iglesia por los niños pobres en la mañana y mandaba asesinar a un rival por la tarde; no obstante, a juicio de Gregorio, eso no le hacía desmerecer su ayuda. Para él todos éramos iguales en la lucha contra el verdadero mal, el que no podían juzgar ni condenar las leyes del hombre. No le mintió cuando dijo que había rezado por su marido ya que, en el silencio de la noche, lo hacía. Lejos del proceder —a veces desquiciado, a veces impulsivo— que movía sus hilos durante el día, las madrugadas le convertían en un hombre reflexivo y sosegado que recurría a su Dios para que le ayudara, ayudando a los demás. Rezaba por don Floren, por

Teresa, por Bandicoot, por los gemelos, por el trovador de la línea cinco del metro... Rezaba incluso por Ricardo.

—Le voy a presentar al resto de mi grupo —dijo girándose y extendiendo su mano—: Ella es sor Teresa, una reputada teóloga e historiadora y una ferviente guerrera de Dios.

—Encantada de conocerla, hermana —dijo la señora—. Siéntase como en su propia casa.

—Igualmente, doña Virtudes —respondió ella.

—Y éste de aquí... ¡Tú, niño, ven aquí! —gritó a Bandicoot, que andaba despistado hablando con Mork junto al coche y acudió a la llamada de Gregorio—. Este es el señor Bandicoot, un virtuoso informático que ha sido clave para conseguir las reliquias que usaremos a partir de hoy.

—No me he enterado de tu nombre, pero bienvenido también.

—Gracias, señora. Me gusta mucho su casa.

—Gracias, hijo.

Entraron en la casa y enseguida salió Gabriel a su encuentro quien, temiendo el enésimo equívoco de Gregorio, se anticipó para presentarse y saludar amablemente a los nuevos agregados. Informó de que la reliquia de Oviedo estaba en camino y ya había llegado el Santo Cáliz de Valencia, que aguardaba en la capilla como había dispuesto doña Virtudes. Gregorio invitó a descansar un rato a Mork, Plork y el informático, a quien llevaron a merendar a la cocina con su portátil bajo el brazo, y se dirigió con los demás a la pequeña iglesia que se anexaba a la parte posterior de la mansión.

Teresa llevaba la caja con el Santo Rostro y la abrió nada más llegar a la capilla. La Doña se santiguó al verlo y pidió tiempo para rezar ante él. Pusieron la urna transparente que lo contenía de pie sobre el altar, donde ya reposaba esplendoroso el Santo Grial, y la señora se arrodilló sobre un reclinatorio. Teresa la quiso acompañar en su rezo y Gregorio se apartó al fondo reclamado por Gabriel.

—Han llamado los Mendoza para agradecerle de nuevo su información sobre las bandas rivales. Los están aniquilando a base de bien.

—¡Hay que ver! —contestó Gregorio—. Necesita poco esa gentuza para liarse a tiros. Oye, al margen de ese tema, ¿qué es esa reunión en la que va, o más bien iba, a asistir don Floren con un grupo de empresarios de todo el mundo?

—Eso es el resultado de un proyecto en el que llevamos trabajando mucho tiempo. Don Florencio quiere formar una alianza internacional con las más influyentes compañías mercantiles del mundo y este encuentro estaba destinado a ser el punto de partida, la firma del acuerdo inicial. Quedan pocos días para el comienzo de la cumbre, pero hemos decidido no aplazarla, confiando en que don Florencio esté recuperado para entonces.

—Tengo bastantes dudas acerca de que eso pueda ser posible. Aun habiendo concluido el exorcismo para entonces, cosa que está por ver, lo normal es que el hombre quede extenuado y necesite de un tiempo de recuperación.

—¿Cuánto tiempo?

—Eso nadie puede saberlo. Por cierto, me consta que el señor es el mayor empresario de España pero ¿tanto poder tiene en el mundo como para comandar una coalición con semejantes gigantes? —preguntó extrañado Gregorio.

—Es que lo que sabe la prensa y la opinión pública acerca del señor Sánchez es sólo la punta del iceberg. Aparte de su grupo empresarial más célebre, el que cotiza en bolsa, tiene empresas en el sector de infraestructuras, en el armamentístico, textil, alimenticio... Y lo que es más importante: ha ido comprando durante estos últimos años importantes participaciones en cada una de las compañías que engrosarán el holding; las más poderosas del mundo.

—Me cago en el copón divino, que por cierto está ahí en el altar... ¿Y cómo es posible, si no es mucho preguntar?

—Sabrá usted ya, que es un hombre avispado, que no sólo somos la mayor organización criminal de España —Gabriel carraspeó un poco, debido a la incomodad que le producía hablar con Gregorio de ese tema, pero siguió—. También lo somos de Europa. Y no se puede usted imaginar la cantidad de dinero que dan estas actividades. Si encima se tiene un conglomerado de empresas donde blanquear ese dinero...

—Pues que le das sopas con ondas a las empresas legales —le terminó la frase Gregorio.

Aprovechó para echar un vistazo a su teléfono, que había puesto en silencio antes de entrar a la capilla, y vio que tenía dos llamadas perdidas de la sede del arzobispado de Madrid. Se disculpó con Gabriel y salió por la puerta trasera al exterior para llamar.

—Buenas tarde, arzobispo.

—Gregorio, cómo estás.

—Bien, intentando disfrutar de mi suspensión —respondió con inquina.

—Te llamo porque estoy muy preocupado, amigo mío. ¿Has visto lo que está pasando?

—¿Te refieres a la ola de incendios en Grecia?

—¡No, hombre! A ver, eso también me preocupa pero hablaba de los ataques que estamos recibiendo: diez sacerdotes desaparecidos en tres días y un sacristán muerto, el prelado territorial en paradero desconocido, el robo del Códice Áureo hace dos noches donde también falleció, por cierto, un fraile agustino, y el del Santo Rostro, el Santo Cáliz y el Santo Sudario esta misma mañana. ¡Es inaudito! Alguien quiere destruirnos.

—Bueno, desde luego es preocupante y ahora que lo dices, yo he vivido en mis propias carnes el robo en Jaén.

—¿Cómo? ¿Qué hacías tú allí? —preguntó asombrado el arzobispo.

—Pues como te decía antes, aprovechando que estoy suspendido de empleo, viajé hasta Jaén para llevar a una hermana, sor Teresa Vilches, que tú conoces...

—Por supuesto, gran teóloga.

—Exacto. Resulta que como no tiene coche la he llevado a la Catedral de la Asunción para que completara unos estudios de no sé qué y, estando allí, nos ha pillado el follón.

—Madre mía, ha debido de ser terrible.

—No lo sabes tú bien; nos hemos escapado por los pelos.

—¿Pero seguís allí?

—No, hemos vuelto. Entre el calor y los terroristas, allí no había quien parara. Pero estamos sanos y salvos.

—Gracias a Dios —dijo aliviado don Manuel.

—¿Y me dices que también ha desaparecido el prelado Mortadelo?

—Sí, el prelado Jorge Molina.

—Vaya por dios, espero que esté bien. Rogaré por él.

—No esperaba menos, Gregorio. En fin, volviendo al hilo de lo que te contaba: que todo esto ha puesto en peligro hasta la visita del Santo Padre que, como sabrás, empieza dentro de tres días.

—No creo que el Papa que tú y yo conocemos se deje amilanar por estos acontecimientos —dijo Gregorio tratando de tranquilizarlo.

—Es cierto que él no va a dudar en venir, pero otra cosa es que le dejen.

—¡No te preocupes tanto, Manolo, que al final verás cómo se hace lo que sus huevos digan! Con perdón…

—Dios te oiga, amigo. Dios te oiga. Cuídate mucho y procura no moverte por sitios extraños. No quiero que seas el próximo.

—Igualmente, arzobispo. Esperemos que todo esto pase pronto.

Gregorio se sintió mal por mentir a su amigo, pero no tenía más remedio que hacerlo. El arzobispo nunca aprobaría ni comprendería lo que estaba llevando a cabo ni, por supuesto, los medios que estaba usando. Entró de nuevo a la capilla y esperó a que las dos mujeres terminaran de rezar.

—¿Me decís que puedo beberme todas las latas de Monster que quiera y sin pagar? —comentaba entusiasmado Bandicoot, abriendo una.

—Sí, pero a ver si te vas a poner malo —le dijo Mork.

—No te preocupes. Una vez me bebí catorce latas de Monster y me comí seis bolsas de Doritos en una competición de «LoL», un videojuego de rol.

—De verdad, pajizo, es un milagro que sigas vivo —le dijo Plork.

Había logrado el muchacho, en poco tiempo, una notable popularidad entre los soldados que pululaban por la cocina, porque repartió unos códigos para hacer pedidos a mitad de precio en una plataforma online de ventas y usó su ordenador para dar de alta a quien quisiera, fraudulentamente, en una web exclusiva de contenido pornográfico. Era aquello un hervidero de secuaces concupiscentes que esperaban su turno para obtener su acceso a la página y su código para comprar más barato y procuraban que al muchacho no le faltara de nada. Al rato entró un mandado por Gregorio para que Mork y Plork llevaran al museo a Bandicoot para acompañar a Teresa y le esperaran en la puerta.

—Oye, tengo una duda muy grande —dijo Bandicoot a los dos hermanos que caminaban junto a él—. ¿Dónde está el marido de Teresa?

Ambos se miraron y Plork le contestó:

—En el cielo.

—¡No me jodas! ¿Está muerto?

—¿De verdad eres así de tonto o te lo haces? ¿Cómo puede ser que tengas tanto cerebro para la informática y tan poco para la vida? —le recriminó.

Bandicoot lo miró con cara de incomprensión y Plork volvió a hablar:

—¡Que es monja, cenutrio!

—¡Qué me dices! Pero quién lo iba a imaginar. Además don Gregorio y ella misma me dijeron que estaba casada.

—Pues claro, tío, con Dios, como todas las monjas. Anda y tira para adentro —le ordenó Mork, ya a las puertas del museo armamentístico.

—Aquí la tienes —dijo Gregorio mostrando la espada a Teresa.

—Impone verla sabiendo lo que sabemos —contestó mirándola con atención.

—¡Hala, el hacha esta es una pasada! —exclamó Bandicoot poniendo sus manazas sobre una cristalera del museo.

—¡No toque, por favor! —le reprendió Gabriel.

—¡Eso, no toques, so melón! —dijo Gregorio haciendo lo propio.

—Como les decía, aquí podrán ustedes trabajar tranquilos. Allí tienen varias mesas con flexos y tomas de corriente. En las estanterías del fondo hay libros especializados y para cualquier cosa que necesiten no tienen más que pedirlo, pero sí les rogaría —añadió Gabriel mirando a Bandicoot de reojo—, que procuraran no tocar los elementos expuestos en las vitrinas.

—No se preocupe, don Gabriel, que ya lo controlo yo —dijo Teresa.

Gregorio intercambió algunas palabras más con Teresa antes de partir a preparar la sesión de exorcismo que prometía ser devastadora para el Diablo. Reiteró el celo con el que habría de manipularse la espada; Teresa afirmó condescendiente. Insistió en recordar el peligro de acercarse a las dependencias de don Floren; Teresa afirmó condescendiente. Cuando quiso volver a recordar ciertas precauciones, ella le frenó y le preguntó:

—¿Por qué estás tan pelmazo, Goyete?

—Porque nunca quise que vinierais a la boca del lobo y no me quedo tranquilo dejándoos aquí.

—El que tiene que tener cuidado eres tú. Nosotros estaremos bien, te lo garantizo. Yo me voy a poner con el pergamino de Juan Bechao y el nene se va a sentar ahí ahora mismo a seguir con sus números, ¿¡a que sí!?

—¿Qué?

—No temas por nosotros y cuídate tú, Goyete.

Gregorio abandonó el museo, hecho un mar de dudas, y se dirigió a la capilla, en cuya entrada le esperaban Mork y Plork para ayudarle a llevar las reliquias. Pasaron por la cocina para coger una botella de vino y se fueron a la puerta de las dependencias. Plork le informó de que el Santo Sudario llegaría en media hora, pero Gregorio decidió empezar sin él.

—Padre —le dijo un soldado que esperaba su llegada—, ya conocemos también el paradero del superintendente Vicente; por fin nos lo ha confesado el prelado. ¿Qué hacemos?

—De momento nada —le indicó Gregorio—. Más adelante nos ocuparemos de investigar cuánto sabe de la señorita Ofelia, pero ahora mismo me tengo que centrar en lo mío. Que no le falte de nada al prelado, ¿entendido?

—Como usted ordene.

Gregorio colocó la urna que contenía el Santo Rostro con sumo cuidado sobre un mueble, junto a su maletín y el cáliz sagrado. La abrió con delicadeza y extrajo el paño cogiéndolo de las esquinas superiores con dos dedos de cada mano, alzándolo delante de su cara y mirándolo con devoción: «Ayúdanos, cordero de Dios», susurró.

—¿Eso es lo que yo creo? —dijo uno de los sacerdotes que rezaban en la puerta, haciendo que el otro también mirara hacia la posición de Gregorio.

—Si lo que crees es que es el verdadero rostro de Dios y la copa de la última cena, estás en lo cierto —dijo metiéndolo en su maletín.

Los dos curas se acercaron a Gregorio. Uno era alto y barrigudo, sudaba profusamente y tenía unas grandes bolsas debajo de los ojos; el otro era un hombre pequeño de marcadas facciones sudamericanas y una mata de pelo negro lamido hacia un lado. Se plantaron ante él y le hablaron con desesperación y rabia:

—¡Esto tiene que parar ya! Nos ha secuestrado un grupo criminal y nos retienen aquí como a esclavos, obligándonos a rezar durante casi todo el día. ¡Y todo por orden tuya, loco, que eres un loco!

—Muy bien —contestó Gregorio—. ¿Y tú, tienes algo que decir? —le preguntó al otro.

—Aparte de lo mismo que te ha dicho él, que sepas que vas a pagar por esto. Nos vamos a encargar de que acabes excomulgado y en la cárcel.

—¿Alguna cosa más que añadir? —dijo Gregorio mirándolos a ambos.

—Sí. ¿Dónde están los sacerdotes que faltan? Los que no han vuelto.

—Supongo que ya habéis terminado de quejaros y de preguntar. Ahora yo os voy a decir cómo está la cosa: No estáis aquí por casualidad; sé quiénes sois y que se os dio refugio en cómodas parroquias de pueblos tranquilos de Madrid, donde os las prometíais muy felices. Pues siento deciros que eso ya se acabó. Si me place, en unos minutos puedo relatar vuestros pecados a esos hombres que portan subfusiles y que os juzguen ellos. Intuyo que no serían nada benevolentes; es un pálpito que tengo yo. «¿Y cómo habría de saber este cura loco de los cojones nuestros pecados?», os preguntaréis, pedazo de infames y abyectos trozos de escoria, vergüenza de la Iglesia que amo —dijo Gregorio enervándose y alzando la voz—. Pues muy sencillo: porque ahora, cuando os confiese, me los contaréis. Y no mentiréis, ¿sabéis por qué? Porque si lo hacéis, si entráis ahí conmigo habiendo mentido a un sacerdote en el sacramento de la confesión, el demonio que aguarda detrás de esa pared os despedazará sin piedad. Así que elegid mentirme y morir o decirme la verdad y rezar porque no rompa el secreto de confesión contando vuestras miserias a esos hombres de gatillo fácil. Sería muy grave para mí hacer tal cosa, pero me lo pasaría bien aunque sólo fuera por las risas.

Los dos sacerdotes palidecieron y enmudecieron al unísono. Él se los llevó uno por uno a un lejano rincón del corredor y los confesó. Uno de ellos volvió llorando. Plork y Mork se encargaron de rellenar el fumigador, traer botellas de agua y una maroma gruesa que les pidió Gregorio. Gregorio bendijo las aguas, comprobó y se aseguró del buen llenado de sus frascos, se atavió con la guisa habitual para la tarea, se puso su sombrero, palpó la carta que llevaba doblada junto a su pecho y respiró con la cabeza gacha y los ojos cerrados. Sentía el vértigo del deseo cumplido, como quien afronta una cita con su amor platónico. Disponía de las poderosas armas que él, exactamente, había pedido y ya no tenía excusa para fallar. Estaba nervioso e inquieto; sentía dudas y él sabía mejor que cualquiera que las dudas no son buenas compañeras de cama cuando se afronta la lid contra el adversario de Dios. También sentía que amar a gente cercana, y temer por ellos, le debilitaba.

Uno de los sacerdotes cogió el Santo Cáliz y lo observaba cuando Gregorio regresó de su landa de sentimientos y le increpó:

—Suelta eso. No te mereces tocarlo —dijo con una agrura seca y tajante—. Plork, cógelo tú.

Asió su maletín ya cerrado y congregó a los que iban a ser sus cuatro soldados:

—Vamos a hacer lo habitual, rezar y conminar al Demonio a que abandone el cuerpo de don Floren, con una excepción: vamos a celebrar una eucaristía y le vamos a hacer beber la sangre de Cristo del propio Santo Cáliz. ¿Has abierto la botella de vino? —le preguntó a Mork. Él afirmó—. Esta puede ser una tarea difícil y peligrosa, así que no quiero dudas ni descuidos. Al margen de esto, usaremos el agua bendita y el Santo Rostro para someterlo. Coged una botella de agua y vamos dentro.

La tempestad se cernió veloz sobre el caserón de la montaña; sus truenos se oyeron lejanos, paliado su estrépito por los muros del sótano que hacía las veces de museo; no así su tremor, que soliviantó la estructura e hizo batir en sonsonete los aceros de la sala. No pareció inmutar aquella circunstancia a quienes moraban en el subsuelo. Teresa resoplaba con hastío al verse incapaz de hallar sentido alguno a los símbolos impresos en el pacto. Miraba aquellas grafías quebradas, cercenadas y dispersas, a las que la sangre seca les daba ese peculiar tono granate que perduraba intacto a través de los siglos, y las comparaba con lenguas muertas, retazos de grabados escritos en la Edad Antigua e idiomas remotos, pero nada parecía asemejarse a la extraña escritura. Bandicoot, por su parte, clavaba su vista en la pantalla del portátil al que hacía volar con sus rápidos dedos, rascándose de vez en cuando la cabeza y dando sorbos a su segunda lata de Monster. Teresa se levantó de su escritorio con el pergamino en la mano y fue al poyete donde reposaba la espada templaria. Lo dejo caer sobre la superficie marmolada y sostuvo la espada sin levantarla, girándola hacia ella para leer una vez más la inscripción forjada en su acanaladura. Un súbito descubrimiento erizó su piel y le cortó la respiración. El grito del chico en el mismo momento incidió en la estancia y en su estupor como un cuchillo en la mantequilla:

—¡Teresa, tienes que ver esto!

—Y tú... tú tienes que ver... quiero que vengas y mires aquí —dijo con la voz agitada.

Bandicoot se levantó cogiendo el ordenador y se lo mostró a Teresa, poniéndose frente a ella cuando llegó al poyete donde sujetaba la espada. Ella lo observó y le miró sin decir nada; su cara era un poema de terror. «Observa tú aquí», dijo tras unos segundos. Él rodeó el atril y se colocó tras Teresa, mirando lo que sus ojos miraban en ese momento: el pacto de Juan Bechao reflejado en la hoja de su espada.

—Hay que avisar a Gregorio y tiene que ser ya.

Bandicoot intentó tragar saliva; su boca estaba seca y su lengua entumecida.

—Pero ahora don Gregorio está con Él.

—Por eso mismo —afirmó ella asustada.

—Él insiste mucho en que no se puede entrar mientras...

—Escúchame: es peligroso, ya lo sé, pero si no hacemos nada no saldrá nadie de allí con vida.

—Nunca he sido partidario de atar a los poseídos; no en vano he sido un firme detractor de tal práctica, pero dados los antecedentes y la violencia del tratamiento al que lo vamos a someter, vamos a amarrar a don Florencio. Parece que está calmado, así que nada más entrar, le vamos a atar pies y manos a los barrotes de la cama. Nosotros la parte de arriba y vosotros —dijo a los sacerdotes indicándoles que cogieran un tramo de cuerda— la de abajo.

Entraron desde el despacho hasta el dormitorio donde, efectivamente, don Floren yacía, perturbado y dócil, en aquel estado de extravío que le hacía gorjear como un demente. El ambiente estaba aún más frío que de costumbre y una fina capa, húmeda y repugnante, cubría de un limo verdoso cada superficie de la estancia, destacando el cardenillo que bañaba los objetos de metal. Se acercaron en silencio y ataron las muñecas y los tobillos de don Floren, sin que él opusiera resistencia, a la pesada cama de forja, colocando unos cojines en su espalda para dejarlo levemente incorporado. Gregorio improvisó un altar usando un mueble, con la ayuda de los sacerdotes, mientras Mork hacía su habitual batida rociando agua bendita con el fumigador.

—Aquí está, don Gregorio —avisó Plork al ver la figura del sacerdote que no pudo escapar en el vídeo-exorcismo, inerte y boca abajo en un rincón.

—Pues ya tenéis una respuesta parcial a una de las preguntas que me hicisteis fuera —comentó Gregorio a sus dos asistentes, que le ayudaban a extender una colcha gofrada en plata sobre el mueble.

Ellos se miraron aterrados y Gregorio colocó sobre el altar el Santo Cáliz, su biblia, la botella de vino, a la que dio un trago, y su maletín, que abrió cuidadosamente. Invitó a los sacerdotes a que dejaran en los extremos las botellas de agua que sostenían y abrieran sus biblias. «Comencemos», dijo señalando la puerta para que Mork y Plork tomaran posiciones junto a ella y situando un cura a cada lado de él. Comenzó a oficiar la misa, animando a los gemelos a que participaran de ella repitiendo los salmos. Eran cuatro voces las que hacían eco a sus palabras y una la que blasfemaba, repentinamente animada por el sacramento que aborrecía. Gregorio llegó a la anámnesis eucarística, momento en el que ofrecería al Padre la sangre del Señor, y alzando su copa dijo:

—Tomad y bebed todos de él, porque éste es el cáliz de mi sangre, sangre de la alianza nueva y eterna, que será derramada por vosotros y por todos los hombres para el perdón de los pecados. Haced esto en conmemoración mía.

—¿Él derramó su sangre por vosotros? —dijo don Floren con la voz recia del demonio que habitaba en él—. Pues yo derramaré vuestra sangre por él.

En ese momento comenzó un toma y daca verbal en el que la criatura intentaba minar la moral de Gregorio y él procuraba seguir con su liturgia sin dejarse amedrentar.

—Por Cristo con él y en él...

—Voy a derramar la sangre de los inocentes...

—...a ti, Dios Padre omnipotente...

—Millones morirán pero a ti te dejaré vivo...

—...en la unidad del Espíritu Santo...

—Voy a matar a Teresa y al muchacho delante de ti...

—...todo honor y toda gloria...

—Los voy a condenar al mismo agujero donde condené a la otra, Goyete.

—...por los siglos de los siglos —concluyó Gregorio.

—Amén —dijeron los sacerdotes.

—Amén —repitieron los hermanos.

Gregorio bajó la copa y se acercó con ella a la cama, desde donde la miraba su adversario con el frenesí de sus ojos aumentando y una mueca horrible deformando su rostro.

—Ahora te hablo a ti, Florencio Sánchez; sé que estás ahí. Debes luchar, debes prevalecer, debes escuchar mis palabras —dijo Gregorio recibiendo una terrible avalancha de insultos y gritos—. Voy a darte la sangre de Cristo de la misma copa en la que bebió el propio Jesús. Voy a darte el poder para expulsar al demonio de tu cuerpo. Tu cuerpo te pertenece a ti y a Dios; no dejes que la oscuridad se apodere de tu alma, porque Dios te ama y su rival te odia.

Gregorio acercó el cáliz a la cara de don Floren pero éste comenzó a convulsionar salvajemente y a sacudir el mismo lecho en el que se retorcía que, por momentos, parecía despegar sus patas del suelo. Pidió ayuda a los sacerdotes: «¡Sujetadle la cabeza!». Con los dos hombres agazapados sobre el poseído, agarrándolo con todas sus fuerzas, Gregorio pudo acercar la copa a su boca y verter parte de su contenido en ella, frenando en seco su enajenación y mutando su rostro a uno más humano, más semejante al Florencio Sánchez original. Todos lo soltaron y se quedaron a la expectativa, mirando cómo sus ojos, que ahora señalaban el techo, dejaban de brillar terribles y adoptaban la pupila humana del Padrino. Tenía la boca abierta, la cabeza enhiesta y el semblante de un mártir. Gregorio le observaba con el corazón acelerado; algo estaba cambiando en él y era, indudablemente, para bien. Don Floren bajó la cabeza y comenzó a moverla con lentitud, observando a uno y otro sacerdote y, por fin, a Gregorio:

«¿Quién es usted? ¿Dónde está mi mujer? ¡Virtudes, Virtudes!».

—No se preocupe, don Floren, está bien; ahora la llamo.
—¿Por qué… por qué estoy atado? —preguntó confuso.
—¿No recuerda nada?
—No sé… tengo vagas imágenes en mi cabeza… Nubes negras, fuego… ¡He matado a gente con mis propias manos!
—No ha sido usted; al menos estos últimos. Dígame qué siente.
—Siento paz… y también tengo miedo.

Los dos sacerdotes comenzaron a santiguarse y unas lágrimas saladas afloraron de sus ojos. Mork y Plork se acercaron un poco a la cama para presenciar el milagro.

—No tenga miedo, don Florencio, y haga un esfuerzo. ¿Sabe dónde está esa cosa? ¿Lo sigue notando dentro?
—Ya no me habla —dijo el hombre—. Me hablaba y me torturaba, me movía los brazos, movía mi boca… Pero ya no está, se ha ido.

Gregorio se retiró de él y se puso en pie, mirando pensativo al altar o, más bien, a la nada que lo atravesaba.

—¿Lo desatamos, don Gregorio? —dijo el sacerdote más alto que seguía, junto con el otro, arrodillado junto a don Floren, intentando reconfortarlo apoyando la mano en su hombro.

—No, no lo soltéis.
—¿Pero por qué? —preguntó.

Gregorio se giró para dar las explicaciones, a tiempo para presenciar cómo don Floren vomitaba con un caudal desmedido y una fuerza irreal sobre la cara del sacerdote.

Gregorio acudió a la ayuda del otro, el más pequeño, y tiró de él, cayendo ambos al suelo. El vómito, rojo y humeante, parecía no tener fin y cuando por fin cesó vieron la cara del hombre descompuesta y corroída y los huesos de su cara asomando entre trozos de carne desprendida. Sus ojos se descolgaron de las cuencas y cayeron entre vísceras, dejando un horrible rastro en su ropa. El padre Matías, párroco de Villalcuervo y sospechoso de pederastia, cayó de espaldas fuera de la cama, muerto y destrozado. La luz que aún entraba por la ventana disminuyó radicalmente; unos negros nubarrones encapotaron el cielo y un trueno retumbó iluminando con su relámpago, fugazmente, la cara de don Floren que parecía la del propio Satanás.

—¡Ay, Dios mío! —dijo el padre José, santiguándose y haciendo el amago de salir corriendo.

—Por experiencia te digo que no es buena idea —le dijo Gregorio adivinando sus intenciones.

Él estaba bloqueado; miraba al poseído que ahora reía estrepitosamente, miraba al pequeño cura, miraba a Mork y a Plork y miraba su maletín sobre el altar. Al fin reaccionó impetuoso y comenzó a gritar:

—¡Yo te maldigo, Azazel! ¡Yo te maldigo por encima de todas las cosas! ¡Te voy a someter y te voy a expulsar! —dijo sacando de su maletín el paño con el Santo Rostro impreso y volviendo a la cama—. ¡Mira la cara de tu verdadero Dios; es él quien te lo ordena, es él quien te doblega! ¡¡Míralo!!

Gregorio se puso a horcajadas sobre el hombre y estiró el lienzo ante su cara:

—¡*Crux sancta sit mihi lux. Non draco sit mihi dux. Vade retro Satana, Vade retro Satana*!

Don Floren retiró su cabeza hacia atrás y miró la imagen con terror. Gregorio la fue aproximando a su cara, acorralándolo contra el cabecero, mientras repetía fórmulas en latín. El Padrino parecía arrinconado y débil pero, en un brusco movimiento de cuello, lanzó una dentellada con la que atrapó el paño y comenzó a absorberlo. Gregorio entró en cólera y comenzó a gritar enajenado: «¡Suéltalo, me cago en tus muertos!», mientras intentaba abrirle la boca.

—¡Venid, echadme una mano! —pidió a los gemelos

Gregorio se incorporó sobre la cama y puso un pie en la barbilla de don Floren, intentando hacer presión para que abriera la boca.

—¡Sujetadle la cara! —les decía a los gemelos mientras propinaba pisotones bajo la boca del poseído, sin conseguir que don Floren dejara de hacer presa.

—¡Hay que hacer palanca con algo! ¡Tú —dijo a José—, trae ese hierro!

El cura cogió un atizador que había junto a una señorial pero extinta chimenea y se lo dio a Gregorio, que introdujo su extremo con violencia en la boca de don Floren a la voz de «¡No te comas al Señor, coño!» y pidió a Mork que usara su fuerza para hacer palanca. Poco a poco consiguieron, con sumo esfuerzo, que sus fauces se abrieran y Gregorio pudiera meter la mano para agarrar una esquina del paño y tirar de él, sacándolo muy deteriorado y cubierto de una espesa baba verdosa. Lo soltaron y Gregorio lo miró con desconsuelo. Pareció volverse loco:

—¡Plork, pégale un tiro en la cabeza!

—Pero, don Gregorio...

—¡No, dame la pistola, que se lo pego yo!

Plork dudó, pero sacó su arma y se la ofreció, si bien Gregorio pareció recapacitar.

—No, déjalo. De todos modos no serviría de nada.

La tormenta arreciaba fuera y los truenos eran cada vez más frecuentes e intensos. Gregorio limpió lo que quedaba del Santo Rostro con un pañuelo de papel y lo guardó de nuevo en su maletín.

—¿Por qué no te rindes ya, Goyo? —bramó el demonio.

—Nunca —respondió—. Y deja de llamarme así.

—Lo haré cuando tú dejes de llamarme Azazel.

—¿Y cuál, sino ese, es tu nombre? ¿Te fastidia que lo haya averiguado?

—No, me fastidia que aún no lo sepas.

—¿Saber qué? —preguntó Gregorio.

—Mi auténtico nombre. Tu chica y tu muchacho lo acaban de descubrir y tú sigues aquí, sumido en tu estúpida ignorancia; esa ignorancia que la mató a ella.

—¿De qué estás hablando, Azazel?

—¡¡No me llames así. Azazel no es más que un súbdito!!

Las gruesas maromas que sujetaban sus pies y manos se desataron solas, dejándolo libre. Se incorporó abriendo los brazos y comenzó a girar su cuerpo hasta quedar boca abajo, formando una enorme cruz invertida que flotaba en el aire:

«*¡Proditionis filius sum, angelus caducus. Ira dei ego sum, ego sum Draco. Lucifer nomen meum, et populos terrae* *subjiciam cum exercitu principum meorum. EGO, LUCIFER, DEO ET ECCLESIAE MALEDICO. VENIT HORA BESTIAE!»*.

La imagen era espantosa. El ambiente se enrareció aún más, el frío calaba hasta los huesos y un intenso olor a azufre invadió la estancia. Fuera centelleaban relámpagos entre el jarreo incesante y hacían refulgir su silueta infernal, que plasmaba una sombra ambigua y oscura sobre el fondo de la habitación. Aquel ser réprobo y poderoso hablaba desde cada rincón y dentro de la propia cabeza de los turbados testigos. Gregorio quedó tan impactado que apenas pudo prevenir que las dos maromas de esparto regresaban a sus manos. Lucifer arrojó cada una de ellas, como enormes serpientes, al cuello de los dos hermanos gemelos, quedando sometidos a la asfixia. De las sombras emergió el padre Félix, resucitado de entre los muertos, y se abalanzó sobre José, comenzando a morder su garganta. Gregorio corrió hacia Plork e intentó soltar la soga que le oprimía, pero comprobó que estaba demasiado prieta y no era capaz de deshacer la terrible lazada. El Diablo ya las había soltado, pero las cuerdas parecían tener vida propia y más fuerza de la que un humano sería capaz de reunir. Vio cómo su cara y la de su hermano se amorataban y los dos hombres caían de rodillas al suelo. Buscó en su cintura y sacó la pistola de Plork. Apuntó al engendro que atacaba al sacerdote, subido sobre sus hombros y desgarrando su cuello, y abrió fuego, disparando seis veces con la mala suerte, o poca pericia, de acribillar a ambos, cayendo atacante y atacado al suelo. Se plantó con el arma delante de Lucifer. Este volvió a girar, poniéndose cabeza arriba, y bajó uno de los brazos señalando con el otro:

—Contempla, Gregorio, cómo mueren. Esto sólo es el principio del fin.

Teresa y Bandicoot llegaron corriendo a la puerta de las dependencias de don Floren. Varios soldados permanecían inquietos y aterrorizados en las inmediaciones. Andaban y fumaban sin hablar entre ellos.

—¡Tenemos que pasar! —Exclamó Teresa.

—Imposible —dijo uno de ellos—. Tenemos orden expresa de no abrir esta puerta bajo ninguna circunstancia. Pase lo que pase y oigamos lo que oigamos.

—Bueno, si pasan le pueden dar esto —apuntó otro, mostrando una bolsa de supermercado con una tela dentro.

—¡Que no van a pasar! —le recriminó su compañero.

—Espera, ¿qué es? —preguntó Teresa mirando su contenido—. ¿Habéis metido el Santo Sudario en una bolsa del Mercadona?

—Mejor ahí que en la mano —se excusó.

Teresa sacó con cuidado el gran paño de lino alojado dentro de la bolsa y se dirigió a la puerta:

—Y ahora déjanos pasar.

—No puedo, señora. Y no insista porque tengo órdenes muy concretas.

Ella intentó forcejear con él, pero la superioridad física del hombre le hizo imposible alcanzar la puerta.

—¿No comprendes que están en peligro? ¿Que si no pasamos van a morir?

Desde dentro se escucharon disparos.

—Otra vez —dijo uno de los guardianes.

—Déjame pasar, por favor —rogó Teresa.

El soldado negó con la cabeza componiendo un gesto de desaprobación.

—Pues nada —intervino Bandicoot—. A ver cómo le explicáis a Padre Tormenta, que os aseguro que sobrevivirá, que habéis desobedecido a su novia.

—¿Su...? —titubeó el hombre.

—Sí, su novia, su consejera y su mejor amiga —apostilló Teresa—. ¡Quita de una vez!

El hombre se apartó atemorizado y Teresa abrió la puerta del despacho.

Gregorio apuntaba con su arma a lo que una vez había sido don Floren y volvió a disparar. Fue hacia Mork, que se debatía entre la vida y la muerte, y cogió también su pistola, descerrajando el cargador entero sobre el Diablo. Las balas no parecían tocarle y un mar de casquillos tintineaba junto a sus pies. Se abalanzó sobre él y comenzó a sacudirlo gritándole: «¡Suéltalos, maldito, suéltalos!», cuando una voz clamó a su espalda:

—¡Apártate, Goyo!

Miró hacia atrás y vio cómo avanzaba Teresa con el Santo Sudario, que tremolaba en sus manos. Se hizo a un lado y ella arrojó la reliquia a la cara a Lucifer, que cayó sobre su propia espalda, con el paño cubriendo esta y parte de su pecho. Las cuerdas aflojaron y los dos hombres cayeron exhaustos al suelo, tosiendo y carraspeando. Bandicoot le ayudó a quitarse la cuerda a Mork y entre Teresa y Gregorio hicieron lo propio con Plork. Les ayudaron a levantarse y tomaron rumbo a la salida, mientras don Floren se retorcía bajo el Santo Sudario sin poder desprenderlo de su cara. Un extraño humo emanaba bajo la tela, como si su rostro se estuviera quemando.

—Esperad —dijo Gregorio—. ¿Os veis con fuerzas? —preguntó a Mork y a Plork, que luchaban por recuperar el resuello. Ellos asintieron.

Les pidió arrastrar dos de los cuerpos hacia afuera y Gregorio cogió el otro con la ayuda de Bandicoot. Teresa recogió el maletín, el cáliz y una de las pistolas, que estaba tirada en el suelo, y todos salieron mientras Lucifer seguía atrapado bajo la tela que un día había servido de mortaja a Jesucristo.

—Joder, qué asco, don Gregorio —se quejaba Bandicoot al ver la cara deforme y ausente del cura que arrastraban.

Salieron al corredor con la carga de cadáveres y abandonaron las dependencias como quien deja atrás un campo de batalla. Gregorio entró otra vez y dijo a Teresa, que quería impedírselo, que confiara en él: «Va a ser un minuto». Pasó al dormitorio, en cuya cama reposaba don Floren extenuado, con el Santo Sudario tirado en un lado. Cogió la tela y salió de nuevo al corredor. Teresa abrazaba a Mork y algunos soldados reconfortaban a Plork, que tenía un tremendo verdugón rojo en el cuello, ofreciéndole un trago de una petaca; otros se ocupaban de Bandicoot, afectado por una lipotimia, que se desparramaba sobre un banco de madera con un corrimiento al amarillo en su, ya de por sí, pálido rostro.

—Traedle una lata de Monster. Es como las espinacas para Popeye —indicó Gregorio.

Ordenó retirar los cadáveres y llamar a dos sacerdotes para sellar la puerta con oración y con el Santo Sudario que él encajó en la parte de arriba, dejándolo descolgarse en la mitad superior. Tras ver la situación provisionalmente salvada, pidió a su grupo que le acompañara lejos de allí. Teresa sugirió volver al museo y por el camino le habló a Gregorio:

—Hemos descubierto algo terrible, Goyo. Por eso hemos acudido en vuestra ayuda.

—Gracias a Dios que lo habéis hecho. Qué haría yo sin ti —dijo con los ojos vidriosos.

—Pues hemos averiguado que…

—¿Que es el propio Lucifer quien posee a don Floren? —interrumpió Gregorio con resignación.

—No sólo eso, Goyete. Es muchísimo peor.

14. Los príncipes

—¿Están todos en sus posiciones? —preguntó el comisario Vallejo al sargento que se acercó a su ventanilla.

—Sí, señor. Todo dispuesto.

—Pues vamos.

Bajó del coche y se dirigió a la puerta de la discoteca, reuniéndose por el camino con el propio sargento y varios agentes de policía. Todos llevaban el uniforme de intervención de la Policía Nacional, con sus compactos chalecos antibalas, menos Francisco Vallejo que lucía su inmaculado y elegante traje habitual. Eran las diez de la noche y el local aún no estaba abierto al público, pero ya guardaban la puerta dos hercúleos vigilantes.

—Buenas noches, señores. Les preguntaría si están Gisela y José Mendoza, pero como ya sé la respuesta, me lo ahorraré. Tampoco les voy a pedir pasar porque voy a pasar —dijo el comisario.

—Pues lo siento, pero sin orden judicial no le puedo permitir el paso —respondió uno de ellos, que tenía una gran cabeza redonda y rapada y una pequeña perilla.

—Abre la boca, bola de billar —le dijo el comisario.

—¿Qué?

—Lo que has oído, ¡que abras la puta boca!

El hombre abrió la boca y Vallejo sacó de su chaqueta un papel enrollado y se lo metió al vigilante en la boca.

—¡Vamos para adentro! —ordenó a sus hombres—. Y al que se está comiendo la orden, lo detienen como sospechoso de ser imbécil y de intentar destruir un papel oficial.

El otro portero les abrió la puerta y entró el comisario seguido de sus agentes. Había dispuesto un operativo rodeando el complejo formado por la discoteca y las dos naves industriales anexas a ella, para que nadie pudiera entrar ni salir de la zona. Anduvo por la ancha pasarela que conducía a la parte trasera de la sala de fiestas, ahora vacía, donde se ubicaba el despacho acristalado de los jefes. Al llegar a la altura de la puerta protegida por un panel electrónico, un hombre que recibía instrucciones por un auricular les abrió sin poner objeción alguna. Vallejo subió la corta escalera hasta entrar en la sala elevada, donde esperaban los hermanos Mendoza.

—Buenas noches, comisario —dijo Gisela.

—¿Qué le trae por aquí, señor Vallejo? —preguntó José.

—Buenas noches. Vengo a charlar amistosamente con ustedes. Si no les importa, me sentaré.

—Por supuesto, tome asiento; ustedes también si les place —dijo Gisela a los agentes. Ellos rehusaron la oferta.

—¿Le apetece tomar algo?

—No, gracias. Iré al grano —respondió el comisario—: ¿Quién es Padre Tormenta?

—Ay, no tengo ni idea, comisario. ¿Y tú, José?

—Es la primera vez que oigo ese nombre.

—Mirad, vamos a dejarnos de gilipolleces; sé que lo sabéis. También sé que él ordenó los ataques contra las otras bandas en la Costa del Sol, así que acabaremos antes si habláis.

—Por lo que se ve, usted sabe más que nosotros —dijo Gisela—. Así que no sé por qué nos pregunta.

Vallejo intentó calmarse y llevar la conversación por otros derroteros.

—Yo es que hay algo que no entiendo. La irrupción en la ecuación de un elemento tan determinante no me cuadra nada. Veréis, antes teníamos un equilibrio: Vosotros hacíais vuestras fechorías y nosotros deteníamos a varios miembros la banda y los interrogábamos. Alguno cantaba, porque siempre lo hace alguien, y eso nos permitía incautar algún alijo y detener a un miembro de relativa importancia; vosotros liquidabais al soplón en la cárcel y seguíais con vuestras actividades de mierda. Punto. Así funcionaba la cosa. Pero ahora se ha roto ese equilibrio; ya no cantan los detenidos, por miedo a Padre Tormenta y a nosotros nos cuesta más hacer nuestra parte. Y pensaréis: «oye, pues eso es bueno para nosotros»; pues ya os digo yo que no. Es muy, pero que muy, jodido para vosotros, porque os voy a hacer la vida imposible si no colaboráis. ¿Estamos?

—Pues ojalá le pudiéramos ayudar, señor Vallejo, pero no poseemos la información que usted demanda. Si nos enteramos de algo prometemos ponernos en contacto con usted —arguyó José.

—Perfecto entonces. Vosotros lo habéis querido —dijo el comisario poniéndose en pie de mal humor.

—Queda clausurada esta sala y los almacenes colindantes hasta nuevo aviso.

—¡Sabe usted que no puede hacer eso! —protestó Gisela levantándose también.

—¿Que no puedo? Dame los papeles —pidió al sargento—. Esto de aquí es un informe del Ministerio de Sanidad, con fecha de hoy mismo, con los resultados de un estudio que demuestra que hay una plaga de cucarachas y termitas en el edificio que supone un riesgo para la salud pública. Debe ser clausurado para la fumigación que, por cierto, pagarán ustedes. Este otro informe es del Ministerio de Urbanismo, que detalla unos fallos estructurales en los pilares de carga de toda la propiedad, que deben ser revisados con minuciosidad antes de poder abrir al público de nuevo. Aquí les dejo una copia. Y ahora, por favor —dijo dirigiéndose a sus agentes—, avisen por radio para que preparen los furgones. Vamos a detener a todo el personal que haya en las naves y la discoteca, dentro del marco de una investigación abierta contra el narcotráfico en la Comunidad de Madrid. Ustedes pueden quedarse, señorita y señorito Mendoza.

—¡Es usted un...! —exclamó José levantándose enfurecido y haciendo el ademán de lanzarse contra el comisario.

—¿Un qué? Termina la frase, por favor —dijo Vallejo sacando las esposas que llevaba en la cintura—. Venga.

Gisela agarró del brazo a su hermano y lo tranquilizó. El comisario y su gente salieron del despacho y los Mendoza vieron a través de las cristaleras cómo entraban policías y registraban por doquier, tanto en la nave trasera, como en la faraónica discoteca.

—No te preocupes, Josito —dijo ella—. Diga lo que diga ese cabrón, para nosotros es muy bueno saber que hemos acabado con los soplones y las ratas. Por eso está tan enfadado; es pura impotencia. En dos días no le quedará más remedio que soltar a todos los nuestros. Ahora debemos avisar a Padre Tormenta.

Poco a poco fue perdiendo brío la tempestad hasta que amainó, pero la neblina seguía sumiendo la mansión Sánchez en una extraña calima gris oscura que impedía ver las estrellas, que ya brotaban. Gregorio estaba cansado. Su cuerpo comenzaba a acusar los rigores de un día frenético en el que se había levantado en Extremadura, había recorrido media España, entre robos y persecuciones, y acabó enfrentándose al mayor desafío de la cristiandad. Miraba a los dos hombres de inconmensurable físico que ahora parecían perros asustados que lamían sus heridas; miraba al joven frágil que desfallecía en un sillón absolutamente superado por la situación y miraba a Teresa, que se sentaba en un taburete junto al poyete que sostenía la espada, y el infame pacto, y tenía la mirada perdida. Ella había azuzado al grupo, cuando se pararon en la cocina a tomar un refrigerio, por su prisa en llegar para contarle a Gregorio aquella cosa tan importante, pero una vez allí parecía no tener ganas de hablar, ni Gregorio de escuchar. Él sólo quería descansar y dejar la mente en blanco. Se sumieron en un silencio cómodo, porque romperlo sería volver a poner los pies en el suelo y el suelo se hundía bajo ellos con la viscosidad y la incertidumbre de las arenas movedizas.

—¿Nos hacemos un porrillo? —dijo Gregorio sacando la china añeja de su bolsillo.

—¿Todavía la llevas? —comentó Teresa esbozando una sonrisa que le costó Dios y ayuda componer.

—Sí. Y no sería mal momento para probarla.

—Y yo que creía que la peli daba miedo —comentó Bandicoot, removiéndose en el sillón—. Si supiera mi madre de qué va el campamento le daría algo.

—Nada, seguro que también estaría contenta porque salieras de casa —le dijo Gregorio.

—Don Gregorio —dijo Plork con la voz afectada—, dígame que le hemos vencido.

—No, hijo. Lo hemos contenido sólo un poco. Nada más.

—¿Y qué ha pasado con el Santo Rostro? —preguntó Teresa.

—Yo diría que es falso, porque el muy canalla se lo ha comido y se lo hemos tenido que arrebatar de la boca, convertido ya en un eccehomo. Para mí que el obispo de Jaén nos la jugó y no nos dio el auténtico. Del cáliz sí me atrevería a afirmar su autenticidad, pero ha servido para aplacarlo sólo durante unos segundos y provocarle una reacción de repulsa que ha convertido al padre Matías en Harvey «Dos Caras», el enemigo de Batman. ¿Habéis visto *El Caballero Oscuro*, la peli de Nolan?

—¡Pues claro! —dijo Bandicoot—. Peliculón.

—El Santo Sudario, afortunadamente, sí ha sido muy eficaz —argumentó Teresa, ignorando la pregunta de Gregorio.

—Eso sí es auténtico; no hay lugar a dudas.

—¿Y no lo podemos usar para derrotarlo? —preguntó Mork.

—Podemos usarlo para putearlo y relajarlo e incluso, como ya se ha visto, para dejarlo fuera de combate un par de minutos a lo sumo. Pero va a hacer falta mucho más.

—Y porque no sabes lo más gordo —dijo Teresa levantándose del taburete—. Bandi, enséñale lo que has descubierto.

El chico se frotó los ojos y se levantó como si tuviera una losa cayendo sobre sus hombros. Se acercó al ordenador y reclamó a los demás que se pusieran tras él y observaran.

—Mire, don Gregorio: a raíz de la reunión de empresarios que leyó usted en el periódico el otro día, me puse a buscar información acerca de los asistentes. Lo primero que me llamó la atención es el número: nueve; diez si contamos a don Floren. Entonces me he dedicado a buscar un patrón en los códigos que aparecen al lado de los números de cada príncipe del Infierno, porque no conseguía encontrar nada acerca de don Floren junto al de Azazel. El primero que encontré fue este: Mammon - DRL5672: David Rosenberg, el máximo accionista de HP Linnerman, fundada en 1912, año 5672 del calendario hebreo. Es una de las personas más ricas del mundo; pero de los ricos de verdad, los que no hacen pública su figura, no los que salen en la lista Forbes. Cualquiera de esa lista podría ser, como mucho, mayordomo del señor Rosenberg.

—Mammon, el príncipe de la codicia y la riqueza —informó Teresa.

—Luego me puse con Spiros Dimopoulos, dueño de Titania, el conglomerado naviero que domina el ochenta por ciento del trasporte marítimo. Pues aquí lo tenemos, junto a Leviathan: SDT5714.

—Leviatán, el monstruo bíblico de los mares —añadió ahora Gregorio—. Madre del amor hermoso... id buscando un papel de fumar.

—Así he ido probando con todos. Por ejemplo Lilith es Amelia Fischer, que heredó una empresa y la convirtió en un imperio; Samael es el magnate chino Huan Yue Wang...

—¡Su puta madre! —intervino Gregorio.

—...Belfegor es Marcus Bridges, el dueño de la empresa informática más importante del mundo, de la principal red social y del buscador que monopoliza Internet; Asmodeus es el director ejecutivo de Dalsy, la mayor productora de cine, televisión y plataformas digitales.

—Asmodeus es el demonio de la lujuria; tiene sentido —apuntó Teresa, para dejar continuar su inquietante exposición a Bandicoot.

—Aquí tenemos a Astaroth, que es Samuel Durden, el presidente del Fondo Monetario Internacional y ¡ojo con éste!, que lo va a flipar, don Gregorio: Belial, el príncipe de la corrupción, es Vincenzo Fluperi, el presidente del Banco del Vaticano.

—¡Me sangras y no pincho! —exclamó Gregorio completamente ofuscado.

—Y ahora vamos con lo bueno o, mejor dicho, lo malo. Me quedaban dos nombres: Florencio Sánchez y Anatoli Zlenko. Como Azazel no casaba con don Floren, lo probé con el empresario ruso, líder mundial de la industria armamentística y ¡*voilà*!, aquí lo tenemos; él es Azazel, el demonio forjador de armas, que lo he mirado. Eso nos deja el premio gordo, Lucifer, que es ese tío que he visto antes echando humo debajo de un trapo. Aquí lo tenéis:

3339659 – Lucifer – FSE5723

Florencio Sánchez, Estrumasa, la mayor constructora de Europa, fundada en el año 1963, lo que viene siendo el 5723 del calendario judío.

Los párpados presentes detuvieron su actividad durante unos segundos. Después, Gregorio habló:

—¿Y todo eso estaba en la libreta del Flecha?

—Sí, señor.

—Dios bendito, Virgen del Copete y el arcángel San Gabriel —dijo comenzando a andar por la sala—. Esto es mucho más grande de lo que imaginaba.

—Y ahora venid a ver esto —pidió Teresa andando hacia el atril de la espada—. Como bien sabéis no conseguía descifrar los extraños símbolos del pergamino que encontramos en Jerez de los Caballeros. Pues mirad aquí, pero no al papel, sino a la espada.

Todos se arremolinaron a su espalda y Teresa colocó la hoja de la espada paralela al pergamino, la levantó del extremo más lejano al papel y la fue haciendo oscilar sin mover el filo más cercano, que se apoyaba en la mesa. El reflejo de las letras, hasta ahora ignotas, en la acanaladura del acero, devolvía una imagen nítida de lo que había escrito en el trozo de pergamino.

—Os lo leo, por si no tenéis buen ángulo, y os lo traduzco del castellano antiguo: «Ante el todopoderoso Dios Lucifer y ante la presencia de todos los demonios del Infierno que son los verdaderos dioses, yo, Frey Juan Bechao, comendador de Xerez y Ventoso, renuncio y maldigo al Dios Jehová, a su maligno y miserable hijo Jesucristo y al loco, odioso y podrido Espíritu Santo. Yo proclamo a Lucifer como mi único y verdadero Dios. Yo prometo reconocerlo y honrarlo sin ninguna reservación deseando a cambio la fuerza para combatir a sus enemigos, que ahora son los míos». Si bien este texto fue escrito usando su propia sangre, posiblemente con pluma, aquí vemos su rúbrica de forma más tosca, para la que usaría directamente el dedo índice, como es habitual en los pactos con el demonio. Y junto a ella, con una letra diferente, el nombre del otro firmante: Lucifer.

—¡Oye, qué mal huele! —protestó Plork.

—Perdonad —dijo Bandicoot.

—Es el reflejo en la acanaladura de la espada, con sus diferentes ángulos e incisiones, lo que nos muestra las letras como fueron originalmente escritas. Y no existen en la historia pactos firmados directamente por el propio Lucifer; estamos ante el primero —siguió Teresa—. Esta espada, que con toda seguridad usó Juan Bechao para sacar su propia sangre y aniquilar después a cientos de soldados, quedó maldita por el mismísimo Príncipe de las Tinieblas y, de algún modo, parte de su alma o su esencia quedó en ella hasta que cortó a don Floren.

—No sabéis hasta qué punto es grave toda esta situación —comentó Gregorio mirando a la nada—. Tampoco existen precedentes de una posesión perpetrada por Lucifer en persona; él siempre manda a sus demonios. Ha permanecido en las sombras desde que tentó a Jesús, primero en el desierto y luego en el huerto de Getsemaní, y ahora ha vuelto de nuevo a la tierra de los hombres; y no solo, sino acompañado de sus nueve príncipes, alojados en las personas más poderosas del mundo. Esa reunión de la semana que viene es un *pandemonium*, la llamada a filas del Diablo a sus generales en la Tierra. Señores, si no estamos ante el Apocalipsis, estamos, como mínimo, ante la destrucción de la Iglesia.

—¿Y qué podemos hacer? —preguntó Mork.

—No lo sé, pero de momento hay que impedir a toda costa que se celebre ese encuentro. ¿Cómo? Pues vaya usted a saber.

—De todos modos don Floren no está en condiciones de ir a ningún sitio —indicó Mork.

—Ya te digo yo —afirmó Gregorio categóricamente, llevando un dedo al aire— que estará perfectamente para asistir a la reunión.

Gregorio caminó cariacontecido, Teresa miraba al suelo y los chicos se miraban entre ellos.

—Pues mira que yo siempre he pensado que si el Demonio estaba en algún magnate, sería en George Soros —dijo Bandicoot—. Hay infinidad de teorías malignas y conspiraciones en Internet que apuntan a él.

—¿Soros? —dijo Gregorio incrédulo—. Ese hombre es un bendito. Es un enviado del Vaticano que lleva muchísimos años infiltrado entre las élites. Ha echado esa cara de vinagre y de sieso por toda la bilis que tiene que tragar el pobre, rodeado siempre de gente sin alma. De los que yo sospechaba, fíjate tú, es de los dos últimos presidentes de Estados Unidos. Cada vez que veo a Joe Biden dar la mano a gente que sólo ve él me digo: «Ya está el abuelo metiendo la pata. Seguro que después su demonio le echa la bronca por dejarlo en evidencia en público». Y el otro, Donald Trump, ¿habéis visto de qué color es? ¡Es naranja! Una persona no puede ser de color naranja a no ser que esté poseída. Pero, mira por dónde, me equivocaba; bueno, tal vez sí lo están pero por demonios de entidad menor. Hay que reconocer que Satanás es astuto y ha tirado por donde menos se esperaba.

—Yo creo que ya va siendo hora de que pidamos ayuda, Goyo.

—¿A quién, Tere, a quién? ¿A la policía? ¿Al Vaticano? Como has visto también lo han corrompido desde dentro y no precisamente con un don nadie, porque los papas van y vienen pero el presidente del Banco Vaticano permanece y lleva al mando un montón de años. Sabía yo que el cardenal Fluperi, ese puto retaco pelón con cara de serpiente, no era de fiar; ¡es que lo sabía!

—Podría recurrir a sus amigos exorcistas, para que se ocupen de los demás al menos —sugirió Bandicoot.

—Claro, muchacho, cómo no se me había ocurrido.

Gregorio extendió sus dedos pulgar y meñique remedando un teléfono y se lo puso junto a la cara diciendo:

«Manolo, cómo estás. Oye, una cosa: tienes que ir a China a la casa de "Juan yu yin", decirle que está poseído, que igual el hombre ni lo sabe, y practicarle un exorcismo. Pues yo que sé dónde vive; eso llegas a China y preguntas por allí. Venga, te cuelgo para llamar a Paco, que le toca ir a Rusia».

Gregorio miró severamente al muchacho, negando con la cabeza, y él se encogió de hombros.

—No hay que perseguir quimeras y hay que concentrar las fuerzas en el jefe. Derrotando a Lucifer se descabeza el grupo. Un ejército sin general no es un ejército —sentenció Gregorio—. Pero matarlo no es una opción porque no parece posible. ¿Cuántas balas le caben a vuestros cargadores?

—Diecisiete —respondió Plork.

—Pues le he pegado más de 25 tiros y ni se ha inmutado; y no será por falta de puntería, que a los otros sí les he dado.

—¿Cómo que a los otros?

—Déjame acabar, Tere. No me desconcentres. Ahora está el tema de explicarle la situación a doña Virtudes. ¿Cómo me planto delante de esa mujer y le digo que su marido está corrompido por el Diablo en persona y que no tengo ni idea de cómo frenarlo?

—Creo que de momento no le deberías decir nada —aconsejó Teresa.

—Sí, será lo mejor.

Bandicoot se volvió a recostar en el sillón, junto a Mork. Teresa se sentó en otro al lado de su hermano. Gregorio pudo ver la extenuación en sus rostros y se sintió mal; casi todos habían estado cerca de morir desde que él se puso al mando del exorcismo de don Floren. Encendió un cigarro y se puso de pie frente a ellos:

—Hasta que se me ocurra algo mejor yo voy a seguir practicando la sesión diaria a don Floren. A partir de ahora entraré solo en su habitación.

—¡Pero Goyete...! —intentó reclamar Teresa, mas Gregorio alzó la mano para que le dejara terminar.

—Soy el único al que, por el motivo que sea, él no quiere matar; ya me lo ha demostrado varias veces. Quiere que yo sea testigo de su ascenso cosa que, como tú sabes, Tere, es propia del Demonio. Le gusta vanagloriarse. Así que yo estaré a salvo. A vosotros —dijo señalando a la mujer y al muchacho— os vamos a llevar a casa. Habéis demostrado ser las personas más valiosas de este grupo, pero ahora mismo no queda nada por hacer.

—¡Yo no me voy a ningún sitio! —protestó Bandicoot puerilmente.

—¡Tú te vas a tu casa!

—¿Y qué pasa con el Escuadrón Tormenta?

—Queda disuelto. Como he dicho, ya no podéis hacer nada.

—Goyete, yo sí podría asistirte, ¿no crees?

—Tú, Teresa, eres un objetivo prioritario para él; se pirra por aniquilarte delante de mí. Eres la que menos segura está en esta casa y aun yéndote, te pido que tengas mucho cuidado y te refugies con tus hermanas.

—¿Tienes alguna hermana de mi edad? —le preguntó Bandicoot.

—Está hablando de monjas, gilipollas —le recriminó Mork antes de darle una colleja—. Una cosa, don Gregorio, que estoy dándole vueltas a la cabeza. ¿Puede recoger los casquillos del suelo cuando vuelva a entrar?

—Madre mía, cómo estás de la cabeza, muchacho. Sí, hombre, los recogeré y los pondré en fila en la mesita, si te parece.

—Perfecto, don Gregorio, pero si puede ser de dos en dos, mejor.

—Claro, como te venga mejor. Vosotros —dijo ahora mirando también a su hermano— seguiréis conmigo, pero tenemos que irnos de aquí y venir sólo para las sesiones. Esta casa se está sumiendo en las sombras. Por cierto, ¿vivís en algún sitio o normalmente os desconectáis por las noches en un rincón?

—Tenemos un apartamento de la organización en el barrio de Hortaleza, aunque como le dijimos el otro día, desde que está así don Floren hemos dormido aquí más que en nuestra casa. En la parte de atrás hay dos edificios con pisos para el personal —explicó Plork.

—Pues nada, nos vamos todos y vosotros podéis quedaros en mi piso o iros al vuestro, como prefiráis. Si os vais a vuestro apartamento me recogéis después de comer.

—Vale, don Gregorio.

Gabriel entró al museo cuando se disponían a irse.

—Don Gregorio, los Mendoza quieren una reunión con usted, pero no puede ser en su discoteca; está intervenida.

—Vale, pues diles que mañana nos vemos.

—De acuerdo. Han dejado claro que tiene que ir usted solo, que ahora mismo la cosa está muy complicada para ellos.

—Así sea. Mañana me llamas y te daré los detalles del sitio y la hora. Ahora nos vamos. Dígale a la señora que el exorcismo de hoy ha salido según lo previsto, que mañana volveré para la sesión vespertina.

—¿Y qué hacemos con los sacerdotes? Me han informado de que sólo nos quedan tres.

—¿Qué pasó con el que don Floren operó de la vista? —preguntó Gregorio.

—Está recuperado, pero se ha quedado ciego. Lo tenemos en una sala médica.

—Pues dadle el alta y que se incorpore a los rezos, que para eso no necesita la vista; se los sabe de memoria. Así tendremos a dos parejas que se pueden ir turnando.

—Como usted mande, don Gregorio. Si se van ya espero en la puerta a que salgan para cerrarla.

—Una cosa más: ¿puedes encargarte de anular la reunión de la semana que viene con el resto de empresarios?

—Eso sólo podría hacerlo don Florencio; sólo él tiene contacto directo con ellos. El único precepto que hay establecido es que él mismo ha de confirmarla 48 horas antes. Si no lo hiciera el encuentro no se celebraría.

—Bien, gracias. Buenas noches.

Salieron en la noche cerrada y a pesar de la oscuridad pudieron advertir los estragos que había causado la tormenta. Varios árboles habían sido arrancados de cuajo y el suelo era un barrizal. Había hojas húmedas adheridas en las ventanas y cristales de los vehículos, un canalón de agua descolgado y un olor intenso a cieno. Montaron en la furgoneta donde tenían el equipaje. Bandicoot había cogido su ordenador portátil y lo llevaba sobre sus piernas y Teresa hizo lo propio con el cartapacio, donde ya no llevaba el pacto de Juan Bechao, que se quedó en el museo. Gregorio tuvo la tentación de dejar el Santo Cáliz también, pero prefirió guardarlo en el maletín, que llevaba a sus pies. Abandonaron la mansión y el cielo se fue abriendo conforme se alejaban. Compraron unas *pizzas* que comieron en un parque acompañadas por latas de cerveza y refresco, a la agradable templanza de la noche madrileña. Pasaron primero a dejar a Teresa en su residencia, que se despidió efusivamente de cada uno de ellos, abrazando a Gregorio un largo rato en el que le susurró «que Dios te bendiga» al oído. Dejaron a Bandicoot en su casa, a quien pudo la emoción, arrancándole unas lágrimas sinceras y amargas. «Es buen chaval a fin de cuentas», comentó Gregorio cuando se alejaban. Aprovechó para preguntar a los gemelos acerca de los cadáveres:

—¿Cómo os deshacéis de ellos?

—La finca de don Floren es más grande de lo que parece. Desde hace años se usan fosas comunes en varias ubicaciones diferentes por los bosques que rodean la casa.

—¿Y eso lo saben los jefes? —preguntó Gregorio.

—En realidad es algo que saben pero no quieren saber. El propio don Floren ha dicho en alguna ocasión que prefiere desconocer dónde se entierran los cuerpos.

—Mezquino recurso ese: si no lo veo, no existe —sentenció Gregorio.

La siguiente parada fue en el barrio de Quintana, cerca del bloque de pisos donde vivía Gregorio. Él se apeó y los gemelos se fueron hacia su apartamento. Se encontró con que la policía sacaba, esposado, a su vecino Ginés a la calle y lo metía en un coche. Gregorio disimuló y esperó a que se fueran para entrar y enfilar la escalera. Doña Carmen le dijo cuando subía que lo habían detenido por hacer una instalación deficiente de un aire acondicionado en la fachada. «Para esas cosas es mejor llamar a profesionales. Buenas noches, doña Carmen». Gregorio entró en su piso y se recostó en el sofá. Le costó más de dos horas conciliar el sueño, a pesar de su cansancio.

15. El gato y el ratón

—Quién es —preguntó Gregorio cogiendo el telefonillo del portero automático.

—Somos inspectores de policía; nos gustaría hablar con usted.

—Claro, hijos, suban —dijo accionando el mecanismo que abría la puerta del edificio.

Dio una batida rápida para adecentar el salón, abrió la ventana para ventilar y echó mano de una de sus biblias. El sol lucía intenso y hacía calor ya a las diez de la mañana.

—Pasen, caballeros.

—Buenos días, padre. ¿Le hemos interrumpido?

—Ni mucho menos; estaba rezando. Siéntense, por favor, y díganme qué les trae por aquí.

—Pues verá, es que nos han informado que estuvo usted ayer en Jaén cuando se produjo el robo del Santo Rostro.

—Efectivamente; no se imaginan qué mal rato. Es uno de los motivos por los que no he dormido bien esta noche. ¿Quieren una taza de café?

—No, gracias. El caso es que, según declaró el obispo, estaban usted y una monja con él en el momento del robo.

—Sí, es cierto.

—Y dice que a ella le dispararon.

—Sí, de hecho estábamos convencidos de que la habían matado, pero luego me di cuenta de que ni siquiera le habían dado. Se cayó al suelo por la impresión. Es que sor Teresa es una mujer que prácticamente no ha salido de su convento y la pobre, pues imagínese…

—Entonces ella está bien.

—Quitando el susto está perfectamente.

—Nos contaba también el obispo que los dos secuestradores les tomaron como rehenes.

—Sí, pero nada más salir a la calle nos soltaron y se fueron corriendo.

—¿Por dónde salieron a la calle?

—Por una puerta trasera me parece… No lo recuerdo bien. Entienda que estaba en estado de *shock* y sujetando a la hermana Teresa, que estaba medio desmayada.

—¿Puede describirnos a los atracadores?

—Claro. Dos hombres árabes de entre 25 y 45 años, altos; bueno, uno era más alto que otro. Uno, el más bajo, tenía barba y el otro bigote…

—Disculpe —interrumpió un inspector—. Nos dijo el obispo que parecían dos hermanos gemelos.

—El señor obispo siempre ha recelado de los musulmanes y los ve a todos iguales. Créanme si les digo que no se parecían en nada.

El inspector de la derecha apuntó algo en un bloc y siguió preguntando:

—¿Y por qué no fueron a la policía?

Gregorio se tocó la barbilla, titubeó y se levantó ante la mirada escrutadora de los dos inspectores de policía.

—Prométanme que lo que les diga va a quedar entre nosotros.

—Hombre, no podemos... —comenzó a decir uno, pero el otro le interrumpió dándole una patada furtiva bajo la mesa camilla:

—Se lo prometemos, padre.

—Bien. La hermana Teresa es una monja de clausura, pero de clausura a saco, de las que sólo hablan con un hombre durante años enteros: Dios. Y eso suponiendo que Dios sea un hombre, que tengo mis dudas; yo soy más de pensar en la vertiente no binaria y sobrehumana de Dios Padre. Otra cosa era el hijo, Jesús, que sí era varón, pero bueno, que me desvío del tema. Las monjas de clausura ultras, como es el caso de sor Teresa, tienen una hebdómada libre cada diez años; esto es, una semana; también puede significar siete años, pero no es el caso. Ella quiso aprovechar su semana viajando por diferentes catedrales de España porque, aparte de ser una beata, es una gran aficionada a la arquitectura, pero imaginad a la pobre mujer encerrada durante una década. Todo le daba miedo. ¿Me siguen? —preguntó a sus interlocutores.

Ellos asintieron absolutamente concentrados en el relato de Gregorio, que continuó:

—Pues como yo había sido profesor suyo de Derecho Romano hace ya un montón de años, se puso en contacto conmigo y me dijo que si la podía llevar. Yo estoy ahora de vacaciones, así que acepté. Pero ya les digo que el viaje fue horrible: la pobre se iba sintiendo culpable todo el rato por estar sola en un coche con un hombre y no paraba de rezar y santiguarse; eso por no hablar de que ni siquiera pude poner mi disco de Pink Floyd durante el trayecto. Total, que cuando pasó lo del robo ella se negó en redondo a ir a declarar y que la gente se enterara de cómo y con quién había llegado a Jaén. Yo intenté convencerla pero fue imposible, así que decidí llevarla a su convento, aquí en Madrid, y por el camino escuché que el Santo Rostro —se santiguó al pronunciar su nombre— había sido recuperado, a Dios gracias. Por tanto, supuse que habían cogido a los malhechores y no creí necesario acudir a declarar.

Los dos agentes se quedaron muy callados, hasta que uno se animó a preguntar:

—¿Entonces usted y la hermana Teresa? —agitando sus dedos índice y corazón en forma de «V».

—¡Me cago en tu puta madre y me da igual que seas inspector! ¿Cómo te atreves ni a insinuar tal cosa? —exclamó Gregorio montando en cólera.

—Perdone, padre, era una simple broma —dijo el hombre excusándose.

—¿¡Una broma!? Esa mujer es una santa, una persona pía e intachable, un ser de luz.

—Discúlpelo, ha sido una idiotez por su parte —dijo el otro mirando mal a su compañero.

—No, perdonadme a mí por perder los estribos, hijos míos —dijo bajando el tono y santiguándose.

Gregorio se dirigió a la ventana y se arrodilló, rezando en voz baja con un bisbiseo incomprensible. Los inspectores lo miraban sin saber muy bien qué hacer.

—Pa... ¿Padre?

—Bssss bsssss bs bss bsssss, ¡amén! Díganme.

—Nos vamos ya. ¿Podría usted indicarnos dónde queda el convento de sor Teresa?

—Vale, tengo la dirección por ahí; no la recuerdo de memoria —dijo sacando una agenda de unos diez centímetros de ancha y todo tipo de papeles intercalados que comenzaron a caerse cuando la abrió—. Eso sí, tengan en cuenta que, tras una hebdómada, una monja de clausura debe rezar durante seis meses ininterrumpidamente sin tener contacto ni con sus compañeras... A ver... no, esto no es...

—Déjelo, padre, nos tenemos que ir. Y disculpe usted de nuevo.

—Vayan con Dios. Por cierto, ¿se sabe algo de los sacerdotes desaparecidos?

—Estamos en ello, padre.

—Pues a ver si se resuelve la cosa, que no puede uno ni salir tranquilo a la calle. Venga, con Dios y den recuerdos al sargento Cifuentes, de la comisaría del barrio.

—Nosotros venimos de la central, padre. Nos manda directamente el comisario Vallejo. Buenos días.

Gregorio cerró, pegó la oreja a la puerta y pudo distinguir cómo uno de los inspectores iba abroncando al otro. Se fue de nuevo al salón, se sentó en el sofá y encendió la tele. No paraba de pensar en aquel jefe de policía que, de repente, parecía formar parte de su vida.

Dos horas antes, cuando entró en la Catedral de La Almudena, el comisario Vallejo nunca había oído hablar de Gregorio Márquez; al menos con ese nombre. El arzobispo aguardaba de pie en el presbiterio frente al altar mayor, contemplando la mesa de mármol verde y, tras ella, la imagen del Cristo de la Buena Muerte, bañado por el crisol de colores de las vidrieras del ábside. Vallejo caminó por el suelo que trababa mármol amarillo de travertino con el mismo verde serpentina del altar, haciendo notar sus pasos contundentes, amplificados por el eco del gran templo. Los ventanales redondos del triforio iluminaban la imagen del hombre bizarro que nunca abandonó sus ademanes castrenses y cuya voz sonó estentórea al llegar junto al arzobispo, delante de los escalones del altar, donde se persignó.

—Buenos días, señor.

—Buenos días, Francisco.

Monseñor Fernández se quedó un instante mirando al comisario con gravedad y entrelazó su brazo con él, poniéndose a su lado e invitándole a caminar.

—Nos están atacando, Francisco. Intentan boicotear la visita del Santo Padre y vosotros no tenéis nada todavía.

—Lo sé, monseñor, y de verdad que lo siento. Tengo a todas las fuerzas desplegadas y alerta, a mis mejores hombres trabajando en la investigación y yo mismo, como usted bien sabe, me estoy implicando personalmente.

—Pero no es suficiente; mira lo que pasó ayer. Y todavía no sabemos nada de ninguno de los clérigos desaparecidos, entre los que está mi prelado. Tengo encima al presidente de la Conferencia Episcopal, el cardenal Font, preguntándome a cada momento y sin saber qué decir a la prensa.

—¿Se cree que yo no recibo presiones del Ministro del Interior? Todo esto nos cogió con la guardia baja, porque llevamos un mes concentrando los esfuerzos en blindar la ciudad para la visita del Papa. ¿Quién iba a prever lo del robo de las reliquias y los sacerdotes desparecidos?

—Esa es una de las razones, precisamente, por las que te he hecho venir para hablar en persona. Te tengo que dar una información extraoficial y muy delicada, que la Iglesia se niega en rotundo, como comprenderás ahora, a desvelar. Siendo tú no hace falta que te diga que esto que te voy a contar es sólo para ti.

El comisario asintió y el arzobispo echó un vistazo en derredor para cerciorarse de que no había nadie.

—Los sacerdotes desaparecidos no han sido elegidos al azar. Estaban en una lista negra del Vaticano por verse involucrados en temas escabrosos y en lugar de excomulgarlos y entregarlos a la justicia, algún malnacido de la curia romana decidió esconderlos en parroquias de Madrid.

—¿Pero qué me dice? ¡Esto es indignante, monseñor!

—Chst, no alces la voz, por favor. Sí, lo es. Pero también es un dato importante, porque demuestra que los ataques vienen desde dentro.

—De verdad, mira que soy devoto y mi fe es inquebrantable, pero estas cosas me hacen dudar de todo —dijo el comisario indignado—. ¿Y quién tiene acceso a esa lista?

—Es imposible de determinar. Lógicamente alguien con acceso a documentos restringidos; alguien de arriba. En España me atrevería a decir que lo sabemos no más de cinco personas, pero la figura del Papa es tan internacional que la filtración puede venir de cualquier lugar.

—¿Esos once clérigos eran todos los de la lista?

—Son diez, porque el prelado Molina es un hombre inmaculado, como el templo en el que oficia. Él está completamente limpio y no está en la lista. De la lista quedan otros siete.

—¿Siete más? Me cago en mi puñetera vida, con perdón, su Ilustrísima.

El ceño fruncido de Vallejo mientras miraba la lista de nombres que el arzobispo le dio con disimulo, le confería un aspecto aún más despiadado. Tras volverla a doblar y guardar en un bolsillo de su chaqueta, resopló y volvió a hablar.

—Voy a poner vigilancia a cada uno de estos sacerdotes. Si de verdad son el objetivo y van a por ellos, los pillaremos. Dios quiera que no sea alguna facción justiciera de dentro de la propia Iglesia, porque aunque estoy de acuerdo en castigar a esa gente, éste no es el modo ni ahora el momento. Por cierto, hay que sumar a otros dos, un cura y una monja, que ayer tomaron como rehenes en Jaén los que robaron el Santo Rostro. Al parecer ella resultó herida.

—¿Un cura y una monja dices?

—Sí, un tal Gregorio y de la monja no recordaba el nombre el obispo. Lo hemos mantenido en secreto para que no se enteren los medios de comunicación.

—Gregorio Márquez Laguna, aquí tiene su tarjeta —dijo sonriendo el arzobispo, rebuscando en su cartera y sacando una tarjeta profesional—. Está perfectamente; ayer por la tarde hablé con él.

—¿Exorcista? ¿Tu exorcismo online punto «com»? ¿De dónde ha salido este tío?

—Es un tipo muy peculiar, un gran amigo y el soldado más temerario y resoluto que tiene la Iglesia. En cierto modo me recuerda a ti. Ayer me llamó y me dijo que había presenciado el robo de Jaén, pero desconocía su grado de implicación. Me habló de la monja, la hermana Teresa, y me dijo que ambos estaban perfectamente. Daba por hecho que había hablado con ustedes.

—No es el caso, pero enseguida mando a un par de inspectores.

—Él es un hombre inteligente y muy íntegro. Les ayudará de buen grado. ¿Viene ahí la dirección?

—No se preocupe por eso; somos la policía.

—Pero no te desvíes del problema principal, Francisco. Imagínate el daño que podrían hacernos con la publicación de la lista durante la visita del Santo Padre.

—Me hago cargo, monseñor. Por otro lado tampoco voy a descartar que esos mismos sean los que también se han llevado al prelado, por algún motivo diferente, y estén robando las reliquias. Y ya le adelanto que los de las reliquias puede que sean extremistas islámicos. Ahora, si no hay nada más, me retiraré con su permiso.

—Como quieras, Francisco. ¿No te vas quedar a la eucaristía?

—Tengo que trabajar. Yo no descanso ni los fines de semana.

—Como quieras. Ve con Dios.

El comisario Vallejo montó en el coche oficial, donde aguardaba su chófer, y llamó desde allí mismo a la central para que enviaran a dos inspectores a hablar con Gregorio: «Coged el informe del interrogatorio al obispo de Jaén, repasadlo y hablad con Gregorio Márquez Laguna, que es el sacerdote del que habló en su declaración. Lo quiero para ya». Pidió al conductor que lo llevara a la central y desde allí comenzó a gestionar el dispositivo que revisaba la ciudad para la inminente visita del papa Santiago. Del mismo modo fue hablando con los departamentos que investigaban los secuestros, los robos de las reliquias y las guerras de bandas en la Costa del Sol, para cuyo fin había hecho detener a catorce personas la noche de antes en la discoteca de los hermanos Mendoza. Había un nombre que no paraba de sonar.

—Esta gente no canta ni cantará, señor, y lo peor es que no tenemos nada en contra de ellos. Ya están sus abogados y la fiscalía pidiendo explicaciones. Podremos retenerlos poco más.

—Tres días exactamente puedo retenerlos alegando conspiración criminal —contestó el comisario malhumorado—. Y apuraré, si me da la gana, hasta el final, diga lo que diga el fiscal.

—De acuerdo. Por otra parte todos parecen conocer y temer a Padre Tormenta, pero nadie se atreve a delatarlo ni a decir nada que nos permita identificarlo. Se limitan a contar fechorías sin datos concretos: que si aniquiló a la banda de sicarios rusos que operaba al este de Madrid, que si desarticuló una banda de pederastas y los quemó vivos... Eso sí, hay uno, que tenía papel y lápiz a mano, y mientras nos contaba cómo Padre Tormenta organizó el movimiento 15-M para desestabilizar el panorama político, ha esbozado un dibujo a mano de él, traicionado posiblemente por su subconsciente. Rápidamente se lo hemos arrebatado y lo tengo aquí. ¿Quiere que se lo mande?

—Por supuesto; escanéalo y envíalo a mi correo electrónico —ordenó Vallejo.

Colgó el teléfono y comenzó a barruntar: «El 15-M... ¿Desde el 2011 lleva, mínimo, operando, ese tío y no hemos sabido nada hasta ahora? ¿Cómo puede alguien ser tan discreto y poderoso? ¿Quién coño eres, Padre Tormenta?». Desbloqueó la pantalla de su ordenador y consultó la bandeja de entrada de su correo, donde acababa de llegar la imagen solicitada. La imprimió y sacó el papel de la impresora observándolo con atención. Era una burda silueta garabateada a lápiz con cierta pericia, que ilustraba a un hombre que parecía llevar una gabardina, sombrero de ala ancha y llevaba en la mano una especie de maleta cuadrada. «No me extraña que te tengan miedo», pensó clavando el folio en su tablón de corcho con una chincheta.

La mañana transcurrió con bastante tranquilidad en la oficina central de policía, hasta que una llamada alertó al comandante Vallejo, que revisaba unos documentos en su despacho:

—Señor, los Mendoza se mueven.

—¿Van los dos hermanos?

—Sí, han montado en un coche de gama alta y se dirigen al centro. Los estamos siguiendo con dos coches camuflados.

—Diga a los agentes que sean muy discretos para no ser detectados, que vayan informando constantemente de su posición y que se preparen para pedir refuerzos. Voy a pedir al subcomisario que les mande una imagen al móvil con lo que podría ser un retrato robot de Padre Tormenta; como avisé, hay posibilidades de que vayan a reunirse con él.

—A la orden, señor.

—Joder, no te pegues tanto —le dijo el agente Pérez al conductor del coche.

«Vamos por la calle paralela a vosotros. ¿Los tenéis en el campo de visión?», sonó por la radio.

—Sí —respondió Pérez—, los llevamos tres o cuatro coches por delante y parece que... ¡Sí!, están girando a la derecha. Tened cuidado que os podéis encontrar con ellos.

«Entendido. Paramos hasta que los veamos pasar y seguimos tras ellos».

—Que no os vean —dijo Pérez.

—Pringar un domingo y encima estar persiguiendo a los jefes de un cártel. De verdad, que esto no está pagado —protestó el agente que conducía.

—¿Y qué hacemos, desobedecemos? ¿Fingimos una baja médica? Es lo que nos ha tocado. A mí, más que los colombianos, me da muy mala espina Padre Tormenta. ¿Has oído lo que cuenta de él?

—Calla, calla. No me lo recuerdes.

—Y esta imagen —dijo mirando el boceto a lápiz que todos los agentes habían recibido— pone los pelos de punta.

Ojalá los Mendoza vayan a tomar un café o a comprar el pan y no a reunirse con él.

«Calle Alberto Aguilera, a la altura del Mercado de San Miguel. Los tenemos. Vamos tras ellos».

—Nosotros seguimos por Princesa.

«Continúan por Marqués de Urquijo».

—¡Míralos, por allí van! Dobla a la izquierda —dijo Pérez a su conductor, para después responder por radio—: estamos tras ellos, os puedo ver por el retrovisor.

«Vale, os tenemos».

—Bien, continuaremos los dos coches. Parece que están girando a la izquierda por la calle Ferraz.

Unos minutos después el coche perseguido se detenía y de él bajaban Gisela y José.

—¡Atención, el coche se ha detenido junto al Templo de Debod! Han bajado los dos sospechosos. El coche se retira. Ellos están caminando hacia el templo. Aparcamos y observamos. Preparaos para pedir refuerzos.

El Templo de Debod era un pedazo de Egipto regalado a España en 1968 por su presidente Gamal Abdel Nasser. Un edificio del antiguo imperio africano traído, piedra por piedra, hasta el solar del desaparecido Cuartel de Montaña, al oeste de Madrid. Se emplazaba en el albor de un parque, sobre un basamento de piedra al que rodeaba un estanque rectilíneo, con sus pilonos de entrada precediendo el templo. Los Mendoza accedieron a la larga explanada, caminando por el lateral que dejaba a su izquierda el estanque y la península con sus monumentos. Había numerosos paseantes y turistas que no paraban de buscar la exclusiva foto mil veces hecha.

—Vale, van hacia el fondo —comentó Pérez mirando a través de sus prismáticos—. Lo bueno de este sitio es que aquí delante están sus únicos accesos. Esto es un callejón sin salida.

«¡Hombre sospechoso al fondo, junto al templo!», tronó en la radio. «Va de negro, lleva un maletín cuadrado y viste con lo que parece una gabardina y sombrero».

Pérez tragó saliva y su compañero le miró aterrorizado.

—Es como el dibujo de Padre Tormenta.

—Exacto —le respondió Pérez con un hilo de voz y pulsó el botón de la radio—. ¿Podéis verle la cara?

«No, está de espaldas».

—Ya lo veo, mira en el lado derecho —informó Pérez a su compañero—. Efectivamente coincide con la descripción y los Mendoza acaban de detenerse junto a él. ¡Rápido, llama para pedir refuerzos!

El conductor cogió la radio y pidió apoyo policial en la zona. Pérez no soltaba sus prismáticos.

—Un momento, ¿dónde está? ¡Lo he perdido! Compañeros, he perdido a Padre Tormenta, ¿podéis verlo vosotros?

«Se ha metido detrás de un poyete, pero no podemos verlo tampoco. Sí vemos a los colombianos y creo que miran hacia la posición donde suponemos que está él».

—¡Veo a un hombre corriendo: camiseta azul y gorra amarilla! Va hacia el fondo y los Mendoza parecen seguirle. No lleva ningún maletín. ¿Dónde está Padre Tormenta?

«No lo vemos. Debe seguir detrás del poyete. Los Mendoza se escapan».

—¿Pero qué narices está pasando? —dijo Pérez a su compañero y después gritó para la radio—. ¡Rápido, salid del coche, vamos a por ellos!

—¿Pero qué pasa con los refuerzos? —preguntó el conductor.

—No podemos esperar. ¡Corre!

Los cuatro policías salieron de los coches y entraron al recinto a la carrera. La gente se soliviantaba a su paso y algunos desviaron el objetivo de sus móviles para grabarlos a ellos. Llegaron casi al unísono a la altura del poyete donde habían perdido el rastro del sospechoso, pero antes de rebasarlo Pérez levantó su mano para ordenarles parar e indicó con un gesto que desenfundaran. Avanzaron lentamente unos pasos, doblaron el pequeño muro de piedra y comprobaron que no había nada ni nadie.

—¡Volved a los coches y rodead el parque! Han escapado por el fondo. Voy a avisar por radio.

Pérez llegó corriendo al final de la planicie y observó un terraplén de césped y arbustos que descendía hasta una calle trasera, pero nadie andaba por la calle:

«A todas las unidades: busquen a tres sospechosos, dos varones y una mujer, por las inmediaciones del Templo de Debod. Han debido escapar en un coche de gama alta, posiblemente con los cristales tintados».

—El jefe nos va a matar —barruntó el agente Pérez.

—¿¡Cómo que los han perdido!? —gritó Vallejo por teléfono—. Al menos tendremos la cara de Padre Tormenta.

—No, señor. Estaba de espaldas. Según cuentan los agentes, ha jugado con ellos como si fueran niños. Es alguien muy preparado y astuto.

—¡Pues claro, por eso es quien es! ¡Y por eso deberían haber pedido refuerzos nada más llegar al templo y rodear la zona!

—Tiene razón, señor.

—¿Y por qué no lo han hecho?

—No lo sé, señor.

—¡No, si al final tendré que volver yo a patrullar las calles; inútiles, que son todos un atajo de inútiles!

—No se lo discuto, señor.

Vallejo estampó el teléfono contra una pared, por tercera vez en seis meses, y comenzó a proferir una serie de maldiciones, improperios y juramentos que empezaron con un «hijos de la gran...» y acabaron con gorjeos sin sentido.

Gregorio acudió al Templo de Debod a las once de la mañana, una hora antes de la cita con los Mendoza. Eligió ese lugar porque siempre le había trasmitido mucha paz. No pudo aparcar en la parte delantera, así que dio varias vueltas con su Peugeot205 antes de aparcar en una zona amarilla a espaldas del recinto. Rodeó caminando el parque que albergaba la explanada con el templo, accedió a ella y anduvo tranquilamente hasta el fondo, compadeciéndose por los pobres turistas ignorantes que no sabían cuán incierto era el futuro de la raza humana. Se sentó en un poyete bajo, al lado de donde el murillo de piedra se elevaba durante dos metros, para así apoyar su hombro. Esperó fumando y pensando. Se había puesto la sotana y el sombrero para mantener su imagen de Padre Tormenta, pero el calor era abrasador y empezaba a sufrir los rigores del sol. No soltó en ningún momento su maletín, que había vaciado en su casa antes de salir para guardar solamente su gorra de los Lakers y el Santo Cáliz, temeroso de que algún ladrón de pisos entrara a robar y se encontrara con tan preciado objeto. Se levantó y miró al fondo atisbando de refilón la calle trasera, donde una grúa municipal se había detenido.

—Buenos días, padre —dijo Gisela Mendoza.

—Buenos días —respondió—. Esperad un momento porque me estoy asando.

Se agachó tras el muro elevado, poniendo el maletín en el suelo y abriéndolo, se despojó de la sotana y la guardó cambiando también el sombrero de teja negro por la gorra.

—Buf, qué alivio. Un momento —dijo mirando a la calle trasera—. ¡Que se me lleva el coche la grúa! ¡Sujeta!

Gregorio le dio la maleta a José y salió corriendo hacia el terraplén que bajaba a la calle trasera.

—¿Qué hacemos? —Preguntó José.

—Vamos con él; no estoy tranquila aquí. He sentido como si nos siguieran todo el trayecto.

Gisela y José, que abrazaba el maletín, salieron corriendo tras él y descendieron por el terraplén hasta la calle, donde Gregorio discutía con un empleado municipal.

—¡Que sí, que ya lo quito, joder! Chicos, tengo que mover el coche. Montad y nos vamos a otro sitio.

Los tres montaron en el anticuado y humilde coche de Gregorio, de color verde botella con rodales deslucidos de tormento bajo el sol.

—Las zonas amarillas son un sacadineros para engrosar las arcas del ayuntamiento; que lo sepáis —refunfuñó Gregorio poniéndose en marcha.

—Padre, creemos que nos han seguido.

—¿En qué coche habéis venido?

—En un Lamborghini amarillo con llamas rojas —respondió José.

—¿Y no llevabais un megáfono en el techo pregonando: «¡Miradnos, somos narcotraficantes!»?

—¿Cómo?

—Anda, agachaos detrás.

José pasó al asiento trasero junto a su hermana y ambos se agazaparon como pudieron en un coche de tan reducidas dimensiones.

—Tenéis mucho que aprender todavía —sermoneó Gregorio—. Miradme a mí: podía haber venido en un Mercedes con chófer, pero he cogido esta tartana para no levantar sospechas.

—Lleva razón. Es usted un lince, padre.

Gregorio condujo hacia el este, alejándose del parque de Debod y cruzándose con numerosos coches patrulla que surcaban el tráfico con el fragor de sus sirenas encendidas.

—Ya podéis enderezaros.

—¿Dónde vamos? —preguntó Gisela incorporándose.

—Pues, al hilo de lo que os he dicho antes, a un lugar discreto. Nada de discotecas con luces cegadoras y ruido entre una jungla industrial de silencio. Vamos a mi oficina, un lugar mucho más discreto.

Aparcaron en un vado cerca de la puerta y bajaron del coche:

—Buenos días, o tardes ya, Alfonso. Buenos días, Flecha.

El Flecha, como siempre, no contestó y Alfonso lo hizo con un sofión.

—A ver, ponme una cerveza y a mis acompañantes...

—Un Manhattan —dijo Gisela.

—Una copa de Chardonnay —dijo José.

Alfonso abrió tres botellines de cerveza y los puso sobre la barra, delante de ellos. Cogió un puñado de gambas con la mano y las echó en un plato blanco y pequeño, que también colocó ante sus clientes.

—Esas cosas raras que pedís llaman la atención; es como lo del coche deportivo de colores chillones. Por eso Alfonso, hombre versado en estas lides, ha creído conveniente servir unas bebidas discretas. Vamos a sentarnos.

Tomaron asiento en una mesa en el rincón opuesto a la del Flecha y comenzaron a conversar.

—Padre, es impresionante su manera de esconderse a la vista de todo el mundo. Admiro enormemente su estilo.

—Es la experiencia, hija. Contadme.

—Pues resulta que tenemos al comandante Vallejo, el jefe de policía, sobre nosotros. Y cuando ese va a por alguien lo destruye. No nos deja vivir; nos ha cerrado la discoteca y las dos naves y ha detenido a catorce de nuestros principales activos.

—¡Ese tío es omnipresente! Pero una cosa: ¿Esto no os pasaba ya antes?

—No como ahora —siguió ella—. Todo es porque está obsesionado con usted. Quiere que lo delatemos.

—¿Y vosotros...?

—Nunca, padre. Confíe en nosotros. Moriríamos antes de colaborar con la policía —dijo José con vehemencia.

—Eso está bien —comentó Gregorio.

—El caso es que nos tiene contra las cuerdas y está interrogando a cada miembro de la banda retenido, tanto aquí como en la costa, preguntando por usted. Nos lo han dicho nuestros abogados. Pero nadie habla; le respetan y le temen demasiado.

—Bueno y qué puedo hacer por vosotros.

—Queremos, por favor, que use su influencia y sus contactos para ayudarnos. Don Floren es dueño de la mitad de los policías, los políticos y los jueces. A ver si pudiera usted interceder por nosotros.

—¿Por qué no habéis acudido directamente a ellos?

—Porque después de nuestra sublevación no creemos que el Padrino esté muy contento ahora mismo y porque sabemos que usted tiene poder sobre él.

—No os equivocáis. Mirad, voy a hacer una cosa: como esta tarde mismo me reúno con él en su casa, voy a ver qué se puede hacer al respecto. Mientras tanto, sed discretos y no mováis ficha. Dejad que las aguas se amansen.

—Como usted diga, padre.

—Eso sí, no os puedo garantizar nada porque el comisario Vallejo no es sobornable y tiene mucho mando y muchos huevos. Puede que don Floren tampoco pueda hacer nada; en tal caso, ya vería yo qué hacer usando otros medios a mi disposición.

—Muchas gracias, de verdad —dijo Gisela cogiendo sus manos.

—No hay de qué. Bueno, si no hay nada más...

—Nada, padre, ya nos vamos.

—¿Necesitáis que os lleve a algún sitio?

—No, ya llamamos para que nos recojan.

—Recordad lo de la discreción. Ahí a un par de calles hay una boca de metro; os aconsejo que la uséis.

—¿Viajar en metro? —dijo Gisela escandalizada.

—Bueno, si queréis que venga a recogeros un Hummer verde fosforito con trompetas en el capó, hacedlo. Yo sólo he dado mi consejo.

—De acuerdo, padre. Hasta luego.

—Id con Dios.

Los Mendoza salieron del bar de Alfonso y llegaron preguntando a la parada de metro de Quintana. Al cabo de unos minutos Gregorio se levantó y fue a la barra.

—Me voy, Alfonso. No estoy de humor hoy. ¿Qué te debo?

—Ya han pagado sus amigos y me han dejado cien euros más para futuras consumiciones. ¿Se los guardo?

—Pues sí, ya los iré gastando. Ponle de ahí otro café con leche al Flecha.

—Marchando. ¿Y quiénes eran sus acompañantes, don Gregorio? —preguntó el barman.

—Ovejas descarriadas, Alfonso. A más ver.

Gregorio caminó con pesadumbre hasta su casa. Le preocupaba el repentino interés del jefe de policía hacia su persona, pero mucho menos que el mal que acechaba en una mansión al norte de Madrid. Nada podía hacerle olvidar el plan de Satanás, ascendido a la Tierra junto con sus nueve príncipes y dispuesto a acabar con cualquier resquicio de la obra de Dios. Nada podía calmar la tristeza de saber que no tenía cómo pararlo. No comió. Se duchó y dormitó un poco en el sofá viendo un informativo en el que el cincuenta por ciento de las noticias le atañían directamente. Rezó en silencio y puso su mano en el pecho, sobre la carta que guardaba siempre cerca de su corazón.

16. Contra las cuerdas

—Pues eso, que luego Rociíto se lio con el guardia civil y ya no quiso que nos viéramos más —dijo Gregorio recostado en la cama e incorporándose un poco para rellenar su copa—. Así que por esa fecha fue cuando me compré una caravana e iba por las costas haciendo hamburguesas para los turistas.

—Supongo que eres consciente de que sé que lo que me estás contando es mentira.

—Ya, pero de qué quieres que te hable, ¿del tiempo?

Tomó un gran sorbo de vino de su copa y extendió el Santo Cáliz ofreciéndole un trago a su contertulio: «¿Quieres?». Él echó la cabeza hacia atrás y se revolvió zapeado como un gato.

—Perdona, olvidé que eres el Diablo en persona.

La habitación de don Floren estaba iluminada con el brillo opaco y gris de la extraña niebla que envolvía la mansión a perpetuidad y entraba por el ventanal cuyos cristales estaban enturbiados por el verdín interior. A Gregorio le pareció confortable y prescindió de encender la luz eléctrica. El vino le ayudaba a mitigar el intenso hedor a azufre que predominaba en la estancia y a consolar su estado de ánimo decaído.

Se sabía perdedor en la refriega y afrontaba el exorcismo como un mero trámite. Después de capotear las reticencias de Mork y Plork por entrar solo a la sesión, pasó a la habitación y contempló, abatido, al hombre que ya no era. Las pupilas de Satán brillaban amarillas y componía aquella sonrisa taimada y ladina que tanto pavor daba a quien la veía por primera vez. Tras el «buenas tardes» de rigor, Gregorio notó que o bien no quedaba nada de don Floren en aquel cuerpo, o lo que quedaba estaba inmerso en un profundo abismo, donde nadie podía oír su voz. Sintió un profundo desconsuelo y se sentó a beber junto a él, usando el Santo Grial como recipiente. Se sentía a salvo. Sabía que Lucifer no quería infligirle daño alguno, al menos en el plano físico; el mental era harina de otro costal:

—Gregorio, deja de resistirte. Siempre has sido un tipo práctico. Si ya conoces el caballo ganador, ¿por qué no apuestas por él?

—No pareces conocerme tanto, Luci. ¿Qué vas a ofrecerme tú que no pueda hacer Dios?

—Qué fácil me lo pones. ¿Qué te ha dado Dios a ti, sino tormento? ¿Y qué te pide a cambio? Todo. Te pide una vida de sacrificio y soledad; una vida irrelevante. Yo te puedo dar todo lo que tú quieras.

—¿Por ejemplo?

—Entrégate a mí y te haré papa en menos de lo que tardes en asimilarlo.

—¿Papa? ¿De Roma? ¿Santo Padre dices?

—Sí, es lo que digo.

—¡Estás de coña, tío, ja, ja ja! —carcajeó Gregorio—. Yo sería un papa tan desastroso que te dejaría en ridículo incluso a ti.

Gregorio rellenó su copa de nuevo con el rescoldo de la risa anterior agitando su cuerpo y siguió hablando:

—Papa dice... Aunque, ahora que lo pienso, sería un ardid cojonudo para cargarte la Iglesia. Reconozco que como estratega no tienes precio. Siempre he defendido la postura de que ser malo no está reñido con ser inteligente. Mira Hitler y Stalin; eran unos malnacidos pero ni mucho menos eran tontos. ¡Oye!, supongo que a esos los tendrás en un apartamento de lujo allí abajo, con servicio de habitaciones y todo, ¿no?

—Ocultas tu decepción entre chanzas; siempre lo has hecho. La cortina de gracejo, de buen humor y talante despreocupado, esconde tras de sí la hiel del hombre pesaroso.

—¡Coño! Para ser un sucio cabronazo te manejas de forma docta entre los vericuetos del lenguaje.

—¿Lo ves? Lo que yo decía. Gregorio, deja de sufrir ya. También te la puedo devolver a ella, puedes recuperarla.

—No puedes devolverme lo que nunca te has llevado.

—¿Y por qué si no te mueves desde entonces entre demonios? Siempre la has buscado.

—Bueno, se acabó la cháchara —dijo Gregorio poniéndose en pie—. Lo siento, pero hay que ponerse al tajo.

Gregorio arrojó el vino que le quedaba en la copa a la cara de «don Floren», que comenzó a gritar y maldecir. Cogió el Santo Sudario, lo colgó de su brazo a modo de lito, abrió su biblia y comenzó a rezar.

—Si no te puedo, al menos te fastidiaré un rato.

Rezó y glosó páginas de la Biblia durante dos horas. Después recogió sus cosas y salió de las dependencias, volvió a colocar la tela santa en la parte superior de la puerta y se dio la vuelta.

—¿Cómo ha ido, don Gregorio? —preguntó Plork muy preocupado.

—Ha ido bien. Ya os dije que a mí no me iba a hacer nada. No tenéis de qué preocuparos. Voy a buscar a doña Virtudes y al abogado y después, si queréis, nos vamos.

El hombre asintió y Gregorio se dispuso a ir al ala oeste de la casa, pero los dos sacerdotes que rezaban en la puerta se acercaron a él. Uno tenía ojos y el otro no.

—Don Gregorio, no podemos seguir así. Estamos agotados. Doce horas al día rezando en la puerta.

—Bueno, es lo vuestro. Que yo sepa seguís siendo curas.

—Pero nuestras fuerzas flaquean. Fíjese en mí, que he sido mutilado y aquí estoy al pie del cañón, sin haberme recuperado apenas.

—A ver, Daredevil, ven conmigo.

El padre Tomás era un hombre mayor y afectado por cierto encorvamiento, a quien la reclusión había dado al traste con su higiene y el Diablo había despojado de ojos. Su escaso pelo gris, perdido en desaliño, se revolvía erizado y enmarañado y dos apósitos redondos cubrían sus cuencas oculares. Gregorio lo cogió del brazo y se lo llevó a dar un corto paseo tras el cual lo trajo de vuelta, dejándolo encarado a la fuente de agua y pidiéndole que siguiera rezando. Hizo un guiño a los soldados, que comenzaron a reír, tapándose la boca para no hacer ruido. A todos les hizo gracia la broma menos al otro sacerdote. Gregorio se acercó a él, le agarró de los hombros, lo giró hacia la puerta de don Floren, abrió su Biblia y se la puso en las manos.

—Reza. Te digo lo que le he dicho a tu compañero: voy a intentar hacer algo para que estéis más descansados, pero mientras tanto toca seguir así.

Gregorio se llevó a parte a Mork y a Plork y les dijo que necesitaban más sacerdotes:

—Con un par de curas más basta.

—Bien, ahora hablaremos con la gente.

—Bueno, pues yo voy a hablar con las altas instancias.

Gregorio se reunió con doña Virtudes en el salón donde se habían conocido. Decidió seguir recurriendo a la mentira piadosa y le dijo que Florencio progresaba poco a poco. A ella se le iluminó la cara y lo abrazó entre palabras de gratitud.

—Él es lo único que me importa. Entienda, don Gregorio, que en realidad sólo nos tenemos el uno al otro.

—Lo comprendo perfectamente. Perdone mi indiscreción pero ¿por qué no tuvieron hijos?

—No pudimos. Lo intentamos mucho de jóvenes, incluso con tratamientos de fertilidad, pero no hubo manera —dijo la señora con un poso de aflicción.

—Lo lamento mucho, doña Virtudes.

—No se preocupe; hace muchos años que dejé eso atrás. Pero mire que le diga, quise ir más allá con el tema e ir a mejores médicos para saber si el problema lo tenía yo y, en un momento de debilidad, le dije a Floren que si yo no podía tener hijos le dejaría marchar para que estuviera con alguien que le pudiera dar una familia. Pero él me persuadió y me dijo unas palabras que nunca olvidaré —a la mujer se le quebró la voz, pero siguió a pesar de todo—: «¿Y qué pasa si soy yo el que no puede? ¿Me dejarás tú a mí?». Yo le respondí que eso nunca y me dijo: «Pues yo a ti tampoco. Quiero estar contigo toda mi vida y no necesito saber eso». Yo siempre tuve la sensación de que él temía por el daño que me podría hacer lo que descubriera, por eso me convenció para que no indagara más. Quiso que lleváramos juntos la carga. Con esto le quiero decir que él no es el monstruo que todos creen. Es un buen hombre.

—Esto que me cuenta les honra a ambos, pero no se atormente; puede que estuviera en el plan de Dios que ustedes no tuvieran hijos y, ¡qué caramba!, una mujer es más que una herramienta para tener descendencia. La persona más valiosa que conozco es una mujer que no ha tenido ni tendrá hijos y no hay una madre en este mundo que me parezca mejor que ella.

—Ay, don Gregorio, siempre me consuela hablar con usted. Por favor, dígame que va a salvar al amor de mi vida.

—He de hacerlo. Tengo que salvarlo a él para salvarnos a todos.

Las enigmáticas palabras del sacerdote antes de retirarse dejaron algo descolocada a Virtudes, pero no perdió el ánimo insuflado por la supuesta mejoría de su marido. Gregorio preguntó por Gabriel y le informaron de que estaba en su despacho, a donde acudió. Por el camino no pudo evitar pensar en don Floren, un hombre que una vez tuvo un corazón del que si quedaba algo, ahora sería pasto de las llamas.

—Con permiso.

—Adelante.

—Buenas tardes, Gabriel...

—¡Un momento! ¿Cómo me ha llamado?

—Vaya, me he vuelto a equivocar —dijo Gregorio.

—Al contrario. Lo que me ha sorprendido tanto es su acierto. Tome asiento, por favor. ¿Qué querían los Mendoza?

—Que les ayudemos. El comisario Vallejo los está machacando para que me delaten.

—Siempre está dando problemas esa gente. Cuando no piden más dinero, se meten en alguna guerra y ahora quieren ayuda. Que den gracias a que don Floren está ausente, que vaya usted a saber si no los hubiera mandado sustituir el otro día.

—No te vi tan radical en la reunión con ellos.

—Bueno, don Gregorio, aquel no era mi elemento. Yo trabajo entre bambalinas; nunca bajo al barro. Por cierto, ahora que lo dice, el comisario ha estado llamando a algunas de nuestras oficinas en el centro. También quiere hablar con nosotros; la diferencia es que a nosotros no nos puede presionar, así que he ordenado que le den largas.

—Pues quiero que hables con él —pidió Gregorio.

—¿Por qué? No tiene ningún sentido. Además si tenemos que hablar con algún mando de la policía lo hacemos con uno de los nuestros, que para eso les pagamos. Y nunca directamente; siempre a través de otros abogados y elementos de las empresas. No nos interesa nada seguir el juego a Vallejo, ese tiburón despiadado.

—Claro que interesa y esta vez vas a hacer una excepción, porque me he convertido en su objetivo principal y tenemos que saber si puede relacionarme con vosotros. ¿No te parece un motivo de peso?

Gabriel se quedó pensativo y jugueteó con una pluma que tenía en la mesa del despacho.

—Puede que tenga razón. Voy a ver cuándo se puede concertar una cita y con quién.

—Ya te respondo yo el «cuándo»: ahora, y el «con quién»: contigo.

—¿Ahora? ¿Por teléfono? Estas cosas se hablan en persona y no con el consejero principal de la familia.

—¡Que llames ya, coño! Di que estás dispuesto a colaborar con él y a ver lo que suelta. Y pon el altavoz que yo lo oiga.

Gabriel hizo de mala gana algunas llamadas hasta que pudo localizar al comisario Vallejo y que éste se pusiera al teléfono.

—Buenas tardes, señor Vallejo, soy Gabriel Cifuentes, el abogado principal y representante de la corporación del Señor Florencio Sánchez.

—Sé perfectamente quién es usted.

—Pues dígame. Me consta que ha solicitado usted una reunión con alguien de nuestra directiva.

—Con alguien no, caballero, con Florencio Sánchez —exigió el comisario.

—Seamos serios, señor Vallejo. La última reunión que tuvo don Florencio con alguien de su ministerio fue con el propio Ministro del Interior, en una recepción de la Familia Real. ¿Piensa que puede presentarse usted con sus aires de policía y concertar una cita con Florencio Sánchez? Él está muy por encima. Agradezca que sea yo en persona quien le atienda.

—El señor Sánchez será el ciudadano más rico de España, pero sigue siendo un ciudadano y estos aires de superioridad me ponen enfermo. En fin, que no voy a marear más la perdiz. Le cuento: no hace falta que finja conmigo; sé a lo que se dedican bajo cuerda, todos lo saben, y también sé que no les puedo meter mano, pero eso no quiere decir que no pueda tocarles las pelotas, si me permite la expresión, señor Cifuentes. El caso es que absolutamente nada relacionado con el crimen organizado en España y especialmente en Madrid, pasa fuera de su paraguas y sin su conocimiento y me atrevería a añadir consentimiento.

—¿Crimen organizado? Lo siento, señor, no sé de qué me habla. Nosotros gestionamos más de cien empresas legales dentro y fuera de la península, como bien sabrá.

—Que sí, que sí —contestó sarcástico el comisario—. Pues bien, precisamente apelo a sus intereses financieros como gerentes de grandes empresas legales. Lo quieran o no, son parte del sistema y el sistema está siendo amenazado por una figura que no para de sonar: Padre Tormenta. Ayúdenme a arrojar luz sobre este tema.

—¿Padre Tormenta? Suena a villano de cómic de superhéroes. ¿Está seguro de que es un personaje real?

—Es muy real y ustedes saben de su existencia y me temo que comparten ciertos intereses. Dígale a don Floren que tiene que colaborar con nosotros, porque él es un gran devoto de la Iglesia Católica, al igual que yo. Pasado mañana comienza la visita del Santo Padre y las actividades de Padre Tormenta la están poniendo en peligro. No creo que el señor Sánchez quiera que haya problemas al respecto.

—Pero, señor Vallejo, capturar criminales es trabajo de la policía, no nuestro…

—¡Corta el rollo, pazguato!

Gregorio sonrió al escuchar el ataque verbal del comisario, que concluyó:

—Ya sé que no van a confesar tener conocimiento alguno de actividades criminales y menos por teléfono, pero solamente informe al Padrino de que la visita del Papa peligra y que su, nuestra, Iglesia está siendo atacada.

«No sabe hasta qué punto», pensó Gregorio.

—Lo haré por usted, señor Vallejo. Sepa que siempre estamos a disposición de las fuerzas del orden y el crimen es una execrable plaga que azota nuestras calles y que ayudaremos a erradicar, poniendo todos…

—Ahórrate la verborrea, abogado. Una última cosa: Dios no quiera que, por algún delirioególatra de fanático religioso, don Florencio esté haciendo acopio de reliquias sagradas para alguna colección personal, porque yo le juro que no pararía hasta acabar con todos vosotros. Adiós y buenas tardes.

—¡Menudo bicharraco! —exclamó Gregorio al oír que se colgaba el teléfono.

—Este hombre no se anda con nimiedades; no le tiene miedo a absolutamente nadie. El día que se jubile creo que haremos una fiesta para celebrarlo.

—Pues vaya perro de presa tengo detrás de mí. Aunque lo positivo es que no sabe absolutamente nada. Bien, pues que siga así la cosa. Si no hay nada más, hasta mañana.

—De acuerdo, don Gregorio, hasta mañana.

—Antes de irme —dijo Gregorio desde la puerta—: quiero que suelten ya al prelado y lo dejen sano y salvo en su casa. Ya no lo vamos a necesitar.

—Enseguida lo dispongo, don Gregorio.

Mork y Plork le propusieron a Gregorio cenar juntos en un restaurante en las inmediaciones de la Plaza de Castilla, pero él declinó la oferta. No tenía hambre. Pidió que lo llevaran a su barrio y se dirigió caminando atribulado hacia el bar de Alfonso, donde varios parroquianos deliberaban sobre si era positiva la visita del papa Santiago a Madrid.

—Nos van a cortar las calles y nos van a cerrar los museos —dijo un tipo que apuraba su quinto combinado.

—¿Pero cuándo has pisado tú un museo, muchacho? —le reprendió Alfonso con su habitual tono arisco—. Si lo más cerca que has estado es en los bares de enfrente del Prado.

—¡Pero no se puede parar el mundo cada vez que al Papa le dé por venir! ¿Usted qué opina, padre?

—Estamos condenados y da igual que venga el Papa, la mama o la tía de Pamplona —contestó Gregorio.

—Le veo decaído últimamente —comentó Alfonso.

—Es porque se cierne sobre nosotros la sombra eterna del infierno. Nuestro mundo será sepultado entre las tinieblas. Los príncipes del averno caminarán sobre la Tierra y devastarán todo a su paso: las mujeres y los hombres arderán en agonía entre las llamas del pecado, los niños no nacerán y las verdes montañas pasarán a ser cubiertas por un lecho de ceniza y polvo. El aire se volverá azufre y el cielo se teñirá de rojo sangre.

—¡Nada que no arregle un chato de Rioja y unas anchoas! —dijo Alfonso llenándole el vaso a Gregorio.

Bebió sumido en sus infaustos pensamientos abstrayéndose de la ebria charla que, a su alrededor, repasaba todos y cada uno de los temas de actualidad con vehemencia y sin más conocimiento del que da el alcohol y un carácter mezquino. Gregorio sentía una impotencia que sólo había experimentado una vez en la vida y jamás pensó que volviera a experimentar. No podía, de ninguna de las maneras, ver la luz al final del túnel. Se culpaba por ello. Se culpaba por no haber estado a la altura, por haberse equivocado, por haber quemado todas sus naves para nada. Le torturaba la idea de darle la razón al Diablo. Él le advirtió de que su soberbia desencadenaría algo terrible y su soberbia le había llevado a confirmarlo; a creerse por encima del bien y del mal; a actuar sin importarle los daños colaterales. A llevar hasta el extremo aquello de que el fin justifica los medios. Y el fin había resultado ser el FIN.

Abandonó la taberna sin decir adiós y caminó por las calles madrileñas como un alma en pena. Las caras de la gente que había muerto en esta guerra revoloteaban por su cabeza como un pájaro de mal agüero. La imagen de Teresa siendo arrastrada a la caverna o cubierta de polvo junto a un castillo derrumbado por su locura le punzaba en el estómago. La de los dos hombres siendo sometidos por Satanás, morados y con los ojos hinchados e inyectados en sangre, le daba ganas de vomitar. Entró a su casa y comenzó a cavilar y el callejón sin salida de su pensamiento le llevó a rezar toda la noche.

Plork reposaba sus pies descalzos en un cojín sobre la mesa auxiliar del salón de su sofisticado apartamento. Mork estaba a su lado en el sofá mirando la tele sin parpadear.

—Llevaba razón don Gregorio con lo de que *Forjado a Fuego* es adictivo.

—Sí, me da mucho coraje cuando ponen anuncios —comentó su hermano.

—¡Mierda! —exclamó repentinamente Plork—. Adivina qué se nos ha olvidado.

—¿Sacar la basura?

—Ordenar lo del secuestro de los dos curas.

—¡Es verdad! Bueno, llamamos ahora si quieres y antes de comer los tendrán.

—¿Y si vamos ahora nosotros? —preguntó Plork—. Me encanta ver pasar miedo a esos cabrones.

—Por mí perfecto. Los guardamos en una nave de la zona este y mañana cuando recojamos a don Gregorio los llevamos también a la mansión.

Terminaron de ver el programa, se pusieron sus inmaculados trajes perennes y sobrios, echaron un vistazo a la lista y cogieron la furgoneta. Era la una de la madrugada.

Llegaron media hora después a Arroyomolinos. Las calles del municipio estaban en calma y no había movimiento de gente, salvo algún grupo de jóvenes bebiendo en un parque. Pararon en las inmediaciones de una iglesia blanca.

—¿Estás seguro de que es aquí? —preguntó Plork.

—Segurísimo. Y la casa del cura debe ser una de las que hay al lado.

—Eso espero. Habrá que asegurarse, porque sería una gracia si nos equivocamos de casa. Vamos.

Mork y Plork se apearon de la furgoneta, se dirigieron a la parte de atrás y sacaron cinta americana, cuerdas y capuchas. Cerraron y cruzaron la calle. Pararon delante de las casas contiguas a la iglesia y las inspeccionaron. «Mira que si nos equivocamos», volvió a repetir Plork.

—No. Echa un ojo aquí —dijo Mork alumbrando el quicio de una puerta con una linterna, donde había una pequeña placa.

«Rodrigo López – Párroco de la Asunción»

—Bingo —dijo Plork—. ¿Llamamos o abrimos?

—Eso ni se pregunta —respondió Mork sacando una ganzúa.

Dos agentes de policía comían patatas fritas de bolsa y miraban una serie de televisión en una tableta, recostados en los asientos delanteros de un coche en la parte posterior de la iglesia de la Asunción de Arroyomolinos. Uno de ellos levantó la cabeza y alertó a su compañero:

—¡Mira, hay dos tíos hurgando en la puerta del cura!

—Es verdad. Avisa a los otros.

El compañero avisó por radio a otra patrulla que hacía guardia en el lado opuesto de la iglesia, donde estaba el agente de mayor rango, que dispuso el operativo:

«Los veo, pero... ¡Me cago en la mar!, ¿cuánto miden esos tipos? Bueno, vamos a acercarnos despacio y a esperar a que entren. Cuando lo hagan tomaremos posiciones junto a la puerta y al salir los emboscaremos. ¿Entendido?».

—Alto y claro.

«Bien, vamos allá. Preparen sus armas reglamentarias».

Los agentes salieron de los coches y anduvieron agachados, guarecidos por unos arbustos que decoraban las aceras delante de las casas y por la propia oscuridad de la noche. Observaron agazapados cómo Mork por fin conseguía quebrantar la resistencia de la cerradura y ambos sospechosos accedían al domicilio de don Rodrigo. El agente al mando ordenó avanzar con la mano y los cuatro se dispusieron delante de la puerta, agachados, con sus armas apuntando a ella. Fueron escasos los minutos, pero los nervios ante el inminente enfrentamiento atenazaban a los agentes, que procuraban mantener firmes sus pistolas entre sus manos sudorosas. Al fin uno de los hombres apareció y, tras él, el otro, que llevaba al sacerdote maniatado sobre un hombro.

—¡Dejen a ese hombre en el suelo y levanten las manos bien visibles o abriremos fuego! ¡Tenemos orden de disparar a matar, así que más vale que colaboren!

Ambos hermanos miraron a los policías y entre ellos. Plork hizo un gesto velado a su hermano, que cargaba con el cuerpo del cura, para cerciorarse de que tenía acceso a su arma. Mork negó con la cabeza. Plork resopló y volvió a mirar a los agentes. Los veía tensos, los veía nerviosos, les temblaban las manos que agarraban las armas. Él, en cambio estaba tranquilo. Visualizó el orden en el que abriría fuego y desde dónde lo haría; se arrojaría a un arbusto y desde ahí tendría protección y seguiría teniendo contacto visual con los agentes. Confiaba en sus posibilidades porque, a pesar de su relativa juventud, se había visto involucrado en mil y un tiroteos. Pero ¿y su hermano? ¿Podría zafarse a tiempo? Comprendió que lo tenía muy difícil, por no decir imposible.

—¡Que levantéis las manos de una vez!

Algunas luces de las casas colindantes se encendieron y de algunas ventanas asomaron cabezas de vecinos curiosos. Plork volvió a valorar la situación y no lo vio claro, así que levantó las manos e instó a su hermano a soltar al sacerdote y hacer lo propio.

Los agentes respiraron aliviados y dos de ellos se acercaron para esposarlos mientras los otros seguían encañonando a los sospechosos. Los metieron en uno de los coches y los llevaron a la central.

Dos sacerdotes rezaban en silencio en la puerta de un lujoso despacho en el ala este de una mansión señorial. Sobre la puerta, donde había clavada una cruz de madera, pendía una tela con restos de sangre arcaica. Cerca de ellos un par de hombres armados con subfusiles estaban de pie y conversaban entre sí; otro dormitaba en un sillón. La luz de un fulgurante amanecer empezaba a entrar tímidamente por los enormes ventanales del fondo y la cúpula de cristal que coronaba el final del corredor. Por primera vez en varios días los rayos del sol habían vencido a la bruma que parecía haberse perpetuado sobre la casa. El aire mustio y sobrecargado pasó a ser fresco, liviano y límpido. Unos golpes en la puerta sobresaltaron a las cinco personas.

—¡Virtudes, Virtudes! ¿Estás ahí? —se oyó desde el otro lado.

—¿Don Floren? —preguntó uno de los soldados.

—Sí, claro. ¿Dónde está mi mujer?

—La mandamos llamar ahora mismo, pero no podemos abrir, señor.

—Lo entiendo —respondió afligido.

—Corre, ve a buscar a la señora —le ordenó a otro soldado—. Y vosotros no dejéis de rezar.

Los sacerdotes, que habían detenido sus oras alertados por el misterioso comportamiento desde el otro lado de la puerta, continuaron con su tediosa labor. Don Florencio miró su ventana con los ojos arrasados. Entró en la habitación donde cogió un batín del armario y se lo puso cuidadosamente. Después volvió al despacho y se quedó junto a la puerta.

—Cariño, ¿cómo estás?

—Estoy mejor, Virtudes; mucho mejor.

—No sabes las ganas que tenía de volver a escuchar tu voz —dijo la mujer sollozando.

—No llores, amor mío, que me estoy curando. Dios bendiga a don Gregorio, que está dando la vida por ayudarme.

—Sí, Floren, cariño mío, ese hombre es un santo y va a quitarte lo que tienes. Pronto acabará del todo y podremos vernos y abrazarnos.

—Pero yo quiero verte ahora. Te echo mucho de menos.

—Yo también, pero no puede ser. Debemos seguir así hasta que él lo diga. Si le seguimos haciendo caso te seguirás recuperando.

—Deseo ver tu rostro un instante aunque sea. ¿Puede ser malo eso?

—No, cariño. Ten paciencia. Adiós.

La mujer rompió a llorar de nuevo y se fue cubriéndose la cara. Acababa de demostrar una fortaleza al alcance de muy poca gente. A dos de los soldados les brillaban los ojos húmedos y otro hacía pucheros como un niño pequeño.

El comisario Vallejo se despertó con la noticia de que habían capturado a dos hombres que intentaban secuestrar a uno de los sacerdotes que él había mandado vigilar.

—Hemos estado interrogándolos toda la noche, señor.

—¿Y por qué no me avisasteis?

—Eran las dos de la mañana y no lo creímos oportuno.

—¡Me cago en la leche, sabes que para casos así me da igual la hora! En fin... ¿Qué tenemos?

—Son dos varones españoles de 32 años, hermanos gemelos; dos tipos duros. Y no sueltan prenda. Creemos que están relacionados con la organización de don Floren, pero no podemos corroborarlo. No tienen antecedentes policiales ni sabemos nada de ellos. Son dos fantasmas, señor.

—¿Vehículos?

—Sí, iban en una furgoneta con matrícula falsa. Investigando el número de bastidor hemos descubierto que fue comprada como furgoneta de reparto para una empresa con sede en Barcelona. El domicilio fiscal de esa empresa es ficticio, sus propietarios desconocidos y sus actividades no se pueden rastrear.

—Vaya, vaya. Estamos ante gente muy organizada y profesional.

—Por eso le he comentado que creemos que pertenecen a la organización del Padrino.

—Bien, pues en media hora estaré allí y quiero hablar con ellos.

—Pero ya ha venido un abogado, señor.

—Deberías saber ya, subdirector, lo poco que me importan los picapleitos. Adiós.

Media hora después, el comisario Francisco Vallejo descendía a la planta donde se ubicaban las salas de interrogatorios del complejo policial. Un inspector que había en la puerta le puso al tanto de nuevos detalles:

—Buenos días, señor. Siguen sin hablar, y menos desde que ha venido el abogado —el inspector invitó a observar con su mirada a un hombre trajeado que se sentaba en un sillón frente a la habitación—. Por otra parte, decirle que los tenemos bien pillados: llevaban una *Glock9mm* cada uno de ellos encima, varias armas de asalto en la furgoneta, cuerdas, palancas, cinta americana e incluso explosivos plásticos. ¡Unos benditos, vamos! También coinciden con la descripción que dio el obispo de Jaén de los ladrones del Santo Rostro. Aparte de su documentación, toda en regla por otra parte, uno de ellos llevaba esta tarjeta.

El agente mostró una tarjeta profesional al comisario. Él la miró asombrado y sacó una de su bolsillo: «Es la misma», murmuró.

—Esta tarjeta es de un sacerdote que tus compañeros interrogaron ayer; el que había estado presente en el robo de la Catedral de Jaén. Tengo unas referencias inmejorables de él. De algún modo los sospechosos lo han extorsionado o amedrentado y han usado a ese pobre hombre para ayudarles en sus propósitos. Se ve que estaba tan asustado que no se atrevió a delatarlos. Quiero que lo localicen y lo pongan a salvo y en custodia. Voy a entrar.

—Tiene que ser en presencia de su abogado. Voy a avisarlo para...

Vallejo no le dejó terminar. Se giró hacia donde estaba el abogado, sacó una moneda de su bolsillo y se la lanzó usando el dedo pulgar como catapulta:

—Te montas en el ascensor. Cuatro plantas más arriba sales y a la izquierda verás una máquina de café muy grande y bonita. Te recomiendo el capuchino.

Vallejo puso la mano en el pomo de la sala donde estaban retenidos Mork y Plork y el letrado se levantó muy airado: «¡No puede entrar ahí sin que esté yo!»

—¿Qué no puedo qué? Mira, picapleitos de la mafia, voy a entrar y tú puedes esperar de dos maneras: tomando café arriba o en la sala de al lado, con unas relucientes esposas encadenadas a la mesa. Tú eliges.

—El hombre se dio la vuelta y se dirigió al ascensor entre protestas: «Esto es inadmisible... Voy a hablar con la fiscalía... Voy a informar a los medios...». Se metió en el ascensor y pulsó la tecla de cuatro pisos más arriba.

—Buenos días, muchachotes.
Ninguno de los dos contestó y se limitaron a mirar al comisario con cara de odio.
—Os cuento de qué va el tema. Tengo contra vosotros los siguientes cargos: intento de secuestro, allanamiento de morada, agresión a un sacerdote, posesión de armas y explosivos, crimen organizado, robo de patrimonio de valor incalculable, agresión a un alto cargo de la Iglesia. Eso de momento. Tras acabar la investigación añadiremos innumerables secuestros más y ya os endiñaré algunos homicidios, posesión de drogas y lo que se me vaya ocurriendo.
—¡No puede hacer eso! —gritó Plork intentando levantarse y tirando de sus esposas.
—¡Ay!, cuán atrevida es la ignorancia. Claro que puedo; soy el jefe. Puedo poneros un kilo de coca en la furgoneta y falsear pruebas de algunos asesinatos sin resolver. La conclusión es que os vais a morir en la cárcel. ¿Cómo evitarlo? Es muy fácil: dadme a Padre Tormenta y decidme para quién trabajáis. En ese caso me encargaré personalmente de que la mayoría de los cargos sean retirados. Tendréis una condena corta en alguna agradable cárcel de las afueras, en un módulo especial donde no podrán tocaros. Cuando salgáis se os

meterá en protección de testigos y podréis empezar de nuevo. Qué me decís.

Ninguno de los dos contestó. Se limitaron a seguir mirándolo hasta que Plork volvió a hablar:

—¿Dónde está nuestro abogado?

—Lo he mandado a tomar por culo, así que cuando le digáis todo esto no valdrá de nada. Será vuestra palabra contra la del jefe de Policía.

—No sabemos quién es Padre Tormenta y trabajamos solos —sentenció Plork—. Y no tenemos nada más que decir.

—Bien, como queráis. El día que veáis, en la hora de tele semanal que os van a dejar, cómo salgo esposando a Padre Tormenta, os arrepentiréis de no haber colaborado. Buenos días.

El comisario se levantó, se fue hacia la puerta y antes de abrir, Mork le dijo:

—No tiene escapatoria, comisario. Da igual lo protegido que esté, da igual a donde vaya, da igual lo que haga, que Padre Tormenta le encontrará y entonces será usted el que se arrepienta. No hay nadie en el mundo que pueda pararlo; él está por encima de usted y por encima de todos. Ve a través de las personas; le atravesará con su mirada y se convertirá en su lacayo. No tema al hombre, tema a la leyenda.

El comisario lo miró atentamente y supo que nunca podría sacar una palabra de aquellos hombres. Salió de la habitación y dijo al inspector que los retuvieran allí un día más y después los procesaran, aunque sabía perfectamente que no valdría de nada.

—Hostia, ¿todo eso se te ha ocurrido sobre la marcha? —le preguntó Plork a su hermano.

—Sí, he tenido a un buen maestro.

Gregorio recibió la llamada de doña Virtudes muy temprano.

—¡Don Gregorio, que mi marido está mucho mejor! Hemos hablado esta mañana y...

—¿Ha abierto la puerta?

—No, ha sido a través de ella. Por fin vuelve a ser Florencio, el hombre de mi vida. Muchas gracias, padre.

Gregorio arrugó el belfo y torció el gesto de tan grotesco modo que agradeció que la conversación fuera telefónica, para que ella no notara la furia que le asaltaba.

—Ya le dije que la cosa iba evolucionando positivamente pero, escúcheme, no quiero que se haga ilusiones precipitadas. Todavía tendrá recaídas. Quiero que sea consciente de ello.

—Lo soy, don Gregorio, por eso he resistido la tentación de abrir.

—Ha hecho muy bien. Ha sido usted muy fuerte y quiero que siga así. Buenos días, doña Virtudes.

—Buenos días, don Gregorio.

«¡Hijo de la gran puta! ¡Maldito seas, maldito seas!», comenzó a gritar Gregorio nada más colgar el teléfono mientras pateaba la mesa camilla hasta volcarla. Siguió pagando su frustración con el resto del mobiliario, tirando sillas contra la pared, derribando estanterías y pegándole una patada a la cristalera del mueble bar. No aplacó del todo su cólera pero sí lo justo para dejar de destrozar su propio piso y volver a gritar entre jadeos: «¡Es que lo sabía! ¡Sabía que se iba a recuperar milagrosamente antes de la reunión! ¡Yo te maldigo, Satanás!». Cogió su cartera, sus llaves, sus gafas de sol que estaban en el suelo y salió del piso.

—¿Ha pasado algo, don Gregorio? Es que he escuchado mucho jaleo —preguntó Carmen, abriendo la puerta cuando él bajaba.

—Que estoy endemoniado, doña Carmen. Eso es lo que pasa.

Llegó al bar y pidió un cortado y una copa de anís que bebió de un trago para reclamar su llenado, pero la segunda no se la bebió. Eran las nueve de la mañana y Manolo el Cojo ya estaba borracho; no quería acabar como él. Estuvo un rato en silencio hasta que Gabriel lo llamó por teléfono.

—Si está en su casa, váyase.

—¿Por qué? —respondió Gregorio saliendo a la calle para hablar más tranquilo.

—Porque esta noche han detenido a los gemelos cuando intentaban raptar a un cura. Los tienen retenidos en la comisaría central y los ha interrogado el comisario Vallejo en persona. Por lo visto uno llevaba su tarjeta. Vallejo no habrá tardado en atar cabos e irá a por usted. Ya he mandado a un coche para que le recoja, pero no se acerque a su casa.

—Pero allí tengo mi maletín y lo necesito.

—Es imposible. La policía ya le estará esperando.

—¿Y qué les va a pasar a los chicos?

—No se preocupe por ellos. Les he mandado a un gran abogado criminalista; es él quien me ha informado de todo y de momento se encargará de representarlos, pero cuando comience el proceso les defenderá uno de los mejores bufetes de España. Es cierto que les han pillado con la furgoneta que se llevaron a Jaén, que iba cargada de problemas, usted ya me entiende, pero en un juicio conseguiremos que no la relacionen con ellos. Además pondremos a un juez de confianza. Ahora centrémonos en usted.

—A ver, déjame pensar —dijo Gregorio rascándose la barbilla.

Miró hacia dentro del bar y vio a Manolo el Cojo cantando y a Alfonso increpándole.

—Mira, vas a hacer una cosa, Gabriel. Si los hombres que has mandado son de confianza, llámalos y mándalos al bar donde nos conocimos. Haz venir a otro coche con gente de pacotilla, que no sepa absolutamente nada importante. Dales mi dirección y diles que recojan al hombre con sotana y sombrero. Que lo metan en el coche y salgan corriendo.

—Sí, los que he enviado son externos pero competentes, pero no entiendo…

—Hazme caso. Avísame cuando estén en la puerta. Ve con Dios.

Gregorio colgó y entró al bar de nuevo. Le pidió a Alfonso una botella de ginebra y se acercó a Manolo: «¿Te quieres ganar esta botella?». Él entró al trapo sin pestañear. Cogió la bebida y agarró al hombre por un brazo. «Vamos de compras al bazar chino», le dijo. Llegaron a un enorme bazar situado en un almacén a un par de calles de la taberna. Acababan de abrir. Gregorio llevaba la botella de ginebra debajo del brazo. Se dirigieron a la sección de disfraces, encontró uno de cura, con sombrero incluido, y se lo probó por encima a su ebrio acompañante: «Te va que ni pintado». Pagó en caja.

—¿Quiere bolsa? —preguntó el dependiente.

—No, gracias. Vamos.

Se aproximaron a la casa de Gregorio y se detuvieron en la esquina.

—A ver, Manolo, te diré lo que quiero que hagas por mí. Ahora va a venir un coche, te acercarás a él y una de las personas de dentro te dará una cosa para mí, ¿de acuerdo?

Él asintió e intentó ir corriendo, pero Gregorio lo sujetó.

—No, todavía no. Ya te aviso yo.

Manolo el Cojo era un célebre vagabundo del barrio. Hacía muchos años que había perdido la cabeza y se había arrojado sin paracaídas al abismo de la bebida. En sus días buenos apenas recordaba su nombre y en los malos enseñaba los genitales a las mujeres por la calle, cosa que le había valido algunas fugaces detenciones. Gregorio quiso ayudarle alguna vez; le buscó varios albergues donde poder dormir y lo mandaba a la parroquia del barrio a comer y a ducharse, pero Manolo estaba demasiado roto. Desde entonces se limitaba a pagarle bocadillos en el bar y alguna que otra bebida.

Cinco minutos después le llamó Gabriel de nuevo:

—Los chicos ya están en su puerta.

—Ya los veo. Di a los otros que me recojan en cinco minutos en el bar.

Gregorio puso el falso atavío de cura a Manolo y le indicó a qué coche debía acercarse. El hombre caminó con su ridículo disfraz y su acusada cojera hasta llegar a la ventanilla. Se abrió una puerta y un hombre lo metió de malas maneras en el asiento de atrás. Salieron a la carrera y otro coche que había discretamente aparcado salió tras ellos encendiendo una sirena. Cuando doblaron la esquina a toda velocidad Gregorio corrió hasta la puerta del bloque, subió y entró en su casa. Se avergonzó cuando vio el estropicio que había causado en su ataque de ira. Cogió su maletín y sus cosas y se fue al bar, donde otro coche le esperaba. Se montó y se fueron discretamente.

—Vamos a la mansión, ¿no?

—No, todavía no —dijo Gregorio— primero vamos a hacer una parada.

—Comisario, me dicen los agentes que alguien se les adelantó con Gregorio Márquez —dijo el subcomisario irrumpiendo en el despacho del comisario Vallejo—. Estaba la casa revuelta y no había nadie.

—Maldita sea. Pobre diablo —se lamentó Vallejo.

—Pero decidieron quedarse por si acaso y... agárrese a la silla: tienen el premio gordo. Han cogido a Padre Tormenta.

—¿Qué me dices?

—Sí, acaban de llegar.

Los dos hombres bajaron hasta las salas de interrogatorios. Habían metido a los dos detenidos en una sala y al otro hombre, «Padre Tormenta», en otra. El comisario abrió la puerta y se encontró a Manolo el Cojo cantando «el vino que tiene Asunción, tralará».

—¿Están ahí los agentes que lo han detenido?

—Sí.

—Hágales venir.

Llegaron los dos agentes, andando con estoicismo y pavoneándose a cada paso. El orgullo no les cabía dentro del cuerpo. El comisario los invitó a pasar a la sala de interrogatorios.

—¿Os parece este hombre un genio del crimen? ¿Os parece que atemoriza a los peores delincuentes de España con su gabardina de papel, su sombrero de plástico y una borrachera que no se tienen en pie?

Los dos hombres miraban a Manolo sin saber muy bien qué decir.

—¡Me debes una botella de ginebra! —dijo él señalando al comisario.

—¡Puta pandilla de inútiles que no valéis para nada! —dijo saliendo de la sala y pegando un portazo—. Subcomisario, que se lleven a ese pobre desgraciado y le den de comer y, a ser posible, una ducha. Estaré en mi despacho.

—Teresa, haz el petate que te recojo en diez minutos.

—¿Qué pasa?

—Que me han descubierto y no tardarán en descubrirte a ti también. Voy a esconderte en un lugar seguro hasta que se solucione todo. De hecho, espera un momento…

Gregorio comenzó a divagar en voz baja: «si tienen la furgoneta tendrán huellas de todos nosotros, incluidas las del muchacho».

—Sí, Tere, te recogemos a ti y luego recogemos a Bandicoot. Voy a llamarlo para que se prepare.

—¡Madre mía, Goyo!

—No te preocupes, todo saldrá bien.

Cuando llegaron a la residencia, Teresa ya aguardaba en la parte trasera sujetando una gran maleta con ruedas. Fueron a la casa de Bandicoot, donde el chico les hizo esperar un rato en la puerta que aprovechó su madre para ofrecerles un café.

—Se lo agradezco, señora, pero llevamos prisa.

—Siempre va usted muy apurado. A ver si un día viene con tiempo.

—Prometido —dijo Gregorio.

—¿Cómo se portó Joaquín en el campamento?

—Estupendamente. Además se lo pasó bomba.

—Sí, ya me dijo que fue muy divertido. Mire, ya sale. ¡Ponte crema, que luego te pones colorado!

—Sí, mamá.

El chico dejó sus cosas en el maletero y montó en el coche con un entusiasmo que no podía disimular.

—¡Otra vez juntos! Pero ¿estos quiénes son? —preguntó mirando a los dos hombres que iban en los asientos delanteros—. ¿Dónde están Mork y Plork?

Gregorio le contó, con mucha tristeza, que los habían detenido e iban a estar mucho tiempo fuera de circulación. Bandicoot no fue capaz de reprimir su frustración.

—¡Pero eso no puede ser! ¡Tiene que solucionarlo, don Gregorio, tiene que hacer algo!

—No puedo hacer nada, muchacho.

—¡No, tiene que intentarlo! ¡Es usted Padre Tormenta! —dijo antes de que unas lágrimas, amplificadas por el cristal de sus gafas, asomasen a sus ojos de ratón.

El hombre que conducía y su acompañante se miraron con temor cuando oyeron pronunciar el nombre del criminal más temido de España.

Llegaron a la mansión poco antes de la hora de comer. Gregorio había intentado convencer a Teresa para que considerara quedarse en un lugar seguro, lejos de allí, pero ella no aceptó. Ni siquiera cuando le ofreció, a través de Gabriel, alojamiento en uno de los hoteles de cinco estrellas de la organización. Esa oferta hizo dudar a Bandicoot, pero finalmente decidió también quedarse con ellos y asumir las consecuencias de permanecer en la casa maldita.

Les sorprendió encontrarse con un panorama muy diferente a la última vez que habían estado en aquel lugar. Un sol radiante bañaba la casa y la hacía esplender de una forma que solamente Gregorio consideró tétrica. De los árboles que la rodeaban, secos apenas un día antes, comenzaban a brotar hojas nuevas, como si de una primavera tardía se tratase. «Mira cómo el Diablo nos cubre con sábanas de seda», le comentó Gregorio a Teresa. Entraron en la mansión los tres. Los secuaces que los habían traído no tenían permiso para pasar, así que se montaron de nuevo en el coche y abandonaron la finca. Gregorio dispuso que alojaran a Teresa y Bandicoot en habitaciones dentro de la casa principal y los llevaran a comer.

—Ahora después nos vemos —dijo.

—¿Dónde vas? —preguntó Teresa.

—A hablar con don Floren.

Se encaminó a las dependencias con una feroz determinación. Llegó a la puerta, dejó su maletín sobre un mueble, bendijo media botella de agua mineral que había junto a la fuente y la usó para humedecer el paño de la Verónica, tras descolgarlo de la puerta. Entró al despacho hecho un basilisco haciendo girar el Santo Sudario, enrollándolo como si de una toalla mojada se tratase, hasta dejarlo prieto y pesado.

—¡Dónde estás, cabrón impostor!

Pasó al dormitorio y lo vio sentado en la cama. «Don Floren» no pudo evitar horrorizarse al verlo entrar con un arma tan dañina y saltó hacia el otro lado, huyendo de él.

—¡Ven aquí, que te voy a dar poco, so miserable! —dijo persiguiéndolo primero por encima de la cama y luego por toda la habitación.

Lo consiguió arrinconar entre el armario y un aparador y comenzó azotarlo, blandiendo el paño como un látigo. Cada zurriagazo le provocaba al agredido una terrible úlcera y un conato de humareda.

—¡Podrás engañar a la señora, pero a mí no me engañas! ¡Toma, toma! —exclamaba preso de un frenesí de violencia desmedida.

Don Floren pudo escabullirse en un momento en el que a Gregorio se le trabó la tela y salió corriendo hacia el despacho, gritando como lo que era: un poseso.

—¡Ven aquí, Lucifer, que me cago en tus muertos! —gritó Gregorio corriendo tras él.

—¡Socorro, que me mata! ¡Ayudadme! —imploró junto a la puerta, pero los hombres de fuera, bien instruidos, se negaron a atender su petición y Gregorio llegó a su posición.

—¿Socorro? ¡Toma socorro! —dijo golpeándolo una y otra vez hasta le extenuación suya y el desfallecimiento del Diablo.

Recuperó el resuello, apartó a don Floren como pudo de la puerta y salió al pasillo, donde todos lo miraban asombrados menos el padre Tomás, que acababa de comenzar su turno de rezos.

—Le he dado la del pulpo —dijo Gregorio respirando agitado—. ¿Tenéis un cigarro?

Un soldado le ofreció un pitillo y se lo encendió observando cómo la doctora López, empleada a tiempo completo en la residencia de la familia Sánchez, se disponía a cambiar los apósitos de los ojos de don Tomás. «Un momento», le dijo cogiendo los parches nuevos, «¿Alguien tiene un bolígrafo?». La propia doctora le ofreció un rotulador de punta gorda: «mejor todavía», comentó él dibujando dos puntos anchos y excéntricos, a modo de ojos, en los parches. «Ya puede ponérselos», le dijo a la doctora que lo miró con cara de vinagre. Cuando hubo colocado los apósitos nuevos en las cuencas maltrechas del padre Tomás, la algarabía de los soldados fue mayúscula, retumbando las carcajadas en todo el amplio corredor. A Gregorio le sonó el teléfono y se apartó a cogerlo con media sonrisa, sentándose en un banco lejos de la puerta donde los vigilantes seguían riendo.

—Tiene una llamada a cobro revertido de «Ricardo». ¿Desea aceptarla?

—Sí —contestó Gregorio.

—¡Tú, malnacido!

—¡Richard, cómo estás, hombre! Me sorprende menos que sigas vivo que saber que todavía existen las llamadas a cobro revertido.

—Claro, porque estoy tirado en un hospital sin dinero, sin teléfono y con «nosecuántos» huesos rotos. Y adivina de quién es la culpa.

—Sigues obstinado en culpar a quien no debes por avatares del infortunio o del Maligno. ¿Qué influencia puedo tener yo en que te atropelle un camión o te caiga un aire acondicionado en la cabeza?

—Tú me sacaste aquella noche del bar y desde entonces todo han sido desgracias en mi vida.

—¡Para el carro, porque ya me estás cabreando! Se supone que eres un sacerdote y estabas en una casa de juego, en un maldito prostíbulo. Eres tú el que no debías estar en ese sitio.

—Es mi vida y no tiene por qué importarte.

—Ya sé que es tu vida; por cierto, una vida imposible de arrebatar. Ahora que lo pienso menuda putada no haberte tenido para enfrentarte al Diablo. Imagina: un demonio que extermina curas contra un cura imposible de exterminar. Sería épico, ¡qué digo épico!, sería la mayor batalla de todos los tiempos. Pero claro, ya se ha encargado él de que no puedas venir…

—¿Pero de qué narices estás hablando?

—…Aunque el hecho de que se unan dos cosas que no pueden coexistir en la misma realidad —siguió divagando Gregorio— podría hacer que hubiera una fractura en el espacio-tiempo y pudiera implosionar el universo…

—Cómo te gusta vacilar a la gente, ¿eh?

—No, de hecho estoy enalteciendo tus cualidades. Digo que tú serías un rival a su altura… ¡Espera un momento! ¡Ricardo, otro día hablamos, te tengo que dejar!

Gregorio se levantó como quien hubiera sido tocado por una inspiración deífica, alzó su cabeza y tras un éxtasis de contemplación interior salió corriendo. Le informaron por el camino de que su equipo estaba en el comedor principal. Llegó y encontró en un batir de mandíbulas a Teresa y Bandicoot acompañando a doña Virtudes y Gabriel a la mesa.

—Enseguida le hago traer la comida, don Gregorio —dijo la señora.

—No, gracias, no tengo hambre —respondió acelerado—. Vengo a contaros lo que vamos a hacer.

Todos soltaron sus cubiertos e incluso Bandicoot dejó de comer patatas fritas para escuchar con atención lo que Gregorio tenía que decir.

—No he estado pensando a lo grande; bueno, lo de traer las reliquias sagradas fue muy grande, pero no lo bastante. Doña Virtudes, he de confesarle que no he sido lo suficientemente franco con usted, por protegerla y que no tirara la toalla, pero ya no más. Su marido está poseído por el mismísimo Lucifer. Ea, ya lo he dicho.

—¿Pero cómo?

—Tranquila, no se sulfure aún que no lo sabe todo y ya le digo de antemano que tengo un plan. Resulta que junto a Lucifer han ascendido los otros nueve príncipes del infierno y están en los cuerpos de los nueve empresarios podridos de dinero y de poder que se reunirán con don Floren en unos días. Ahora después sor Teresa le ampliará pormenorizadamente esta información. El caso es que Lucifer es un general que ha llamado a filas a sus tropas y yo lo he intentado detener con objetos. Estaba equivocado. Esto es una guerra y necesitamos a otro general; a un líder. Alguien respetable y respetado, alguien acostumbrado a mandar sobre sus soldados. Alguien que no le teme a nada y estará dispuesto a todo para derrotarlo.

Gregorio hizo una pausa para intentar contener el galope de su corazón y hablar de nuevo:

—Gabriel, convoque una reunión para hoy mismo. Quiero a todos los capos posibles de nuestra organización; a los mejores soldados, los mejores equipos. Quiero que llame también a los Mendoza y acudan con toda su gente y todos sus medios disponibles. Dígales que los convoca Padre Tormenta. Ahora después concretaremos los detalles.

—Como quiera, don Gregorio.

A doña Virtudes le dio un soponcio y se cayó al suelo.

17. La carta más alta

El subcomisario Antúnez corría por un largo pasillo gris, iluminado con plafones rectangulares y plagado de puertas con ventanucos. Al fondo, el comisario Vallejo aguardaba delante de una máquina de café.

—Señor, le he llamado a su despacho. Tenemos algo.

—Dime.

—Hemos interceptado la llamada de un capitán de la mafia informando de que esta noche hay una reunión de alto nivel en una nave franca del polígono de Los Jarales. Los ha convocado Padre Tormenta.

—Vaya, parece que hemos agitado el avispero y ha salido el avispón rey. Subcomisario, esta vez no se nos escapará. Prepare a las fuerzas especiales y los equipos de intervención. ¿Sabemos la hora?

—Sí, las diez de la noche.

—Maldita sea, tenemos sólo una hora.

—Descuide, señor, podemos preparar un operativo decente y contaremos con el factor sorpresa.

—Pues póngase a ello inmediatamente. Antúnez —dijo Vallejo con solemnidad—, esta noche pondremos cara al Diablo.

Varios furgones policiales salieron de diferentes comisarías con la gente que pudo reunir el subcomisario en tan poco tiempo. Dos agentes, que estaban en el lugar indicado, aguardaban vigilando sobre el terreno desde las nueve y diez. Se situaban en una zona elevada del polígono industrial desde la que dominaban el lugar en que habría de celebrarse el encuentro y sus inmediaciones. Vallejo hizo abrir dos almacenes parcialmente abandonados para esconder los furgones hasta el momento de intervenir. Se acercó a los vigilantes y preguntó por la situación.

—¿Ha habido movimiento?

—Todavía no, señor.

El comisario miró su reloj y vio que marcaba las nueve menos veinte minutos.

—Estupendo y normal por otra parte. En estas reuniones de alto nivel los que mandan llegan exactamente a la hora acordada. ¿Para qué arriesgar más de la cuenta? Si no me equivoco, en breve vendrá gente a inspeccionar el lugar.

Unos minutos más tarde dos vehículos confirmaron la predicción del comisario. Aún aguantaba un heroico reducto de luz a los embates de la noche y se podía ver moderadamente bien a simple vista. El punto de encuentro era un conglomerado de pequeñas naves industriales en el que destacaba una de mayor tamaño en el medio. Los dos coches se detuvieron y de ellos salieron varios hombres armados que entraron por la nave en un extremo. Los vehículos rodearon el complejo, cada uno en una dirección, hasta volver a reunirse en la puerta. Dos de los hombres que habían entrado salieron de nuevo al exterior y uno de ellos usó un aparatoso teléfono vía satélite. No tardaron en aparecer más vehículos; algunos de ellos eran lujosas berlinas, otros todoterrenos de alta gama e incluso acudió una limusina negra.

—Todos preparados —informó el comisario Vallejo por radio—. A mi orden se desplegarán todos los efectivos. Quiero equipos en cada salida; el resto entrará por las dos puertas principales de la nave grande. ¿Entendido?

«Alto y claro, señor».

Cuando la puerta por la que hubieron entrado los vehículos se cerró, el comisario dio la orden. Una avanzadilla de expertos policías de asalto de las fuerzas especiales redujo e inmovilizó a los vigilantes que se habían quedado fuera y dieron luz verde para el asalto. Todos ocuparon sus posiciones y Vallejo ordenó entrar.

«Señor, no hay nadie por ningún sitio», dijo un oficial tras una batida interna.

—No puede ser; nadie ha salido, ¿no?

«Todo en orden aquí fuera», confirmaron desde el exterior.

—Reunámonos en mi posición. Estoy viendo un estrechamiento que parece dar a otra nave que no teníamos controlada.

Tras congregarse el grueso del operativo junto al comisario, ordenó acceder a la galería que comunicaba con el único almacén inexplorado, formando a modo de escuadrón de combate, con el comisario Vallejo en medio andando con la gallardía de un general.

El estruendo de innumerables armas cargándose al unísono coincidió con el encendido de unos focos tan potentes que cegaban a los policías, que no podían ver absolutamente nada; sólo escuchar:

«¡Tiren inmediatamente las armas o habrá una masacre! ¡No sobrevivirá nadie!».

El comisario Vallejo protegía sus ojos tapándolos con su mano anclada al exterior de sus cejas. Varios agentes preguntaron qué debían hacer. Él se negó a contestar; se negó a rendirse. La voz volvió a tronar.

«Comisario Vallejo, si no deponen sus armas será usted responsable de la muerte de 42 hombres y nueve mujeres. Sí, estamos al tanto de todo. Hemos neutralizado a las patrullas del exterior y de momento no hay heridos. No nos provoque usted. Están rodeados y arrinconados».

Vallejo apretó el puño. La rendición no formaba parte de su idiosincrasia; de haber estado solo hubiera comenzado a disparar sin dudar, muriendo matando. Pero había muchas vidas en juego que dependían de su buen juicio.

«Tampoco pueden ustedes comunicarse. Hemos anulado todas las frecuencias de radio, hemos inhibido cualquier señal telefónica o digital. Están ustedes aislados. En diez segundos abriremos fuego».

—¡Tirad las armas! —ordenó el comisario.

«Usted también», le exhortó la voz.

Vallejo sacó su pistola de la funda sobaquera y la puso en el suelo, gritando:

—¡No sabéis lo que estáis haciendo; esto es sobrepasar todos los límites! ¡Y nosotros también sabemos quiénes sois!

«Deje en el suelo también las pistolas de la cintura y el tobillo, comisario»

—¡Lo vais a pagar muy caro, os doy mi palabra! —dijo obedeciendo.

«Aléjense y anden hacia atrás. Les repito: nadie sufrirá daño alguno si cumplen nuestras órdenes y no hacen tonterías».

Un numeroso grupo de encapuchados salieron desde un rincón de la nave, comenzaron a inmovilizar manos y pies de los agentes con grandes bridas de plástico y los condujeron hasta otro almacén; a todos menos al comisario, que se quedó solo. Cuatro soldados armados se acercaron a él para hacer lo propio y antes de que les diera tiempo a reaccionar, golpeó la mandíbula del primero dejándolo fuera de combate. Se agachó a coger su arma y dos se abalanzaron sobre él. Hubo un forcejeo en el que ambos hombres salieron mal parados. El que quedaba cogió al comisario desde detrás, agarrando su cuello con fuerza y obligándolo, a duras penas, a doblegarse lo justo para que varios más acudieran en su ayuda y consiguieran por fin inmovilizar totalmente sus manos y parcialmente sus pies.

—Ya no puede hacer nada. Deje de resistirse y acompáñenos —le dijo uno.

Viendo que ya no tenía más opciones, Vallejo se dejó conducir a través del estrechamiento que llevaba a la nave que no habían inspeccionado. Los refuerzos se ocuparon de ayudar a los que Vallejo había machacado. El almacén estaba repleto de vehículos. Él no pudo ver ninguna cara. Lo metieron en la parte trasera de un vehículo todo camino con cristales tintados y una vidriera, también oscura, que le separaba de la parte delantera. El coche se puso en marcha.

«Póngase la capucha que hay en el asiento. Ahí tiene un aparato de radio. Vamos a abrir su canal interno y va a informar al segundo al mando de que esta operación era un simulacro de cara a la visita papal de mañana».

—¿Quién narices se va a creer semejante memez? —protestó él.

«Ellos. Porque se lo dice su jefe; el policía más íntegro de todas las fuerzas de seguridad. Dígales que se trataba de comprobar la cantidad y calidad de operativos que eran capaces de activar en tan poco tiempo. Que pasen a la nave, recojan sus armas, monten en sus vehículos y se vayan a casa. Es una operación de alto secreto, así que ellos no rellenarán informes; de eso se ocupará usted. Dígales que usted se marcha a una reunión con el Ministro y el Cardenal».

—¿Y por qué tendría que haceros caso?

«Porque sólo nos interesa usted. Aún los tenemos retenidos. Si no lo hace, no dudaremos en ejecutarlos».

El comisario cogió la radio e informó de todo a su segundo, al que tuvo que increpar debido a sus quejas y reticencias: «¿Crees que te debo alguna explicación, Antúnez? Hay cosas que están por encima de nosotros. Si los de arriba querían que esto fuera así, así ha sido. Punto. Idos a casa, yo me dirijo a una reunión con el Ministro y el cardenal Font. Hasta mañana, subcomisario».

—Hecho. ¿Dónde vamos?

Nadie contestó.

El enorme almacén estaba prácticamente a oscuras, exceptuando un foco de resplandor veleidoso que oscilaba en las alturas sobre su cabeza. Vallejo no escuchaba nada ni a nadie. Le habían colocado y atado en una silla en mitad de la nave, ufana y vacía a tenor del eco que producía su propia tos. Un olor a humedad y polvo se le había metido en la nariz y él hacía bailar su bigote en un intento fútil de desprenderse del tufo que le molestaba. El retumbante sonido de unos pasos, acentuado por el vano, rompió el silencio. Las pisadas se hicieron notar cada vez más cercanas hasta que una figura emergió de la oscuridad. Al principio Vallejo solo pudo distinguir una silueta, espeluznantemente familiar, que se recortaba negra entre el brillo cálido y tenue del plafón y la penumbra. Era un hombre con sombrero, lo que parecía una gabardina y llevaba un maletín en la mano. Unos pasos más le llevaron a reconocer la vestimenta como una sotana y pudo ver el alzacuellos y sobre el alzacuellos su cara.

—Padre Tormenta —dijo Vallejo.

—Gregorio Márquez para los amigos —respondió él.

La noche se había abalanzado con rapidez sobre el remoto almacén, perdido en una de esas zonas industriales obsoletas y abandonadas donde ya ni los trapaceros iban a rebuscar cobre. La mala hierba proliferaba en las grietas del asfalto que aún quedaba y compartía nacimiento con los muros de las naves industriales deterioradas, esquilmadas y vacías. En el exterior de una de ellas varios coches flamantes contrastaban con la senectud del edificio cuyo contenido guardaban; un contenido parco y sencillo, que no era más que la figura de dos hombres, uno sentado y otro de pie, que conversaban.

—Le admiro mucho, señor Vallejo. Llevaba tiempo queriendo conocerle. Es usted un hijo de puta muy perseverante.

—¿Eres consciente de que cuando acabe esto no tendrás mundo suficiente para esconderte? —dijo el comisario con tono agresivo.

—Siento decirle, señor mío, que cuando acabe esto no quedará mundo para que nos escondamos ninguno, a no ser que colabore.

—¡Maldito psicópata! Eras tú todo el tiempo y has engañado a todo el mundo. Hasta al arzobispo Fernández, que dio la cara por ti —dijo enfurecido.

—Ay, mi amigo Manolín... Un bendito, qué duda cabe.

—A ver, explícame cómo llega un sacerdote como tú, un exorcista loco, a convertirse en una figura del crimen organizado. ¿No te da vergüenza? Eres un impostor y un mentiroso.

—Puedo engañar a los hombres; lo he hecho y no me siento especialmente orgulloso de ello, pero no puedo engañar a Dios. Cuando me toque le rendiré cuentas, porque yo soy un hombre de Dios y, a mi manera, un buen cristiano como usted.

—¿Cómo yo? Perdona, pero nosotros no tenemos nada en común.

—Más de lo que cree, comisario. Es usted un hombre que está dispuesto a todo para salvaguardar el orden y servir a la justicia: falsificar informes de sanidad, saltarse a la torera los periodos legales de detención, incriminar a sospechosos con pruebas falsas e incluso perseguir a un vehículo, estando fuera de servicio, por un barrio depauperado de una ciudad que no conoce. He de reconocer que nos lo puso difícil aquel día en Linares...

—¿Tú ibas en la furgoneta?

—Exacto, hemos estado más cerca de lo que imaginaba. Pero volvamos al tema; es usted alguien que piensa que su causa es tan legítima que considera que hay que perseguirla a toda costa; que el fin justifica los medios. Yo soy lo mismo que usted pero con las leyes de Dios. Todo lo que yo he hecho es con el propósito de servir a la Iglesia y a mi Señor. No somos tan diferentes.

—Tengo que aclarar mis ideas... ¿Cómo debo llamarle? —preguntó Vallejo en un tono algo más conciliador.

—Gregorio o don Gregorio, como usted prefiera. Y puede seguir tuteándome si le place.

—No, mantengamos las distancias. Bueno, don Gregorio, yo parto de la base de que usted está como una puñetera cabra, cosa que, al menos a mi juicio, no le exime de ninguno de los crímenes cometidos; los que sé y los que no sé. Partiendo desde ahí me gustaría saber en qué razonamiento cabe que sirva a nuestra Iglesia robando sus más preciados tesoros y secuestrando a sus sacerdotes. Porque sé que fue usted, aunque ahora me lo niegue.

—No se lo negaré en modo alguno; estoy aquí para decir la verdad. Las reliquias, aparte de ser objetos para venerar y contemplar con ojos de turista, pueden ser instrumentos de Dios, armas que me he visto obligado a coger prestadas en mi lucha contra el Diablo. Jamás las cedería la Iglesia para ser usadas con tales fines y menos a alguien como yo, que llevo actuando por mi cuenta un tiempo.

—¿Por qué lo ha hecho por su cuenta? Me consta que tiene usted, o tenía, amigos importantes.

—Efectivamente alguno tengo; el arzobispo Fernández sin ir más lejos. Por cierto me ha llamado esta tarde para contarme que había aparecido el prelado. Me ha mencionado su visita de la otra mañana y he aprovechado para preguntarle por usted, enterándome, con gozo, de sus férreas convicciones religiosas.

—¿El secuestro del prelado también fue cosa suya?

—Sí. Obstaculizó mi acopio de munición sagrada y lo aparté provisionalmente de mi camino. Sólo eso. No ha sufrido ningún daño.

—Pero ¿por qué? ¿Por qué llegar a esto?

—A su debido momento le contaré el porqué, comisario. Ahora voy con el tema de los curas. ¿Sabe usted quiénes eran esos sacerdotes?

—¿Eran? —preguntó Vallejo.

—Algunos eran y otros siguen siendo, aunque sólo parcialmente. Los que han sucumbido lo han hecho a manos de Lucifer, a mí no me mire… El caso es que eran una vergüenza para la Iglesia y para los que abrazamos esta fe; criminales escondidos por mandamases de mi propia institución.

—La famosa lista…

—¿Conoce usted la lista? ¿Cómo?

—El arzobispo, quien supongo que también le informaría a usted.

—Efectivamente por él conocía yo la existencia de tan infame ignominia, pero no su contenido; eso lo averigüé yo por mis propios medios. Sepa que hemos sido, y somos, íntimos amigos y conocer la recolocación de esa gentuza siempre atormentó al arzobispo, un auténtico hombre de Dios. Por eso me lo contó una vez; necesitaba desahogarse. También le digo que yo les he dado a esos desgraciados la oportunidad de redimirse...

Gregorio sacó un paquete de tabaco del bolsillo y le ofreció un pitillo al comisario, que giró la cabeza mirando por encima de su hombro para significar la imposibilidad de hacerlo con las manos atadas.

—Lo aceptaré aunque no debería porque lo dejé hace años.

—Mal hecho —dijo Gregorio acercándose al respaldo—. Le voy a desatar una mano. Automáticamente sentirá usted la tentación de usarla para golpearme o retorcerme el pescuezo, pero no se lo aconsejo porque cuando acabe de hablar lo voy a desatar completamente y entonces podrá usar ambas manos e incluso los pies si se tercia.

Gregorio liberó su mano, le dio un cigarro y se lo encendió al comisario, que inhaló una larga calada.

—Ducados. Creía que ya no lo fabricaban.

—Fíjese que yo, hasta hoy, también creía que ya no existían las llamadas a cobro revertido. Se ve que no se puede dar nada por sentado.

—Bueno, don Gregorio. Cuénteme de una vez de qué va todo y si me va a matar o no.

—¿Matarle? Por Dios, no soy un asesino y además le necesito —dijo Gregorio caminando en círculos—. Voy a hacer un trato con usted: si usted me escucha y me acompaña a un lugar yo me comprometo a entregarme esta misma noche; sin trampas, sin paliativos, sin excusas. Ni siquiera solicitaré un abogado. Podrá meterme en la cárcel de por vida o, si le satisface más, pegarme un tiro. Cuando yo acabe de exponer la situación seré suyo. Se lo juro ante Dios.

—Sólo tengo que escucharle y podré detenerle —dijo el comisario con desconfianza.

—Exacto, aunque, ya que he sido tan benevolente añadiré un par de cláusulas: los dos chicos, enormes y repetidos, que arrestaron anoche deben ser liberados.

—Lo siento, don Gregorio, no puedo hacerlo. Son delincuentes.

—No. Lo que han hecho y estaban haciendo era seguir estrictamente mis órdenes —dijo levantando la voz—. Si han delinquido últimamente es porque se les obligó a que me obedecieran. Si han sido criminales de aquí para atrás no tengo constancia y deberá usted volverlos a arrestar cuando lo crea oportuno, pero no por las fechorías que yo les he obligado a cometer.

—Es que llevaban un arsenal en la furgoneta...

—¡El que yo les obligué a llevar! Usted me quiere a mí y me tendrá. Muéstreme en los medios, cébese conmigo pero déjelos a ellos. Prométamelo o no hay trato.

El comisario arrojó el cigarro consumido al suelo y caviló tocándose la cara.

—¿Han asesinado a alguien bajo su mando?

—No —mintió Gregorio.

—De acuerdo, acepto.

—Bien. Otra cosa: usted va a ver y a conocer a una serie de personas esta noche; olvídese de ellas. Son mis víctimas y no tienen culpa de nada. Sencillamente déjelos tranquilos cuando yo me entregue.

—¿Delitos de sangre?

—Cuando los conozca comprenderá usted que sobra esta pregunta.

—¡Está bien, maldita sea! Pero no me haga ceder más.

—Vale... ¡Ah!, una última cosa, aunque esta me importa menos; digamos que es optativa: suelte a la gente de los Mendoza y déjeles abrir el local.

—¿Qué tiene con ellos?

—Nada absolutamente, pero fui una noche a la discoteca y desde entonces me consideran una especia de gurú y me tienen miedo. Usted los presionó para tenerme; pues aquí estoy. Ya no los necesita y seguro que más adelante les echará mano por traficar con drogas o a lo que sea que se dedica esa gentuza.

—Lo haré —dijo de mala gana—. Pero se acabaron las exigencias; ahora le toca darme algo.

Gregorio asintió y tras un titubeo y un breve carraspeo, se plantó delante de él y comenzó a hablar solemnemente:

—Comisario Vallejo, olvide usted todo lo que sabe, todo lo que cree conocer y olvídese de que es policía por un momento. Le voy a hablar a su persona y al cristiano que habita en ella. Ni siquiera es necesario que me crea, porque después de esta conversación me va a acompañar personalmente a corroborar mis palabras.

Hizo otra pausa para acentuar el dramatismo de su disertación:

—El Diablo camina sobre la Tierra y, escuche bien, he dicho el Diablo, no un diablo; Lucifer, Satanás, Belcebú o como lo quiera llamar. No ha venido solo; sus nueve príncipes del Infierno han venido con él y moran en las personas más poderosas del mundo, como el propio Lucifer. Tienen una fecha para encontrarse; cuando lo hagan ya no habrá solución. Habremos perdido. Esto ha hecho que mi lucha contra él sea a contrarreloj y no pueda seguir los cauces habituales de la Iglesia católica. Bueno, eso y la magnitud del portador del Diablo.

Vallejo miraba a Gregorio sin pestañear, dando por hecho que la locura de aquel hombre era más grave de lo que había pensado en un primer momento. Gregorio pudo advertir el escepticismo en su cara y siguió:

—Lógicamente usted piensa que estoy loco y me ofendería si pensara lo contrario, pero le voy a enseñar una serie de documentos oficiales, profecías cumplidas y hechos consumados que le harán dudar. El caso es que he intentado combatir al Maligno usando todas las herramientas que creía eficaces y ayudándome de los sacerdotes secuestrados, pero ha sido en vano. Estaba enfocando mal el tema. Yo soy un soldado raso, muy experimentado, eso sí, pero soldado a fin de cuentas. Necesitamos a un general, por eso he recurrido a usted.

—¿Cree que yo le puedo y le debo ayudar a usted; a un delincuente?

—Sé que usted me puede y me debe ayudar a mí, a un soldado de Dios.

Ambos hombres se quedaron en silencio, sin mirarse, pensando cada uno en lo suyo, y por fin el comisario Vallejo dio una respuesta:

—Pues cuando usted quiera nos ponemos en marcha.

—De acuerdo. Esta noche le pondrá cara al Diablo.

Aquella frase le hizo a Vallejo sentir un escalofrío; eran las mismas palabras que había pronunciado él unas horas antes. Quiso pensar que era una casualidad. Gregorio desató al comisario Vallejo con algo de desconfianza por si todavía no se había aplacado su ira y decidía vapulearlo cuando se viera libre. Pero no lo hizo. Era un hombre de palabra y en lugar de abalanzarse sobre él se encogió de hombros para ponerse a su disposición. Gregorio mandó un mensaje con su móvil y no tardó mucho en abrirse una puerta y entrar en el almacén un único vehículo; uno de esos enormes y lujosos todoterrenos con cristales tintados que se detuvo a su altura. Le abrió una puerta trasera al comisario y le invitó a entrar. Él se sentó en el asiento del copiloto.

—Le presento a la hermana Teresa, monja, historiadora y heroína.

—Encantado, hermana —dijo Vallejo estrechando su mano educadamente.

—Y ese joven gafudo de al lado, que resplandece albugíneo y lechoso sembrado de pústulas pecaminosas, es Bandicoot, mi informático.

—Qué tal muchacho.

—Hola.

—Es muy listo ahí donde lo ve —dijo Gregorio—. Él anuló las alarmas del Monasterio de El Escorial.

—Sí, lo hice con este ordenador, don Comisario —apostilló Bandicoot mostrando orgulloso su portátil.

—¡Qué barbaridad! —Dijo Vallejo pellizcándose el nacimiento superior de su nariz y cerrando los ojos—. Voy a hacer como que no lo he oído y por favor, don Gregorio, no hagan que me arrepienta del trato.

—Lleva razón. Vamos a procurar no restregarle nuestros... MIS, quería decir, delitos al comisario.

—¿Me van a cubrir la cabeza? —preguntó Vallejo.

—No, le he dicho antes que se acabaron las mentiras, ya no hay nada que ocultar. De hecho va a necesitar toda su atención para entender lo que ellos le van a explicar por el camino.

El cielo estrellado que servía de lienzo a la noche serrana no se ocultó bajo el manto tenue que durante algunos días había tapado la finca de Florencio Sánchez. Atravesaron la carretera arbolada que llevaba a la mansión y pararon el coche en la plazoleta principal. Al comisario Vallejo no le sorprendió llegar a la casa del capo mayor, porque ya le habían contado pormenorizadamente cada aspecto de la situación que había llevado a Gregorio a ser Padre Tormenta y a sus amigos sus cómplices. Él había visto, con estupefacción e incredulidad, las extrañas profecías, la copia del pacto de

Juan Bechao y las fotografías que Teresa había hecho a la espada y al reflejo de éste en ella. Había escuchado la narración de cómo el perro del Infierno había merodeado a Teresa y cómo había estado a punto de ser arrastrada a los infiernos por una criatura demoníaca; de cómo humanos, y osos, habían vuelto de entre los muertos; de cómo un hombre mayor había descabezado a aguerridos soldados y había levitado y hecho levitar cuerdas a modo de horcas. Estaba en una nube confusa y rara en la que su sentido común comenzaba a chocar con lo que se presentaba ante él y aquellas personas exponían con vehemencia.

Ascendieron la escalera de la entrada principal y los vigilantes de la puerta no pudieron disimular su nerviosismo al ver al azote del crimen dirigirse al interior de la casa. Doña Virtudes salió a recibirles acompañada de Gabriel.

—Bienvenido a mi casa, señor Vallejo.

—Es un honor conocerla, señora —dijo cordialmente—. A usted en cambio ya le conozco.

Vallejo estrechó la mano de Gabriel con mucha menos cortesía por la inquina que le producían los abogados en general y éste en particular.

—Le pido, señor comisario, que ayude usted a don Gregorio en la medida de lo posible —dijo Virtudes.

—Vamos a ver lo que se puede hacer —respondió Vallejo manteniéndose equidistante.

—Es usted escéptico supongo —dijo ella—. Pues al margen de lo que le haya contado el padre Gregorio, intente explicarme cómo puede un hombre sobrevivir sin comer ni beber durante un mes. Y, créame, no le estoy mintiendo.

El comisario la miró en silencio.

—Bien, si nos disculpan vamos a las dependencias de don Floren —intervino Gregorio.

Caminaron hacia el ala derecha de la casa por una nave lateral y llegaron al pasillo donde varios vigilantes y dos sacerdotes se agolpaban junto a una puerta. Cuando los soldados vieron al comisario Vallejo comenzaron a realizar, por instinto, pueriles intentos de ocultar sus armas. Uno de los curas rezaba mirando a la puerta del despacho y otro encarado hacia un jarrón chino con dos grotescos ojos bizcos dibujados a rotulador sobre los apósitos que cubrían sus horribles heridas.

—¡Pero cómo sois tan hijos de puta! —dijo Gregorio haciéndose el indignado, acercándose a don Tomás y dándole la vuelta hacia la puerta—. Espere un segundo... ¡Ya!

—¡Ay! —se quejó el sacerdote invidente al quitarle Gregorio los dos parches de un descuidado y violento tirón.

—No se preocupe, don Tomás, enseguida viene la doctora y le pone otros. ¡Vosotros, llamad a la doctora López! Es que son un poco gamberros, comisario; la edad, ya me comprende usted... —se disculpó ante Vallejo.

—Ya veo, ya.

—Teresa, ¿me haces el favor de descolgar el Santo Sudario y dárselo al comisario?

Mientras ella lo quitaba cuidadosamente Gregorio se acercó a un soldado con disimulo y le pidió un arma. Él le ofreció el subfusil.

—No, una más corta; una pistola —dijo susurrando.

El soldado se la dio y Gregorio la guardó en su cintura bajo la sotana. Sacó el cáliz, lo llenó de agua y la bendijo. Se dio la vuelta y miró la puerta con la cruz de madera enclavada, dirigiéndose al comisario.

—Señor Vallejo, quiero que sepa que entrar ahí es muy peligroso y asume el enorme riesgo que va a correr.

—No le demos más vueltas, don Gregorio, y vamos para adentro —dijo decidido mirando el Santo Grial en la mano de Gregorio, sustraído unos días antes en Valencia.

Vallejo no sabía muy bien qué se iba a encontrar en el despacho y lo que vio no le pareció en absoluto fuera de lo normal. Don Floren caminaba en batín. Se había aseado y presentaba un muy buen aspecto. Al verlos, se acercó tranquilamente.

—¿Comisario Vallejo? ¿A qué debo el honor? —dijo alargando su mano para estrecharla.

Gregorio lo miraba con recelo y el comisario aceptó el apretón de manos con educación, sujetando el sudario con la otra mano.

—Es un placer conocerle, señor Sánchez. Nada, quería comprobar cómo está usted.

—Pues ya ve, comisario, encerrado en mi propia casa. ¡Qué digo en mi casa!; en mi despacho y mi dormitorio.

—Pobrecillo mío —intervino Gregorio con sorna—, que lo encierran cuando él sólo quiere destruir la humanidad.

—¿Lo ve, comisario? Él es el que ha lavado el cerebro de mi mujer y le ha metido en la cabeza ideas locas sobre posesiones demoníacas. Me ha secuestrado y está manipulando a doña Virtudes y a mi gente. Tiene usted que ayudarme.

Gregorio arrojó sin mediar palabra el contenido del Santo Grial sobre la cara de don Floren.

—¿Qué demonios hace, maldito demente? —protestó el señor sacando un pañuelo del bolsillo de la bata y enjugando su cara.

—¡Don Gregorio, por favor! —le recriminó Vallejo.

—¡Venga, ráscate, que te pica! —dijo Gregorio provocando al Padrino—. No te cortes.

—Estas no son maneras —volvió a protestar el comisario mirando cómo guardaba afablemente su pañuelo.

—¿No ve que está fingiendo? Esto es como cuando te das un golpe delante de gente, te haces daño pero dices que no te duele y estás deseando quedarte solo para llorar. ¡Venga, da la cara, jodido Lucifer!

—¡Tiene que hacer algo, comisario, esto no es de recibo! —volvió a reclamar don Floren.

Vallejo dudaba y no sabía muy bien cómo reaccionar. Entretanto Gregorio guardó la copa y sacó la pistola.

—¡Ya me tienes hasta las narices!

Encañonó y le metió cuatro balazos en el pecho a don Floren, que cayó, acribillado, de espaldas al suelo.

—¿Pero está usted loco? —gritó el comisario abalanzándose sobre Gregorio para quitarle la pistola. Comenzaron un forcejeo en el que el sacerdote aguantó lo que pudo sin que le arrebatara el arma, mientras Vallejo, un guerrero nato, un hombre con una intuición especial para vigilar su espalda, miraba de soslayo a su izquierda y veía cómo don Florencio se levantaba recto y rígido, como tirado por una cuerda invisible, y se plantaba amenazador ante ellos. Sus ojos brillaban con la furia del Infierno, gualdos y terribles, y empezó a hablar con una voz que por intensa, no pareciera humana.

—Tú lo has querido, Goyete —bramó avanzando hacia el comisario sin mover los pies, levitando al roce del pavimento.

Vallejo le apuntó y amenazó con disparar. Gregorio sabía que no serviría de nada y cogió el Santo Sudario, caído al suelo en la refriega, con rapidez. El comisario abrió fuego, pero Satanás se le vino encima sin remedio hasta que Gregorio lo abordó desde atrás apretando su cuello con la tela como un sicario siciliano.

—¡Váyase! —dijo al comisario con un estentóreo grito mientras clavaba su rodilla en la cintura de don Floren y tiraba hacia detrás con toda su fuerza—. ¡Salga ya, no podré contenerlo mucho!

Vallejo se acercó a la puerta, retrocediendo sin apartar la vista de ellos, y vio cómo el Diablo se revolvió y cogió a Gregorio del cuello, levantándolo dos palmos del suelo.

—Voy a adelantar la fecha de tu muerte, exorcista de pacotilla —rugió.

El comisario divisó de soslayo la sombra de ambos en el suelo y pudo reconocer la figura elevada del sacerdote y la cabeza astada de la criatura que lo sostenía. Quiso hacer algo, pero la puerta se abrió y una mano tiró de él. Era Teresa que, con ayuda de varios hombres lo sacaron y cerraron la puerta.

—¿Qué pasa con él? —preguntó desesperado.

—Sobrevivirá —dijo Teresa con más esperanza que certidumbre—. Debe hacerlo.

Sacó un rosario, agachó la cabeza y comenzó a rezar.

Las uñas de la Bestia se clavaban en los laterales del cuello de Gregorio, que aguantaba consciente a duras penas mientras la sangre brotaba y resbalaba por su sotana. Lucifer pegó su cara a la de su enemigo. Gregorio anudó como pudo el Santo Sudario en su mano y le golpeó con él. Él giró la cabeza y se lo arrebató, apretándolo entre sus dedos deformes, haciendo que un humo verdoso emanara del interior hasta que empezó a arder en llamas cegadoras. El Diablo se reía mientras se derretía su mano junto con la reliquia sagrada. Gregorio aprovechó con su último hálito de vida para sacar un crucifijo de metal y clavarlo con fuerza en el costado del apóstata, que lo soltó arrodillándose. Con la vista borrosa y entre estertores, Gregorio alcanzó la puerta y salió al pasillo.

—Cerrad la puerta —dijo con un hilo de voz ronca.

—¡Rápido, venga aquí! —reclamó Teresa a la doctora que justamente iba a sustituir los apósitos del anciano.

—¿Y qué pasa conmigo? —protestó el hombre.

La mujer comenzó a limpiar las heridas con una gasa y comprobó que eran superficiales; las lavó, las desinfectó con agua oxigenada y le puso los dos parches quirúrgicos que tenía a mano. Don Tomás se tuvo que quedar bizco.

—Ya, no se preocupe. Estoy bien —dijo Gregorio.

—¿Qué ha pasado? Dijiste que él no te haría nada a ti —le preguntó Teresa.

—Bueno, se ve que hoy le he tocado las narices más de la cuenta, pero no hay mayor problema. Ayer estaba tomándome una copa con él y hoy quiere matarme; no es nada que no me haya pasado alguna vez en el bar de Alfonso.

Teresa negó con la cabeza mirando el suelo. Entre todos los presentes, turbados cada uno a su manera, había uno que había palidecido hasta alcanzar un tono de piel parecido al de Bandicoot y permanecía inmóvil mirando a la nada. Aquel portento llamado Francisco Vallejo estaba derrotado con una pistola en la mano. Tanto tiempo sin tener miedo le habían hecho olvidar cómo era la sensación. Gregorio dio una palmadita cariñosa en la cara de Bandicoot, besó la mano de Teresa y se dirigió a él, ofreciéndole sus manos para ser esposadas. Vallejo lo miró desde lo más profundo de su alma. Aquellos ojos perdidos y duros querían hablar; querían confesar incertidumbre y terror. Exhaló un interminable suspiro, sacó su teléfono y se alejó unos pasos.

—Soy el comisario Vallejo. ¿Quién es el oficial de guardia?... Entendido. Dígale que debe soltar a los dos hombres detenidos anoche en Arroyomolinos; están en la sala dos de interrogatorios... Sí, los gemelos... No, de momento no vamos a presentar cargos contra ellos; son parte de una investigación más grande y hay que dejarlos volar por ahora... Bien, si tiene algún problema o alguna duda que me llame... Al fiscal aún no le hemos pasado nada, así que no hay que informarle... Perfecto pues. Ah, y otra cosa: ya no podemos retener más a los miembros del cártel de Mendoza; que los pongan en libertad y revoquen el cierre de la sala de fiestas. Éste tema lo lleva el comandante Ramírez, pero vayan ustedes adelantando el papeleo... De acuerdo, hasta luego.

Vallejo colgó el teléfono y se acercó a Gregorio con la mirada sombría.

—Bien, qué hacemos.

Gregorio le invitó a hablar al final del pasillo. Hizo un gesto a Teresa y Bandicoot para que les acompañaran. Una vez allí expresó sus inquietudes y expuso su plan:

—Ya somos todos conscientes de a qué nos enfrentamos y he observado que a medida que se acerca la reunión, la cumbre infernal, él se va haciendo más fuerte. Teresa, ya ni el agua bendita ni las reliquias parecen afectarle; de hecho ha destruido el Santo Sudario —dijo mirándola con melancolía—. Tenemos una última, y diría que única, oportunidad; hay que jugar nuestra última baza y apostar por la carta más alta.

—Disculpadme, pero todavía me cuesta creer lo que he visto —interrumpió Vallejo—. Las balas no le causan daño alguno, ¿cómo puede ser posible? ¿Cómo vamos a combatir contra algo así?

—Entienda que es un poder sobrenatural, sobrehumano. Lógicamente no se le puede hacer frente con medios convencionales.

—¿Y si hacemos una especie de armadura con biblias y le atacamos con una ametralladora armada con balas huecas rellenas de agua bendita? —propuso Bandicoot.

Todos lo miraron un instante para ignorarlo un segundo después.

—El tema es que ahora mismo Lucifer —prosiguió Gregorio— es el general del Infierno en la Tierra y está a tope de poder. Por eso acudí a usted, porque necesitamos a otro general que esté a su altura.

—¿Pero qué puedo hacer yo ante eso? —preguntó el comisario desesperado.

—¿Usted? Ja, ja, ja —rió Gregorio—. Yo apenas puedo combatirle un poco y usted absolutamente nada. ¿Pensaba que era usted a quien me refería? No. Yo le necesito para poder conseguir a una persona que luchará de tú a tú con el Diablo; al líder de millones de personas, al vicario de Dios en la Tierra, al puto amo...

Gregorio sacó un cigarro, lo golpeó contra su rodilla y sentenció:

—Vamos a secuestrar al papa de Roma.

18. El plan

Compartieron una cena en el comedor principal, opípara para Bandicoot y moderada para el resto, que Agustín preparó con exquisita diligencia. Aquel chef parecía vivir al margen de los acontecimientos que azotaban la mansión y ejercía su vocación y su profesión con entusiasmo. Un entusiasmo que no compartían la mayoría de comensales, a pesar de la calidad de las viandas, con el apetito mermado por la gravedad del presente y la incertidumbre del futuro a corto plazo. Doña Virtudes les acompañó los primeros minutos por mera cortesía, pero no comió nada más allá de un caldo de pollo con verduras. Después se excusó y se dirigió a sus aposentos. Gabriel tuvo que ausentarse durante toda la cena, con lo que quedaron Teresa, el muchacho, Vallejo y Gregorio como únicos usuarios de tan magna estancia y tan interminable mesa de caoba con candelabros dorados y barrocos. Fue una cena silente, con cada cual inmerso en sus divagaciones.

—¿Me puede traer mi botella de coñac? Serafín ya sabe cuál es porque me la recomendó él —pidió Gregorio a un camarero, tras rendirse ante un bacalao al pilpil—. ¿Alguien más quiere coñac?

—Yo, por favor —dijo el comisario apartando su plato y recostándose sobre el respaldo de la silla.

—A mí me pone un *whisky* con hielo, por favor —demandó Teresa.

—¡Yo quiero un Jägermeister con Monster! —exclamó Bandicoot con el hocico lleno de kétchup.

—Valiente basura bebes —le reprochó Gregorio—. Si le hubiera dado de eso a don Floren, el Diablo habría salido corriendo de su cuerpo.

Trajeron las bebidas y colocaron ante Gregorio y Vallejo dos copas grandes de coñac, calentadas para un mejor paladeo de una bebida lujosa y exclusiva como pocas, pero el sacerdote rechazó la suya.

—¡Cada vez que te veo beber del Santo Cáliz me pongo enferma! —le increpó Teresa.

—¿Y qué de malo tiene, Tere? El copón bendito no deja de ser un recipiente para abrevarse. Y según los preceptos de *Indiana Jones y la Última Cruzada*, quien beba de él alcanzará la inmortalidad. Yo ya debo haber acumulado unos mil años.

—¡Qué tonto eres! —dijo Teresa sonriendo y cogiendo el cáliz para beber.

—¡Yo también quiero! —gritó Bandicoot.

—¡Pero te limpias la boca primero, so guarro! —le exigió Gregorio.

Tras beber el muchacho y proferir un «¡Qué asco!» por el sabor del coñac, le ofrecieron beber al comisario que contemplaba la escena con cierto pasmo.

—Emulemos la última cena, comisario, y bebamos todos de él —dijo Gregorio extendiendo la copa.

—No me negaré, porque sí puede que sea la última; al menos en libertad.

Terminando el hombre de amorrarse al Santo Cáliz, Mork y Plork entraron por la puerta, provocando que Bandicoot se levantara y corriera a su encuentro.

—¡Qué pasa, cuatro ojos! —gritó Mork agarrando su mano con efusividad y tirando de él para estamparlo contra su pecho y propinarle una serie de palmetazos en la espalda que por poco no descoyuntan al chaval.

Plork hizo lo propio, llegando Gregorio a temer por su integridad física.

—¡Ya vale, garrulos, que como lo dejéis inválido a ver qué le digo luego a su madre!

Pero les daba igual; a los tres les desbordaba la euforia y Teresa reía entusiasmada por ver a los hermanos de vuelta celebrándolo con un chico muy diferente a ellos, al que apenas conocían de unos pocos días tan extraños como intensos. Fue al ver los gemelos al cuarto comensal cuando cesó la algarabía y el disgusto se reflejó en sus caras. Plork hizo un gesto serio a Gregorio para que se levantara, que él captó a la primera acercándose copa en mano.

—Habéis llegado justo a tiempo; bebed.

—Don Gregorio —dijo Plork en voz baja—. ¿Qué hace él aquí?

—Bebed.

Ambos bebieron del cáliz y se lo devolvieron a Gregorio, que les habló discretamente:

—Ahora el comisario Vallejo está de nuestra parte. De hecho es él quien os ha liberado.

—Pero quiso incriminarnos con falsas acusaciones, don Gregorio —protestó Mork mirando de soslayo a Vallejo.

—Estaba haciendo su trabajo, nada más. Quería que hablarais a toda costa. Hay que entenderlo; ese hombre ha estado sometido a mucha presión y sí, es un cabrón despiadado, pero ¿quién no lo es? —dijo Gregorio en tono conciliador—. Resulta que también es un católico recalcitrante y ahora colabora con nosotros. Por tanto olvidemos las rencillas y trabajemos juntos. Quiero que os acerquéis y le deis la mano. Esto no es negociable.

Ambos asintieron a regañadientes pero conformes y se acercaron a donde bebía el comisario, que se levantó.

—Qué tal, comisario —dijeron ofreciendo sus manos.

Él las estrechó y Gregorio habló desde el extremo que presidía la mesa, quitándose los apósitos que tapaban sus heridas del cuello:

—Nos vamos a la sala de juntas a preparar el plan. ¡Por favor! —dijo a un camarero que miraba su móvil en el lado opuesto del comedor—, que lleven la cena a estos caballeros a la sala de reuniones junto con otra botella de coñac.

—¡Yo quiero un helado de chocolate! —pidió Bandicoot.

—Y dos helados de chocolate —dijo Gregorio.

—Que sean tres —apostilló Teresa.

—Hay que ver lo pronto que se acostumbra uno a los lujos de los ricos —comentó Gregorio invitando a todos a salir.

—Bien, para los recién llegados, Mork y Plork, decir que el plan es secuestrar al Papa. ¿Cómo? Eso ya es harina de otro costal —comenzó Gregorio.

—Antes de que siga, don Gregorio —interrumpió Bandicoot—, quiero sacar una cosa para la que estaba esperando que estuviéramos todos.

El muchacho abrió la cremallera de su inseparable mochila y sacó una pequeña bolsa de plástico que volcó en la mesa esparciendo varias chapas redondas y amarillas con letras rojas. Una «E» y una «T» se entrelazaban en diagonal y un rayo de fondo se cruzaba con ellas en la diagonal inversa.

—Son pines del Escuadrón Tormenta; los he hecho imprimir esta mañana. No me diréis que no están guapos.

—¿Pero qué gilipollez es esta? —dijo Vallejo.

—Bueno, es probable que el muchacho sea gilipollas, tampoco vamos a negar lo evidente, pero hay que reconocer que molan —dijo Gregorio prendiendo un pin en su solapa.

Todos menos el comisario se abalanzaron a coger la suyas y se las pusieron dando las gracias al joven.

—Puede usted coger una si quiere, que hice diez —arengó Bandicoot al comisario, que miraba enfurruñado la ridícula y pueril, a su juicio, muestra de inmadurez.

—Coja una, Vallejo. Si no se la quiere poner guárdela en un bolsillo, pero no le haga un feo al chico, que estamos fomentando su espíritu de equipo.

Vallejo cogió una de mala gana y se la metió en un bolsillo, resoplando con resignación. Después tomó la palabra con su voz recia y autoritaria:

—Hay que ponerse ya con el tema, que es tarde y me tengo que ir. Vamos a ver, quiero que seamos conscientes del reto que supone secuestrar al Santo Padre, algo que hasta la presente todavía no ha logrado hacer nadie; y menos en visita oficial a otro país. Voy a poneros en situación: el Papa es el ser humano más protegido de la Tierra por encima de reyes y jefes de estado que, dicho sea de paso, él también lo es del Vaticano. Llevo más de un mes coordinando el operativo junto con el resto de cuerpos de seguridad y es asombroso. Aparte de las fuerzas locales, que yo no dirijo solo, puesto que la Guardia Civil, el Ejército y el CNI también están implicados, viene con seguridad privada, varios contingentes especiales de la Guardia Suiza y numerosos agentes de la Europol. Es prácticamente inexpugnable.

—Pero yo pensaba que usted dirigía el cotarro —dijo Gregorio.

—Sólo en parte, como he dicho. Además me será difícil disponer adecuadamente de mis hombres para que actúen en nuestro favor sin saberlo —expuso el comisario llevando su mano a la barbilla—. Pero hay un terreno en el que sí voy a tener el mando absoluto: la ciudad. Madrid es mía. Yo he planificado el recorrido que hará mañana el Papa en su vehículo por las calles de la capital hasta la Catedral de La Almudena y dirigiré todo el operativo. Debemos jugar esta baza en nuestro beneficio, pero aún no sé cómo. Y tampoco tengo aquí el recorrido; lo tengo en mi despacho.

Gabriel entró en la sala de juntas con su discreción y educación habituales y tomó asiento. Vallejo se desajustaba el nudo de la corbata mientras giraba la cabeza en diferentes posiciones como si estuviera discutiendo consigo mismo. Llenó su copa de coñac y tomó un sorbo para seguir:

—Dígame, don Gregorio, si todo esto va a merecer la pena. Si usted está convencido de que el Santo Padre podrá detener a la Bestia.

—Este Papa sí; es lo que creo y es la única opción que nos queda. La otra posibilidad es no hacer nada y dejar que el Diablo camine entre nosotros y nos cruja vivos. Yo prefiero intentar algo para impedirlo.

Gregorio se levantó y habló con solemnidad:

—Miren, señor comisario y presentes: a lo largo de la historia el papado ha sufrido altibajos, algunos de ellos de indigna magnitud, que han hecho que esta, nuestra Iglesia, haya sido denostada con razón en múltiples ocasiones. Ha tenido dirigentes nefastos e incluso impostores y ha permitido que lleguen al poder clérigos más falsos que Judas... Iscariote, obviamente, no el otro; Tadeo siempre en mi equipo. A lo que voy, que Santiago es un gran papa y un hombre de Dios. Tuve la suerte de conocerlo personalmente antes de ponerse a la cabeza del Colegio Episcopal y os aseguro que tiene todo lo bueno que se puede esperar de un heredero de San Pedro; tiene la bondad de Juan Pablo II, pero mucha más energía y determinación que él. Ahora ocupa el trono y es su deber defenderlo y, de paso, defendernos a los demás.

—Más vale que no se equivoque —dijo Vallejo—. Bien, el Santo Padre llegará mañana en un vuelo privado a la base de Torrejón de Ardoz a las diez de la mañana. Lo recibirán los Reyes de España, el cardenal Font y el arzobispo de Madrid. El Ejército se ocupará de su protección allí. Tras un acto de bienvenida y la parafernalia habitual se desplazarán primero al Palacio de la Zarzuela y después al de la Moncloa, para reunirse con el presidente del Gobierno. Desde el momento en que abandonen el aeropuerto yo dirigiré sus movimientos por la capital y estaré en contacto permanente con el jefe de protocolo del Vaticano y el inspector general de la Gendarmería Vaticana. Huelga decir que durante toda la mañana nos resultará imposible hacer nada. Nuestra única oportunidad será por la tarde, cuando el Santo Padre desfilará con el papamóvil desde la Fuente de Cibeles hasta la Catedral de La Almudena, donde oficiará una misa. Tengo en mi despacho el mapa del recorrido con los posibles desvíos de trayectoria en caso de emergencia y el número de contingentes en cada lugar. Necesito esos datos para poder trazar un plan viable y no sé cómo sacar la información.

—Tal vez podríamos acompañarle a su despacho y planear el secuestro desde allí —propuso Teresa.

—¿Entrar en la sede central de la policía y subir a mi despacho, en la última planta, con el padre Tormenta y dos sospechosos de secuestro y robo? No sé, hermana, no lo veo.

—Yo puedo ayudar con eso —dijo Bandicoot—. Supongo que tendrá los documentos en su ordenador, ¿no?

—Sí, pero tienen un sistema de seguridad que impide que puedan salir de él.

—Bueno, pues podemos acceder a su PC de forma remota. Un jáquer solo no podría, pero si uso sus claves de acceso sí que sería capaz sortear los cortafuegos.

—Ya le dije que es muy listo —añadió Gregorio.

—¿Puedes hacer eso? En fin... de perdidos al río. Enciende tu portátil.

Mork y Plork aprovecharon para cenar mientras Bandicoot hacía su magia informática con Vallejo sentado a su lado. Gabriel intercambió pareceres con Teresa y Gregorio y les comunicó que aquello le parecía una mala idea y que no se terminaba de fiar del comisario. «Tú siempre tan optimista», le contestó Gregorio.

—¡Lo tenemos! —exclamó finalmente Bandicoot.

—¡Vaya! Es como estar sentado delante de mi propio ordenador —dijo Vallejo asombrado—. Cuando todo acabe, si no estamos en la cárcel ni ha ardido el mundo, puede que te ofrezca un trabajo en delitos informáticos; más que nada para evitar a gente como tú mismo.

El grupo tomó posiciones tras el comisario, que abrió unos archivos y comenzó a explicar:

—La comitiva papal partirá desde aquí —indicó Vallejo poniendo el dedo en la pantalla—: Fuente de la Cibeles, a las seis en punto, y ascenderá por la Gran Vía para luego bajar hasta la Plaza de España. La clave del recorrido está en este punto: Plaza de Callao, porque he hecho colocar el segundo papamóvil en una cochera de la calle de Tudescos, una calle estrecha y peatonal que hay unos metros más adelante.

—¿Un segundo papamóvil? —preguntó Teresa.

—Sí. Hace una semana mandaron una réplica del vehículo papal para posibles eventualidades o contratiempos. Meter al Papa en esa cochera es nuestra única opción.

—Si no entiendo mal el vehículo tendría que ser cambiado si se estropea, ¿no?

—Por ejemplo —apuntó el comisario.

—Pues nos lo cargamos cuando llegue a Callao —intervino Plork.

—Ojalá fuera tan fácil como decirlo. Aquella precisamente será la zona más controlada del recorrido: todos los accesos estarán minuciosamente controlados; mirad estas zonas rojas: ahí habrá dispositivos policiales. Nadie podrá entrar con un arma o una herramienta sospechosa. Habrá numerosos agentes de uniforme y de paisano y francotiradores en las terrazas. Acercarse al vehículo y poder dañarlo no sería factible a menos que...

El comisario se quedó pensativo y Gregorio le apremió:

—¡A menos que qué, Vallejo, que estamos en ascuas!

—A menos que se desate el caos.

—Bueno, de eso se puede encargar nuestra gente —dijo Gabriel.

—Vale —siguió Vallejo—, en el caso de que se pudiera organizar tal desbarajuste que pudiéramos, por ejemplo, pinchar las ruedas del papamóvil, yo ordenaría disolver el tumulto y desviar el coche a la calle de Tudescos para entrar en el garaje y cambiar de coche. Ahora vamos con los problemas de verdad: acompañando al papamóvil habrá, permanentemente, cuatro agentes del Vaticano a pie, dos motoristas que pondré yo y le seguirán tropecientos coches con varios cardenales de la Curia Romana y un número exponencial de miembros de los diferentes cuerpos de seguridad. ¿Sabéis llevar motos de gran cilindrada? —preguntó a los gemelos.

—Sin problema —respondió Plork.

—Pues os pondré junto al papamóvil; mañana os haré llegar unos carnets y acreditaciones ficticias de las que usa el CNI para operaciones encubiertas y os diré dónde y cuándo recogeréis las motocicletas. Por favor, hablad lo mínimo y actuad como si fuerais policías. Ahora queda lo demás.

—Podríamos aprovechar el follón para sustituir a los guardaespaldas a pie —propuso Gregorio—. Si no me equivoco serán esos agentes trajeados que suelen acompañar a los jefes de estado y que parecen sacados de un molde. Si nos hace llegar sus fotos con tiempo, buscaremos trajes idénticos y personas que se les parezcan. Nadie se fijará en ellos cuando retomen la marcha.

—Habrá cámaras de televisión grabando en todo momento. No lo veo factible; deberíamos limitarnos a sujetarlos —apuntó Vallejo—. Ahora hay que pensar en cómo aislar el vehículo principal de toda la comitiva que lo sigue, para intentar que entre solo en el callejón.

—Este centro comercial lo conozco —dijo Bandicoot ampliando el mapa en la pantalla—. De cortar la calle cuando pase el Papa me ocupo yo.

—¿Pero qué diablos dices? Ahí tus dotes de pirata informático no servirán de nada —le increpó el comisario.

—O tal vez sí. Por favor, confíe en mí.

Vallejo buscó con la mirada a Gregorio y Teresa, quienes les parecían más cabales a la hora de decidir, y ellos asintieron.

—Está bien, esa parte la dejo en tus manos.

—Vale, suponiendo que consigamos meter al Papa en la cochera sin su escolta y que no lo sigan el resto de vehículos,

¿cómo vamos a sacarlo de allí sin que lo vea nadie? —preguntó Teresa.

—La idea es tener el tiempo suficiente para poder sacarlo camuflado en otro coche, en la dirección opuesta al desfile principal. Declararé el estado de emergencia y ordenaré evacuarlo en un coche policial —dijo el comisario.

—Pero el Santo Padre no va solo en el vehículo. Siempre va acompañado de su secretario personal y dos agentes: el que conduce y su acompañante —dijo Gregorio.

—Exacto. Además si ven algo raro se negarán a abrir el coche que, por cierto, está blindado y tiene cristales antibalas. Amenazarlos no es una opción.

—Podemos volar la puerta para abrirla —propuso Mork.

—No, anda, que te gustan mucho los explosivos y no queremos más castillos derrumbados —le regañó Gregorio.

—¿Castillos? ¿A qué se refiere?

—Nada, comisario. Es un decir. El tema es que no deben sospechar nada cuando entren. Se tienen que sentir seguros.

—Efectivamente. Puedo intentar proporcionaros uniformes de policía para que vean presencia policial dentro.

—No se preocupe, comisario. Disponemos de uniformes de policía de todas las clases —intervino Gabriel.

—¡Me cago en mi puta vida! —vociferó Vallejo enfadado—. Está bien, mande mañana a algún agente de los que tienen comprados a por las acreditaciones. Ya le diré dónde las puede recoger. ¿O no tienen a ninguno? —preguntó con retintín.

—Alguno tenemos, señor comisario.

—Pues en principio esa es la idea. Mañana concretaremos los detalles a lo largo del día.

—¿Teresa y yo dónde estaremos? —preguntó Gregorio.

—Deben esperar en la cochera de la calle Tudescos. Mañana acreditaré su presencia como asistentes de la Iglesia. También haré colocar un coche de la policía con cristales tintados para llevarnos al Santo Padre de allí. Del conductor del coche se encarga usted, señor Cifuentes. No puedo usar a un agente limpio.

—De acuerdo. Usaremos a algún policía amigo nuestro —respondió Gabriel.

—No cometan el error de nombrarme, por favor. Nadie excepto los presentes debe saber mi implicación en el secuestro.

Vallejo hizo un inciso en el que miró pensativo al techo.

—De momento eso es todo, pero quiero dejar clara una cosa: no quiero muertos ni heridos graves. Hagan lo que tengan que hacer sin derramar sangre. ¿Entendido?

Todos asintieron y Gregorio preguntó por un último detalle.

—¿Cómo estaremos en contacto durante la operación? Necesitaremos comunicación entre nosotros.

—Mañana se les proporcionará unos sistemas de comunicación, de última tecnología, dentro de una red cerrada para nosotros; unos pinganillos, para entendernos.

—¡Qué guapo!, como en las pelis —dijo Bandicoot.

—¡Tú déjate de pelis, no te flipes y concéntrate en lo tuyo! —le exigió Gregorio.

—Bueno, señores, pues mañana hablaremos. Ahora, si no les importa me gustaría tener una conversación privada con Teresa y Gregorio —pidió Vallejo.

—De acuerdo, yo ya me voy. Buenas noches —dijo Gabriel.

—Nosotros también —dijo Plork—. Ven, Bandicoot, que te vamos a enseñar tu habitación.

—De puta madre —dijo el chaval recogiendo sus pertrechos de jaqueo.

Gabriel y los tres jóvenes abandonaron la sala de juntas. Vallejo bebía con aire taciturno y mirada perdida. Teresa y Gregorio se sentaron en el otro lado de la mesa, frente a él.

—¿Les puedo tutear?

Ambos afirmaron.

—Vosotros a mí también; me podéis llamar Francisco —dijo mirando el fondo de su copa, que dejaba entrever, remotamente, los dedos que la sujetaban—. ¿Sois conscientes de lo que significa todo esto para mí? Llevo toda mi vida persiguiendo a los malos, sirviendo a la justicia; luchando en guerras contra los que siempre he considerado los enemigos de la sociedad, como, por ejemplo, los dueños de esta casa y de esta organización criminal con la que me acabo de asociar.

Gregorio intentó hablar pero se lo impidió una patada de Teresa bajo la mesa.

—He mandado al garete todos mis principios en menos de tres horas. Voy a mancillar aquello que juré defender por la estrafalaria idea de que un hombre nos puede librar del mal que he presenciado con mis propios ojos. Porque esa es otra; aún no termino de asimilar lo que he visto esta noche. Me levanté esta mañana con la obsesión que tenía desde hace unos días por detener al criminal que parecía manejar los hilos de la mafia a su antojo y ahora estoy sentado delante de él... y resulta que es alguien que sencillamente ha perdido la cabeza haciendo un exorcismo y me la ha hecho perder a mí. Porque supongo que estamos de acuerdo con que esto no se lo plantearían personas en su sano juicio, ¿no?

—¿Tú piensas que estoy loca también?

—Tú, hermana Teresa, eres precisamente quien me ha desmontado por completo porque, discúlpame si te ofendes —dijo mirando a Gregorio—, ella parece mucho más racional que tú. El hecho, Teresa, de que des por sentado que todas las tropelías que ha cometido este hombre en aras de luchar contra el Demonio han sido necesarias, me dice que lo eran.

—Es que lo eran —apostilló Gregorio.

—No. Tú creías que lo eran pero a la vista está que no han servido para nada. Ojalá hubieras invertido el mismo tiempo y esfuerzo en ir por vías oficiales antes de llegar hasta el límite —comentó enervándose.

—¿Vías oficiales? ¿Pero es que no te has enterado, Francisco? ¿Es que no ves que tenemos a un príncipe del Infierno en las mismas entrañas de la Iglesia? —dijo Gregorio exasperado—. Vale, te compro que soy un demente pero ¿sabes que si de algo tengo más conocimientos que la media es del tema de protocolos para autorizar exorcismos? Créeme si te digo que este caso ni siquiera habría sido estudiado aún para proceder. Hubieran enviado a algún obispo del Vaticano en unas tres semanas. Y ya te digo que sería un obispo seleccionado cuidadosamente por el cardenal Fluperi. O sea, un coleguilla del inframundo.

Teresa aprovechó el silencio tras las palabras de Gregorio para intervenir más calmada.

—Francisco, créeme si te digo que este hombre lo único que ha hecho en la vida es el bien; a su manera pero siempre firme, siempre en la dirección correcta.

—Y yo te creo, pero permitidme que os diga que muchos clérigos no pisáis el mismo suelo que el resto de los mortales. Habéis vivido muy alejados de la realidad.

—¿A qué realidad te refieres? —preguntó Gregorio muy contrariado.

—Pues me refiero a... mmmm...

—¡Venga, responde! —gritó Gregorio con el rostro encolerizado y los ojos encendidos de ira.

—Ya, Goyete —trató de calmarlo Teresa.

—Pues que aconsejáis a las familias lo que tienen que hacer y vivís una vida solitaria. No habéis experimentado ciertas cosas terrenales que en muchas ocasiones mueven el mundo. Sé que tal vez esta reflexión no venga al caso, pero creo que es más difícil reaccionar ante problemas mundanos para alguien que a veces ha vivido equidistante a ciertos problemas. Sin embargo esa es vuestra pureza; es lo que os hace únicos. Una vida dedicada a los demás no es normal para los que sólo pensamos en nosotros mismos, nuestros hijos, nuestro dinero... Sólo quería decir eso y tal vez me he expresado mal. Disculpadme.

Gregorio se levantó y fue caminando en silencio con las manos en la espalda, rodeando la mesa hasta llegar junto al comisario. Cogió la botella de coñac, vertió un poco en su copa y se sentó junto a él. Nadie hablaba. Teresa y Francisco miraban cómo a Gregorio parecía haberle embargado un sentimiento de melancolía que parecía traspasar su piel y más allá de su piel se derramaba por cada costura de la tela que lo vestía. La tristeza era palpable y Gregorio la materializó hablando:

—Me casé con veinte años en un pueblo de la costa de Almería. Ella se llamaba Inés, como su madre, y era la criatura más inteligente, más bella y más buena que había visto en mi vida. Nunca me acabé de creer que se fijara en alguien como yo, pero lo hizo. Sus padres no aprobaban nuestra relación porque yo era un poco calavera, un poco bala perdida, y en aquellos tiempos pesaba mucho la palabra paterna. Pero nos queríamos y decidimos fugarnos. Ambos habíamos acabado ya el bachillerato, no éramos unos iletrados, y decidimos buscar trabajo y seguir estudiando cuando nos estabilizáramos; y eso hicimos. Empecé a trabajar yo de camarero y ella en una fábrica. Nos apuntamos a la universidad nocturna; bueno, yo iba por las tardes y ella por las noches. No teníamos apenas tiempo libre, no teníamos casi dinero, pero éramos felices. Al año y medio de estar allí decidimos casarnos y el sacerdote local, don Rogelio, ofició una boda con un par de compañeros de trabajo como testigos y el viento de invitado especial, porque ese día el levante soplaba con fuerza y silbaba por los recovecos de la humilde iglesia. Nos prometimos amarnos y respetarnos hasta el fin de nuestros días y lo celebramos bebiendo cerveza en un chiringuito junto a la playa. Aquel fue el día más feliz de mi vida.

Gregorio hizo una pausa para beber a morro de la botella de coñac.

—Con el tiempo nuestros padres se acabaron enterando de nuestro matrimonio por medio de unos amigos y nos perdonaron; eran buenas personas y nosotros poco más que unos chiquillos. No sabían dónde estábamos, pero nos pidieron volver. Nos pusimos en contacto con ellos y les prometimos visitarlos, pero seguiríamos viviendo a nuestro aire. Aceptaron; qué remedio les quedaba. Unos días antes de ir a casa de nuestras familias Inés cayó enferma. Estuvo una noche entera con fiebre y por la mañana fuimos al ambulatorio. Antibióticos y cama nos recetó un médico de los que fumaban en la consulta. Obedecimos pero ella no mejoraba; cada día estaba un poco más débil y comenzó a tener accesos de ira que descargaba contra mí. Yo lo achaqué a sus delirios febriles y a la semana la volví a llevar al médico. Nadie sabía lo que tenía. La vieron varios especialistas en las semanas siguientes y ninguno fue capaz de dar un diagnóstico claro. Su fiebre remitió, pero su carácter siguió cambiando. Vi cómo Inés, el amor de mi vida, iba desapareciendo poco a poco hasta que apenas quedaba nada de la chica más dulce del mundo: me insultaba, no se levantaba de la cama y apenas comía. Un psiquiatra dijo que tenía esquizofrenia y le mandó unos medicamentos que no hicieron sino agravar su situación. Dejé de trabajar para ocuparme de ella a tiempo completo. Estuve tentado de llamar a nuestras familias para que nos ayudaran pero tenía miedo de que la vieran así y me echaran la culpa. Fui un cobarde.

Agachó la cabeza y resopló antes de seguir.

—Llegó un momento en el que ya no reconocía a mi mujer. Me arrojaba cosas cuando entraba a la habitación e intentaba hablarle, me decía auténticas barbaridades, se negaba a que la aseara... Se estaba consumiendo en vida y yo con ella. Cuando yo ya no podía más y no me veía con fuerzas, rompía a llorar desconsolado. Vertí más lágrimas de las que una persona debería derramar en una vida entera y ella se reía de mí cuando lo hacía. Aquella no era ella; yo lo sabía y luchaba porque volviera, pero nunca me dio por rezar. No creía en Dios. Un día se presentó el padre Rogelio en nuestra casa preocupado por Inés. Aquel cura era una gran persona —dijo con pesadumbre—, uno de los buenos. Tras ver su estado y echar un vistazo a los inconclusos documentos médicos me sugirió la idea de que estuviera poseída. Me lo tomé mal, muy mal. Me enfadé muchísimo y le dije que era un charlatán y un hijo de puta por venir a mi casa a decir esas barbaridades. Lo eché de malos modos y en la puerta me dijo: «Rezaré por ella, Gregorio, y por ti. Reza tú también. Donde las personas te han fallado, Dios te escuchará y te ayudará. No le des la espalda». ¿Sabéis lo que le respondí? «Vete a tomar por culo». El hombre más bueno que había conocido hasta la fecha vino a intentar ayudarnos y yo lo desprecié y lo insulté. Eso es lo que hice.

A Gregorio se le quebró la voz. Teresa lo miraba angustiada y con los ojos brillantes y Vallejo apenas se atrevía a parpadear. Gregorio carraspeó y se aclaró la voz con licor.

—Yo seguí confiando en que lo que quiera que la aquejaba desapareciera por ensalmo o por casualidad. Durante todo ese tiempo no podía hablar con ella y eran muchas las cosas que quería decirle, así que le escribí una carta para cuando volviera. Volqué mi corazón en cada palabra escrita en aquel papel; mis sentimientos, mis sueños, mis ganas de abrazarla y de escuchar su risa. Quise expresar todo lo maravilloso que había en ella y no podía decirle en esos momentos tan terribles. Quise preservar su alma en una carta y en realidad me estaba desprendiendo de la mía, fracturándola en mil pedazos, en mil palabras de amor puro. Enterré mi felicidad en dos folios de papel con la esperanza de que ella la desenterrara a su regreso. Dos semanas después de la visita del sacerdote, Inés murió.

Una lágrima fluyó tímida del ojo del comisario Vallejo, que acompañó a las innumerables que mojaban la cara de Teresa.

—Hice mandar el cuerpo de Inés a casa de sus padres con la ayuda de la parroquia y gastándome el poco dinero que nos quedaba. Sí, me ayudó aquel hombre al que yo había despreciado. No me atreví a hablar nunca con sus padres ni con los míos sobre ese tema. Me fui de aquel pueblo y me escondí del mundo. Durante un tiempo no paré de darle vueltas a la cabeza: ¿Y si don Rogelio tenía razón? ¿Y si pude haberla salvado y no lo hice? Me estaba volviendo loco; el sentimiento de culpabilidad y duda me destrozó y con mi último resquicio de cordura busqué a Dios. Ingresé en un seminario y fui aprendiendo y entregándome a la fe. En poco tiempo lo tuve claro: quería ser exorcista. Me daba igual ser sacerdote, pero tenía que serlo para poder ejercer, así que tuve una determinación y una diligencia en mis estudios que me hicieron ser ordenado incluso antes que mis compañeros de promoción. Fue allí cuando conocí al arzobispo Fernández, que me mandó al Vaticano para aprender de los mejores. Tenía mis objetivos muy definidos: averiguar si lo que le pasó a Inés era una posesión demoníaca. Todavía, a día de hoy, tengo la incertidumbre. Aún no sé si fue eso lo que se la llevó y nunca he parado de pensarlo y de intentar descubrir la verdad, a pesar de que esa verdad me destruiría; demostraría que pude haberla salvado. Por otro lado tenía el propósito de evitar que algo parecido le pasara a nadie más y a eso he dedicado el resto de mi vida. Ya sabéis por qué Lucifer no me ha matado: no queda nada en mí que le interese. Quemé mi alma y sus rescoldos reposan en la tinta de un papel olvidado.

—¡No digas eso, Goyete! —dijo Teresa sollozando—. Tú tienes un gran corazón. Demuestras amor por los demás cada día.

—Sí. A ti, por ejemplo, te quiero… y a Bandicoot y al arzobispo Manolo… Pero no nos engañemos, Tere; conmigo tenéis el amor de un hombre roto.

—¿Por qué nunca me lo habías contado?

—Porque era mi carga. Pero hoy es un buen día para compartirla; puede que mañana a estas horas esté muerto o en la cárcel.

—No sé qué decir, Gregorio —dijo el comisario.

—No digas nada, Francisco. Sólo quiero que sepas que los prejuicios no son buenos. No puedes mirar a una persona y juzgarla por su profesión, su aspecto o su situación actual. Tú has sido militar y has participado en guerras; habéis desatado la tempestad y os habéis ido creyendo que vuestra obra era la verdad absoluta, y no. La verdad es lo que queda después del hecho extraordinario y puntual que es la batalla. Y allí y en ese momento, después de que el hombre muestre su peor cara, llega gente como la hermana Teresa, viviendo la realidad de pueblos arrasados y familias destrozadas; de formas de vida aniquiladas. Si eso no es tener los pies en el suelo... En fin, deberíamos disolver la reunión si os parece, que mañana tenemos un papa que secuestrar y unos informativos que copar.

—Vale, yo me voy ya —dijo Vallejo levantándose—. Mañana os iré informando de todo. ¿Cómo hago para irme?

—Voy a hablar con el abogado para que un chófer te lleve a casa o a donde tú quieras y de paso que me indique cuál va a ser tu habitación, Tere. Enseguida os digo —concluyó dirigiéndose a la puerta.

—Gregorio —le frenó Vallejo antes de salir—, Teresa: perdonadme.

Teresa le dedicó una mirada empática y tierna y Gregorio contestó:

—No hay nada que perdonar de momento, así que me lo guardo para cuando lo haya. Hasta ahora.

Acompañaron al comisario Vallejo a la puerta de la mansión donde un coche le esperaba. Se despidió de ellos y montó en él, alejándose en la profunda oscuridad del camino.

Tere preguntó a Gregorio si le apetecía hablar antes de irse a dormir. «Hoy ya he hablado demasiado». Él la acompañó a su habitación y se retiró a la suya. Teresa se dio una ducha larga y reparadora, en la que sus pensamientos se trababan enrarecidos los unos con los otros. Intentó calmarse viendo la tele, pero no echaban su programa favorito y no podía concentrarse en nada. Se acostó e intentó dormir.

Gregorio se sentó un buen rato en su cama. Miró su teléfono y se paseó por la estancia. Marcó un número.

—¿Gisela? Soy el padre Tormenta.

—Sí, dígame, padre.

—Vuestra gente va a ser puesta en libertad y la orden de cierre del local revocada.

—¡No me diga! ¿Y cómo lo ha conseguido?

—Bueno, no me he andado con chiquitas; se lo he exigido al comisario Vallejo personalmente.

—Muchas gracias, padre, es usted increíble. De verdad, no sé cómo lo hace. Estamos en deuda con usted.

—A eso es a lo que voy; necesito que me ayudéis en un tema.

—Dígame. Haremos lo que sea.

—Quiero mogollón de gente mañana en el desfile del Papa a la altura de la Plaza de Callao y quiero que a mi orden la líen parda. Que corten la calle, se abalancen sobre el vehículo papal y reduzcan a los guardaespaldas a pie. Pero nada de matarlos ni herirlos; tenemos que jugar la baza de la superioridad en número. De hecho no se pueden llevar armas y tendrá que mandar a la gente con mucho tiempo para pasar pacíficamente los controles policiales en las calles de acceso y tomar posiciones. Allí habrá más gente enviada por nuestra organización.

—Allí los tendrá; cien, doscientas personas… Todas las que necesite. Y por supuesto no osaré preguntar qué está tramando.

—Y haces bien, Gisela. Buenas noches.

Tras colgar el teléfono salió y se dirigió a la puerta de don Floren. Los dos sacerdotes rezaban exhaustos, con el peso de los días oscuros y siniestros reflejados en sus caras. Estuvo tentado de decirles que era posible que al día siguiente terminara todo, pero no quiso aventurarse ni creyó que merecieran algo de esperanza. Fue cruel y prefirió bromear con los soldados y fanfarronear con historias descabelladas. De vez en cuando dirigía una mirada esquiva a la puerta tras la que aguardaba su adversario. Podía notar su poder; casi podía hablar con él. Finalmente se retiró a su habitación y rezó hasta caer rendido de sueño.

19. La misión (Parte 1)

Francisco Vallejo apenas durmió y a las siete de la mañana bullía en su despacho repartiendo preceptos como un descosido. La actividad frenética en la sede central de policía hizo que nadie reparara en los agentes poco familiares que desfilaban por la puerta; unos para coger acreditaciones e identificaciones falsas para Mork y Plork y otro para recoger la orden que daba acceso a los pinganillos que debía procurar a sus compinches. El comisario no quiso mirar a la cara de aquellos policías corruptos que acudían con recelo a su oficina, temerosos de su ira, habiendo sido comprados por la mafia desde tiempos pretéritos. Decidió ser fuerte para respetar el paréntesis que había acordado con Gregorio.

Respondió de malos modos a las interpelaciones del subcomisario sobre la decisión de haber soltado a los hermanos. Antúnez no lo acababa de entender. «Mira, hoy toca centrarse en la visita del Papa. Cuando pase todo volveremos a ocuparnos de la caza de Padre Tormenta y la investigación de las reliquias. Ahora mismo esos dos hombres nos estorban», le explicó Vallejo algo más apaciguado.

Siguieron con las tareas; el teléfono del comisario ardía y él no paraba de ser reclamado para diferentes gestiones. Fue muy estresante jugar a dos bandas desde el ojo del huracán, pero tiró de experiencia para sobrellevarlo con la mayor entereza de la que fue capaz. Usó una fórmula infalible para obtener algo de intimidad y poder llamar primero a Gregorio y luego a Gabriel Cifuentes: «¡Dejadme un rato en paz de una puta vez!». Su palabra iba a misa, como solía decir él, y se demostró con el cese de golpes de nudillo en su puerta. Ignoró durante un tiempo las luces que parpadeaban rojas e impacientes en su teléfono y puso a sus cómplices al corriente de los lugares de entrega de las acreditaciones y aparatos de comunicación y la recogida de uniformes para los gemelos, así como las instrucciones para presentarse al servicio motorizado. «Y que se afeiten la barba, que si no los van a acabar reconociendo por mucho casco y gafas que lleven». Fue informado del número de contingentes para la organización del tumulto y dio consignas acerca de cómo debían proceder para pinchar los neumáticos del papamóvil.

A las nueve salió hacia el aeropuerto de Torrejón. Vio llegar en la distancia primero a los clérigos de alto nivel y luego a la familia real escoltada por una legión de soldados y agentes secretos; vio llegar a la prensa acreditada y aterrizar el avión procedente de Roma; vio descender por la escalinata al hombre al que debía proteger. Horas después sería el responsable de organizar su secuestro. Un escalofrío sacudió al comisario Vallejo como a un pelele.

Acompañó a la comitiva con su coche oficial, conducido por un sargento, donde compartía asiento trasero con el subcomisario Antúnez. Pararon en el Palacio de La Zarzuela, la residencia de los reyes de España, donde esperó en la puerta junto con otros jefes de seguridad mientras el Santo Padre era homenajeado en una serie de actos, más simbólicos que prácticos, regados por caldos exclusivos y canapés de fastuosidad indecente. Tras agasajar al ilustre visitante más allá de lo que él consideraba cómodo, avisaron por radio de la inminente salida hacia el Palacio Presidencial, donde aguardaba el presidente del Gobierno. Vallejo comprobó por radio que las calles dispuestas previamente estuvieran cortadas, confirmó la ausencia de contratiempos y reprendió a los periodistas que se agolpaban en la puerta sin atender las indicaciones de las fuerzas de seguridad; ordenó que los apartaran antes de dar luz verde. Salió cerrando el grupo de vehículos negros y homogéneos en los que iban distribuidas las diferentes personalidades. Sólo unos pocos sabían en cuál de ellos viajaba el primer espada de la Iglesia Católica.

En el Palacio de la Moncloa se repitieron algunos actos de lisonja que precedieron al encuentro oficial entre jefes de estado, retransmitido en directo por la televisión pública. Después llegó el momento de la comida oficial en la que Francisco Vallejo aparcó tibiamente sus funciones, delegando responsabilidades en el subcomisario, porque uno de los cartelitos de la kilométrica mesa llevaba su nombre. Comió sin hambre, pero comió. Se guareció tras su copa de vino para evitar conversaciones triviales y absurdas a su juicio y alguna pregunta impertinente acerca de los ataques a la Iglesia Católica; «no puedo revelar datos, pero estamos en ello». En el albor de la degustación de un postre de nombre rimbombante y pretencioso, el arzobispo Fernández se acercó a su silla y lo emplazó a una conversación tras el ágape, cuando se mudarían al salón contiguo para que los presentes estiraran las piernas y afilaran las lenguas.

Vallejo recordó el enjambre de hormigas que envolvía el cadáver de un avispón unos días antes en su jardín, cuando observaba la patulea de gente que rodeaba al Santo Padre en el gran salón. Se escoró en la zona opuesta para ser puesto al corriente de cualquier eventualidad por Antúnez —«Todo tranquilo»— y aprovechó para llamar a Gregorio:

—¿Va todo bien? ¿Habéis recogido los pinganillos?

—Todo viento en popa y sí, los hemos recogido. Que dice Bandicoot que si se puede quedar el suyo después.

—Dile que no. No olvidéis que debéis activarlos a las 17:00.

—No te preocupes, Paco, lo tenemos todo controlado. ¿Desde dónde me llamas?

—Desde la Moncloa.

—¡No fastidies! Dale recuerdos a Santi de mi parte y di al presidente del Gobierno y al líder de la oposición que son un par de camanduleros. ¿Lo harás por mí?

—Déjate de tonterías. Ya hablamos lue…

—No tengo el gusto de conocerlo en persona —dijo a su espalda un hombre trajeado que lo cogió por sorpresa a pesar de su sexto sentido—, pero sí lo he visto por la tele.

—¿También salgo en la televisión italiana, eminencia? —respondió guardando apresuradamente su teléfono.

—No imagina usted lo famoso que puede llegar a ser alguien por hacer mal su trabajo. Mire si no el seleccionador de fútbol.

—¿Con qué motivos me acusa de ser un incompetente? —preguntó Vallejo sujetando los caballos a los que su rabia trataba de desbocar.

—Han sido esquilmadas varias de las reliquias más valiosas de la cristiandad bajo su jurisdicción, por no hablar de las misteriosas desapariciones de clérigos, pero no se lo tome como un ataque; estaba bromeando —dijo luciendo una sonrisa pérfida, a pesar de la intención de mostrarse afable, y extendiendo una mano, pequeña y fría, que Vallejo estrechó con desconfianza.

El cardenal Vincenzo Fluperi era un hombre de mediana edad, bajo, robusto y con una nimia capa de pelo fino y corto en la cabeza que se asemejaba a la pelusa de un melocotón. Tenía los ojos rasgados y la nariz puntiaguda, vestía un inmaculado traje azul marino de corte ejecutivo y llevaba trabada en la solapa la insignia vaticana. Hablaba un castellano fluido, sin resquicio apenas de acento italiano, y alargaba las eses, siseando como un ofidio. Se daba un aire prepotente y parecía gustarse arrinconando a sus presas con la cautela de un predador. Vallejo pensó en el príncipe del infierno que según la profecía habitaba en él y volvió a dudar. Se preguntó si tal extravagancia sería cierta y en caso de serlo, el hombre era consciente de su posesión o por el contrario desconocía el mal que germinaba en su interior. Sea como fuere, no creyó el comisario que su acercamiento a él fuera una casualidad y, poseído o no, parecía un tipo malintencionado y ladino.

—Creía que los eclesiásticos de alto rango llevaban sus hábitos en estos actos —comentó Vallejo.

—Pues fíjese que yo creía que los policías llevaban uniforme.

«Es rápido el pájaro», pensó el comisario.

—¿Y qué hace el presidente del Banco Vaticano acompañando al Papa en una visita de este tipo?

—Siempre es un privilegio seguir al Santo Padre en sus viajes y, aunque no es costumbre en alguien con mi cargo, esta vez he hecho una excepción.

—Supongo que la reunión que tiene en un par de días con otros empresarios también ha influido, ¿no?

—¡Caramba!, veo que es usted un hombre bien informado.

—Claro, la información es parte de mi trabajo. También sé que el encuentro lo organiza y lo preside Florencio Sánchez, que alterna el mando de su consorcio empresarial con su corona como rey de la mafia.

—Parece una acusación muy grave, tratándose de un hombre de negocios sin ningún tipo de condena por crimen alguno, que yo sepa.

—Sí, está limpio oficialmente; hay cosas que se saben y no se pueden demostrar. Una pena, ¿no cree? —preguntó incisivo Vallejo.

—Diría que tiene usted algo personal contra el señor Sánchez —dijo el cardenal frunciendo el ceño.

—No, estoy en contra de los impostores en general —dijo lanzando una mirada acusadora a Vincenzo Fluperi.

—¿Insinúa usted algo?

—Tenemos sospechas, bastante fundadas, de que dentro del Vaticano hay fuerzas oscuras que lo quieren destruir. Esto se lo cuento de forma totalmente extraoficial y, ya que lo tengo aquí, permítame decirle que no sé hasta qué punto es sano para la Iglesia que usted tenga tratos con jefes del crimen organizado. Ah, otra cosa: ¿Le suena de algo el nombre en clave Belial? Nos lo pasó la Interpol; de momento no estoy autorizado para ofrecer más detalles, pero tal vez usted sepa algo, eminencia.

El cardenal Fluperi clavó su terrible mirada en el comisario sin decir nada. Por momentos parecía que se abalanzaría sobre él, dada la intensidad de su expresión.

—Hombre, Francisco, contigo quería yo hablar —dijo el arzobispo Fernández irrumpiendo en la conversación y saludando después al cardenal—. Eminencia.

—Monseñor Fernández, qué tal —respondió Vallejo—. Aquí estaba departiendo con el cardenal Fluperi acerca de ciertos tejemanejes que parecen afectar al Vaticano.

—¡Vaya! ¿Hay algo de lo que preocuparse? —dijo el arzobispo dirigiéndose a su superior.

—Nada, aparte de las fabulaciones de ciertos sectores de la policía. Si me disculpan... —concluyó marchándose apresuradamente.

—¿Qué ha pasado, Francisco? Parecía enfadado.

—Le seré franco —respondió el comisario—: creo que ese tipo no es trigo limpio.

—Bueno, los banqueros siempre me han dado mala espina a mí también y el cardenal no destaca precisamente por su bondad. A lo que voy —dijo avizorando a su alrededor con disimulo—: tengo que comentarte un par de cosas acerca del secuestro del prelado Molina.

—Ya comuniqué su aparición antes de ayer y le comenté a usted mismo que aparcábamos el interrogatorio hasta después de la visita papal.

—Sí, le dije al prelado que aguardara unos días y usted en persona llevaría la investigación.

—Exacto.

—Pero quiero informarle de algo que me reconcome un poco, porque concierne a un muy buen amigo mío, creo yo. ¿Recuerda que le hablé del padre Gregorio Márquez y le di su tarjeta?

—Claro. Le tomamos declaración y fue muy amable.

—Sí, es un gran tipo; de eso no hay duda. Pero pienso que de algún modo está implicado en su secuestro.

A pesar de su dilatada experiencia ocultando sentimientos, a Vallejo le resultó complicado simular desconocimiento y preguntó aparentemente sorprendido:

—¿De qué modo un simple sacerdote podría secuestrar y retener durante días a un hombre de la importancia del prelado?

—No lo sé, Francisco —respondió el arzobispo abrumado—. Pero desde hace años Gregorio le tiene tirria a Jorge Molina porque lo considera un trepa y un estirado, cosa que, entre usted y yo, es verdad, y lo llama Mortadelo para mofarse de él. Pues resulta que dice el prelado que hace unos días

Gregorio estuvo en La Almudena buscándome, le amenazó y cuando estuvo en cautividad, sus raptores estuvieron dos días preguntándole por el paradero de Filemón y el superintendente Vicente; ya sabe, los personajes de Ibáñez...

El comisario no pudo reprimir una sonrisa.

—Bueno, Monseñor, no creo que el tal Gregorio sea el único que encuentra un parecido entre el prelado y el personaje de los tebeos. Es alto, delgado, narizón y calvo; pudo ser cualquier maleante con ganas de cachondeo. Como le dije, lo investigaremos. ¿Por qué no se lo ha comentado a él directamente si son tan amigos?

—Porque Gregorio es muy especial y, aunque es un hombre bondadoso y noble, tiene un punto gamberro que a veces me hace pensar que es capaz de todo. Tuve que darle la mala noticia de la revocación de su licencia como exorcista hace algunas semanas y no se lo tomó muy bien. Si ahora lo llamo preguntándole por este tema, puede que me mande a tomar viento. En fin...

—¿Se le revocó su licencia? ¿Por qué? —preguntó Vallejo interesado.

—Porque a veces en su brega con el Diablo se ciega y no sigue los cauces oficiales. Él es así. Y no quiere hacer otra cosa... —se lamentó negando con la cabeza—. Temo que si no puede ejercer se vuelva loco.

—Sus motivos tendrá, monseñor —dijo Vallejo sorprendiéndose a sí mismo por defender al que hacía tan sólo un día era su archienemigo.

—Eso seguro. De todos modos se trata de un paréntesis; yo mismo me encargaré personalmente de que siga haciendo lo que mejor hace en cuanto acabe todo este follón. ¿Te vienes a conocer al Santo Padre?

—No, no es necesario.

—Sí, hombre, ven conmigo. No seas tímido —le dijo Fernández cogiéndolo del brazo—. Además hace un rato me ha hecho un gesto pidiéndome auxilio. Santiago no lleva bien este tipo de actos.

Anduvieron por la sala hasta las proximidades del ilustre grupo que engullía al Papa. Él procuraba ser amable, pero se notaba cierta languidez en su rostro, que levantaba de vez en cuando para buscar un salvavidas que encontró por fin en el arzobispo.

—Les ruego me dispensen un momento —dijo a su concurrencia—. Tengo que hablar en privado con un viejo y buen amigo.

El Papa se abrió paso entre la gente y afluyó a la pareja formada por el arzobispo y el comisario. Santiago era relativamente joven para ostentar el Sumo Pontificado, a cuyo cargo había llegado a la edad de 63 un par de años atrás. Tenía una generosa mata de pelo grisáceo, con atisbos castaños, que palidecía hasta el color blanco de sus sienes. Sus ojos pardos, grandes y expresivos, contrastaban con su nariz chata y unas profundas arrugas surcaban su cara aceitunada, mancillada por una verruga en la mejilla derecha. Vestía con sotana blanca con muceta y fajín del mismo color, zapatos rojos y el solideo albar de rigor que perfilaba los arrabales de su coronilla. El arzobispo se ahorró la reverencia, por haberla acometido previamente, y le presentó a Vallejo:

—Este es el jefe de policía Francisco Vallejo, un amigo y buen cristiano.

—Su Santidad —dijo el comisario besando el Anillo del Pescador que portaba el pontífice en su dedo anular.

—Es un honor conocerte. Os pido que me salvéis un rato de la pegajosas garras de la política —dijo asiendo a ambos del brazo y comenzando a andar hacia un lugar de la sala menos concurrido—. De verdad, hay veces que me gustaría volver a mi Valladolid natal y poder andar tranquilamente por la calle como antaño.

—Le entiendo, Santidad —dijo el arzobispo—. A propósito de los viejos tiempos, precisamente estábamos hablando de un amigo común. ¿Recuerda a Gregorio Márquez?

—¡Cómo no me voy a acordar! Y es curioso porque he tenido últimamente un sueño recurrente con él... Ahora os lo cuento, pero te pido, os pido, que durante un rato al menos acortéis el tratamiento y en lugar de su santidad me llaméis Santi, que para eso es mi nombre y soy el único Papa que no se lo ha cambiado. Sed misericordiosos y hacedme sentir humano.

—Como quieras, Santi —contestó sonriente el arzobispo.

El solo hecho de pensar en llamar al Santo Padre por la abreviatura de su nombre de pila, hizo que Vallejo se sintiera incómodo y prefiriera callarse.

—Y qué pasa con el bueno de Gregorio, cómo está —preguntó Santiago.

—Como siempre; sigue igual de entregado, igual de mal hablado y lidiando con fuerzas oscuras allá donde lo necesiten —respondió el arzobispo.

—Me alegra saber que hay cosas que no cambian. En mi época de cardenal en el Vaticano lo vi alguna vez en las reuniones de exorcistas, pero hace tiempo ya que no sé de él ni de tanta gente... Te voy a contar, Francisco, cómo conocí a este caballero —dijo señalando al arzobispo— y a su pupilo.

El hombre que ostentaba el más alto cometido en la cúpula religiosa hablaba y Vallejo se sentía observado en la distancia por aquellos que anhelaban su oportunidad. Habían alcanzado el umbral de un arco que separaba el salón con otra lujosa sala y se detuvieron ante la atenta vigilancia de varios agentes especiales que lo flanqueaban.

—Estaba de misión en Nicaragua; yo era ya obispo y se me tachaba de temerario por ostentar ese cargo en la lejanía y la penuria de tal vicisitud. Un día apareció un sacerdote aguerrido —apuntó sonriendo al arzobispo— con otro más joven, Gregorio, recién salido del seminario y pasado por la escuela de exorcistas del Vaticano. No tardaron en revolucionar aquel lugar. Recuerdo que le plantabas cara a cualquiera que quisiera entorpecer las labores humanitarias, aunque fuera armado hasta los dientes.

—Bueno, Santi, éramos jóvenes e imprudentes.

—Eso desde luego, pero Gregorio nos ganaba por goleada; parecía no temer a nada ni a nadie y tenía algo de lo que tú y yo carecíamos, al menos de ese modo: don de gentes. Mientras que este muchachote y yo —dijo mirando al comisario— éramos muy buenos organizando y comandando y nuestras ganas de ayudar iban a la par de la ambición por ascender; no me lo niegues, Manolín...

—Desde luego; éramos unos idealistas y queríamos tener las riendas para cambiar las cosas a mejor.

—Exacto; y no hay nada de malo en la ambición sana. Pues a lo que iba, que a Gregorio todo eso no le importaba en absoluto; él sólo quería ejercer de misionero y exorcista sin intención alguna de ascender. Lo suyo era vocación pura y él un humanista. Maldita sea —rió el Papa—, en dos meses era el más famoso en cien kilómetros a la redonda. Tenía locas a las Hermanas de la Caridad en todos los aspectos: las jóvenes lo adoraban por llevarles vino, licores y tabaco y la madre superiora lo quería matar por el mismo motivo. Montó un negocio de contrabando de tabaco para construir una escuela nueva. Yo no aprobaba sus actividades y un día que le reprendí me contestó algo que nunca olvidaré: «Si peco yo para salvar cien almas prístinas el balance sale 99 a uno a favor de nuestro jefe; además fumar no es tan malo, Santi», y me dio un paquete de Marlboro, ja, ja, ja.

—Sí, era, es, un personaje —dijo el arzobispo tras una gran carcajada—. ¿Recuerdas cuando se fue a la selva a negociar con la guerrilla, que todos dábamos por hecho que lo iban a liquidar y acudió a los tres días en un camión lleno de soldados cantando por Raffaella Carrà? Aquellos tipos parecían no haber sido más felices en su vida ni haber tenido mejor amigo que él.

—¡Claro! Tenía un don y sabía cómo explotarlo. Y ahí sigue en el barro, no como nosotros, que tenemos que rememorar la prehistoria para poder reírnos. Míranos, Francisco:

dos viejos con poder a los que nos dicen todo lo que tenemos que hacer, cómo nos debemos comportar y dónde tenemos que ir… ¡Diablos!, si yo ni siquiera puedo elegir mi desayuno. ¿Qué poder es ese? No podemos ser nosotros mismos, Manolo, como en los viejos tiempos; sin embargo ahí tienes al bueno de Gregorio que, siendo sacerdote, es más libre.

—Bueno, Su Santidad… —intervino Vallejo.

—Santi —corrigió él.

—Santi, está usted haciendo una gran labor en el poco tiempo que lleva al mando; a cada uno lo suyo.

—Ni la mitad de lo que debería; ni sé cómo, ni me dejan. No, algo estoy pasando por alto últimamente… noto que estoy demasiado lejos de la realidad. Cuanto más me acerco a Dios más me alejo del hombre y eso es una antinomia. Ni que decir tiene, comisario, que esta conversación es absolutamente privada y si revela algo de ella lo haré excomulgar —dijo riendo y dándole un simpático codazo al que Vallejo no supo cómo reaccionar.

—Sientes el vértigo de estar en lo más alto, Santiago. Todavía tienes que acostumbrarte —opinó el arzobispo.

Vallejo observó que la mirada de cólera del cardenal Fluperi hendía el pequeño corro como un puñal y advirtió a sus contertulios de ello:

—¿Qué le pasa al cardenal? —dijo moviendo su cabeza hacia él.

—Que es un amargado; eso pasa —comentó el Papa—. Y en las últimas semanas está más arisco que de costumbre.

—¿Cree usted que trama o le pasa algo? —volvió a preguntar Vallejo.

—Pues no sabría decir... —dijo observándolo y recibiendo un espurio saludo en la distancia del siniestro cardenal—. Puede que esté endemoniado y necesitemos a un exorcista. ¿Conoces a alguno, arzobispo?

—Ja, ja, ja. Nada haría más feliz a nuestro amigo —contestó.

—¿Sería eso posible? —siguió incidiendo el comisario—. Me refiero a que si alguien de la cúpula eclesiástica operara bajo algún tipo de influencia maligna, los demás se darían cuenta. Es mera curiosidad.

—Sí que se te ve interesado, Francisco —contestó el Papa—. Pues respondiendo sinceramente, yo creo que cuanto mayor sea el cargo ostentado más posibilidades habría de pasar inadvertido porque, como he dicho antes, vivimos algo aislados; una jaula de cristal que gana en grosor según se asciende. Si yo fuera poseído por un demonio te aseguro que nadie se percataría.

Vallejo prefirió desviar el tema, pues ya le estaban pareciendo algo extrañas sus propias preguntas.

—No me haga mucho caso, Santi, para mí es emocionante estar hablando de tú a tú con el Santo Padre y me estoy comportando como un crío. ¿Qué expectativas tiene en este viaje?

—Prefiero las otras preguntas —sonrió—. Esta se parece más a las que me hace toda aquella gente que, fíjate, ya me reclama.

Su secretario personal se acercó al grupo y demandó la presencia del Papa en otro corrillo más importante pero menos interesante.

—El deber me llama, amigos —dijo cogiendo sus manos—. Ha sido un soplo de aire fresco hablar con vosotros. A ti te veo luego cuando oficiemos la misa en La Almudena y a ti, Francisco, espero que esta no sea nuestra única conversación.

—Yo también lo espero, Su Santidad. Una cosa antes de que se vaya... —comentó titubeante—. Ha dicho antes que tenía sueños recurrentes.

—¡Ah, sí! Seré breve: sueño mucho con que estoy en la cima de una montaña y veo a Gregorio sujetando una cuerda atada a una roca que amenaza con caer rodando sobre un pueblo; va vestido de legionario. Siempre me pide ayuda diciendo: «¡Mi general!» y yo corro a sujetar la cuerda con él, pero siempre me despierto antes de llegar. Es una bobada, pero no deja de ser curioso. Si me disculpáis.

Vallejo lo vio alejarse y sumergirse en la multitud, entre una jauría de lobos políticos. Las últimas palabras del Papa terminaron de sofocar las llamas de su duda y tuvo su objetivo meridianamente claro por primera vez. «Esta vez sí llegarás a la cuerda», pensó.

El vehículo papal llegó a las 17:30 desde el aeropuerto hasta la Plaza de Cibeles conducido por un chófer del Vaticano y escoltado por dos motoristas altos y fuertes que parecían clones. El Santo Padre aguardaba en uno de los múltiples coches de alta gama con cristales oscuros que estaban estacionados en el centro de la glorieta, junto a la fuente de la diosa pagana, separados por muchos metros y un cordón de policías de la gente que se agolpaba en el perímetro. Vallejo coordinó la subida de la eminencia al papamóvil entre vítores y aplausos. Las dos motos y los agentes a pie tomaron posiciones junto al vehículo blanco en cuya parte trasera había ensamblada una gran urna de cristales blindados que permitían al líder ir erguido y saludando, con su secretario personal sentado tras él. Vallejo vio, literalmente, la jaula de cristal que el mismo Santiago había comentado a modo de metáfora. Comenzaba la travesía del Papa hasta la Catedral de La Almudena en olor de multitudes.

Vallejo insistió mucho en ir en el primer coche tras el papamóvil, pero en el último momento un coche les adelantó y comenzó a procesionar delante del suyo, encabezando la larga ristra de vehículos.

—¿Pero qué narices hacen esos? —protestó el comisario—. ¿Sabes quiénes van ahí?

El subcomisario Antúnez, conductor y único acompañante de su superior, contestó:

—Creo que el presidente del Banco Vaticano.

—¡Puñetero cardenal Fluperi! En fin, ahora intentaremos retomar nuestra posición.

Vallejo llevaba un pinganillo en una oreja y la radio en la mano para las comunicaciones legales con las fuerzas de seguridad; el otro oído escondía el diminuto dispositivo para el Escuadrón Tormenta y otros cuatro miembros del operativo criminal. Creyó volverse loco entre los unos y los otros y apretó con disimulo el micrófono, situado en su reloj, de la facción facinerosa:

—¡Callaos de una maldita vez!

—No se le ha escuchado por vía interna, señor —dijo Antúnez ajustándose su dispositivo.

—No te preocupes, no se lo he dicho a ellos; era sólo por desahogarme.

«Oye, ¿por qué van pisando huevos? ¿No pueden correr más?», reclamó Bandicoot.

«¡Que te calles, Beta3! ¿No has oído a Alfa3?», le recriminó Gregorio.

«¿Pero el comisario Vallejo no era Alfa1?», dijo el muchacho.

—Tú eres tonto, ¿verdad? —dijo Vallejo.

—¿Qué? —preguntó Antúnez.

—Nada, cosas mías…

«Te has lucido, Bandicoot. Si quieres te digo su número de DNI para que lo pregones también, por si no te ha bastado con su nombre», le reprochó Gregorio con sorna.

«¡Usted acaba de decir el mío!».

«¿De verdad esa mugre te parece un nombre? A lo que voy, que tenemos que aclararnos: yo soy Alfa1, Teresa…».

«Muy bien, Goyete», apuntó irónica Teresa.

«Bueno, ELLA —dijo enfatizando— es Alfa2, el que ya sabemos es Alfa3, los motoristas son Beta1 y Beta2, el informático es Beta3, los chicos del consorcio son Gamma uno y dos y los colombianos Delta1 y Delta2. ¿Estamos?».

«¿Por qué tengo que ser yo la dos? ¿Es por ser tú hombre y yo mujer?», intervino Teresa de nuevo.

«¿De verdad me vienes con esas, Tere? ¿Me has visto ser machista alguna vez desde que nos conocimos en Nicaragua bajo el mando, precisamente de Santiago?».

«Ja, ja, ja, ¡qué ceporro! Luego me dice que si yo suelto nombres», dijo Bandicoot.

«No, Goyete, te estoy vacilando», contestó ella riendo.

«Oye, no sabéis lo difícil que es conducir estas motos tan grandes a tan poca velocidad», intervino Mork.

«¿Tú eres beta1 o el dos? Es que con vosotros es fácil confundirse», preguntó Gregorio para quejarse después: «Joder, cómo pica la barba; os habréis quedado descansando».

«Ya le vale, don Gregorio, encima con recochineo», protestó Plork.

«No es recochineo, es verdad... ¿Pero cómo tengo que decir que yo no soy Gregorio, que soy Alfa1?».

«Gregorio Márquez Laguna, de profesión exorcista, ja, ja, ja», intervino Bandicoot, esta vez sí, con recochineo.

«Mira, niño, me cago en tus muertos».

—No se extrañe si me pego un tiro en los próximos minutos —dijo Vallejo al subcomisario, generando en él una expresión de desconcierto.

La comitiva papal, con el Santo Padre a la cabeza, ascendió a paso de tortuga por la calle de Alcalá, desviándose hacia la Gran Vía poco después de rebasar el Instituto Cervantes. Una multitud de católicos, no practicantes en su mayoría, y de curiosos, aclamaba y fotografiaba a la figura religiosa que saludaba amablemente desde detrás de su pecera. El cordón policial compuesto por miles de policías y voluntarios jalonaba la vía con su hilera de chalecos reflectantes y contenía a algunos exaltados que querían rebasar la barrera humana para mostrar pancartas de protesta contra la Iglesia. Vallejo mandó alejarse a un helicóptero que sobrevolaba la zona y habló para ambos operativos; el oficial y el oficioso:

—Señores, ya divisamos el edificio Carrión. Nos aproximamos a una zona muy abierta y concurrida, así que extremen las precauciones.

Todos y cada uno de los operativos contestó afirmativamente, desde los agentes del CNI, hasta los francotiradores, pasando por la seguridad vaticana. Por otro lado, la señal del avistamiento del edificio era la palabra en clave para que las fuerzas del Escuadrón Tormenta supieran que su intervención habría de ser inminente.

Cuando el coche papal apenas alcanzó las inmediaciones de la Plaza de Callao, un numeroso grupo de personas, a ambos lados de la vía, comenzó a alborotar hasta que consiguieron romper el cordón policial y abalanzarse contra los agentes a pie, los motoristas y el papamóvil. Por las costuras de la barrera manaba una ingente cantidad de personas, cada vez mayor, que se unió al tumulto.

—¿Qué narices está pasando ahí delante? —preguntó Vallejo.

«¡Hay cientos de personas abordando el papamóvil! ¡Esto es un caos!», gritó alterado un agente de campo.

«¿Abrimos fuego?», preguntó el mando de los francotiradores.

—¿Pero tú estás loco? ¡A ver, que alguien me diga si llevan armas!

«Negativo, sólo empujan y se agolpan».

—¡Jefe de operaciones a coche A: detened el vehículo hasta que disgreguemos a los agitadores! A los demás: ¡Intentad disolverlos por la fuerza pero sin abrir fuego! ¡Me cago en la leche, Antúnez! —concluyó dirigiéndose al subcomisario.

—¿Señor, mando al grupo GEO para allá?

—¡Sí, estás tardando, Antúnez! —respondió agitado.

Santiago miraba boquiabierto el colapso que se producía alrededor de su posición y trataba de relajar el ambiente pidiendo con su mano el cese de la violencia, pero nadie atendía a razones. La marea humana envolvía el vehículo y había sepultado a los agentes a pie y a los motoristas, que luchaban sin éxito para poder zafarse, con las motocicletas volcadas y decenas de personas sobre ellos.

«¡Nos están machacando! —gritó Plork desesperado—. ¿Es que nadie les ha avisado de que tenían que dejarnos actuar? ¡Aaahhhh!».

«¿Qué narices pasa, Delta1? Tenéis que liberar a los motociclistas para que puedan hacer lo suyo», ordenó Gregorio.

«¡No podemos controlarlo, Padre Tormenta; se nos ha ido completamente de las manos!», respondió alguien con acento colombiano.

«¡Mork, Plork! ¿Cómo vais?».

«¡No podemos… no puedo moverme!».

«¡Yo tampoco!».

«¡Qué desastre, madre mía!», clamó Teresa.

—Vamos, vamos, joder —rogaba el comisario en voz baja.

—Mire, señor, ya les están dando caña —dijo Antúnez.

Un pequeño ejército de agentes del grupo especial de operaciones embistió a los alborotadores y consiguió disolver el altercado con una extraordinaria eficacia. Ayudaron a levantarse a los agentes caídos y a poner en pie las dos motos.

«El conato ha sido sofocado. Todo en orden», informó el jefe del grupo de operaciones.

—¿Ha sufrido algún daño el papamóvil? —preguntó ansioso Vallejo.

«Negativo».

—¿Seguro? Mire, Antúnez, ¿no parece que han desinflado un neumático?

—No lo veo, señor.

—A ver, a todos los agentes —volvió a proclamar el comisario—: me ha parecido observar un pinchazo en las ruedas del vehículo A, ¿pueden confirmarlo?

Todos negaron que el vehículo sufriera algún daño apreciable y pidieron autorización para seguir con la marcha. El comisario dio un puñetazo en el salpicadero y se quedó en silencio, mirando desesperado por el parabrisas del coche sin contestar.

—Señor... ¿Señor? —dijo Antúnez—. Debemos seguir.

—¿No tendríamos que desviarnos a la cochera para asegurarnos? —preguntó Vallejo en un último y desesperado intento de revertir la situación.

—Eso es sólo para emergencias mayores y esto se ha quedado en un susto. Deberíamos seguir; debería dar la orden.

«Solicitamos confirmación para seguir con el desfile».

El comisario se bajó del vehículo con la radio en la mano para comprobar con sus propios ojos que el plan había fallado. El cardenal Fluperi se apeó del suyo y fue a su encuentro con severidad:

—Todo esto es culpa suya. Lo sé. Es usted un incompetente o un farsante.

—¡Le dijo la sartén al cazo! —respondió Vallejo malhumorado—. Haga el favor de subir a su vehículo.

—Ni mucho menos me...

—Sube, cardenal de las narices, o haré que te detengan —amenazó Vallejo aproximando su cara a la de Fluperi.

—Ya ajustaremos cuentas —dijo obedeciendo.

—Ya lo creo que las ajustaremos —sentenció Vallejo para pulsar el botón de su radio—. Todo en orden. Continuamos.

Aprovechó su aislamiento en mitad de la calle para informar a Gregorio de lo sucedido:

—A ver, el vehículo no ha sufrido daños. Tenemos que seguir.

«¡No me jodas, Paco!».

—Sí, lo siento. Hemos fracasado.

«¡Y un huevo! —exclamó Gregorio—. Activamos la operación nona. Repito: activamos la operación nona».

—¿Qué es eso?

«Súbete al coche, Alfa3 y confía en mí».

El comisario volvió a su vehículo pensativo y resignado, preguntando al subcomisario:

—¿Te suena la palabra «nona»? ¿No es algo relacionado con los monjes?

—Sí, claro, lo leí en *El Nombre de la Rosa*: maitines, hora prima, hora nona… ¿Por qué?

—Nada, mera curiosidad.

«¡Beta3, Beta3! —vociferaba Gregorio—, tienes que estar preparado para cortar el convoy tras el papamóvil en un eventual giro hacia la calle Tudescos. ¿Cómo está ese asunto?».

«Beta3 soy yo, ¿no?», preguntó Bandicoot.

«¡No, mi prima la de Arquillos!», le increpó Gregorio.

—Que Dios nos pille confesados —comentó lacónico Vallejo desde su coche.

«No os preocupéis, ya vienen», tranquilizó el chico.

Varios miembros del cordón de seguridad, en ambos lados, rompieron súbitamente su formación y saltaron hacia el papamóvil, llevando algunos un espray de pintura en la mano que no tardaron en usar para mancillar el vehículo.

—¡Esos son de los nuestros! —gritó Vallejo—. ¿Pero qué está pasando aquí? Detengan a esos energúmenos inmediatamente —bramó por la radio.

Varios agentes se abalanzaron sobre ellos y los redujeron rápidamente con la ayuda de los guardaespaldas junto al coche, pero el mal ya estaba hecho.

—Un momento —advirtió Vallejo con todas las vías de comunicación abiertas—, ¿eso que han pintado es una polla?

—Diría que sí, señor —contestó Antúnez.

«¡Hala, qué boca más sucia! —dijo Gregorio—. Yo prefiero llamarla nona por si hay impúberes o monjitas desvalidas escuchando. Y no hay una nona, sino tres»

«¡Luego no quieres que te diga machista!», protestó Teresa.

—¡Esto sí que no! Coche A y todos los operativos: preparen evacuación hacia el punto C para cambio de vehículo —ordenó el comisario con un leve resquicio de esperanza.

«A la orden».

Después, hablando sólo para el Escuadrón Tormenta con los nervios a flor de piel, Vallejo no se pudo contener y le dio igual que Antúnez estuviera a su lado:

—¡Necesito aislar el jodido papamóvil en menos de dos minutos, en cuanto gire la calle! ¡Bandicoot, esto era cosa tuya! ¡Tienes que ocuparte ya!

—¿Qué dice, señor? —preguntó incrédulo el subcomisario.

—¡Cállate de una maldita vez, Antúnez!

«Ya vienen. En un minuto estarán aquí», dijo Bandicoot que esperaba en una esquina entre la Gran Vía y la calle Tudescos.

Vallejo se preguntó durante unos segundos a qué se refería el chico hasta que lo vio con sus propios ojos: una descomunal marabunta de jóvenes pálidos, heteróclitos, granosos y gafudos, con disfraces de todo pelaje y un crisol de colores y abalorios en las cabelleras, sobre todo en el caso de las féminas, avanzaba implacable arrasando todo a su paso en dirección a la esquina por donde debía girar el papamóvil. Era tal la cantidad de gente y la determinación del grupo que fue imposible contenerlos, atravesando las barreras policiales y llegando a su objetivo —una tienda en la misma esquina— a la par que el vehículo papal. Vallejo comenzó a gritar por la radio:

—¡Rápido, abran un perímetro de seguridad para que el coche A pueda pasar a la calle Tudescos! ¡El resto de vehículos no importan!

El papamóvil giró por el callejón a duras penas, quedándose aislado de sus escoltas en moto y a pie y del resto del convoy, con una excepción: el coche de Fluperi, que también logró pasar. «El coche del cardenal Fluperi le sigue», advirtió Vallejo a Gregorio. La cochera se abrió y el vehículo blanco accedió, cortándole el paso al inicuo cardenal, que se bajó de malos modos.

Hubo una terrible confusión durante unos interminables minutos. Las fuerzas del orden luchaban por disolver el ejército de frikis y por contener a periodistas y curiosos que intentaban acercarse a la cochera. En la puerta se desencadenó una fuerte discusión entre Fluperi y sus guardaespaldas y los agentes que guardaban el acceso al garaje, hasta que consiguieron pasar. El Papa permanecía dentro y Vallejo no tenía información de lo que sucedía, pero se disponía a declarar el estado de emergencia para evacuarlo en el coche camuflado cuando dos nuevos imprevistos le frenaron:

«Aquí Alfa1: ha entrado el cardenal Fluperi. No podemos hacer nada hasta que no me deshaga de él».

—¡Mierda! —exclamó el comisario.

—No se preocupe, señor, ya viene otro grupo de fuerzas especiales por el fondo de la calle —quiso tranquilizarlo Antúnez.

—¿Pero de dónde han salido?

—Los dispuse yo en previsión de altercados y, visto lo visto, hice bien —contestó orgulloso.

—¡Antúnez, me cago en la virgen! ¿Por qué haces cosas sin contar conmigo? ¡Te has saltado la cadena de mando!

—Pero usted me ha dicho muchas veces que me falta iniciativa…

—¡Chssst!, déjame pensar.

Vallejo se bloqueó. Fluperi obstaculizaba el plan y la calle de huida estaba cortada por un grupo imprevisto de policías honrados. No sabía cómo proceder —algo inusual en él— y para colmo desconocía lo que estaba pasando dentro de la cochera. De pronto, sorprendiendo a todos, se volvió a abrir el gran portón y salió veloz el papamóvil, flamante y níveo, con el Santo Padre en su interior en dirección, de nuevo, a la Gran Vía. El coágulo humano estaba casi disuelto y la figura del coche blanco acercándose terminó de dispersarlo, pudiendo volver a girar y emprender la marcha por donde se había interrumpido previamente, sin signos de gamberrismo en su carrocería. El Papa saludaba a la gente de forma muy efusiva y el comisario no se lo podía creer ni alcanzaba a comprender lo que había pasado:

«¿Eso que lleva el papa Santiago en la mano es una lata de cerveza?»

20. La misión (Parte 2)

No había amanecido del todo cuando Gregorio ya tomaba café en la cocina. Estaba de buen humor. Siempre había sido una persona con una capacidad asombrosa para aparcar problemas hasta que le tocara lidiar con ellos y eso hacía. Bromeaba con los pinches de cocina y los camareros, aceptaba de buen grado las muestras de confianza, a veces excesivas, de los soldados que se pasaban a desayunar o recoger bocadillos y hablaba de fútbol. No tardó en aparecer Teresa con unas ojeras pronunciadas y barnizadas en añil, que delataban la vigilia de una noche complicada.

—Buenos días, Goyete, ¿has dormido?
—Lo he intentado, ¿y tú?
—Muy poco. Mírame, estoy horrible.
—Estás muy guapa, como siempre. ¿Tienes hambre? Prueba los cruasanes recién hechos, que son gloria bendita.

Teresa pidió un café con leche grande y un cruasán que devoró muy complacida. Gregorio tomó otro café.

—¿A qué hora nos pondremos en marcha? —preguntó Teresa.

—En un rato, supongo. Ahora después intentaremos hablar con el comisario.

—¿Y cómo lo vamos a hacer?

—Imagino que los gemelos tendrán que ir a tomar posesión de sus nuevas identidades y sus motos. Nosotros cogeremos un coche y Bandicoot nos acompañará.

—¿A dónde?

—A mi barrio. Como tenemos tiempo se me ha ocurrido una cosa. Hay que tener preparado un plan B siempre.

—Miedo me das, Goyete.

Hablaron con el comisario a eso de las ocho de la mañana; él les informó de algunos pormenores y les recordó ciertas premisas que debían tener en cuenta. A las ocho y media Gregorio mandó llamar a los gemelos y a Bandicoot; veinte minutos después aparecieron Mork y Plork, un rato antes de que el muchacho entrara despeinado, arrastrando los pies, y completara el Escuadrón Tormenta. «Desayunad fuerte, jumentos, que hoy será un día largo», les consignó Gregorio. Cuando acabaron fueron juntos al despacho de Gabriel, que buceaba entre documentos atestados de parafernalia legal y sintonizaba en el televisor un canal de economía donde números, gráficas y personas con cara de vinagre ponían al tanto al televidente de las fluctuaciones de la bolsa de valores.

—Buenos días. Tomad asiento.

—Hemos hablado con el comisario —comenzó Gregorio.

—Yo también; está nervioso el señor Vallejo —contestó Gabriel—. Me ha preguntado por los efectivos que mandaremos a la zona y le he dicho que espero contar con unos trescientos; gente rasa, de bajo nivel y que no sabe nada. Personas arrestables, para entendernos.

—Tienen que ir con tiempo.

—Sí, van a tomar posiciones desde las tres de la tarde.

—Perfecto. Los colombianos también aportarán efectivos —añadió Gregorio.

—¿Esa gentuza? —dijo Gabriel.

—Claro, porque vosotros sois santos —contestó Gregorio con sarcasmo.

Gabriel se quitó las gafas de cerca, las dejó sobre la mesa y Mork no pudo evitar enderezarlas con disimulo baldío para ponerlas rectas. Todos le miraron un instante.

—Otra cosa, Plork y Mork, psicópata mío, me ha dicho Vallejo que vosotros seréis los encargados de pinchar las ruedas del papamóvil cuando se organice el pifostio; sois los únicos que podréis estar armados en la zona. Procurad hacerlo con discreción; no os liéis a puñaladas traperas con las ruedas, que habrá una docena de cámaras grabando —indicó Gregorio.

—Ese es otro tema —siguió Gabriel—. Me ha dicho que tenéis que presentaros en el parque móvil de la policía a las dos de la tarde. Dos agentes de policía, de los nuestros, os darán vuestra acreditación y uniformes en el almacén seis de la zona norte durante la mañana, así que no tardéis en ir para allá. Y por cierto, me ha dicho que os quitéis la barba.

—No fastidie, don Gabriel —protestó Mork.

—No es una orden mía.

Mork y Plork miraron a Gregorio buscando su aprobación y él asintió y les dijo que se fueran, que no los iba a necesitar. Pidió un coche con chófer para Teresa, el chico y él.

—Enseguida lo dispongo. Ustedes —dijo el abogado mirando a Teresa y Gregorio— deben estar con tiempo en la cochera donde guardan el segundo vehículo. No tendrán problemas para acceder a ella y habrá agentes de confianza esperándolos.

—Una pregunta, Gabriel —dijo Gregorio—. ¿Es verdad que los estudios de cine Andrómeda son propiedad de don Floren?

—Sí, pertenece a uno de sus consorcios.

—Avise de que vamos a ir a buscar atrezo en el departamento de vestuario.

—Como quiera. Enseguida pongo al tanto al director de su visita.

—Pues si eso es todo, pongámonos en marcha —concluyó el sacerdote levantándose.

Los gemelos se marcharon por su cuenta, previo paso por el cuarto de baño donde ejecutaron la sentencia de muerte de sus tupidas barbas. Teresa pidió a Bandicoot que fuera a coger sus cosas y ella misma se pasó por su habitación para preparar el hábito de monja que habría de llevar durante la operación. Gregorio pertrechó su maletín de exorcismos ocupando cada compartimento y dejando un hueco donde metió el Santo Cáliz, se puso su alzacuellos y guardó la sotana y el sombrero en una bolsa. Después fue al encuentro de doña Virtudes, que estaba en la capilla.

—Señora, si todo sale bien esta tarde vendremos acompañados por el Santo Padre, el único que podrá poner cerco al Diablo.

—Dios le oiga, don Gregorio.

—Quiero que haga una cosa por mí mientras no estamos, doña Virtudes. Quiero que esté pendiente de la puerta de su despacho, que vaya a dar una vuelta de vez en cuando y me informe de cualquier circunstancia inusual. Es posible que él intente alguna argucia sabiendo, como le aseguro que sabe, que hoy tendrá un rival a su altura.

—No se preocupe, padre. Yo mantendré el orden aquí.

—No lo dudo, señora.

Abandonaron la mansión y se dirigieron a los célebres estudios de cine que ocupaban un polígono industrial en el nordeste de Madrid. Teresa y Gregorio, guiados por un encargado, accedieron al edificio de vestuario. Bandicoot no les acompañó a pesar de su curiosidad, pues estaba pegado a la pantalla de su ordenador, absorto y concentrado en preparar su parte de la misión. Media hora después Gregorio salió con una gran caja de cartón y una cara de satisfacción que contrastaba con la de Teresa, muy preocupada.

—Goyo, no puedes sustituir al Papa.

—Tal vez no de forma duradera, pero te aseguro que puede dar el pego durante unos minutos. Lo suficiente si el plan A no sale como deseamos.

—¿Y no se lo vamos a decir al comisario?

—No debemos, Tere; bastantes cosas tiene ya en la cabeza. Pero insisto: no está de más preparar un plan de contingencia por nuestra cuenta. Si todo sale según lo previsto no hará falta ejecutarlo.

—De acuerdo, voy a comprar tu plan —dijo Teresa entrando en el coche—. Tenemos el vestuario pero ¿de dónde vamos a sacar al sustituto? ¿Quién se va a prestar a ser detenido por algo así cuando se den cuenta del engaño y qué le va a impedir delatarnos a la policía?

—Es alguien con experiencia previa en estas lides y que responderá a todas tus preguntas cuando lo conozcas. Enrique, tira para el barrio de Quintana —dijo al chófer.

«¿Por qué me llamará Enrique?», se preguntó el conductor iniciando la marcha. Surcaron despacio la congestión perpetua de las bulliciosas vías de Madrid. Hacía una luminosa mañana, algo más fresca que las anteriores, y el sol que entraba por la ventanilla incidía en la piel quebradiza y alba de Bandicoot y la translucía, dejando entrever la sombra de vasos sanguíneos verdosos. Sacó su bote de crema solar de la mochila y se untó como una rebanada de pan con mantequilla. Apenas volvió a despegar la vista de su ordenador salvo para preguntar cuánto quedaba. Teresa, sentada en el asiento del copiloto, miraba el tráfico sin ver más allá de los pensamientos que componían un puzle de incertidumbre en su cabeza. Todo en aquella situación le parecía extraño; vagaba como quien lo hace en un sueño sabiendo que lo es, pero no puede evitar temer las consecuencias del mismo. La mayoría de coches se amontonaba en fila india por la vía atascada, limitándose a seguir, dejándose llevar por el flujo del tráfico.

Unos pocos desesperados intentaban cambiarse de carril para avanzar más rápido, pitando y maldiciendo, pero acababan en el mismo sitio. Teresa lo comprendió: una vez estás en la rueda, cualquier esfuerzo por abandonarla será baldío; no quedaba más remedio que dejarse llevar.

Gregorio, que bullía en el asiento trasero y no paraba quieto, pronunció la primera frase de más de dos palabras, trayendo de vuelta a cada cual de su mundo interior.

—¿Qué os parece mi nuevo aspecto? —dijo con una barba postiza mal puesta, una peluca y unas gafas de sol ahumadas en color caramelo.

—Ahora mismo eres como Eugenio, el de los chistes, después de ser atropellado por un tractor —comentó Teresa al girarse para verlo.

—¿Quién es Eugenio? —preguntó Bandicoot.

—¡Cuánta incultura! —le respondió Gregorio—. A ti qué te parece mi disfraz.

—Pues que da grima verlo, padre.

—Bueno, pero si alguien tiene que exponerse he de ser yo y prefiero dar grima a que mi nombre abra telediarios —comentó quitándose el atrezo y guardándolo de nuevo.

—Anda, luego te ajusto bien la barba —dijo Teresa.

—Ya salimos de la M30 —dijo el chófer—. Ustedes me dicen.

Teresa se encargó de guiar al conductor por las calles de Madrid hasta llegar a su destino: el refugio alcohólico y gastronómico de Alfonso. Se apearon e informaron al chófer de que debía esperar donde pudiera y le avisarían después. Entraron los tres al bar, donde la acalorada conversación que se escuchaba desde fuera adquiría tintes escandalosos:

—¡Padre Tormenta no existe, es un invento de los que mueven los hilos para que nos creamos que no son ellos los que están detrás de todo! —vociferó Germán el panadero.

—¡Tú sigue pensando que no hay peligro de verdad, que es todo un cuento chino! —le rebatía Marcelo—. A mi cuñado le dijo un policía que sí existe y es el mal absoluto; que hasta los criminales le temen.

—Bueno, en ese caso tampoco sería tan malo, porque todo aquel que sea enemigo de los delincuentes es mi amigo —intervino Alfonso con un palillo en la boca y la mugrienta bayeta en el hombro.

—¡Pero es peor que ellos, por eso le tienen miedo!

«Vaya, sí que se ha hecho famoso ese tal Padre Tormenta», le susurró al oído Teresa a Gregorio. «Ya sabes que los rumores se propagan como la mala hierba y van acrecentándose al pasar de boca en boca», le respondió él. Se acercaron a la barra y saludaron amablemente al tabernero.

—¡Estábamos todos y parió la burra! —dijo Alfonso zafiamente—. No lo digo por usted, señora; es por mi amigo Gregorio... Qué queréis.

—Me vas a poner un botellín... —dijo mirando a Teresa, que asintió—, dos botellines... ¡Tú qué quieres, nene!

—Una Coca-Cola —dijo Bandicoot.

—Estamos aquí de tertulia, don Gregorio —comentó Alfonso abriendo las cervezas—, pero estos no tienen ni puñetera idea de nada; oyen tiros y se creen que va a llover. ¿Qué opina usted de los rumores de que hay un jefe del sindicato del crimen que se llama Padre Tormenta y tiene acojonados a los mafiosos y a la policía por igual? ¿Cree que existe?

—No te sabría decir. ¿Qué opinas tú, Tere?

—Yo creo que sí existe y es un cabrón —dijo ella.

—Esa boca, sor Teresa, que la van a echar del convento —dijo Gregorio riendo.

—¿Es usted monja? —preguntó Alfonso plantando un botellín de cerveza ante ella.

—Ya he venido otras veces, ¿no te acuerdas?

—Es verdad, hermana, se me ha ido el santo al cielo. Es todo por esta piara de gandules que me tienen loco. ¡Idos ya a vuestras casas, que no es ni la una y ya me tenéis hasta los cojones! Perdone la expresión —se disculpó ante ella.

—No te preocupes, yo abogo por la libertad de palabra.

—Vosotros tomaos todo esto a broma, pero se dice en la calle que Padre Tormenta quiere asesinar al Papa, que llega hoy a Madrid —concluyó Marcelo abandonando el bar para fumar en la puerta.

—¿Es eso posible, padre? —preguntó otro contertulio que sujetaba una copa de sol y sombra.

—Qué va, el Santo Padre es la persona más protegida del mundo.

—¡Pues claro, Rafael, tendrían que matar a doscientos primero, antes de llegar al Papa! —dijo Alfonso—. Y llevan un mes revisando hasta las alcantarillas. Hoy no mueve nadie un pelo en el centro sin que la policía lo sepa.

—Eso es completamente cierto —sentenció Gregorio—. Nos vamos para la mesa.

Bandicoot había tomado su Coca-Cola nada más recibirla en la barra y se había sentado en una mesa a seguir trabajando con su ordenador portátil, ajeno a la iletrada conversación. Teresa y Gregorio se sentaron con él.

—Oye, Teresa, ¿no te parece que la estrategia de pinchar las ruedas del papamóvil está muy cogida con pinzas? De ella depende el resto del plan y no tenemos una opción alternativa por si falla.

—Desde luego no soy capaz de visualizar que se pueda hacer, pero confío en los muchachos.

—Yo también, pero esto es nuevo incluso para ellos.

Gregorio se quedó pensativo mirando su botellín de cerveza y quiso apelar al ingenio de su amiga:

—¿Y si planeamos otra forma de estropearlo?

—¿Otro plan B?

—Otro.

—¿Tendría que ser a la vista de todos? —contestó ella.

—Claro, tiene que ser en ese lugar concreto.

—¿Y si lo vandalizamos?

—¿A qué te refieres?

—Pues no sé, que lo estropeen con pintura o algo.

—¡Eso es, prodigio mío!, haremos que le pinten unas enormes trancas con pintura en espray.

—¡Desde luego, mira que eres zafio!

—Bueno, ¿el término nona te parece más suave?

—¿De qué habláis? —preguntó Bandicoot.

—¡Tú a lo tuyo! —le dijo Gregorio sacando su teléfono.

Llamó a Gabriel preguntando si tendrían gente infiltrada en el cordón policial que protegería la marcha papal, éste le dijo que sí y él insistió en que cuatro de ellos llevaran espráis rojos y se situaran entre la Plaza de Callao y la bocacalle de Tudescos; uno de ellos debía llevar un pinganillo para activar a los demás cuando él diera la orden «operación nona». Le explicó al abogado las instrucciones de dicho cometido y colgó satisfecho. «Ahora estoy más tranquilo», dijo sentándose de nuevo a la mesa. Observó al pálido informático y decidió que él era un nudo aún por atar.

—Hemos depositado mucha confianza en ti y no te hemos hecho preguntas, chico, pero necesito saber qué estás tramando y cómo vas a hacer tu parte. No podemos dejar nada al azar —le demandó Gregorio.

—Venga, os lo voy a contar —dijo el muchacho—. ¿Sabéis quién es Hideo Kojima?

—¿Un chino? —preguntó Gregorio.

—En todo caso japonés, suena más a eso —le corrigió Teresa.

—Vamos, que no tenéis ni idea. ¿Y os suena Konami?

—¿Otro chino? —dijo Gregorio.

—¡Habla ya, Bandicoot, y no nos tengas más tiempo con cara de tontos! —le reconvino Teresa.

—Bueno, pues resulta que Kojima era un jefazo de Konami, la firma de videojuegos más mítica de la historia, y para nosotros, los aficionados a ese mundillo, es un Dios. Pues he creado noticias falsas diciendo que esta tarde va a estar en una tienda de la Gran Vía. Lo estoy difundiendo por redes sociales, plataformas de vídeo, foros… Os aseguro que esta tarde van a acudir manadas de «*gamers*» y «*otakus*» y van a crear el caos absoluto.

—¿Has entendido algo? —le preguntó Gregorio a Teresa.

—Lo básico. ¿Me dices que estás organizando un tumulto de gente como tú?

—Como yo y peores; fanáticos empedernidos.

—Pero tú eres un tirillas; ¡como todos sean así…! —dijo Gregorio.

—Pero tirillas o no, nuestra fuerza estará en el número. Además hay mucho gordo en esto y como se líen a empujar podrían volcar un edificio.

Gregorio y Teresa se quedaron pensativos un rato y ella preguntó de nuevo:

—¿Tanta gente puede llegar a congregar ese tal Konami?

—Es Kojima y sí; lo vais a flipar.

Ambos asintieron un poco dubitativos, pero no tenían ninguna opción mejor, así que confiaron en la estrategia del muchacho. A Gregorio le sonó el teléfono y salió a hablar. Le informaron de que ya podían pasarse a recoger los dispositivos de comunicación. Él a su vez llamó a Gisela para que alguien de su banda recogiera dos de ellos y volvió dentro. Teresa preguntó cuánto tiempo tendrían que estar en el bar y Gregorio dijo que debían esperar para ver si llegaba el que habría de ser el papa ficticio; pero Manolo el Cojo no llegaba, cosa extraña en él. Preguntó a Alfonso si lo había visto y respondió que no sabía nada de él desde que saliera acompañado por el propio Gregorio un día antes. «Vaya por Dios», se lamentó el sacerdote.

—Nos tenemos que ir. Vamos a recoger los pinganillos, comemos y después lo intentaremos pillar de nuevo.

No tuvo que pagar porque aún le quedaba bastante crédito de los cien euros aportados por los Mendoza unos días atrás. Se despidieron, salieron a la calle y el chófer pasó a recogerlos. Estaban a punto de desembocar en la Calle de Alcalá cuando vieron a un hombre desaliñado y tambaleante que deambulaba entre los coches aparcados. «¡Para!», solicitó Gregorio. Se bajó, caminó hasta él y lo trajo del brazo hasta el coche haciéndolo pasar. Las narices del resto de pasajeros fueron pinzadas para evitar la inhalación del hedor que expelía Manolo el Cojo; un olor acre, entre el sudor y el orín, que se acrecentaba por el aliento a licor, por la peste a vino.

—Joder, Manolo, hay que ducharse de vez en cuando —se quejó Gregorio para dar vía libre al conductor—. Tira.

Llegaron a la puerta de una nave industrial que se abrió para que pudieran pasar con el coche. Era un almacén de paquetería que prometía estar de bote en bote por la noche pero descansaba con la luz del día. Se bajaron y acudieron a una oficina acristalada, después de que Gregorio sacara un frasco de ginebra de su maletín y se lo diera a Manolo, que se quedó sentado en una banqueta. Un hombre con traje barato y gafas caras les atendió y les explicó el funcionamiento de los dispositivos:

—Esto es un micro-auricular —dijo mostrando una especie de botón plateado del tamaño de una lenteja—. Se lo han de introducir en el oído; para sacarlo deben usar este imán y hacerlo con cuidado. Cada auricular va asignado a un reloj, que lleva incorporado el micrófono, y su funcionamiento es completamente inalámbrico. Hay varios modelos de reloj; elijan el que desentone menos con cada uno de ustedes.

Miraron los diferentes relojes de pulsera como quien rebusca en un mercadillo, poniéndolos sobre sus muñecas para comprobar cómo quedarían. Teresa no tardó en elegir uno pequeño y rectangular con correa de piel marrón clara.

—Este para mí —dijo.

—Sabia elección —respondió el improvisado relojero metiéndolo en un pequeño estuche—. Dentro va el reloj, el pinganillo y el imán.

—Yo éste... ¡No!, éste otro —dijo Gregorio, que cogía y soltaba relojes entusiasmado.

—Venga, no seas pesado —le apremió Teresa.

—Este le iría muy bien, señor; es un modelo que imita a un Rolex y el más lujoso que tenemos —propuso el hombre mostrándole un reloj dorado con cadena.

—Pues que no se diga; échamelo.

—¡Yo éste! —dijo Bandicoot mostrando uno parecido.

—Para usted, «señor» —comentó enfatizando la palabra y mirándolo por encima de sus gafas— propondría un modelo más deportivo... Éste, por ejemplo.

—Vale, está chulo.

El hombre metió el reloj digital del muchacho en su estuche y se lo entregó ofreciendo unas últimas explicaciones, usando uno de los que había sobre la mesa:

—Tiene varios botones, pero ustedes sólo usarán estos dos: uno para encenderlo cuando lo vayan a usar y el de debajo para cuando quieran hablar. Si lo pulsan tres veces seguidas se quedará el micrófono abierto todo el rato; para volver a ponerlo en manual lo vuelven a pulsar otras tres veces. Ya están todos ajustados en la misma frecuencia y servirán para hablar sólo entre ustedes, con un alcance de hasta cinco kilómetros. ¿Alguna pregunta?

Todos negaron con la cabeza y salieron de la oficina, pero el relojero llamó la atención de Gregorio:

—Una cosa, señor... —dijo vacilante—. ¿De verdad es usted Padre Tormenta?

—¿De verdad me estás haciendo esa pregunta? —respondió Gregorio en tono amenazante.

El hombre agachó la cabeza y ellos terminaron de salir a la nave.

—Mira que te gusta, Goyete —le dijo Teresa aludiendo a su respuesta al relojero.

—Que se joda, Tere. Es un policía corrupto. Ahora toca convertir a Manolo el Cojo en Sumo Pontífice.

Se llevaron al vagabundo al cuarto de baño y Teresa, mujer de pulso firme, lo afeitó con una de las cuchillas de Gregorio, que mandó a Bandicoot a buscar unas tijeras. Tras el rasurado fue el propio Gregorio quien le cortó el pelo como pudo, tomando como referencia una foto de Santiago mostrada en el teléfono del muchacho. Acabó el último cercenado de un mechón de su frente con un «¡Tachán!» y le giró la cara para que sus dos compañeros lo vieran mejor:

—He aquí a Santiago Segundo.

—Oye, pues ahora que lo dices sí que se dan un aire —dijo Teresa agarrando su barbilla.

—¡Te invito a un cubalibre, guapa! —exclamó Manolo.

—Contrólate, hombre, que está casada —le recriminó Gregorio—. Venga, date una ducha.

Manolo se duchó con ayuda de Gregorio que, a regañadientes, colaboró en su aseo en menor medida que en impedir que perdiera la verticalidad y se partiera la crisma en la ducha. Lo dejó secarse solo, algo más espabilado, y le ayudó a vestirse con la ropa papal que había cogido de los estudios de cine.

—No se te ocurra mancharte, que la ropa es blanca.

—Como usted ordene, Rigoberto —balbuceó Manolo.

«Éste es peor que yo con los nombres», pensó Gregorio.

Salieron de la nave industrial y encargaron comida en un restaurante chino, que Bandicoot se bajó a recoger, porque a Teresa y Gregorio se les antojó al acordarse de Konami. Se dirigieron a la cochera donde debían aguardar hasta la hora del desfile. Gregorio se atavió con la barba, la peluca y las gafas de sol y se puso la sotana y el sombrero antes de entrar para infundir temor entre los agentes de policía con doble sueldo que aguardaban dentro, cosa que consiguió a juzgar por las caras de turbación de quienes lo miraban. El segundo papamóvil descansaba al fondo del garaje tras una cortina de plástico rizado, que descendía desde el techo a lo largo de una barra de acero. Se sentaron a comer en el rincón opuesto. Manolo apenas probó bocado y se bebió dos latas de cerveza. Gregorio quitó la bebida de su alcance y pidió que no se le diera más de beber, «que luego no se va a tener en pie», pero Manolo logró escamotear una lata que se guardó bajo la sotana. Estando en la sobremesa a Gregorio le sonó el teléfono:

—Dime... Todo viento en popa y sí, los hemos recogido. Que dice Bandicoot que si se puede quedar el suyo después.

—¡Yo no he dicho nada! —protestó el muchacho.

Gregorio levantó una mano para que se callara y siguió hablando.

—No te preocupes, Paco, lo tenemos todo controlado. ¿Desde dónde me llamas?... ¡No fastidies! Dale recuerdos a Santi de mi parte y di al presidente del Gobierno y al líder de la oposición que son un par de camanduleros. ¿Lo harás por mí?... Ha colgado —dijo guardando el teléfono.

—¿Por qué le ha dicho que yo quiero el reloj con el pinganillo?

—Porque lo quieres, ¿verdad?

—Sí.

—Pues yo también y si te hubiera dicho que sí a ti, los demás también nos habríamos quedado los nuestros. Trabajo por el equipo se llama.

Bandicoot se quedó pensativo y Teresa sonrió con disimulo. Quedaban dos horas para el comienzo del desfile.

Mork aún se lamentaba por la tropelía cometida contra su vello facial cuando se dirigían al servicio motorizado.

—Bueno, ya nos crecerá —dijo su hermano—. Concéntrate en aprenderte tu nombre y tus datos.

Una inquietud natural en personas con dedicación exclusiva al crimen les asaltó al aproximarse a las oficinas del parque móvil de la Policía Nacional. Entraron con sus flamantes uniformes y se presentaron como agentes especiales mandados por la brigada central.

—Juan Miguel y Jesús Martínez… ¡Coño, sois iguales!

—Es lo que tenemos los hermanos gemelos —contestó Plork.

—Firmadme aquí para la recogida de armas y venid conmigo —dijo el agente que los había recibido—. Entonces os ha tocado el marrón de escoltar el papamóvil, ¿no?

—Bueno, está bien pagado —dijo Mork.

—Eso desde luego, pero ya veréis qué coñazo. Aquí las tenéis: esas son vuestras motos. Los cascos y guantes están en la maleta y en el almacén pequeño de ahí al lado hay chaquetas. Vamos a por ellas y nos pasamos por la armería para que recojáis las pistolas.

Mork y Plork repasaron su equipo y atendieron a las instrucciones del jefe de la unidad motorizada.

—Ya sabéis: tenéis que estar en el aeropuerto de Torrejón a las tres de la tarde. Desde ahí escoltaréis al vehículo A, en el que irá el Papa después, hasta la Plaza de Cibeles. Allí tocará esperar hasta la hora del desfile.

Marcharon hasta los lugares previstos y aguardaron dentro de una carpa instalada en medio de la acordonada Plaza de Cibeles a que llegara el Santo Padre acompañado por la numerosa comitiva. Se organizó cada aspecto, se pulió cada detalle y el hombre subió a su trono móvil para deleitar a las masas. Mork y Plork escoltaban el papamóvil por la calle de Alcalá.

Al llegar a la plaza de Callao una avalancha humana, esperada pero más virulenta de lo previsto, les cayó encima.

Plork intentó sacar la navaja y acuchillar el neumático protegido por el tumulto, pero le fue imposible, no podía apenas respirar. A Mork le pisaba el cuello alguien, notaba una rodilla en su torso y luchaba por avanzar entre la intrincada selva de piernas y cuerpos; tuvo el mismo éxito que su hermano. Informaron por radio al Escuadrón Tormenta de su fracaso y oyeron vociferar a Gregorio y el comisario. Cuando los ayudaron a ponerse en pie y a enderezar sus motos vieron cómo el papamóvil lucía sin un rasguño y se daba la orden de continuar. «Hemos fracasado», se dijeron.

Bandicoot aguardaba cerca de la esquina donde el pequeño callejón de Tudescos desembocaba en la arteria de la Gran Vía madrileña. Gregorio y Teresa escuchaban atentos por sus auriculares mientras veían el desfile por televisión, sentados en un rincón de la cochera.

—Ya se ha liado, Tere. ¡Rápido, id subiendo a nuestro papa al vehículo! —ordenó al personal.

—Mira, mira, es como una película de zombis —dijo Teresa asombrada.

—¿Pero podrán moverse debajo de esa montaña de gente? —dijo Gregorio justo antes de que los hermanos informaran de su penosa situación.

—¿Qué narices pasa, Delta1? —dijo Gregorio apretando el botón de su reloj—. Tenéis que liberar a los motociclistas para que puedan hacer lo suyo.

Siguieron escuchando cómo se quejaban los chicos.

—Mork, Plork, ¿cómo vais? —preguntó Gregorio obteniendo respuestas nada halagüeñas.

—Madre mía, qué desastre —se lamentó Teresa.

No tardaron en recibir la fatídica noticia, por parte del comisario, de que el convoy debía seguir su camino.

—¡No me jodas, Paco!

«Sí, lo siento. Hemos fracasado».

—¡Y un huevo! —exclamó Gregorio—. Activamos la operación nona. Repito: activamos la operación nona.

«¿Qué es eso?»

—Súbete al coche, Alfa3, y confía en mí.

El vehículo papal fue profanado y Bandicoot recibió la orden de cortar el camino cuando pasara. Había congregado a la multitudinaria aglomeración de fanáticos unos metros más abajo para poder reclamarla cuando la necesitara y eso hizo. Liberó un «bot» desde su móvil que propagó a tiempo real una foto trucada de Hideo Kojima en la puerta de la tienda que había justo en la esquina desde donde él seguía los acontecimientos. Todos los perfiles temáticos de las redes sociales, todos los servidores de vídeo y todos los foros, recibieron la foto de aquel señor japonés con un texto que rezaba: «Ya se va». Cada vericueto de Internet asociado al mundo de los videojuegos y el anime fue inundado con la exclusiva.

Una estampida de fanáticos irrumpió al mismo tiempo que el vehículo del Santo Padre e inundó la esquina sumiéndola en el caos. Sólo el papamóvil y el vehículo que lo seguía pudieron pasar. La puerta de la cochera se abrió para que pasara el coche blanco y el negro se quedó en la puerta.

21. La misión (Parte 3)

«¡Dejadnos pasar!», vociferaba el cardenal Fluperi desde la calle, acompañado de dos fornidos guardaespaldas. «¡No los dejéis!», ordenaba Gregorio desde dentro. Un agente indicó al chófer del papamóvil que estacionara el vehículo en un rincón del amplio garaje. El idéntico coche de reemplazo estaba oculto tras la gran cortina con el falso papa en su interior y en el centro de la cochera esperaba el vehículo camuflado que debía sacarlos de allí. Tanto Santiago como su secretario personal estaban abrumados por la extraordinaria situación. El conductor y su acompañante, ambos agentes especiales, se apearon informados ya del protocolo de cambio de vehículo.

—Buenas tardes, soy el padre Alfonso, encargado del operativo de sustitución —dijo Gregorio acercándose a ellos.

—¿Dónde está la «altra macchina»? —preguntó el chófer con una mezcla de italiano y español.

—Ahí detrás. Ayudad a bajar al Santo Padre.

—Pero tenemos…

—¡Que lo bajéis, joder! ¡Que no estamos para perder el tiempo!

Uno de ellos sacó una llave especial y abrió la puerta grande por la que se accedía al cubículo en el que viajaban el Papa y su secretario personal. Descendieron ambos por la pequeña escalinata y nada más hacerlo, los dos agentes fueron reducidos entre varios policías y uno agarró del brazo al secretario, conduciéndolo hacia donde estaba el segundo papamóvil, que Teresa se encargaba de custodiar.

—Señor, tiene usted que subir. Si no lo hace Su Santidad correrá un grave peligro —le dijo.

—¿Pero quién es ese? —preguntó mirando al hombre que vestía como su jefe y ocupaba su poltrona.

—Un señuelo —le contestó Teresa—. Vamos a utilizar a un doble para despistar a quien está intentando atentar contra Su Santidad. Súbase, por favor.

El hombre accedió sin mucho entusiasmo y subió a la urna donde aguardaba Manolo el Cojo. Santiago pudo ver cómo se llevaban al conductor del vehículo original y a su compañero a una zona del fondo pero no cómo los despojaban de su ropa para vestir a los dos sustitutos que se pondrían al mando del vehículo papal de reserva.

—¿Qué está pasando aquí? —preguntó Santiago desconcertado.

—Su Santidad, tenemos sospechas más que justificadas de que esos dos tipos están implicados en el picatoste gordo que se ha organizado ahí fuera. Los han llevado a la zona de detención —explicó Gregorio intentando cambiar la voz.

—¿Quién es usted? ¿Por qué lleva una barba postiza y habla tan raro?

—Es una cuestión de camuflaje. Yo soy el padre Vicente, Su Santidad, y estoy aquí para protegerle. Acompáñeme.

—¿Gregorio?

—¡Vicente! Por favor, Santiago, acompáñame —dijo poniendo una mano en su espalda e invitándolo a caminar en dirección al coche de huida, pero la irrupción en la cochera del Fluperi le detuvo.

—¡Me cago en la leche! ¿Qué hace aquí ese capullo? —dijo tirando del Papa hacia una pequeña habitación acristalada en un costado de la nave y agachándose junto a él.

Gregorio se asomó y vio al cardenal avanzando entre sus dos guardaespaldas, que habían conseguido forzar la puerta. «Aquí Alfa1: ha entrado el cardenal Fluperi. No podemos hacer nada hasta que no me deshaga de él», dijo por radio.

—¡No puede estar aquí! —le advirtió un policía.

—Soy cardenal y el presidente del Banco Vaticano. Puedo y voy a estar aquí hasta que sepa lo que está pasando.

—Escúcheme, Su Santidad, ¿sabe quién es ese? —preguntó Gregorio agazapado en la pequeña habitación donde se escondían.

—Claro, el cardenal Fluperi.

—No, se equivoca. Es un príncipe del Infierno en el cuerpo rechoncho y pelón de un gilipollas y se lo voy a demostrar.

Recorrió la sala con la vista y vio un cubo de fregar con agua en un rincón. Lo cogió y se lo acercó al Papa.

—Bendiga esta agua.

—¿Pero cómo voy a...?

—Bendígala. No pierde nada.

El hombre extendió su mano y completó el rito bendecidor. Gregorio volvió a coger el cubo y enfiló la puerta.

—No salga de aquí, pero asómese y observe.

Gregorio se puso su sombrero y salió al paso de Fluperi, cubo de fregar en mano, cortándole el paso.

—¡Qué problema tienes, cuerpo-estufa!

—¿Dónde está el Santo Padre?

—Eso no es asunto tuyo, Belial, príncipe de los nigromantes y ladrón de reinos.

—¿Pero qué diablos está diciendo?

—Pues eso: diablos. ¿Te crees que no sé quién eres? Ven aquí si te atreves.

Todos los presentes miraban expectantes sin atreverse a mover un solo músculo, pues era Padre Tormenta, la figura más temida en los azarosos círculos del crimen organizado, quien se batía en duelo con aquel malencarado tipo. Teresa se asomaba nerviosa desde detrás de la cortina. Los ojos de Fluperi desprendían un brillo colérico y siniestro que sólo podía apreciar Gregorio, que le plantaba cara con decisión, erguido y valiente. Fluperi pareció dudar y tras unos intensos segundos dio una orden a sus hombres: «reducidlo». Pero apenas acabó de pronunciar la palabra Gregorio le arrojó el contenido del cubo con fuerza a la cara. El cardenal cayó al suelo con las manos en la cara, retorciéndose y gritando. Los dos guardaespaldas desenfundaron e innumerables armas de los agentes de policía pasaron a apuntarles.

—¡No abráis fuego! —ordenó Gregorio—. Estáis a tiempo de apartaros de mi camino y vivir.

Mientras los dos hombres alternaban miradas a su jefe, que yacía en el suelo, a Gregorio y a los policías que les apuntaban, Plork entró con sigilo y se acercó por detrás. A su vez, Santiago salió del cuartillo y clamó:

—¡Que cese la barbarie, por el amor de Dios!

Ese fue el momento de desconcierto que aprovechó Plork para golpear la nuca de uno de los guardaespaldas, dejándolo inconsciente, y agarrar la mano armada del otro, forcejeando hasta quitarle la pistola.

—¡Perfecto! ¡Abrid el portón! —gritó Gregorio— ¡Tere, echa a andar el «cojomóvil»!

La gran puerta fue abierta, el vehículo con el Papa de mentira salió como una exhalación y se volvió a cerrar. Plork se acercó a Gregorio mientras miraba de soslayo a Fluperi quejándose sobre el cemento.

—¡Puf, qué peste a lejía! ¿Qué hacemos con él? —dijo con su cara magullada.

—Nada, nosotros ya nos vamos y vosotros tenéis que seguir con vuestro papel. ¡Santiago, monta en el coche! ¡Tere, nos vamos!

—No pueden salir con el coche. Los GEO han cortado la calle y han puesto una valla. Estamos aquí encerrados —le advirtió Plork.

—¡No me jodas, no me jodas...! —se quejó Gregorio cubriéndose la cara.

Miró al Papa, que estaba desencajado, a Teresa, que se había aproximado, y a los dos guardaespaldas, que estaban siendo esposados a unos tubos con unas capuchas cubriendo sus cabezas. Después miró a Plork y le preguntó:

—¿Tienes la moto fuera?
—Sí.
—Pásala. El Papa y yo nos vamos.
—Pero Goyo —le dijo Teresa—, ¿cómo vas a atravesar la barrera?
—Ellos la van a quitar cuando vean que no nos paramos. No creo que nadie quiera matar al Papa fuera del Vaticano. No me mire así, Su Santidad; tradicionalmente a los papas los liquidan sus allegados.
—Gregorio, entra en razón. Esto es una locura.
—¡Que me llamo Alfonso!
—¿No habías dicho Vicente?
—Vicente Alfonso... A ver si no voy a tener derecho a que mis abuelos se llamasen así...

Teresa le hizo un gesto claro que denotaba que era ridículo que siguiera fingiendo y Gregorio se dio por vencido.

—Vale, Santi, soy yo; me has pillado. Pero nos vamos.
—No tenemos por qué; no tienes que seguir con esto. Yo puedo ayudarte.
—Y es lo que vas a hacer, Santo Padre, pero no a mí; vas a ayudar al mundo.

Gregorio se quitó el sombrero y se lo dio a Teresa, le pidió el casco a Plork, se lo puso, se puso a los mandos de la motocicleta, remangándose la sotana, y le dijo al Papa que subiera detrás.

—De ningún modo, Gregorio.
—Plork, súbelo.

Plork cogió en volandas al hombre y lo montó en la moto.

—Teresa, hazte cargo de mis cosas, por favor. Vete ya y finge desesperación, nos vemos luego. Vosotros, esposad a éste junto a los demás —dijo señalando a Plork—. Es por tu coartada. Santi, agárrate fuerte.
—¿Y mi casco?
—No, a ti se te tiene que ver bien la cara —dijo Gregorio acelerando.

Manolo el Cojo saludaba muy contento a la concurrencia y de vez en cuando le pegaba un sorbo a la lata de cerveza. El secretario estaba aterrorizado y lloraba sin lágrimas. Entre los asistentes al desfile comenzaron a levantarse voces de protesta al no distinguir al sumo pontífice en aquel tipo vestido de blanco. Pronto se descubrió el pastel.
«¡Comisario, no es el Papa; es un doble!»
—¿Pero cómo va a ser un doble? ¿Dónde está el auténtico entonces? —preguntó Vallejo.
«¡Atención, ha salido una moto de la cochera de la calle Tudescos, conducida por...! ¿Ese es Padre Tormenta?... ¡Y detrás va...! ¡Ay, Dios mío! ¡Es el jodido Papa! ¡Y vienen hacia nosotros a toda velocidad!».
—¡Me cago en mi vida! ¡Dejadles pasar! —vociferó Vallejo—. ¡A ver si vamos a desgraciar al Santo Padre!
Los agentes apartaron la valla apresuradamente y la moto pasó rozándoles, girando al final de la calle por una plaza peatonal y perdiéndose por un callejón del fondo. Gregorio conducía como un perturbado y no sabía muy bien hacia dónde ir. El Papa gritaba desde el asiento trasero de la moto,

agarrado al piloto como una lapa: «¡Frena, frena!», gritaba aterrado; «¡No me aprietes tanto!», reclamaba él. Las calles estaban acordonadas y por donde pasaban la policía les abría el paso y comenzaban a seguirles con los coches patrulla haciendo brillar sus luces y retumbar sus sirenas. La gente se arremolinaba en las aceras para ver pasar a la extraña pareja motorizada y a sus perseguidores. El comisario ordenó seguir dejándolos pasar: «ya los cogeremos después, no podemos arriesgarnos a un accidente». Bajó del coche para organizar ambos operativos, el legítimo y el fraudulento, lejos del alcance del subcomisario Antúnez y así poder facilitar la huida de Padre Tormenta y su ínclito rehén. Llamó por teléfono a Gabriel para que le indicara la posición de pisos francos que pudieran servir de refugio a Gregorio y le dijo que no colgara y se pusiera en contacto con patrullas de policía de las que servían a la organización mafiosa.

—Gregorio, por dónde vas —le preguntó vía pinganillo.

«¡No lo sé, Paco, espera…! ¡Vamos por la calle Fuencarral, dirección a la glorieta de Bilbao!».

—Vale, espera un momento y aguanta. No te caigas, por tu padre.

«¡Me siguen cincuenta coches de policía!».

—No te preocupes por eso, yo te voy a seguir abriendo camino.

Puso a Gabriel al tanto de su posición y dirección y él le dijo que tenía a dos coches patrulla por la zona y la dirección de una casa franca con garaje donde podrían esperarlos con la puerta abierta y los alrededores despejados. Vallejo tiró de toda su experiencia y pericia para tender una emboscada a la policía. Después informó a Gregorio:

—Gregorio, escucha atentamente: tira a la izquierda en la glorieta de Bilbao; en la siguiente glorieta tira a la derecha por la calle de San Bernardo. Cuando pases la boca de metro y la rotonda de Quevedo, sigue recto y permanece atento: tienes que girar en la segunda calle a la izquierda, que se llama Donoso Cortés. ¿Lo tienes?

«Sí».

«Venga, don Gregorio, que usted puede», dijo Bandicoot.

—¿Te quieres callar, coño? —le recriminó Vallejo—. Bien, en el lado derecho de esa calle te estarán esperando unas personas con la puerta de un garaje abierta. Métete dentro.

«¿Y qué pasa con los coches de policía?».

—Los cortaremos antes. Tú concéntrate en llegar allí y no caerte.

Gregorio procuró seguir las instrucciones del comisario al pie de la letra, hasta que rebasaron la última rotonda indicada. Pudo ver dos coches de policía que aguardaban en la calle previa a la que él debía coger y cómo salían y se atravesaban en mitad de la calle justo cuando acababan de pasar con la moto. El impacto de los coches que le seguían contra estos fue violento y espectacular, provocando un aparatoso accidente en el que, afortunadamente, no hubo heridos de gravedad. Varios de los agentes implicados salieron de los coches siniestrados y comenzaron a discutir entre sí mientras, ya en la lejanía, Gregorio giraba por una calle y se aventuraba dentro de un garaje que fue cerrado nada más entrar.

«¡Qué narices hacíais!», «¡Lo mismo que vosotros, intentar detenerlos!», «¡Las instrucciones eran escoltarlos, no detenerlos!», vociferaban los agentes de policía entre un amasijo de coches amontonados.

«Aquí unidades de persecución a mando: hemos tenido un accidente múltiple y los hemos perdido», anunció un sargento por radio.

«Bien», pensó Vallejo para fingir enfado después:

—¡Mierda! ¡Sois unos inútiles! A ver, ¿dónde está el helicóptero?

«Aquí unidad aérea: ya salimos. Es que nos pilló repostando, señor».

—¿Has escuchado, Antúnez? —dijo acercándose a su coche—. Acaban de secuestrar a la persona más importante del mundo delante de nuestras narices. Nos vemos dirigiendo el tráfico.

La ciudad entera fue sitiada y acordonada; todos los accesos restringidos y hasta el Ejército salió a las calles a buscar al sumo pontífice. En poco tiempo la noticia daba la vuelta al mundo y ponía el foco de todo el planeta en la capital de España: «La figura del crimen organizado conocida como Padre Tormenta ha secuestrado al Papa Santiago en Madrid». Teresa cogió el maletín de Gregorio, donde metió su sombrero, y se valió de su indumentaria para escapar del brazo de Bandicoot, un valiente muchacho que había socorrido a una monja desamparada. Plork fue liberado y prestó declaración sobre la marcha; nadie tenía claro quién era víctima o cómplice en aquel caos que aprovechó, junto con su hermano, para abandonar la zona con la connivencia del comisario. Manolo el Cojo no hablaba más allá de frases incongruentes y canciones de María Jiménez cuando fue interrogado. Al cardenal Fluperi lo atendió una ambulancia en la zona, aquejado de quemaduras químicas por lejía, hasta que se restableció lo suficiente para dar su relato de los hechos y ayudar a componer un retrato robot de Padre Tormenta, ese hombre con sotana y barba. Los múltiples detenidos por vandalizar el papamóvil u organizar trifulcas no soltaban prenda; los conductores del coche señuelo tampoco. El comisario Vallejo andaba de un lugar hacia otro hablando con diferentes mandos operativos y gestionando la instalación de una carpa de emergencia para la investigación policial colocada en la misma Plaza de Callao. Recibió una llamada amenazante del Ministro del Interior, que solventó con chulería: «Ahora mismo estoy trabajando sobre el terreno, señor ministro, ya tendrá tiempo de echarme la bronca desde su distinguido despacho». Todos creían saber algo y nadie sabía nada. Acababan de ser sacudidos los cimientos de la Iglesia Católica.

A poco menos de tres kilómetros de la zona cero las dos personas más célebres del momento veían la televisión en una casa custodiada por criminales. El hombre vestido de blanco aún se recuperaba del estado de *shock* y el susto de haber ido en una motocicleta a toda velocidad, perseguida por medio cuerpo de policía y conducida por el que llevaba una sotana negra y miraba las noticias como si no fueran con él.

—¿Por qué te llaman Padre Tormenta?

—Es una larga historia, pero lo puedo resumir diciendo que es un *alter ego* que he creado para poder desempeñar mi misión.

—¿Tu misión? No sé qué te ha pasado, Gregorio. Siempre has sido muy dado a vivir en el filo de la navaja, pero has rebasado todos los límites humanos y divinos.

—Cuando llevas razón llevas razón, Santi, pero mis motivos van más allá de cualquier circunstancia terrenal.

—¿Y cuándo piensas contármelo?

—¿Queréis algo? —dijo un hampón que entró en el pequeño salón, acompañado por una mujer con pinta de repartir hostias como panes.

—¿Cómo que «queréis»? —le reconvino Gregorio—. ¿Sabes acaso quién es este hombre?

—Perdone —dijo agachando la cabeza—. ¿Quiere algo su Alteza?

A Gregorio se le escapó una carcajada y el Papa declinó la oferta. Los dos salieron mirándose entre ellos y Gregorio siguió hablando.

—Santiago, eres, con diferencia, la persona que más admiro dentro de la Iglesia y no porque hayas llegado donde estás; yo ya sabía de tu valía desde mucho antes. Eres el buen pastor, el mejor representante de Dios en la Tierra. Mereces el poder que tienes, pero ha llegado el momento de usarlo.

—¿Para qué?

—La pregunta correcta es contra quién. Satanás ha tomado cuerpo y está entre nosotros, acompañado de sus nueve príncipes. Sólo tú puedes combatirlo.

Santiago miró petrificado a Gregorio y éste, a su vez, a la tele, donde comparecía el Presidente del Gobierno: «Criminales como Padre Tormenta no tienen cabida en nuestra sociedad y deben ser erradicados. Vamos a usar todo el poder del Estado para recuperar sano y salvo al Santo Padre y todo el peso de la justicia caerá sobre sus raptores».

—¿Has oído? Un político llamándome criminal a mí. Si es que te tienes que reír.

—Gregorio, sé que has sufrido mucho en tu vida. Nunca lo has querido comentar, pero lo sé. Puedo entender que hayas llegado a un punto que...

—Déjate de milongas, Santi, y escúchame; abre bien las orejas.

Gregorio narró pormenorizadamente cada detalle de la odisea que le había llevado a secuestrarlo: la posesión de Florencio Sánchez, el misterio de la espada templaria y el pacto con el diablo de su antiguo propietario, la aparición del perro y la puerta del averno, las profecías encontradas en un legajo del Monasterio de El Escorial, que señalaban al grupo de empresarios como cabecillas de la infernal insurrección junto a su líder, el robo de las reliquias y su vano poder contra la fuerza emergente de Lucifer y las múltiples formas en las que éste había ejercido el mal y había asesinado a sacerdotes y soldados. Le habló de la lista negra de la Iglesia, que Santiago dijo desconocer, y de los obstáculos que impedían que hubiera obrado por cauces legales; por último le dijo que algunas personas sin conexión anterior entre ellas podían refutar cada palabra.

—Tómame a mí por loco y no me creas, pero luego vas a escuchar los testimonios de los demás y vas a ver las pruebas con tus propios ojos; todo eso, claro está, antes de que estés cara a cara contra nuestro adversario y lo comprendas por ti mismo.

El Papa se levantó por primera vez con gesto preocupado y paseó por la pequeña salita.

—¿Y Manolo no estaba al tanto de nada de esto?

—No. He implicado sólo a la gente estrictamente necesaria. Él no tenía por qué saber nada.

—Hoy precisamente hemos estado hablando de ti después de la comida.

—¿Para bien?

—Sí, hemos recordado viejos tiempos... ¿Entonces Fluperi es uno de ellos?

—Ya has visto su reacción al recibir el chapuzón bendito —le contestó.

—Caramba, Gregorio, es que le has tirado un cubo de agua con lejía encima. ¿Esperabas que se riera? Eso no demuestra nada.

—No ha sido la lejía lo que le ha escocido; te lo digo yo. A mí me lavaba mi madre las manos de pequeño con lejía, cuando llegaba de la calle comido de mugre, y mírame —dijo moviendo sus dedos—: podría tocar el Claro de Luna de Beethoven... si supiera tocar el piano, claro está.

Mientras Santiago seguía pensativo, intentando asimilar tanta y tan turbia información, a Gregorio le llegaba la noticia de que Teresa, Bandicoot y los dos hermanos se habían agrupado en el apartamento de estos, a la espera del siguiente movimiento. Le reconfortó saber que estaban bien.

—Yo te creo —dijo el Papa tras unos momentos de reflexión profunda y sosegada—. Quiero confesarte una cosa, Gregorio… Llevo un tiempo pesando en que hay algo que no cuadra, algo que se quería mostrar ante mí y yo no he sabido ver; era esa sensación de saber que no estaba mirando en la dirección adecuada. Desde que he alcanzado el sumo pontificado mi sentimiento más experimentado ha sido el de la decepción: no he hecho más que preguntarme si esto era todo, si en esto consistía ser el líder de la Iglesia y no me he sentido realizado. Cada día he asistido a actos vacíos y a muestras de falsa devoción desde una torre tan alta que no me permitía ver el mundo ni a la gente que debe ser mi objetivo. Por otro lado sólo he encontrado reticencias y defectos de forma de parte de la curia y los legisladores eclesiásticos, a la hora de acometer las reformas que llevo teniendo en mente desde mucho antes de sentarme en la silla de San Pedro. Me he sentido maniatado, inútil…

Santiago se sentó apoyando sus codos en la mesa y su mentón sobre sus nudillos:

—Luego comencé a tener un sueño recurrente en el que salías tú y ahora te contaré. Ese sueño me hizo pensar en los viejos tiempos y acordarme de ti; ahora me encuentro contigo en unas circunstancias que distan mucho de ser admisibles, pero compruebo que eres exactamente el mismo de siempre, cosa digna de admirar ya que no todos podemos decir lo mismo. Y tú no estás loco ni eres un mentiroso; nunca lo has sido. El Gregorio que yo conocí no era un chiflado; ¿expeditivo y peculiar?, sí, pero honesto.

Santiago le explicó su sueño y la simbología que encerraba, con Gregorio pidiéndole ayuda para evitar que una gran roca masacrara al pueblo.

—No puede ser casualidad, pero ahora vamos con la bofetada de realidad: ¿Quién te crees que soy yo? ¿Cómo puedo hacer frente al mismísimo Diablo? Gregorio, yo no soy más que un hombre y ni siquiera he practicado un exorcismo nunca.

—No es sólo por el hombre que hay debajo de esa sotana blanca, que también, es por lo que representas. Tú eres la punta de lanza de nuestra fe; el valido de Dios y el primero de nosotros. Al Diablo no se le derrota con técnica, se le derrota con el poder del amor de Dios y del hombre. Nadie representa mejor que tú ese amor y, ¡qué coño!, si el pastor jefe no puede defender a su rebaño, ya me dirás tú quién puede hacerlo.

—No sé... Me siento un pelele ahora mismo. Resulta que han estado escondiendo a pederastas y que puede que esté rodeado de enemigos y yo sin enterarme.

—Es normal cuando te tienen en una burbuja. No te preocupes por eso.

«Gregorio, ¿estás ahí?», sonó la voz del comisario en su minúsculo auricular.

—Sí, te escucho. Y me pica ya el oído de llevar eso incrustado dentro —dijo apretando el botón de su reloj.

—¿Con quién hablas? —preguntó Santiago.

—Con el policía que te he dicho que nos ha ayudado.

«Tenéis que salir de allí en breve. Se están estudiando todas las cámaras y todas las declaraciones de testigos y se está cerrando el cerco sobre vosotros»

—¿Entonces nos vamos ya?

«No. Es imposible que os podáis escapar; estáis completamente sitiados. Sólo yo puedo sacaros. Voy hacia allá con la excusa de trabajar sobre el terreno y os evacuaré. Tenéis que estar preparados».

—De acuerdo. Te esperamos en el garaje de la entrada.

Vallejo dejó al mando de sus responsabilidades al subcomisario Antúnez, a quien le tocaría bregar con los comandantes de los diferentes cuerpos de seguridad que ya se habían personado en la carpa. Cogió su coche oficial y se negó a llevar chófer o acompañantes. Pasó los distintos controles organizados en cada calle recibiendo saludos reverentes de los jefes de zona y subordinados hasta llegar a la calle donde se encontraba la casa franca. Aparcó el coche delante de la puerta e informó a Gregorio de que no debían abrir hasta que él lo dijera. En aquella calle y sus alrededores pululaba una gran cantidad de inspectores y agentes de policía. Uno de ellos se acercó al comisario y éste le demandó novedades:

—Señor, creemos que se ocultan en menos de cien metros a la redonda.

Vallejo avisó a otra inspectora, que se acercó de inmediato.

—Bien; nos vamos a concentrar en esta calle. Lleven a toda su gente a las esquinas en las dos direcciones; desde allí comenzarán un registro casa por casa hasta coincidir en el centro. ¿Entendido?

Ambos inspectores asintieron y fueron agrupando a sus agentes en dirección a las esquinas, dejando solo al comisario en la parte central de la calle. Se montó en su coche y echó marcha atrás, pidiendo que abrieran la puerta del garaje justo cuando parecía que la iba a golpear con la parte trasera del vehículo. Allí estaban Gregorio y el Papa esperando nerviosos. Vallejo se apeó y anduvo apresuradamente hasta el maletero.

—Lo siento mucho, pero tienen que meterse aquí. Rápido —dijo abriéndolo.

—¿Francisco? —preguntó Santiago sorprendido.

—Sí, Santi, él es el policía que te dije que nos estaba ayudando. Paco, no me jodas que nos vas a llevar en el maletero —protestó al comisario.

—No hay más remedio; este coche no tiene lunas tintadas. Tengo que ocultaros donde sea. Montad ya, por favor. Es un maletero enorme; estaréis bien.

Los dos se metieron en el maletero, Gregorio renegando y Santiago resignado, y el comisario lo cerró. Se puso al volante y salió del garaje, que fue cerrado inmediatamente. Condujo en dirección hacia uno de los grupos que se organizaban para registrar las viviendas:

—No os dejéis sótano, cuartillo de los contadores o terraza sin revisar. Id dando novedades a tiempo real.

—Entendido, señor —contestó la inspectora.

En la oscuridad del maletero, donde los dos hombres reposaban apretados en decúbito lateral, Gregorio susurró a su acompañante:

—Santi, a ver si me vas a meter mano, que los clérigos estáis muy salidos.

—Qué cosas tienes, Gregorio. Lástima que no tenga ánimo ni oxígeno para poder reírme.

Vallejo condujo hasta el apartamento de Mork y Plork, previamente avisados de su llegada, y pasó al aparcamiento subterráneo del bloque de edificios. Desde allí subieron por un ascensor privado directamente a la vivienda y se encontraron con el resto del comando. Cuando los vieron entrar Gregorio procedió con las presentaciones y las reacciones fueron variopintas: «Es un honor, Su Santidad», «Encantados de conocerle en persona» y «Señor Papa, lo estoy flipando en colores». Ayudándose entre ellos, se desprendieron de los minúsculos pinganillos que aún llevaban dentro del oído y Mork los invitó a sentarse en una amplia y moderna sala de estar. Plork sacó bebidas y abrió una bolsa de patatas fritas sobre la mesa de centro. Compartían reunión el Papa de Roma, uno de los jefes de policía más importantes del país, una monja, un exorcista, dos sicarios y un informático aficionado a las bebidas energéticas y los videojuegos.

—¿Cómo está, Santo Padre? —preguntó Teresa.

—Teniendo en cuenta que me habéis secuestrado y acabo de recorrer Madrid metido en un maletero… no me puedo quejar. A ti ya te conocía, Teresa. De Nicaragua, ¿verdad? —dijo Santiago.

—Sí, Santidad, allí les conocí a usted, al arzobispo Fernández y a este loco de aquí.

—¿A Vallejo? —dijo Gregorio sentado junto al comisario, a quien no le hizo gracia la broma; estaba profundamente afectado por la situación y preocupado por su carrera.

—Os pido a todos que, al menos durante esta correría, me tuteéis o me llaméis don Santiago como mucho.

—Está bien —dijo Teresa obviando la chanza de Gregorio—. Santiago, tenemos que enseñarle todos los documentos y pruebas que tenemos.

—No hace falta, Teresa; estoy con vosotros. Ya me lo ha contado Gregorio y os creo.

—¿Cree usted que puede combatirlo? —preguntó Vallejo.

—Ojalá lo supiera, Francisco. Pero es mi obligación intentarlo.

—¿Y cuánto cobra un papa? —preguntó Bandicoot.

—¡Por fin! —exclamó Gregorio—. Alguien tenía que preguntarlo.

—Los papas no tenemos sueldo, hijo.

—Claro, porque tienen gratis todo lo que les da la gana.

—Bueno, no es exactamente así.

—¿No? Entonces, ¿si usted quiere la Playstation5 último modelo y una tele 8K de setenta pulgadas no se las compran?

—No necesitaría nunca tales cosas.

—No vengas con evasivas, Santi, me cago en el copón —dijo Gregorio—. ¿Te las comprarían o no?

—Sí, se me proporcionaría cualquier cosa que yo necesitara.

—Ea, Bandicoot, pues te acaba de responder a la pregunta del sueldo.

—¿Y lo del sillón de oro macizo y diamantes es verdad? —volvió a preguntar el muchacho.

—Por favor, vamos a elevar la edad mental de la conversación y a hablar de cosas importantes —interrumpió Teresa—. ¿Cuándo nos vamos a la mansión?

—No te incluyas, Teresa. Iremos sólo el Papa y yo.

—¿Cuántas veces vamos a tener la misma conversación? —protestó ella.

—Iremos todos —sentenció Vallejo con voz firme.

—Por supuesto. El Escuadrón Tormenta al completo y encima con el fichaje de última hora de Supermán —dijo Bandicoot levantándose a coger su mochila—. ¿A quién le falta chapa?

—Yo la tengo aquí —dijo Gregorio sacando la suya y pinchándola en su sotana.

—Yo también —dijo Teresa.

—¿Dónde están las nuestras? —preguntó Plork.

—Ahí encima del estante —respondió su hermano levantándose.

—Yo no… —dijo el comisario.

—Aquí tiene otra, comisario —dijo soltándole una encima de la mesa— y esta es para usted.

Santiago cogió su pin del Comando Tormenta y lo miró con atención:

—¿Qué es? —preguntó al grupo.

—Unas chapas identificativas de este grupo heterogéneo y pintoresco —le respondió Gregorio.

Todos, incluido Santiago, se pusieron su pin menos Vallejo, que siguió resistiéndose a hacerlo y lo volvió a guardar en su bolsillo. Fue una distracción que sirvió para romper la tensión de estar ante el Papa, cuya presencia les cohibía en mayor o menor medida. La incertidumbre del futuro inmediato también enrarecía el ambiente y Gregorio decidió tomar las riendas y acabar con aquel incómodo momento. Ya no había nada más que pudiera desviar el foco de sus esfuerzos; ya lo tenían todo. Llegaba la hora de la verdad.

—Dama, caballeros: hay que dejar de marear la perdiz. En quince minutos nos vamos, por si tenéis que preparar algo o hacer pipí. Teresa, ¿quieres que nos fumemos antes un pitillo en el balcón?

Teresa aceptó y ambos salieron a una pequeña balconera que daba a una intrincada selva de cemento. Estaba anocheciendo, los edificios lucían grises y azulados y las farolas recién encendidas servían de lecho para las yermas colmenas de seres humanos. Gregorio quería despedirse de Teresa sin que ella lo notara, un arduo cometido ante alguien que lo conocía tan bien. Sacó un cigarro pero no lo encendió y habló mirando por encima de las terrazas.

—¿Recuerdas aquella vez que un feligrés me dejó una moto, te recogí y nos fuimos a la sierra a pasar el día? Me ha venido a la cabeza esta tarde...

—Pues claro, que nos quedamos sin gasolina subiendo el puerto de Somosierra, diste la vuelta y bajamos varios kilómetros en punto muerto.

—Y nos paró la Guardia Civil porque íbamos sin luces y estaba anocheciendo; era un atardecer parecido a éste.

—Ya ves, ja, ja, ja —rió Teresa—. Le dijimos que éramos un cura y una monja, el agente no se lo creía y cuando le enseñamos la documentación fue corriendo a decírselo al compañero.

—Se portaron muy bien con nosotros y no nos multaron ni nada. Ahora que lo pienso siempre he usado la baza de mi profesión para conseguir unas cosas y librarme de otras. Lo de estos días ha sido eso mismo elevado al máximo exponente.

—¿Qué quieres decir?

—Que no he sido un buen sacerdote, Teresa y, si me apuras, tampoco una buena persona.

—Bueno, tú nunca has sido un sacerdote al uso; eres un exorcista que tuvo que hacerse cura para poder ejercer.

—¿Y eso me da derecho a aprovecharme de la gente que nos respeta?

—No es aprovecharse; tú has jugado tus cartas, como hacemos todos, y eso no te convierte en una mala persona.

Gregorio siguió mirando el horizonte y divagando:

—¿Alguna vez has pensado en colgar los hábitos?

—Más de una vez y no creo que sea la única. Todos hemos tenido dudas en algún momento. ¿Y tú?

—Nunca. Nunca hasta hoy mismo.

Teresa lo miró con curiosidad y le dejó seguir hablando.

—Creo que pase lo que pase hoy no habrá un padre Gregorio mañana.

—¿Y qué vas a hacer? ¿Firmar el finiquito y apuntarte a la oficina de empleo? —bromeó ella.

—Mis opciones son la cárcel, la huida o la muerte.

—¿La muerte? No digas tonterías, anda —dijo Teresa contrariada.

—Es una opción real, Tere, y no te lo tomes a broma porque tú también vas a estar en peligro.

—Claro que sí, pero confío en nosotros, en ti... Yo no tengo dudas y tú no deberías tenerlas en este momento. Mira, se está cumpliendo aquel sueño premonitorio que tuve: ya tienes el arma que derrotará al príncipe; está ahí dentro y es un milagro cómo la hemos conseguido. Ahora toca usarla.

—¿Lo ves? Estamos hablando de usar a un hombre como si fuera un objeto. Me sirvo de la gente para mis intereses y los manipulo como si fueran simples herramientas. Es lo mismo que he dicho antes. Por cierto, si no recuerdo mal en ese sueño tú caías —dijo con preocupación.

—Es cierto... y a ti te metía la mano por la nuca José Luis Moreno.

Ambos se miraron y comenzaron a reír. Gregorio la cogió de la mano.

—Quiero que me perdones por no haberte contado nunca lo que pasó con Inés.

—Entiendo perfectamente que te lo guardaras para ti. Créeme —le respondió mirándolo con ternura—. Las pocas veces que hablabas de esa época con sinceridad, notaba que te dolía. Ayer comprendí por qué y pude, por fin, terminar de componer el rompecabezas de tu vida.

—Vergüenza me tenía que dar haber tardado tantos años en abrirme a ti y ser sincero a sólo un día de...

Gregorio no terminó la frase y Teresa le apremió algo enfadada.

—¿A sólo un día de qué, Goyo? ¿Qué me estás queriendo decir?

—Sólo quiero que sepas que si pasa cualquier cosa, tú eres...

—¡Para los caballos, Goyete! ¿Te estás despidiendo de mí? Ni se te ocurra. Lo que quieras decirme me lo dices mañana o pasado... o la semana que viene. Vamos adentro, que nos tenemos que ir —concluyó tirando de su mano.

Teresa lo arrastró dentro del apartamento, donde los gemelos permanecían en silencio, Vallejo despachaba órdenes con el resto de autoridades policiales en un rincón y Bandicoot tenía a Santiago firmándole varios autógrafos en el lomo de su ordenador, un calendario de Goku y un pósit que había cogido de una mesita auxiliar.

—Última llamada para el tren con destino a la perdición —dijo Gregorio cambiando el tono de sus últimas palabras—. Vámonos, que tenemos un mundo que salvar.

Cada cual se preparó a su manera. Teresa le dio su maletín y su sombrero a Gregorio; ambos se abrazaron un instante. Los gemelos, que se habían puesto su mejor traje, cogieron sus armas. Vallejo se recompuso, se bebió una cerveza de un trago y se irguió en el centro del salón decidido, estoico, como había sido siempre. Bandicoot empaquetó su ordenador portátil, se puso su mochila y limpió sus gafas con un pañuelo de papel. El papa Santiago observó a la gente y rezó por ellos en silencio apretando el rosario que llevaba en un bolsillo de la sotana. Mork y Plork tenían preparada la furgoneta con cristales tintados que los llevaría a la mansión Sánchez, puede que por última vez.

Montaron en el vehículo. Plork se puso al volante y el comisario a su lado para solventar posibles vicisitudes policiales; los demás se repartieron por los asientos traseros. Gregorio abrazaba su maletín, Bandicoot su ordenador portátil; Teresa cruzaba los dedos sobre su regazo y Mork miraba por la ventanilla; Santiago recostó la cabeza en su asiento y resopló mirando al techo con una sonrisa: «Tengo que reconocer que hacía años que no me sentía tan vivo».

Al ocaso de un día de junio como cualquier otro, el Escuadrón Tormenta emprendía su último viaje.

22. Levántate y anda

La luna quería brillar con fuerza en el firmamento pero las luces de la ciudad, envidiosas y mezquinas, y una calima persistente se lo impedían, dejándola como un borrón difuminado en el techo de Madrid, tintado aún de un intenso azul marino. Las familias ante la tele, los vecinos en el portal, los filósofos de barra de bar, los corrillos de gente en los parques… Todos malgastaban saliva en conversaciones inanes acerca de la noticia que había eclipsado a las demás, sin saber que aquella furgoneta oscura que surcaba las calles, abriendo una brecha en el destino, llevaba consigo todas las respuestas y a las únicas personas que jamás conocerían la verdad; una verdad que, después de esa noche, se llevaría el viento y se perdería para siempre, como una brizna de hierba sacudida por la tempestad.

Nadie tenía prisa por llegar al destino; ni siquiera Gregorio, que rezaba por encontrarse semáforos en rojo o la otrora desesperante dilación de algún atasco. Nunca tuvo tan claro que se encontraba en el final del fragoso camino que había emprendido hacía más de treinta años y aunque lo había deseado desde entonces, ya no tenía prisa. Divisar el culmen de una vida dibujado en el horizonte, claro y preciso, le calmó. Pensó en las naves quemadas que había dejado a su paso y en la gente que tocaría dejar atrás ahora y un sentimiento de melancolía le turbó de tal modo que le impidió hablar y decir a sus compañeros lo orgulloso que estaba de ellos. «Mejor», pensó, porque Teresa tenía razón; no era momento para dramas ni despedidas. Se levantó, se dirigió a la parte delantera y asomó su cabeza entre las de Plork y Vallejo, susurrando:

—Os voy a pedir una cosa y no quiero discusiones: si se tuerce la cosa quiero que os hagáis cargo del grupo y os vayáis de allí. Yo me quedaré con el Papa.

—De eso nada, don Gregorio —replicó Plork.

—He dicho que no quiero discusiones.

—A ver, Gregorio —dijo Vallejo—, si te preocupan Teresa y el chico nosotros los protegeremos.

—¿Teresa? En todo caso sería ella la que os podría proteger a vosotros. En algo así vuestras armas, vuestra fuerza física o pericia en el combate, no cuentan; lo sabéis bien. No tenéis nada que hacer y aunque ella sí, soy un egoísta y no quiero que se arriesgue. Y si mi egoísmo es un pecado ya saldaré yo cuentas con Dios.

Los dos hombres se miraron y asintieron y Gregorio volvió a la parte trasera para dar instrucciones.

—Esta noche vamos a entrar en los aposentos de don Floren el Santo Papa, aquí presente, y yo. Los demás os quedaréis fuera. Teresa, me gustaría que tú lideraras un rezo en la puerta con los cuatro sacerdotes que nos quedan. Los demás quiero que permanezcáis a la expectativa por lo que pudiera pasar.

—¿No quiere que entre a fumigar con agua bendita? —preguntó Mork.

—Hoy no será necesario.

—¿Y yo qué hago? —dijo Bandicoot.

—Beberte un Monster y cubrir a los dos fortachones.

—¡Estamos llegando! —avisó Plork.

Terminaron de doblar una de las últimas curvas que quebraban la escarpada carretera cuando divisaron el hito que avisaba, destacando en la negrura, de su inminente llegada. Una luz fantasmal se adivinaba en la ladera de la montaña donde estaba situada la finca de los Sánchez. Atravesaron la verja que daba acceso al recinto principal y a medida que se fueron acercando a la mansión, comenzaron a ver los primeros árboles ardiendo. Aquellos árboles que habían flanqueado el camino durante lustros, ofreciendo el cobijo de su sombra y creando un pasillo natural imponente, perecían ahora entre terribles llamas que parecían no consumirlos del todo, haciéndolos encandecer como antorchas perpetuas y gigantes. Una incesante lluvia de pavesas, que agonizaban cenicientas al posarse, convertía el espacio ante ellos en el remedo de un cielo estrellado, en una nube de luciérnagas de fuego que el vehículo atravesaba como una guadaña. Plork aminoró la marcha por el posible riesgo de que una rama incendiada cayera sobre ellos, que miraban asombrados aquel tétrico y diabólicamente bello espectáculo sin decir ni una palabra. Gregorio volvió a colocarse entre los dos asientos delanteros y buscó en la lejanía la gran mansión, que comenzó a vislumbrarse extraña y humeante al cabo del piso empedrado.

—Aquí ha pasado algo muy malo —dijo cogiendo su móvil.

Llamó a doña Virtudes, pero su teléfono no daba señal. Llamó a Gabriel y éste le respondió que había estado trabajando todo el día desde un despacho en el centro y no sabía nada.

—Deberías haber estado aquí —le recriminó Gregorio, justo antes de que su propio teléfono dejara de funcionar.

Al aproximarse a la casa varios soldados que se atrincheraban en los alrededores de una caseta les salieron al paso. Plork frenó y abrió la ventanilla:

—¡Don Floren ha escapado de su habitación! —dijo uno de ellos.

—¿Pero está en la casa? —preguntó Gregorio alarmado.

—Sí, pero eso ya no es una casa, es... otra cosa.

—¿Y cómo ha podido salir de sus dependencias?

—Embaucó a uno de los curas y él le abrió la puerta. Esa cosa salió hecha una furia y comenzó a destrozarnos. Abrimos fuego contra él pero no éramos capaces de hacerle ningún daño, así que nos batimos en retirada y nos refugiamos aquí a la espera de que llegara usted. Otros han podido escapar por la parte de atrás —narró desesperado.

—¿Y doña Virtudes?

—Creemos que se refugia en la capilla. No nos funcionan los aparatos de radio ni los teléfonos, por eso no hemos podido avisar —se lamentó.

—¿Dónde está el sacerdote que le abrió?

—Fue al primero que mató.

—¡Maldito desgraciado! —exclamó Gregorio.

—Aquí tenemos con nosotros al ciego. Los otros dos creemos que siguen vivos en su celda.

Gregorio sopesó la situación, miró a Santiago y dijo:

—Santi, es nuestro momento.

—Vamos a por él —sentenció valiente el Santo Padre, abriendo una puerta de la furgoneta.

Tras él salieron los demás. Gregorio se puso su sombrero, cogió su maletín y salió con ellos. Encararon la casa y pudieron ver lo que quedaba de ella. Los dos laterales estaban parcialmente derrumbados haciendo que el centro de la mansión se alzara puntiagudo y afilado hacia el humeante cielo, como una pirámide hollando las nubes. Un resplandor oscilaba en el interior y mostraba un sobrecogedor baile de sombras a través de las ventanas. La visión de la casa en su conjunto estaba enturbiada por la pluma térmica que distorsionaba el aire, como el asfalto caliente del verano en la distancia. La enorme puerta principal estaba abierta y en el interior solamente se divisaba oscuridad y fuego a intervalos.

—Claro que ya es otra cosa —dijo Gregorio contemplando la fantasmagórica estampa—; ahora es una embajada del Infierno en la Tierra. Ya se ha hecho su choza el muy canalla.

—Es terrible, Gregorio —añadió el Papa—. Mucho peor de lo que me habías contado.

—No te dejes impresionar, Santi. Hay mucha pirotecnia barata aquí; mucha fanfarronería. Quiere amedrentarnos porque sabe que vienes y tiene miedo.

—¿Estáis viendo lo mismo que yo? —dijo Bandicoot señalando la fuente que presidía la plazoleta ante la casa.

Su elegante y lustroso mármol blanco estaba cubierto de hollín y de los caños, ahora consumidos por la herrumbre, salía un líquido rojo que llenaba la pileta principal y la hacía rebosar.

—Es sangre —dijo Vallejo.

—Es un truco. Insisto, no os dejéis amedrentar —les explicó Gregorio—. Santi, vamos a prepararnos. Mork, ¿cogiste las botellas de agua?

—Sí, las tengo aquí.

—Sácalas.

Gregorio posó su maletín sobre un monolito y comenzó sus preparativos habituales, dándole algunos frascos al sumo pontífice: «Estos dos son de Lourdes y éste de la Virgen de la Cabeza; voy a llenar los genéricos pero quiero que tú bendigas antes las botellas de agua».

Teresa miraba encandilada la morada del Diablo y volvió a recordar su sueño; aquel en el que vio una gran pirámide coronada por Lucifer. Se estremeció. No esperó instrucciones de Gregorio y tomó el mando de los soldados:

—Quiero un grupo conmigo y con Bandicoot. Vamos a rodear la casa y a entrar a la capilla por la puerta de atrás. Sé que Virtudes está viva porque él la necesita para acompañar a don Floren.

Gregorio hizo el amago de hablar e intentar detenerla, pero en lugar de eso la miró con veneración y volvió a enamorarse de ella.

—Coged un par de botellas bendecidas por el Papa. Es agua bendita *premium*; si sobra nos podemos forrar vendiéndola en la página WEB, Bandicoot.

—Voy con vosotros —dijo Vallejo sacando su arma.

—No, tú te deberías de quedar a cubrir a Santiago y Gregorio —apuntó Teresa.

—De eso nos ocupamos nosotros, que ya tenemos experiencia —intervino Plork.

A Teresa le pareció bien. Santiago bendijo el paquete de seis botellas de agua de litro y medio que los gemelos habían cogido de su casa. Mientras lo hacía, Gregorio no perdió la oportunidad de comentarlo:

—Prestad atención; esto es como ver a Paco de Lucía tocar la guitarra o a Iniesta regatear.

Teresa cogió una botella y Bandicoot otra; Vallejo prefirió seguir confiando en su nueve milímetros. Gregorio llenó sus frascos, se puso la estola y se aseguró de llevar la carta que siempre guardaba junto a su corazón. Santiago cogió otra botella. La mitad de los soldados se agruparon y emprendieron la marcha con la mitad el Escuadrón Tormenta. Gregorio y el Santo Padre enfilaron la entrada a la mansión, escoltados a unos metros por los dos hermanos. Antes de doblar la esquina del costado de la casa, Vallejo pidió parar un momento y avisó a Gregorio para hablar con él. El sacerdote se detuvo ante la escalinata de acceso y lo esperó con Santiago a su lado. El comisario habló en un último intento de solventar la situación por otras vías.

—Gregorio, quiero preguntarte algo. ¿No podríamos avisar a la policía, a los bomberos o al jodido Ejército? ¿No podemos denunciar el caso? Aquí ha muerto gente. Los medios se volcarían en esto y el Diablo nunca se mostraría en público, así que lo frenaríamos momentáneamente e impediríamos que se celebrase la dichosa reunión. Imagina el escándalo. No podremos, de momento, vencer a Lucifer pero sí que podemos encerrar a Florencio Sánchez.

—¿Te refieres a los medios de comunicación que él controla o a la red de Internet que monopolizan sus colegas? Tal vez también confíes en la policía, la judicatura o los políticos que tiene en el bolsillo. No, Francisco, ya se encargaría de aparecer como la víctima de algún terrible ataque. Tú, yo y los nuestros acabaríamos en la cárcel y el papa Santiago muerto en extrañas circunstancias —dijo mirando de soslayo a Santiago, que escuchaba atento—; muerte que, por supuesto, nos cargarían a nosotros. Es inviable. Entiende que tú llevas dos días dándole vueltas a la cabeza con este asunto, pero yo llevo unos cuantos más.

Vallejo suspiró con resignación y Gregorio posó una mano sobre su hombro.

—Ahora mismo necesito de ti que te cuides y cuides a Teresa y al muchacho. Si la cosa se complica llévatelos de aquí. ¿Entendido, amigo? —dijo ofreciéndole su mano.

—No te preocupes por nosotros —dijo estrechándola con fuerza—. Ha sido un honor conocerte, Padre Tormenta. Santiago —dijo mirando al Papa—, entra ahí y písale el pescuezo a ese hereje.

—No te preocupes, Francisco —le respondió—. La luz y el amor siempre vencen a la oscuridad... Y si hay que pisar pescuezos, se pisan.

—¿Estáis hablando de mí? —rugió una voz desde la puerta de la casa.

La figura que presentaba don Floren parecía de otro mundo porque era de otro mundo. Sus ojos centelleaban, su boca exhibía colmillos largos y aspecto faucal y su pelo se alzaba encrespado. Las manos eran garras con dedos largos, puntiagudos y nudosos y uñas afiladas; las piernas se torcían inhumanas, como las de un animal caprino, y se remataban con pezuñas que apenas parecían tocar el suelo.

—¡Para que digan que yo estoy como una cabra! —le respondió Gregorio.

—Qué chispa tiene nuestro amigo. ¿Verdad, Santiago? —le dijo el Diablo al Papa.

—¡Hoy va a ser tu última noche en la Tierra! ¡El Dios verdadero te mandará al inframundo donde perteneces y de donde nunca debiste salir! —Amenazó Santiago encarando a su adversario supremo.

—Sí, ya sabía que teníamos fiesta esta noche, por eso he preparado esta calurosa bienvenida; no todos los días recibe uno la visita del vicario de un Dios ridículo.

—¡Tú eres el ridículo! —vociferó Santiago.

—No estés tan seguro. Veneras a un Señor al que se le atribuye un poder descomunal por resucitar a Lázaro.

Lucifer abrió sus brazos y separó sus dedos con las palmas hacia arriba, levantando su cabeza.

—Contempla lo que es auténtico poder y mira cómo golpeo al hombre con sus propios pecados: *¡QUONIAM ENIM*

PER HOMINEM MORS ET PER HOMINEM RESURRECTIO MORTUORUM!

El suelo comenzó a temblar y un viento extraño sacudió los alrededores de la casa. Los tres hombres que estaban al pie de la escalera miraron alrededor y cuando volvieron a mirar la puerta don Floren ya no estaba. El grupo de Teresa, que había asistido atento a la intervención del Diablo desde un extremo de la fachada, empezó a notar movimientos provenientes de la espesura del bosque. A Gregorio apenas le dio tiempo a avisarles de lo que se les venía encima.

La acometida de un ejército de cadáveres sobrevino con violencia sobre la escuadra que comandaba Teresa. Sus cuerpos presentaban diferentes grados de descomposición, siendo algunos poco más que osamentas trabadas con andrajos, restos de tierra y pasto seco, pero se movían con el ímpetu de la protervia insuflada por Satanás. Los soldados disparaban con pavor contra aquellas criaturas que acababan de volver de la muerte, que se abalanzaban sobre ellos antes de que las balas pudieran detenerlos. Intentaron huir en dirección a la fuente, con algunos soldados cayendo bajo el yugo de la barahúnda de finados, y el contingente que se apostaba junto a la caseta salió a su auxilio al igual que Santiago, Vallejo, Gregorio y los gemelos; pero más muertos vivientes emergieron desde distintos lugares.

—¿Pero a cuánta gente habíais enterrado aquí? —le gritó Gregorio a los hermanos mientras emprendía la carrera.

—¡Fijaos, a los nuestros no los tocan! —exclamó Vallejo advirtiendo que los títeres infernales pasaban de largo de Teresa y Bandicoot.

—¡Es por la chapa! ¡Póntela! —le gritó Gregorio.

El comisario se puso el pin apresuradamente y Santiago se arrojó sobre un muerto que atosigaba a un soldado caído intentando morderle; sacó su rosario y lo utilizó a modo de soga, cruzándolo ante el cuello de la criatura y tirando hacia atrás para decapitarlo con facilidad. La sarta de cuentas sagradas atravesaba aquellos cuerpos putrefactos como una motosierra.

—¡Caramba, qué papa más cañero tenemos! —comentó Gregorio mientras arrojaba un chorro de agua bendita sobre la sien de otro.

Teresa y Bandicoot usaban también sus botellas para luchar y Vallejo afinaba la puntería volando cabezas con su pistola; los gemelos se batían directamente a puñetazos.

—Oye, ¿ese no es el presidente de fútbol aquel que desapareció el año pasado? —le comentó Gregorio a Plork, que combatía a su lado.

—¡Sí! Era un mafioso que amenazó con delatar a don Floren —le contestó.

—¡Me lo pido! —voceó lanzándose sobre él, blandiendo su cruz de metal como un martillo y clavándosela en la frente—. Esto es por ganarle aquel partido de ascenso al Sporting de Gijón —dijo Gregorio poniéndole un pie en la cara para poder desclavar el crucifijo.

Atisbó entonces el depósito contra incendios a un lado de la plazoleta y se le ocurrió una idea. Se acercó a Santiago, que flagelaba a los resucitados con el rosario y tiró de él cogiéndolo del brazo.

—¡Santi, vamos a terminar por la vía rápida!

Gregorio cogió la manguera contra incendios, comenzó a desenrollarla e indicó al Papa que bendijera el agua del gran depósito. Abrió la válvula que accionaba el grifo y dirigió el potente chorro contra la refriega.

—¡Ven, te cedo los honores!

Santiago se acercó y Gregorio le pasó la manguera con la que fue deshaciendo los cadáveres según los rociaba de agua bendita. Avanzó y siguió regando en todas direcciones hasta que todos los resucitados volvieron a su exánime estado natural, dejando la zona sembrada de cuerpos cercenados, soldados heridos y al Escuadrón Tormenta empapado. Ellos, con la ayuda de los soldados más ilesos, socorrieron a los heridos y los apartaron hacia la caseta. Dos habían muerto y tres presentaban heridas de gravedad; el resto parecía sufrir sólo daños superficiales. Santiago celebró un silencioso y breve responso junto a los dos caídos: «*Réquiem cetérnam dona eis Dómine, et lux perpétua lúceat eis. Requie´scant in pace. Amen*»; después cambió el semblante y se dirigió al grupo:

—¿Es pecado admitir que me he divertido?

—Joder, Santi, me has mojado el tabaco —dijo Gregorio sacando un paquete empapado de debajo de la sotana y tirándolo al suelo—. ¿Estamos bien?

Su gente respondió afirmativamente y Vallejo le preguntó tocándose la chapa que había prendido en su solapa:

—¿Entonces es por esto por lo que no nos han atacado?

—No, Paquito. A Santi no lo han tocado porque, ¡diablos!, es el maldito Papa... y estoy convencido de que lo nuestro es porque ayer bebimos del Santo Cáliz; pero lo importante es que he conseguido que te la pongas y te queda de lujo —le respondió sonriendo—. ¿No crees, Bandicoot?

—¡Veo borroso, don Gregorio! —respondió el muchacho, a quien contemplaban por primera vez sin lentes.

—¡Ay, mis ojos! —exclamó Gregorio—. Buscadle las gafas, por favor, o algo que le tape un poco la cara.

Teresa le dijo a Bandicoot que no hiciera caso de sus payasadas, procediendo a buscar las gafas que no tardó en encontrar en lamentables condiciones. Las enderezó como pudo y se las colocó. Gregorio advirtió otro rostro familiar entre uno de los cadáveres resucitados y vueltos a asesinar. Le faltaba todo el tren inferior y yacía tumbado boca arriba.

—Caramba, padre José, no se le ve muy entero —ironizó mientras daba una vuelta contemplando el estropicio y volvía a acercarse al joven, dándole un palmetazo en la espalda:

—No me digas que cualquiera de tus amigos raritos no mataría por participar en una batalla contra zombis y junto al Papa.

—Ya ve, don Gregorio, ha sido una pasada —contestó con sus gafas torcidas.

—Bueno, pues vamos al tajo. Espero que al Maligno se le hayan acabado los trucos aquí fuera —dijo Santiago.

—Esperemos —respondió Gregorio—. Continuad con lo vuestro; nosotros vamos adentro.

—Tened cuidado —les pidió Teresa.

—Vosotros también.

Teresa y Vallejo avanzaban por el costado de la casa, encabezando el grupo y alumbrando la oscura vereda con unas linternas que les habían proporcionado los soldados. A su derecha se auguraban los tejados derruidos, que vertían sus escombros al pie del pelotón que avanzaba con desconfianza. Al llegar al final volvieron a girar a la derecha, perfilando la arista trasera en cuyo centro se alzaba, todavía intacta, la capilla que debía de servir de refugio a doña Virtudes. Desde los edificios a su izquierda, donde estaban las viviendas de los empleados, salieron varios soldados que preguntaron por la situación. Les reconfortó conocer que Gregorio había llegado y se ofrecieron a acompañarlos.

—¿Por qué no habéis entrado a comprobar la capilla vosotros mismos? —preguntó Vallejo.

—Porque no nos atrevíamos. Ha sido horroroso todo —dijo el cabecilla.

Intentaron abrir la puerta pero estaba trabada por dentro, así que decidieron golpearla.

—¡Abran, soy el comisario Vallejo!

Tras unos momentos de incertidumbre, la voz de la señora habló desde el otro lado.

—¿Cómo sé que es usted de verdad? —preguntó con temor.

—Doña Virtudes, abra; vamos a protegerla —le dijo Teresa.

—¡Hermana Teresa, aquí estamos a salvo!

—Pues abran para que podamos refugiarnos nosotros también —le rogó ella.

Tras un breve titubeo, Virtudes abrió la puerta y se arrojó a los brazos de la monja.

—¡Ay, Dios mío, Teresa, que mi marido ya no es mi marido! —sollozó la mujer.

—No se preocupe, doña Virtudes, Gregorio y el Santo Padre lo traerán de vuelta.

Junto a la señora de la casa se refugiaba Agustín, el jefe de cocina, la doctora López, varios pinches y empleados del hogar y algunos soldados, todos ellos desencajados por el pánico. Vallejo observó que habían quitado el cristo crucificado de la parte trasera del presbiterio y lo habían colocado apoyado en la puerta interior que daba a la ahora decadente mansión. Salió a echar un vistazo y tiró de sus dotes de mando y su experiencia militar para formar un operativo.

—Si el Papa y Gregorio fallan asaltaremos la casa. Quiero escuadrones de a cuatro en cabeza y unidades de apoyo. Quiero que revisen sus armas y necesito tres jefes de pelotón, uno para cada flanco y otro para la retaguardia. Yo comandaré en cabeza.

—Pero señor comisario, entrar ahí es un suicidio —se quejó uno de ellos.

—¿Tienes familia, muchacho? ¿Tienes amigos? Es por ellos por quienes tenéis que luchar y dar la vida si hace falta —dijo ampliando el discurso a los demás.

Todos obedecieron y comenzaron a organizarse. Teresa aún trataba de tranquilizar a doña Virtudes. Bandicoot se sentó y pensó en lo que estaría pasando al otro lado de la puerta. Le hubiera gustado conocer alguna oración para rezar por ellos.

23. Cara a cara

Santiago y Gregorio subieron al porche donde estaba la puerta principal de la casa completamente abierta; los gemelos se quedaron de guardia al pie de la escalinata. Antes de pasar bajo el dintel se miraron un instante. Ambos sabían que, de un modo u otro, cruzar esa puerta era un camino de no retorno. Entrarían al infierno para combatir con el Diablo en su propio terreno y algo así acabaría con ellos o les dejaría una huella irreparable.

—Hemos nacido para esto, Gregorio. Ahora lo sé.

Santiago cogió su mano y los dos entraron a la mansión. No había luz eléctrica en la casa; la iluminación procedía de fuegos controlados que abundaban por doquier. La nave central —única parte que permanecía intacta al derrumbe— era un museo de los horrores: las cabezas de las estatuas griegas que poblaban el ancho corredor habían sido sustituidas por cabezas humanas de cuya base fluían hilos granates de sangre seca, como arañas que quisieran atrapar entre sus fauces a los torsos de piedra. Sus caras exánimes mostraban muecas de horror, pero sus ojos parecían tener vida propia y seguían a los dos hombres que avanzaban por el pasillo. Las paredes parecían derretirse y en los cuadros que las adornaban las caras estaban desfiguradas. El hedor a azufre y a metal componía una atmósfera irrespirable que atafagaba a los clérigos y a pesar del fuego hacía frío; mucho frío.

—No me atrevería a decir cuánto de lo que vemos es real y qué cosas no lo son, Santiago. He estado en muchos exorcismos y he visto lo que pueden hacer simples demonios con la mente de los hombres; imagina éste. No confíes en nada, no creas nada y no escuches nada. Sigue tu instinto y guíate por tu corazón.

—¿Cómo vamos a afrontar la contienda? —preguntó él sin parar de mirar alrededor.

—No se trata de una cruzada sino de un exorcismo, por mucha parafernalia que veas, así que debemos afrontarlo como tal. El Diablo no tiene poder físico en el mundo de los hombres si no corrompe a una persona, si no se vale de ella. Está dentro de don Floren y hay que expulsarlo; nada ha cambiado. ¿Conoces el ritual romano de exorcismos?

—Vagamente, Gregorio.

—Habrás visto al menos la peli del exorcista, ¿no?

—¡Si a mí no me dejan ni ver la tele ya! —se lamentó.

—Vamos a ver una cosa, Papito —dijo agarrándolo del brazo, frenándolo y mirándolo a la cara—, esa película tiene casi más años que yo. ¿Qué me estás contando? Lo que pasa es que siempre has sido un poco raro.

—¿Tan necesario es haberla visto para lo que vamos a hacer ahora?

—En realidad no. Te he preguntado por curiosidad más que nada. Pero que tengo muy claro que yo no dejaría a nadie llegar a Papa o a Presidente del Gobierno sin haber visionado ciertos clásicos de la historia del cine, sin haber escuchado algunos discos imprescindibles y sin haber visto, aunque sea en diferido, la final del Mundial de fútbol de Sudáfrica. Hay que saber lo que mueve a la gente.

—Ese partido sí lo vi —apuntó Santiago sonriendo.

—Algo es algo. Cuando acabe todo esto te vienes un día conmigo a la cárcel, me traes tabaco y vemos una peli, ¿vale?

—Trato hecho. ¿Algún consejo más?

—Bueno, en circunstancias normales sería preceptivo que nos confesáramos mutuamente, pero ahora podemos prescindir de ese punto. No te creas que no me muero de ganas de confesar al Papa, para qué ocultar mi vanidad... Sin embargo eso implicaría que tú me confesaras a mí y tampoco quiero que me dejes de hablar.

Santiago sonrió: «Vamos, anda».

Alcanzaron el gran salón —la estancia más grande de la casa— y allí, sentado en un improvisado trono, estaba don Floren. Vestía un pijama de seda bajo una bata de raso maculada por sus recientes fechorías. Tras él se enclavaba el cadáver cruento de un hombre en las alturas de la gran pared del fondo, con los brazos abiertos y la cabeza hacia abajo, formando una cruz invertida. Había decenas de candelabros con velas azogadas por un aura convulsa y desde el cénit brillaba la descomunal luminaria con sus miles de lágrimas de cristal cintilando, a pesar de la aparente ausencia de luz eléctrica en el resto del decadente edificio. Satanás los esperaba con la cabeza gacha y el codo apoyado en el brazo del sillón. Santiago se estremeció bajo su sotana blanca por la gélida temperatura y la horripilante imagen. Gregorio le instó a parar y depositó su maletín en el suelo mientras el Diablo los ignoraba. Lo abrió, cogió dos crucifijos, ofreciéndole uno al Santo Padre, y sacó una biblia: «sólo tengo una». El Papa la rechazó pero cogió la cruz. Gregorio sacó un frasco de agua bendita; no consideró oportuno tomar el Santo Cáliz de momento. Santiago llevaba en la mano una de las botellas de litro y medio y con la otra cogió su rosario, impregnado aún de inmundicias. Gregorio abrió el libro y los dos avanzaron hacia el enemigo. Lucifer parecía cansado y volvía a ser más semejable al hombre al que poseía. El consumado exorcista estaba convencido de que se había debilitado por el derroche de poder exhibido y así se lo comunicó a su compañero susurrando:

—El poder del Diablo en la Tierra es limitado y ha malgastado mucho preparando este espectáculo, resucitando a los muertos y aniquilando soldados. Está débil. Mantiene su palacio en un mundo que aún no le pertenece a costa de su propia energía. Debemos aprovecharlo.

—Florencio, hijo mío, ¿estás ahí? —dijo el Papa.

Don Floren alzó levemente la cabeza para devolverle la mirada. Había dolor en su rostro; cansancio. Sus ojos, devorados por la caverna de unas cuencas renegridas y profundas, pedían auxilio. El tremor de la mano desfallecida en el abismo de su entrepierna denotaba un estado crítico. Florencio Sánchez parecía estar dando sus últimos y angustiosos coletazos de vida. No contestó audiblemente. Balbuceó dejando escapar una baba espesa de su boca y volvió a desfallecer sobre sí mismo. Se derrumbó sobre sus hombros y su cuerpo se derramó del sillón, estando a punto de caer. Gregorio avanzó y lo sujetó. Santiago cogió su mano, fría y dura por la cáscara de los humores resecos de sus víctimas, y la besó con ternura.

—No vas a sucumbir, Florencio. Ya sucumbió el Cordero de Dios por ti. Reza con nosotros y lucha contra el mal.

Santiago enredó el rosario en su muñeca, abrió la botella y se mojó el dedo pulgar para posarlo sobre la frente de don Floren y hacer la señal de la cruz:

—*In nómine Patris et Filli et Spiritus Sancti. Amen.*

Florencio hizo el intento de apartarse pero no logró más que desplazar la cabeza unos centímetros hacia atrás. Santiago dio el visto bueno a Gregorio, que abrió su biblia, para comenzar.

—*Crux sancta sit mihi lux. Non draco sit mihi dux. Vade retro Satana.*

—*Vade retro Satana* —repitió el Papa.

—*Numquam suade mihi vana. Sunt mala quae libas, ipse venena libas.*

—*Vade retro Satana* —volvió a repetir.

—*In nomine Dei Nostri Satanas Luciferi Excelsi! In nomine Satanas, earret sunimod Dominus terrae, Rex Mundi iubet quia infernalia sua potestate tenebrarum vireseffundite super me* —siguió recitando Gregorio mientras Santiago comenzaba a hablarle directamente a don Floren.

—Escúchame, Florencio, hijo mío, él le está hablando al mal que habita en tus entrañas, pero yo me dirijo a ti: lucha contra él, prevalece, sigue la luz que Dios nuestro Señor muestra ante ti.

Con el dedo sobre la boca de la botella, esparció varios chorros de agua bendita sobre su cuerpo que le hicieron retorcerse y gruñir. Él cogió la cara del hombre atormentado entre sus manos y siguió:

—No estás solo, Florencio; estamos contigo. Siente el amor de Cristo, nuestro amor, y véncele. Eres una criatura hecha a imagen y semejanza de Dios. Él está contigo.

Los ojos encarnizados del hombre le miraron con intensidad y Santiago pudo ver cómo la bestia emergía, devorando sus pupilas para brillar con la agonía de mil calamidades, con el lamento de un millón de corazones rotos que atravesó su alma y comenzó a consumirla. Santiago quedó conmocionado; había mirado dentro del Infierno y el Diablo había mirado en su interior. Dio unos pasos erráticos e imprecisos hacia atrás con la cara atenazada de espanto.

—¡Santi, Santi! Reacciona, mírame —dijo Gregorio cogiéndolo de los hombros y zarandeándolo.

—Gregorio, he mirado al mal a los ojos. He sentido el dolor de miles de almas atormentadas —gimoteó conmocionado, agarrando con fuerza los brazos del sacerdote.

—¿Y qué es eso para ti, para quien carga con los pecados de la humanidad? Él quiere que sientas ese dolor y ese odio pero Dios te pide que sientas la esperanza y la ilusión de mil millones. Hazlo pues. Recupérate, que esto no ha hecho más que empezar. ¡A ti, bastardo, te va tocando un poco de jarabe de palo! —dijo sacando el crucifijo del bolsillo y acercándose al infame trono.

—¡Para, Goyito, por favor! —gritó una voz dulce y femenina desde un extremo de la sala.

Era joven y hermosa. Sus cabellos trigueños caían armoniosos, diseminándose por debajo de sus hombros. Vestía un camisón largo y juvenil con personajes de dibujos animados estampados. Estaba descalza y tenía las uñas de los pies pintadas de diferentes colores. Su piel era tostada y sus preciosos ojos, que brillaban inocentes y puros, eran del color de la miel bajo el sol del Mediterráneo. Sus labios sonrosados permanecían entreabiertos con esa expresión de ternura que ablandaría hasta el más rocoso de los corazones. Gregorio la miró y se le secó la boca. Un aura de esperanza cruzó su rostro como una ráfaga de aire fresco en la canícula.

—Inés, te he echado mucho de menos —dijo con la voz temblorosa.

—Lo sé, amor mío, lo he sentido cada minuto.

—¡Ahí la tienes, Gregorio; yo te la quité y yo te la devuelvo! Ve con ella y déjamelo a él. Rehaz la vida que nunca tuviste y permíteme dar paso al nuevo orden mundial —dijo Lucifer con una imponente y cautivadora voz.

—Quiero contarte tantas cosas... —dijo Gregorio dando un paso hacia ella—. Quiero abrazarte.

—Entonces ven conmigo —respondió ella con una mirada de anhelo.

—¿Gregorio? —dijo Santiago preocupado.

—¡Yo te ofrezco más de lo que nadie te ofrecerá jamás y ya te he dado más de lo que nunca te ha dado nadie! —siguió proclamando el príncipe de las tinieblas—. ¿Querías respuestas? Aquí las tienes: yo me la llevé. Sí, fui yo. La pregunta que llevas tantos años haciéndote ha sido contestada.

—Quiero darte un beso —dijo Gregorio sin dejar de mirarla.

—Gregorio, no hagas caso —dijo el Papa desesperado, agarrándolo desde atrás.

Satanás se levantó imperial de su trono y caminó hacia ellos, cogiendo a Santiago de la parte posterior de su cuello y obligándolo a arrodillarse, para hablar al oído de Gregorio:

—Fue mi plan desde el principio: me la llevé a ella entonces para que llegara este momento, para que tú removieras el Cielo y la Tierra para encontrar sentido a tu vida y acabáramos aquí los tres; para que me entregaras al valido de Jehová en bandeja de plata. Sé que fui cruel, pero ahora soy benevolente. Coge lo que es tuyo y vete.

—¡Gregorio, no lo hagas, por favor! —gritaba Santiago desde el suelo, entre un atroz suplicio de dolor físico.

—Quiero estrecharte entre mis brazos —susurró Gregorio.

—Vámonos, cariño. Seamos felices —le pidió ella.

—Piénsalo, Gregorio: todos los caminos, todas las profecías, todos los hechos te han conducido a este momento. «Tú tienes el arma que derrotará al príncipe», ¿te suenan esas palabras? No era a mí a quien se refería la profecía, era al príncipe de la luz, al rey de los hombres. Tú tienes el arma que derrotará a Dios: tu obsesión por ella. Esa tenacidad ímproba que has mostrado ahora tiene su recompensa. Cógela y véngate de la Iglesia que tanto odias.

—Gracias, Lucifer —dijo Gregorio con su mirada clavada aún en la muchacha— por mostrarme la verdad. Gracias por darme la respuesta que tanto ansiaba.

Dio dos pasos más en pos de acercarse a Inés y dijo:

—Quiero abrazarte, cariño, pero ahora sé que no puedo. Ahora sé que ya no estás y que descansas en el Cielo. Por fin soy feliz, por fin sé que él no te llevó —aseguró girándose hacia Lucifer— y por ello te doy las gracias. Porque si hubieras amado alguna vez sabrías que tal cosa no se puede fingir y que yo la reconocería aunque ardiera desfigurada entre las terribles llamas de la perdición... Que yo sabría que ella nunca te dejaría gobernar por estar conmigo... Que ella nunca antepondría sus propios intereses a los de la humanidad.

Gregorio volvió a avanzar hacia el Diablo, que lo miraba asustado, y Santiago notó una súbita debilidad y lo agarró de una muñeca.

—Sabrías lo que es el sacrificio —dijo guardando el crucifijo que portaba en una mano y cogiéndolo de la cara.

Santiago se puso en pie y lo abrazó, sujetándolo con fuerza.

—¡¡Yo te expulso, Satán!! —gritó Gregorio agarrándole la cara— ¡¡Jesucristo te expulsa!!

Don Floren gritó y pareció querer salir de su propio cuerpo. Gritó de tal modo que retumbaron las paredes y los dos hombres tuvieron que taparse los oídos, postrándose en un suelo que parecía volátil. Aprovechó el aturdimiento de sus rivales para dirigirse a rastras hasta un rincón, desde donde cogió una espada templaria que había pertenecido primero a Juan Bechao y después a él mismo. Cuando la empuñó su poder volvió a aflorar y se levantó, colérico y decidido, arremetiendo contra ellos y clavándola en el suelo un instante después de que Gregorio apartara a Santiago. La tierra tembló, agitándose las paredes y el techo al hendir la espada las losas del pavimento. Santiago abrió un frasco de agua bendita con la forma de la Virgen de Lourdes y roció la mano del adversario cuando intentaba volver a sacarla. Éste la apartó y le propinó un puntapié que le hizo caer de espaldas. Gregorio se arrojó a Lucifer con el crucifijo en la mano pero, en un rápido movimiento, él cogió la espada con la mano que no había sido dañada por el agua, la desclavó y asestó un mandoble que cruzó el pecho y el estómago de Gregorio, que sucumbió hincándose de rodillas. Lucifer se disponía a darle el toque de gracia, decapitándolo con la espada, cuando Santiago volvió a recurrir al rosario que siempre había estado en su muñeca. Se acercó desde detrás y agarrándolo del cuello con su antebrazo izquierdo, se lo metió en la boca y apretó la mano contra ella. Lucifer soltó la espada y comenzó a correr descontrolado, expulsando un viscoso fluido verde de su boca.

Gregorio estaba sangrando profusamente; se tocó y notó cómo se calentaba y se embozaba la mano con la sangre que brotaba de la herida. Sacó fuerzas para ponerse en pie con la ayuda de Santiago, que vino en su auxilio. Sólo quería coger la espada y dejarla fuera del alcance del Diablo.

—¿Estás bien? —le preguntó el Santo Padre.

—Sí. Vigila mi espalda —dijo cogiendo el arma y andando a duras penas hacia la puerta de entrada al salón.

Se encontró por el camino con su maletín y se agachó con dificultad para coger también el Santo Cáliz. Cuando estaba junto a la puerta advirtió que Santiago y don Floren se enzarzaban en una pelea; ambos se agarraron y ninguno podía con el otro. Alzó la vista y vio al Escuadrón Tormenta llegando hasta el lugar.

Los espantosos alaridos de don Floren y el temblor de la tierra por la espada clavándose en sus entrañas no habían pasado desapercibidos para el grupo que aguardaba en la parte trasera de la mansión.

—¿Qué es ese grito? —preguntó Vallejo mirando a Teresa, que se fumaba un cigarro con él en la puerta de la capilla.

—No parece humano —apuntó ella.

—Retumban hasta las paredes —dijo Vallejo con un rictus de preocupación—. Me estoy poniendo enfermo de estar aquí sin saber lo que está pasando.

—Lo sé, yo también estoy intranquila, pero hay que tener fe y esperar.

Apuraron sus pitillos y justo cuando entraban de nuevo comenzó un terremoto que sacudió toda la zona. Los que estaban sentados se pusieron de pie y los que estaban de pie comenzaron a correr en direcciones aleatorias.

—¡Vamos a tranquilizarnos! —gritó Vallejo con su recio vozarrón—. Salid ordenadamente por si la capilla se viene abajo.

Obedecieron parcialmente y salieron, sí, pero sin orden ni concierto. Vallejo masculló algún improperio y se acercó a doña Virtudes, que permanecía sentada mientras temblaban el suelo y los muros y crujían los vitrales.

—Señora, acompáñeme —dijo ofreciendo su brazo.

—No, comisario, yo no salgo de aquí.

—¡Pero...! —fue a protestar él cuando Teresa se adelantó.

—Venga, doña Virtudes, vamos aunque sea al lado de la puerta.

La mujer accedió y acompañó a Teresa hasta la puerta. Vallejo pensó que siempre había carecido de don de gentes. La sacudida cesó y todos respiraron aliviados menos el comisario, que resopló como un toro y le habló a Teresa:

—Voy a coger a los soldados y voy a entrar. Quiero saber lo que está pasando.

—Gregorio siempre hace hincapié en que no hay que interrumpir un exorcismo.

—Pero esto va más allá. Se han metido en esa casa con una bestia y no tenemos ni idea de cómo va la cosa. ¿Y si, Dios no lo quiera, ha acabado con ellos y estamos nosotros aquí tan tranquilos sin hacer nada?

Teresa no quería creer que sus compañeros hubieran caído, pero supo que Vallejo llevaba razón y se puso en marcha: «Vámonos». Vallejo avisó a los soldados y salieron corriendo hasta la parte delantera. Bandicoot, que venía de andorrear entre los barracones del personal buscando cobertura para su teléfono, los alcanzó sobre la marcha. Teresa le pidió un arma al comisario.

—Sé que no valdrán de mucho, pero me desahogaría bastante vaciarle un cargador.

—¿Sabes disparar?

—Sí, un guerrillero nos enseñó a mí y a uno de los dos tipos que luchan ahí dentro.

—Yo también quiero una —demandó el chico.

—¿Pero tú sabes...?

—Eso ni se pregunta —dijo sin dejar terminar la pregunta a Vallejo—. Soy un experto en juegos de «*shooter*»: una vez me pasé jugando nueve horas seguidas a un emulador de tiro con pistola.

Vallejo dudó un instante y les dio dos de las tres pistolas que llevaba cuando llegaron a la parte delantera de la casa, donde Mork y Plork aguardaban nerviosos junto a la entrada:

—¿Dónde vais?

—Vamos a entrar —respondió Teresa.

—Vamos con vosotros —dijo Plork.

El grupo de soldados, comandados por Teresa y Vallejo, entró en la casa, con Mork y Plork siguiéndoles en cabeza y Bandicoot refugiándose entre los dos. No hubo opción de dividirse en comandos y avanzar dispersos pues sólo había un camino; sólo la nave central seguía en pie. Avanzaron rectos hacia el fondo de la decrépita mansión, horrorizándose por lo que contemplaban en cada rincón iluminado por la escasa luz de los fuegos prendidos. Ante sus ojos se presentó, a lo lejos, la majestuosa puerta de un salón mayestático que brillaba con más fuerza. Cuando se aproximaron a ella vieron al sacerdote.

Gregorio avanzaba malherido con la espada templaria en una mano y el Santo Cáliz en la otra. De su sotana rasgada brotaba la sangre que hacía brillar la tela y su cara presentaba un aspecto pálido y mortecino, a excepción de sus labios, que lucían morados, y sus ojos, que querían escapar de las cavernas aplomadas. Tras él, en el centro del salón, Santiago y don Floren se agarraban y luchaban de tú a tú. Gregorio miró a sus amigos y sonrió:

—Vaya una costumbre que tenéis de no hacerme ni puñetero caso —dijo irónico.

—¡Goyete! —exclamó Teresa intentando correr hacia él.

No pudo porque Vallejo la sujetó y Vallejo lo hizo porque Gregorio soltó la espada y alzó la mano.

—Tenéis que iros ya. Aquí no podéis ayudar —dijo desde la puerta, con el objetivo claro de que nadie se acercara.

El grupo pudo observar que el Diablo comenzaba a doblegar al Santo Padre a su espalda y se lo advirtieron. Gregorio miró por encima de su hombro y vio a don Floren sometiendo a Santiago, que repetía soflamas sagradas sin éxito. Volvió a mirarlos y contempló a los dos hombres grandes y fuertes que se habían prestado a sus propósitos, primero por obligación y después por devoción; al muchacho huraño al que le daba miedo el mundo y ahora empuñaba un arma, valiente y decidido, a las puertas del Infierno; a aquel jefe de policía que se había jugado su carrera y su prestigio sin vacilar y a la mujer que se revolvía en sus brazos negándose, como siempre, a darlo por perdido. Sintió por ella lo que llevaba tanto tiempo sin sentir. La corteza pétrea que envolvía su corazón desde hacía décadas se estaba resquebrajando y le dolía.

—No os preocupéis por nosotros; lo tenemos controlado —dijo tambaleándose—. Muchachos, ¿cuál es vuestro nombre real?

—Yo me llamo Carlos —contestó Plork.

—Yo Alberto —dijo Mork con los ojos empañados.

—Bonitos nombres. Cuidaos mucho, grandullones... y tú —dijo señalando a Bandicoot— prométeme que saldrás a la calle de vez en cuando.

El chico rompió a llorar.

—No se va a morir, don Gregorio. No diga eso.

—Tranquilo, es sólo una herida superficial. Francisco, me alegro mucho de haberte conocido. Eres un hombre de honor de los que ya no quedan.

Vallejo asintió con circunspección y un halo de tristeza le embargó mientras dejaba de agarrar a Teresa, que había dejado de resistirse.

—Y tú, Tere, que sepas que me robaste mi programa de televisión favorito.

Ella sonrió entre lágrimas y él continuó.

—Gracias por existir y por tener tanta paciencia conmigo. Te quiero, Teresa.

—Yo también te quiero —respondió sollozando.

Gregorio se intentó erguir a pesar de los dolores que le impedían poder moverse con normalidad y de la debilidad por la sangre derramada. Alzó la cabeza y les dijo:

—¿Sabéis esa afición que tengo últimamente por destruir reliquias? —dijo propinándole una patada a la espada para alejarla un par de metros de su posición—. Ahora creo que tendréis que salir corriendo.

—¿Por qué? —preguntó Teresa.

Miró a ella y a su grupo y sonrió con aquella expresión gamberra que tanto le definía. Alzó la mano con el Santo Grial y respondió: «Porque yo soy la tormenta». Arrojó el cáliz contra la espada templaria y al golpearlo desprendió un haz de luz cegadora y expelió una tremenda onda expansiva que derribó a Gregorio e hizo retroceder al resto del escuadrón. La espada se quebró y detrás del sacerdote, Satanás cayó fulminado. El techo empezó a desprenderse fuera del salón principal y Vallejo ordenó la retirada. Teresa se negó y Plork la cogió de la mano, corriendo junto a ella e intentando esquivar la tormenta de vigas de madera y bovedillas que caían como bombas de racimo. Alcanzaron el exterior a duras penas y volvieron la vista atrás para contemplar cómo se desmoronaba la mansión a excepción del salón principal y la capilla, los templos del bien y el mal, que quedaron como islas en un mar de zafra.

—¡Es tu momento, Santi! —gritó Gregorio—. ¡La espada contenía parte de su poder aquí y la he destruido! ¡Expúlsalo!

Don Floren convulsionaba en el suelo y evidenciaba más que nunca la debilidad del Adversario. Dentro de su cuerpo y su mente se libraba una batalla encarnizada en la que parecía que el hombre podía tener posibilidades contra la bestia. Santiago estaba cansado y maltrecho. Se incorporó con sumo esfuerzo y se colocó a horcajadas sobre él.

—¿Cómo sienta que se te arrebate un trozo de tu alma, Lucifer? Ahora tenemos algo en común. Bienvenido a mi mundo —clamó Gregorio, que ya no se veía con fuerzas para andar, sentado a unos metros de distancia—. ¡Santo es el Señor, Dios Padre omnipotente, eterno Dios!

—*Dómine sancte, Pater omnípotens, aetérne Deus* —repitió el Papa en latín, poniendo la mano en el pecho de Florencio.

—¡Padre nuestro Señor Jesucristo. Que condenaste a aquel rebelde y tirano apóstata al fuego del Infierno...!

—*Pater Dómini nostri Jesu Christi, qui illum réfugam tyránnum et apóstatam gehénnae ígnibus depustásti...*

—¡Ven rápidamente para liberar a este hombre que tú creaste a tu imagen y semejanza...!

—*Velóciter atténde, accélera, ut eípias hóminem ad imáginem et similitúdinem tuam creátum...*

—¡Apartándolo de la ruina y del demonio a mediodía!

—*...a ruína et daemónio meridiáno.*

Los ojos de don Floren se oscurecieron y el Diablo vociferó desde sus entrañas, profiriendo unas blasfemias que salían de su boca como un manantial venenoso.

—¡Abandona este mundo y vuelve a las tinieblas! —le conminó Santiago, que vio cómo volvía a perder paulatinamente su dominio sobre la bestia.

El Diablo emergió con fuerza desde el abismo, cogió a Santiago del cuello, levantó la cabeza y lo encaró:

—¿Qué sabrás tú del mundo? Un mortal en una jaula de oro, un ser que no ha pisado la tierra donde los hombres gozan del pecado y viven con los instintos que yo alimento. No sabes nada del rebaño que crees proteger, aquel que clama por mí y ansía mi ascenso.

Se volvió a levantar sujetando a Santiago, que luchaba por apartar las huesudas manos de su garganta. Estaba pletórico y su vigor no parecía haber mermado un ápice. Gregorio vio con impotencia cómo el apóstata se imponía ante la figura suprema de la Iglesia, contra el último bastión en la defensa del ser humano. Se sintió abandonado e inútil y dio por perdida la batalla. Su enemigo lo notó y le habló directamente:

—¿Qué esperabas, Gregorio? Vosotros sois simples mortales y yo el Príncipe. Vosotros renunciasteis al libre albedrío para servir como esclavos de un Dios ingrato que ahora os abandona a vuestra suerte —proclamó Lucifer—. Has vivido alejado de la realidad y no has pisado el mismo suelo que el resto de los mortales.

—Deberías saber que eso me ofende, gilipollas —contestó Gregorio rememorando las mismas palabras que un día antes le había dicho el comisario Vallejo—, y que estás muy equivocado. Yo también he sido niño. Yo también he viajado en el coche de mis padres escuchando cintas de casete; yo también he odiado, he pasado miedo y he deseado. Yo también he amado... Y, efectivamente, tú eres el príncipe.

Gregorio se incorporó haciendo un agónico esfuerzo y sacó la carta que guardaba en el bolsillo de su camisa destrozada. La epístola había salido indemne del ataque recibido y Gregorio quitó el envoltorio de plástico, lleno de sangre, que la protegía. La abrió y comenzó a leer:

«Querida Inés, hoy he ido a la plaza de abastos y he comprado esas nectarinas que tanto te gustan. La frutera me ha preguntado por ti y le he dicho que estabas enferma, pero te estabas recuperando. Porque te vas a recuperar.

Y cuando estés bien iremos a aquella cala salvaje y escondida a bañarnos; esa que tiene un acceso tan escarpado que hace que te quejes durante todo el camino pero luego disfrutes como si vieras el mar por primera vez cuando llegamos. Porque tú eres así, impulsiva, espontánea, maravillosa.

Nos quitaremos la ropa y jugaremos abrazados con el azote del mar sacudiendo nuestros cuerpos. Me hundirás la cabeza cuando esté distraído y luego correrás desnuda riendo sobre el lecho de espuma de las olas, creyendo que me haces rabiar; sin saber que me brindas el espectáculo más hermoso del mundo. Te cogeré en volandas para tirarte al agua y tú me harás chantaje diciendo que me quieres... y yo me dejaré chantajear. Te diré que yo te quiero más y me besarás. Y merendaremos mirando los barcos fundirse en el crepúsculo y hablando de nuestro próximo viaje y de cómo serán nuestros hijos. Y haremos el amor...»

Cada palabra de esa carta se clavó en el alma del Diablo como un puñal y éste comenzó a perder fuelle. Santiago, antes de desfallecer pudo zafarse de sus garras, y fue él quien atrapó el cuello de su enemigo.

—¡Sigue leyendo, Gregorio; sigue leyendo!

Unas lágrimas saladas resbalaban por sus mejillas pálidas y caían sobre el gastado folio de papel, que Gregorio sujetaba con los dedos ensangrentados y temblorosos:

« Porque sé que volverás y yo te esperaré, tardes lo que tardes. Y cuidaré de ti, por mucho que trate de impedírmelo la persona en la que tu enfermedad te quiere convertir. Yo te amaré a pesar del dolor y a través del tiempo, por encima de todo y de todos. Y si te pierdes juro que te buscaré y te encontraré. Te buscaré en el día en que te conocí y me sonreíste enamorándome para siempre; entre las sábanas de lino donde jugábamos a ser las únicas personas de la Tierra; te buscaré al principio de cada día y al final de cada puesta de sol. Si caes, caeré contigo y lucharemos por levantarnos.

Y volveremos a acurrucarnos en el sofá para ver películas de miedo y me obligarás a acompañarte al baño de noche. Yo te daré sustos y tú me regañarás mientras te cobijas en mis brazos. Y cenaremos en la terraza y bailaremos nuestra canción. Tú me preguntarás qué significa la letra, yo te lo diré y tú me reprocharás que me la invento, porque cada vez te digo una cosa distinta. ¿Sabes qué? Llevas razón; mi nivel de inglés es tan penoso como el tuyo, pero la he buscado, me la he aprendido y cuando vuelvas te lo diré o podrás leerla aquí:

"Así que te crees que puedes distinguir
El cielo del Infierno.
Los cielos azules del dolor,
¿Puedes distinguir un campo verde
de un frío raíl de acero?
¿Una sonrisa que se esconde tras un velo?
¿Crees que puedes diferenciarlos?
¿Hicieron que vendieras
tus héroes por fantasmas?
¿Cenizas calientes por árboles?
¿Aire caliente por una fría brisa?

¿Una fría comodidad por evitar el cambio?
¿E intercambiaste un papel de extra en la guerra,
por un papel protagonista dentro de una jaula?
...
Ojalá...
Ojalá estuvieras aquí.
Somos sólo dos almas perdidas,
nadando en una pecera,
año tras año,
corriendo sobre el mismo viejo suelo..."».

El papa Santiago, sirviéndose de una energía renovada, levantó al adversario del cuello hasta casi despegarlo del suelo. Podía ver terror y miedo a través de los ojos de don Floren y le gritó:

—¡Siente el poder del amor del hombre, a imagen y semejanza de su verdadero Dios! ¡Tú no puedes combatir contra eso! No puedes enfrentarte al sentimiento más primordial.

—Ojalá estuvieras aquí... Hasta siempre, amor mío —concluyó Gregorio cerrando la carta y acercándose a ellos, espoleado por un repentino sentimiento de sosiego que le hacía no sentir dolor físico o espiritual. Dobló el trozo de papel y lo puso sobre el pecho de don Floren, le cogió su mano y la apretó contra él, diciéndole: «Toma, ya no la necesito».

El cuerpo del hombre se puso rígido; por momentos pareció convertirse en piedra. Alzó la cabeza y comenzó a expulsar una nube negra que se deshacía en esquirlas diminutas y volátiles. Ambos pudieron ver cómo don Florencio expulsaba al Diablo y su alma se fragmentaba en mil pedazos. Con su último estertor una convulsión agitó la sala y con ella a sus ocupantes. Florencio cayó al suelo como un muñeco de trapo y Gregorio desfalleció, víctima de sus heridas. Sólo el Papa permaneció de pie en la sala que se desmoronaba, en el templo que había perdido a su hacedor y su bastión. Intentó arrastrarlos bajo el granizo de cascotes, pero no era capaz de moverlos a los dos. Levantó la vista y vio derrumbarse la pared del fondo y emerger de la nube de polvo a un ángel blanco entre dos columnas. El fragmento de una laja de piedra le golpeó la cabeza y perdió el sentido.

24. La muerte de Padre Tormenta

Gregorio aparcó en la misma puerta del cine Olimpia, cuyos aledaños estaban muy concurridos. Salió del coche, se ajustó el nudo de la corbata, tiró del bajo de la chaqueta para tersar la tela sobre su tonificado cuerpo y se dirigió a la entrada, donde lo esperaba Ricardo Linde; no consideró oportuno poner la capota del vehículo.

—¡Te veo bien, Goyete!

—Y yo a ti, Richard. ¡Madre mía!, viéndote ahora, cualquiera diría todo lo que te ha pasado.

—Nada, ya estoy nuevo. ¿Entramos?

No pasaron por taquilla porque Ricardo ya había comprado los billetes para el pase de las diez de la noche. Pararon a comprar palomitas y cervezas antes de entrar en la sala. A Gregorio le encantaba beber cerveza en el cine en aquellos vasos de cartón que le recordaban a la feria de su pueblo. Se sentaron en dos butacas en el centro y aguardaron a que comenzara la película hablando sobre la tremenda popularidad del papa Santiago, convertido en el pontífice más querido desde Juan Pablo Segundo. Las luces se apagaron y el rollo de celuloide comenzó a rodar.

En pantalla salía un niño tirándose desde un trampolín en una piscina municipal. Estaba metido dentro de un flotador de color azul celeste y al caer al agua el hinchable permaneció en la superficie y el niño se hundió. Era muy pequeño y no sabía nadar, pero su padre se arrojó a la piscina y lo sacó. Después aparecía el mismo niño en un pasillo con baldosas toscas y decoloradas, abrazando a un perro y cantándole canciones infantiles.

Fueron sucediéndose las escenas en las que el niño iba creciendo y haciéndose mayor: aprendiendo a montar en bicicleta dejándose caer cuesta abajo por su calle y tirándose de la bici en marcha cuando cogía velocidad, porque no sabía frenar; haciendo una primera comunión en la que lo pasó muy mal porque no se sabía las oraciones y tenía que mover la boca para disimular; jugando al fútbol con los niños en la calle, mirando a su madre hacer tortas fritas de andrajos para robar alguna en cuanto se descuidara, yendo al colegio primero y después al instituto, besando a su primera chica...

—Esta película ya la he visto —le comentó a Ricardo.

—Claro, es la película de tu vida.

Gregorio se quedó mirando a la pantalla encandilado.

—Vale, ya lo comprendo todo. Pues no está mal, ¿no?

—Bueno, no es la mejor que he visto pero tampoco es de las peores —contestó Ricardo.

—¿Y no tiene segunda parte?

—Eso depende de ti, Goyete.

—¿Soy yo quien decide si puedo seguir rodando escenas?

—Más bien eres tú quien puede intentarlo. ¿Estás seguro de que quieres seguir?

—Pues sí. Dicen que las segundas partes nunca fueron buenas, pero ahí tenemos *El Padrino* y *Terminator*, por ejemplo. Creo que puedo estar a la altura.

—Entonces adelante.

—¿Qué tengo que hacer?

—Tienes que ir a los estudios de cine Andrómeda, pero hay que llegar antes de las doce y son... —Ricardo miró su reloj, una imitación dorada de Rolex—... las diez menos cuarto.

—¡Entonces vámonos!

Montaron en el coche de Gregorio, un impresionante deportivo Lamborghini amarillo con llamas rojas, y salió como una exhalación, sorteando el tráfico con pericia.

—¿Qué hora es? —preguntó.

—Las doce menos ocho minutos —respondió Ricardo.

—¡Verás como no me da tiempo!

—Hombre, la verdad es que lo tienes complicado.

Gregorio siguió conduciendo endiabladamente entre un tráfico cada vez más denso, moviendo rápido las manos y los ojos, pero frenando la mente unos instantes para pensar:

—Entonces si tú estás aquí conmigo, Ricardo, es que porque por fin la muerte ha podido contigo, ¿no?

—¿Pero qué narices estás diciendo? Esto no es el limbo ni nada de eso, ¡yo estoy en tu maldita cabeza y esto es un sueño!

—¡Ah, claro!, por eso he aparcado a la primera.

Gregorio, que había apartado la vista de la carretera durante unos instantes, miró hacia delante y se encontró con el Monasterio de El Escorial en mitad de su camino. Intentó frenar pero iba demasiado rápido y el edificio estaba demasiado cerca; el impacto era inminente. Miró a su derecha y Ricardo ya no estaba. Se tapó los ojos y dejó que el destino decidiera por él.

Cuando abrió los ojos, sobresaltado, vio un techo blanco de escayola y un plafón de tubos fluorescentes que le cegaba. Estaba aturdido y sentía dolor en la parte anterior de su torso, a pesar del entumecimiento general que hacía que notara acolchado el resto de su cuerpo. Pero era un dolor bastante soportable. Miró uno de sus brazos y vio una vía con un tubo conectado a una bolsa de suero. Le sobrevino una figura que le costó unos segundos enfocar.

—¿Doctora Pérez? —dijo.

—Soy la doctora López. Parece que está confuso —le indicó a otra persona que se le acercó.

—No, no está confuso; él es así de melón —dijo Teresa—. Hola, Goyete, parece que no tienes ganas de morirte.

—No muchas. ¿Cómo es posible que siga vivo?

—La incisión te abrió en canal, pero no llegó a ningún órgano interno —relató la doctora—. Ya he suturado la herida. Eso sí, perdiste muchísima sangre y has estado a punto de morir por eso, pero estamos en ello. No nos ha costado mucho encontrar a un donante con tu mismo grupo sanguíneo.

Gregorio miró a su izquierda y vio sentado en un sillón a Bandicoot, más pálido que de costumbre, con un tubo que fluía encarnado conectado a su brazo.

—¡Ay!, que yo tenía la sangre justa para mí... —dijo medio desfallecido—. Creo que ya me habéis dejado seco.

—¡Espera un momento! ¿Me estáis metiendo la sangre de un friki? ¿Es esto alguna venganza por haberme reído tanto de él?

Teresa y la doctora lo ignoraron y pidieron más Monster para el muchacho.

—¡Y encima hasta el culo de bebidas energéticas! Verás cómo me tiro un mes sin dormir.

—No se queje, don Gregorio, que va a compartir sangre con un *crack* de la informática —le dijo el muchacho con voz débil—. Seguro que a partir de ahora va a saber ponerse los tonos del teléfono usted solo y se convertirá en un virtuoso del «Fortnite».

—¿Y me saldrán granos?

—¡Haced el favor de callaros, que estáis muy débiles para derrochar energía en tonterías! —les recriminó Teresa.

Estaban en una habitación de la enfermería, un pequeño edificio anexo a los dormitorios de personal y la lavandería. Había dos camas más, además de la que ocupaba el sacerdote, pero estaban vacías. Gregorio quería saber de Santiago y Florencio, pero tardó un rato en preguntarle a Teresa por ellos; estaba postergando la posibilidad de recibir una mala noticia. Ella quiso crear algo de suspense: lo miró sin contestarle y salió de la habitación. Cuando regresó iba acompañada de don Florencio, que caminaba dificultosamente asido del brazo de su mujer, y el papa Santiago, que portaba un aparatoso vendaje en su cabeza. Tras ellos se agolparon Mork, Plork y Vallejo, que cerraba el grupo.

—¡Da pena veros, abuelos! —les dijo Gregorio doliéndose al proferir una leve carcajada.

—¡Vaya un respeto que le tienes al sumo pontífice! —contestó Santiago.

Don Floren se soltó del brazo de la mujer y se abalanzó sobre Gregorio, teniendo que ser sostenido para no apoyar todo su peso sobre el hombre herido y dar al traste con sus puntos de sutura.

—¡Don Floren, cabronazo; a ver si no ha podido el Diablo conmigo y me vas a desgraciar tú! —protestó en tono simpático.

—Muchas gracias, don Gregorio. Se lo debo... se lo debemos todo —dijo rompiendo en llanto uno de los dos hombres más poderosos de Europa que, casualmente, compartía sala con el otro.

—No es a mí a quien debes agradecérmelo; es a Dios, a ese tipo vestido de blanco que parece una momia con el vendaje y a ti mismo. Has sido muy fuerte, don Floren... Y ahora quítate de encima, que me duele la tabla del pecho.

Ayudaron a incorporarse y sentarse en un sillón a don Florencio, a quien se notaba muy débil y aquejado por las secuelas de una posesión que a punto estuvo de consumirlo en su totalidad. Tardaría semanas en recuperarse, pero se le veía feliz y en paz. A Gregorio le satisfizo contemplar al hombre libre de la cárcel de horrores en la que el Diablo había convertido su cuerpo y su mente durante tanto tiempo.

También le reconfortó ver a Mork y Plork compartiendo alegría y bromas con el comisario Vallejo, a quien admiraba profundamente.

—Chicos —les dijo—, cuando me dijisteis vuestros verdaderos nombres yo estaba hecho polvo y ya no me acuerdo, así que…

—Yo me llamo Plork —le interrumpió Plork con una amplia sonrisa— y mi hermano Mork.

—¡Vaya, hombre!, si lo asumes ya no me hace tanta gracia; es lo que tiene ser un capullo. En fin, lo que quería contaros: teníais que haber visto a este tío —dijo señalando al Papa— dándole estopa a Lucifer hasta que lo sacó de cuajo.

—No, Gregorio, no fui yo. Fuiste tú quien le derrotaste usando el arma más poderosa que tenemos contra el mal: el amor.

Florencio buscó en su camisa, sacó la carta arrugada y manchada de sangre y se la dio a Teresa para que se la facilitara.

—Es amor puro, Gregorio —apuntó el papa Santiago—. Esa carta es el bien absoluto.

Teresa se acercó a la cama y se la dio.

—Ya nos lo ha contado Santiago. Mi sueño era verdad: tú tenías el arma que derrotaría al príncipe. La has tenido desde el principio.

—No sabes cuánto me fastidia que siempre tengas razón… ¡Hasta en sueños, maldita sea! —ironizó Gregorio contemplando la carta entre sus manos—. Pero, como le dije a Él, ya no la necesito. Podéis romperla.

—Bueno, la voy a guardar por si acaso —dijo Teresa cogiéndola.

—¡Pero no la leas, que me da vergüenza!

—¿Estás diciendo que las únicas personas que conocemos el contenido de esa carta somos don Florencio y yo? —preguntó el Papa con un gesto pícaro.

—Yo la recuerdo vagamente entre terribles pesadillas —comentó el Padrino.

—Sí, Santi, puedes usarla para chantajearme y fastidiarme de diferentes maneras, pero como eres el puñetero Papa no lo vas a hacer.

—¡Ay! Qué boca tiene, don Gregorio… ¡Mira que hablarle así al Santo Padre! —comentó doña Virtudes riendo.

—No se preocupe, señora, somos amigos. Y en cuanto me toque las narices más de la cuenta lo excomulgo y asunto terminado —dijo Santiago.

—Decidle a mi madre y a Hideo Kojima que los quiero —balbuceó Bandicoot dramatizando.

—A ver si ahora se nos va a morir el cuatro ojos —advirtió Gregorio—. Doctora, ¿le puede quitar ya el tubo al muchacho?

La doctora López se acercó y le preguntó a Gregorio cómo se encontraba.

—Aparte de los dolores, hecho un roble.

—Pues vamos a retirarle el drenaje a este joven tan valiente. Ahora te comerás un bocadillo y nada de más bebidas energéticas, ¿vale? —dijo ella retirando los tubos.

—¿Yo puedo levantarme? —preguntó Gregorio.

—No debería —contestó la doctora.

—Bueno, ya tendré yo cuidado. Fortachones, echadme una mano.

Mork y Plork ayudaron a levantarse a Gregorio y Teresa le trajo una silla de ruedas a la que el sacerdote accedió con esfuerzo. Después salieron todos al exterior.

La noche era espléndida en la falda de la montaña. Una agradable brisa soplaba llevando aromas a jara y pino; el cielo estaba completamente despejado y se distinguían con una nitidez asombrosa las estrellas más lejanas al esplendor de una luna casi en plenitud. La visión sobre el terreno no era tan agradable: donde antes había una imponente mansión ahora había un humeante amasijo de escombros, tejados y muros a medio derribar. Solamente seguía en pie la pequeña capilla, por cuya puerta interior habían podido rescatar a los tres hombres. Acá y allá pululaba el personal para llevar los cadáveres a las fosas de donde habían salido, sofocar los pequeños conatos de incendio que aún persistían y atender a los heridos, con la supervisión de la doctora López, en un improvisado hospital de campaña alojado en una nave.

—¡Qué pena! —comentó lacónico Gregorio, mirando los restos de la casa.

—No se preocupe, don Gregorio, la levantaremos de nuevo piedra por piedra —le dijo don Floren.

—Recordad que bajo ese desastre está el Santo Grial. Cuando aparezca hay que devolverlo a la Catedral de Valencia. Y otra cosa, los fragmentos de la espada deben ser manipulados con cuidado y me tienen que ser entregados para ver qué hago con ellos. Se supone que la espada ya no entraña ningún peligro, al margen de su afilada hoja, pero más vale ser precavidos.

—Una pregunta, don Gregorio —intervino Mork—. Si fue cortado con la misma espada que don Floren, ¿por qué no entró la maldición en usted?

—Bueno, en ese momento Lucifer estaba ocupando el cuerpo de don Floren como si fuera un edificio de nueva construcción con los pisos sin vender, así que no había riesgo de posesión. La pregunta importante aquí es: ¿Qué va a pasar ahora?

Vallejo, un hombre prudente que se había abstenido de hablar en los últimos minutos, tomó la palabra.

—Verán. Llevo dándole vueltas al tema desde que ha acabado todo. Desde que vuelven a funcionar los teléfonos no he parado de recibir llamadas, que no he cogido, mensajes y alertas. Hay un sector que cree que me han quitado de en medio y otro, más numeroso, que está convencido de que yo he estado implicado en el secuestro del Santo Padre. Nadie apunta en esta dirección, así que, de momento, podemos estar tranquilos y pensar con detenimiento.

—Hay varias opciones disponibles: podemos dejar al Papa con discreción en algún lugar medianamente público y contar con su silencio cuando lo encuentren.

—Eso puedes darlo por sentado —dijo Santiago.

—Esa posibilidad nos llevaría a que, aunque el Papa guarde silencio y diga no saber nada o alegue amnesia, las investigaciones posteriores acabaran incriminándoles a ustedes de algún modo —dijo mirando a don Floren— y yo no podría ayudarles porque perdería mi carrera y acabaría en la cárcel.

—Yo estoy dispuesto a asumir responsabilidades propias, pero no puedo, de ningún modo, propiciar que usted acabe siendo linchado públicamente por mí. Hay que pensar en otra cosa.

—Pero yo no podré librarme en ninguna de las opciones que he barajado —aseguró Vallejo.

—¿Y si me echáis el muerto a mí y punto? La cárcel era la más halagüeña de mis expectativas —dijo Gregorio.

—Sería imposible que se tragaran que has actuado sin ayuda y, aunque guardaras silencio, tirarían de la manta hasta que rodaran cabezas. Pero no sería mala idea que compartiéramos reclusión. ¿Tú sabes lo mal que lo pasa la policía en la cárcel? Tengo la impresión de que en cuatro días te harías el jefe de la penitenciaría y podrías ayudarme.

—Dalo por hecho —dijo Gregorio.

—¡No podemos tolerar que quienes han salvado al mundo de tan terrible calamidad acaben con sus huesos en la cárcel y vilipendiados! —exclamó Santiago contrariado—. Tenemos que contarlo todo.

—Esa idea es fantástica, Santi. Acabaríamos todos los que estamos aquí entre rejas y tú en un manicomio... Ya lo estoy viendo: «Santiago, I el perturbado: la biografía no autorizada del cura loco» —apuntó Gregorio con sorna.

—No hay que dar tantas vueltas al asunto. Asumiré yo absolutamente toda la responsabilidad —dijo don Florencio—. Nadie va a poner en duda que pude hacerlo con los medios de los que dispongo. Yo tendría más privilegios que nadie en prisión y os digo una cosa: después de haber pasado lo que he pasado, seré feliz esté donde esté, sobre todo si tú vienes a verme —concluyó mirando con amor a su mujer.

—Estáis perdiendo la perspectiva —intervino Teresa—. Nosotros tenemos todas las piezas y podemos construir el relato a nuestro antojo. ¿Y si convertimos a don Floren en una víctima, lo que ha sido en realidad, a Vallejo en el héroe que liberó al Papa y a Gregorio en su colaborador? Y, ¡qué narices!, yo también me meto.

—¡Di que sí, Tere! —celebró Gregorio—. Oye, ¿a vosotros no os da coraje que sea tan lista?

—¿Víctimas de quién? —preguntó Vallejo interesado.

—Pues de Padre Tormenta.

—Ya entiendo —dijo el comisario—. Entonces necesitaremos preparar un plan de fuga ficticio y un relato que lo aleje de aquí.

—Y lo buscarán removiendo cielo y tierra y no pararán hasta dar con él. No. Hay que matar a Padre Tormenta —apostilló Gregorio.

Bandicoot salió desorientado del dispensario, apurando un bocadillo de fiambre y acercándose al grupo que dialogaba bajo las estrellas. La madrugada empezaba a encoger el mercurio de los termómetros cuando acudió Agustín con una marmita de caldo de pollo, cocido en una improvisada cocina de campaña. Repartió la sopa humeante en vasos de plástico que los gemelos fueron haciendo llegar a cada miembro del corrillo. Se sentaban en unos bancos traídos de la capilla, a excepción de Gregorio y don Floren, que reposaban uno en la silla de ruedas y el otro en una amplia hamaca. Un búho ululaba en la distancia.

Habían llegado a un consenso con el proceder en las siguientes horas para ofrecer un relato plausible a las fuerzas de seguridad, los medios y la opinión pública:

Padre Tormenta, con la fuerza de un ejército privado y la connivencia de gente cercana a don Florencio, habría tomado al empresario como rehén, bajo la amenaza de matarlo a él y a su familia si no colaboraba. El siniestro criminal era un fanático religioso que había apostatado de la Iglesia Católica, fundó su propia secta y quería atacar el orden religioso establecido, sacrificando al Papa en una suerte de misa negra. Para ello hizo acopio de reliquias cristianas y secuestró a sacerdotes para el macabro ritual.

Las diferentes pesquisas policiales llevaron al comisario Francisco Vallejo a descubrir que Padre Tormenta tenía gente infiltrada a diferentes niveles, por tanto decidió seguir investigando por su cuenta, de forma discreta y en ocasiones extraoficial, para no alertar al criminal. Se valió de la ayuda de un sacerdote de Madrid, conocedor de algunos de los secuestrados, y una monja intrépida e inteligente que encontró un patrón en los acontecimientos, así como de dos guardaespaldas del empresario infiltrados en la organización criminal y un joven informático. Gracias a ellos pudo seguir la pista de Padre Tormenta hasta la mansión del magnate, liberar a los miembros de la seguridad privada de don Florencio, recluidos en un edificio anexo, y acometer la liberación del Papa y la detención del líder criminal. No pudo pedir ayuda oficial ni refuerzos por estar la zona bajo el influjo de inhibidores de frecuencia que le impedían comunicarse y tuvo que tomar la decisión de atacar por su cuenta y riesgo ante la inminente ejecución del Santo Padre.

El enfrentamiento contra el grupo armado liderado por Padre Tormenta fue encarnizado y hubo numerosas bajas en ambas partes, pero pudieron rescatar al Papa, a don Floren y doña Virtudes y a una gran parte de su personal. El líder de la facción facinerosa, al verse derrotado, detonó los explosivos que había hecho colocar en la casa y la mansión se derrumbó.

Durante las maniobras de evacuación de los heridos el comisario pudo comprobar que habían cometido atrocidades entre los guardias privados de don Florencio: decapitaciones, desmembramientos y ritos satánicos. Siete de los diez sacerdotes secuestrados habían sido ejecutados en los días previos; de los tres supervivientes, dos fueron sepultados por los escombros y sólo uno escapó con vida, el padre Tomás, a quien habían mutilado dejándolo ciego.

La estrategia parecía sólida a pesar de sus evidentes lagunas por un motivo sumario y fundamental: el papa Santiago corroboraría, punto por punto, la versión de Vallejo y los diferentes testigos. Nadie osaría poner en cuestión la palabra del sumo pontífice, siendo, para más inri, una víctima más de aquel loco y sanguinario criminal. Sólo faltaba determinar cómo presentarían el cadáver de un Padre Tormenta creíble. Decidieron descansar. Nadie tenía demasiadas ganas de afrontar tan escabroso cometido.

—Creo que es lo mejor que he tomado en mi puta vida— dijo Santiago tras pegar un sorbo del ígneo brebaje.

—Madre mía, Gregorio, ya has echado a perder al Papa —comentó Teresa.

—Dejadlo que suelte alguna palabrota, que ya mismo estará de vuelta en el Vaticano teniendo que aguantarse a cada rato las ganas de ciscarse en el mismo Cristo —contestó él.

—De verdad, hay veces que te pasas tres pueblos —le recriminó el Santo Padre.

—¿Y qué pasará con el resto de príncipes del Infierno? ¿Esas personas siguen poseídas? —preguntó Bandicoot.

—Es una pregunta muy interesante, chico. Lo que sé es que hemos acabado con su general y descabezado el grupo; lo que desconozco es que pasará con ellos ahora. Eso es terreno desconocido —argumentó Gregorio.

—Habrá que vigilarlos de cerca. Yo me ocuparé —aseguró, tajante, Santiago.

—Entonces, ¿cómo mataremos a Padre Tormenta? —dijo Vallejo afrontando de una vez el cabo que faltaba por atar.

—Podemos tirar de alguno de los cadáveres sin nombre que hay esparcidos por ahí —dijo Gregorio.

—Todos los cadáveres tienen nombre —le enmendó Santiago santiguándose.

—Llevas razón, Santiago —intervino Teresa—, y lo que más me duele de todo esto es que tengas que mentir por nosotros, pero hay que convertir a algún difunto en Padre Tormenta, nos guste o no.

—Pero no podemos usar cadáveres que murieron hace tiempo —matizó Vallejo—. Debe ser alguien que haya muerto hoy y solamente hay soldados rasos y curas fallecidos.

—¿Y si le cargamos el muerto al ciego? —dijo Mork.

—Agradece que vaya a estar de nuestro lado, porque ha vivido y ha sentido la verdad de lo ocurrido aquí, pero no le pidas tampoco que asuma la carga de ser Padre Tormenta. Además sigo sin fiarme de él —dijo Gregorio.

—Por cierto, ¿dónde está? —preguntó Teresa.

—Ahí detrás con el personal de cocina —respondió Plork.

En ese momento llegó Gabriel caminando por un costado de la casa en ruinas. Se mostró muy contento al ver a don Floren curado y parcialmente restablecido.

—¡Don Floren, no sabe la alegría que me da tenerle de vuelta! Aunque son una desgracia las pérdidas humanas y la demolición de la casa, lo importante es que se haya librado usted del mal que le aquejaba —dijo acercándose y tomando su mano.

—Bueno, Gabriel, habéis colaborado todos. Ahora toca reconstruir.

Gregorio observó detenidamente al abogado que hacía de su peinado una escultura de bronce pulido y de su vestimenta un tratado de elegancia y le preguntó algo que hacía unos días que le reconcomía:

—Miguel, criatura, ¿cuánto te pagó Fluperi para que le entregaras la espada a don Floren?

—¿Cómo dice?

—Lo que has oído. ¿Quién te dio la espada?

—Un coleccionista italiano, que quería que…

—Un coleccionista que te paga un potosí por desprenderse de una joya histórica. ¿No te resultó extraño?

—¡Eso de que me pagaron es una afirmación deleznable y una calumnia y lo dice usted sin ningún tipo de prueba!

—No tengo pruebas, pero tampoco dudas. ¿Sabes cuántas veces he visto la firma del Presidente del Banco Vaticano? Circulares de la Iglesia Católica, presupuestos, cheques… No tardé ni medio segundo en identificarla cuando vi el certificado de autenticidad de la espada. Será mejor que comiences a hablar.

—No tengo por qué…

—¡Que te expliques! —vociferó don Floren.

El abogado y principal consejero de la familia Sánchez comenzó a titubear nervioso y a sudar. Tardó un rato en pronunciar alguna palabra con sentido:

—Yo no sabía de dónde procedía la espada ni quién era su anterior dueño; créame, don Floren. Por supuesto no fue el cardenal quien me la dio ni yo sabía que él estaba implicado; solamente me dijeron que tenían mucho interés en que ese objeto pasara a su colección privada y por eso estaban dispuestos a pagarme una cuantiosa suma económica. Jamás hubiera sospechado que se trataba de algo turbio.

—¡No te hagas el tonto conmigo! —dijo levantándose con dificultad—. Me vendiste por dinero y trajiste la desgracia a la familia que te ha puesto donde estás, maldito Judas. Lleváoslo y ejecutadlo; ya tenemos Padre Tormenta.

—No, por favor, no caiga en un pecado capital después de haber comprobado cuán terrible es el mal —intercedió el Papa.

—Yo tampoco lo puedo permitir. Sigo siendo policía y nadie va a...

Un estruendo cortó de raíz las palabras de Vallejo, y sobresaltó a todos los presentes menos a una persona. Miraron con sorpresa y horror cómo Gabriel Cifuentes caía muerto con un balazo en el pecho. Después todos buscaron el origen del disparo y vieron el arma homicida en manos de quien había apretado el gatillo.

—Puede usted detenerme y Su Santidad excomulgarme —dijo doña Virtudes con la pistola humeante en su mano.

Vallejo se dio la vuelta y caminó unos pasos ofuscado y colérico y el Santo Padre se echó las manos a la cabeza:

—No, Dios mío, esto no puedo consentirlo de ningún modo.

—Ese hombre condenó a mi marido a un suplicio y ha estado a punto de matarlo y destruir todo por lo que hemos luchado. Por no mencionar la muerte de tantas personas por su culpa. Como he dicho hagan conmigo lo que quieran.

—Pues sí, ya tenemos cadáver —dijo Gregorio sacando uno de los cigarros que había escamoteado a un soldado y encendiéndolo.

Tras un rato de lamentos y maldiciones por parte de Vallejo se calmaron las aguas. Todos comprendieron el estado de enajenación que había llevado a la señora a cometer su primer asesinato a sangre fría y, aunque no lo compartían, decidieron tolerarlo y olvidarlo. Tampoco pasó desapercibido el hecho de que ella les había brindado al cabeza de turco perfecto. Gabriel era el único que habría sido capaz de encabezar una sublevación desde dentro de la organización de don Florencio y podría haber dispuesto de sus recursos para las diferentes operaciones. Para mayor comodidad estaba muerto y su cadáver reciente.

Vistieron a Gabriel con la sotana de Gregorio, después de lavarla para eliminar los restos de sangre del sacerdote y le pusieron la barba postiza que aún perduraba en un bolsillo. Alguien propuso rasgar el pecho del abogado, *post morten*, para dar veracidad al atuendo cortado y muchos prefirieron ausentarse ante tan macabras maniobras. Mork y Plork se ocuparon de ello. Vallejo pidió a Bandicoot que borrara todo rastro del teléfono de Gabriel e informó a las autoridades. No tardó en aparecer una legión de agentes de toda clase de cuerpos y fuerzas de seguridad. Fue difícil contener a la prensa en la entrada de la finca.

La noticia corrió como la pólvora: El papa Santiago había sido rescatado y Padre Tormenta eliminado. Un nombre afloró por encima de todos, el jefe de policía Francisco Vallejo, artífice de la operación y héroe internacional. El papa Santiago declaró nada más salir del recinto que el comisario y el grupo de personas que le habían ayudado a resolver la situación, arriesgando sus propias vidas, eran las personas más valientes que había conocido. Los medios de comunicación intentaron poner nombre y cara a esas personas, pero tanto Vallejo como Gregorio lo desaconsejaron: «Tendremos la tentación de caer en las garras de la vanidad —les comentó el sacerdote—, pero mostrarnos en público no nos traerá nada bueno». Todo el grupo estuvo completamente de acuerdo.

Las siguientes horas fueron convulsas y agotadoras para el Escuadrón Tormenta: interminables rondas de declaraciones e interrogatorios y hordas de periodistas acechando, primero sobre el terreno y después en las inmediaciones de las dependencias policiales. Gregorio ocultó en todo momento la magnitud de sus heridas y dijo verse aquejado por múltiples dolencias, ninguna de extrema gravedad. A media mañana del día siguiente los dejaron marchar a todos. Cada uno fue a su casa y Teresa acompañó a Gregorio a su vivienda.

Habían ganado la batalla y puesto un imperfecto, aunque eficaz, broche de oro a la historia.

25. Epílogo

Gregorio caminaba despacio por una calle de su barrio. Llevaba una bolsa de rafia con pan y fruta en la mano y se paraba de vez en cuando para comprobar que los puntos de sutura seguían en su sitio. Evitó el bar de Alfonso huyendo del tema que copaba las conversaciones de bar, esquina o parada de autobús; bastante había tenido con Germán el panadero. Se sentó en un banco de la plaza de Quintana a fumar un cigarro contemplando cómo el mundo seguía girando. Los grupúsculos de jóvenes sin oficio ni beneficio mataban el tiempo entre el kiosco y su escaño favorito, usando el respaldo para las posaderas y el asiento para los pies, «como se ha hecho de toda la vida», pensó Gregorio. Los vecinos deambulaban arriba y abajo con recados pendientes y compras realizadas, saliendo o entrando de los comercios que jalonaban la plaza o, sencillamente, pasando por allí. Un barrendero rasaba las hirsutas cerdas de su escoba por el cemento y el asfalto, una controladora de parquímetros hacía su ronda por las calles colindantes y un tipo con mala pinta caminaba rápido en dirección a donde los trapicheros vendían remedios para la desesperanza. Los conductores enloquecidos y febriles abusaban del claxon en la distancia y dos cazas militares se oyeron, que no se vieron, en el cielo, surcando la boina de mugre que cubría la gran ciudad. Todo parecía estar en su sitio.

El nombre de Teresa volvió a parpadear en la pantalla de su teléfono móvil; él no lo descolgó pero se levantó y puso rumbo a su piso. Se encontró con Ginés en la puerta del bloque, quien le contó que lo había llamado personalmente Francisco Vallejo para comunicarle que se le retiraban los cargos por su incidente con el compresor de aire acondicionado:

—¿Se lo puede creer, don Gregorio? El tío más famoso de España me ha llamado a mí, a Ginés Martínez. Bueno, claro que se lo puede creer porque él me dijo que le diera las gracias a usted.

—Es lo mínimo que podía hacer por ti. Lo conozco y se lo pedí porque era una injusticia. No me des las gracias, Ginés. Buenos días.

Subió despacio las escaleras y saludó a doña Carmen, que se asomó con su sempiterna curiosidad. Llegó al piso y Teresa lo recibió con una regañina.

—No debes andar en, al menos, una semana más.

—Lo sé, Tere, pero te aseguro que voy con cuidado... Es que se me cae el techo encima si no salgo un ratillo.

Habían pasado algunos días desde el secuestro y liberación del papa Santiago. El mundo entero se hizo eco de la noticia y la versión oficial caló en todos los sectores porque era una gran historia. Solamente Fluperi quiso desmentir ciertos puntos, pero pronto supo que sería un esfuerzo baldío contradecir a su jefe. Informativos y tertulias televisivas encumbraban a Francisco Vallejo como un paladín en la lucha contra el crimen y malgastaban horas de emisión analizando la figura de Gabriel Cifuentes, un brillante abogado y hombre de negocios que había sucumbido a la locura y había forjado un ejército en las sombras. Se elaboraron perfiles psicológicos de Padre Tormenta, se analizaron sus motivaciones y se estudió como una figura terrible, pero fascinante, de la historia negra de Occidente. Vallejo era el hombre del momento y Cifuentes su antítesis y el criminal más célebre de la última década.

La figura de Florencio Sánchez como hombre de negocios salió fortalecida y su imagen pública saneada. Se espantaron los rumores que lo situaban en la cúspide de la mafia y todas las sospechas se descargaron sobre Gabriel que, en un último servicio al que había sido su jefe, sirvió al magnate como chivo expiatorio. Las empresas de su consorcio subieron sus cotizaciones en bolsa.

Bandicoot había salido de su casa cada día, andado hasta una boca de metro e ido a visitar a Gregorio y Teresa; toda una gesta por su parte. Ansiaba el momento en el que Vallejo le ofreciera un puesto en la Brigada de Investigación Tecnológica, haciendo lo que más le gustaba: sumergirse en las intrincadas redes de Internet.

Mork y Plork ascendieron hasta la cúspide de la organización de don Floren; pasaron a comandar tropas y se convirtieron en sus guardaespaldas personales para eventos importantes. Ellos se encargaron de que cada día se enviara comida al domicilio de Gregorio y poner a disposición de ambos cualquier cosa que necesitaran. Los llamaban a menudo para interesarse por ellos y prometieron ir a cenar en cuanto sus nuevas obligaciones les concedieran una tregua.

El papa Santiago, por su parte, intentó continuar su visita con normalidad. Florencio Sánchez decidió aparcar momentáneamente su proyecto de sociedad con los diferentes magnates y quiso anular la reunión, pero Santiago lo convenció para que la aplazara unos días y poder ir en su lugar. «No me parece una buena idea, Santi», le comentó Gregorio cuando el Papa sacó un hueco para llamarle por teléfono. «A mí sí. Quiero tantearlos y ver si persiste la amenaza contra nuestra Iglesia».

A Teresa y Gregorio les ofrecieron puestos de privilegio en la organización de don Floren o en alguna de sus empresas más pujantes, pero ellos los rechazaron. «Tú piensa si quieres ser mi consejero principal y cuando estés recuperado hablamos», le había dicho el Padrino. También les ofreció el diez por ciento de la operación con los Mendoza, pero él pidió que fuera para Mork y Plork, que pasaron a nadar en la abundancia engrosando sus cuentas bancarias con algunos ceros de más. Don Floren insistió en que tendrían, Teresa y él, todo el dinero que quisieran e incluso quiso regalarles un hotel, cosa que ellos también rechazaron.

El secreto de Padre Tormenta quedó sepultado bajo las alfombras de la sociedad, oculto tras subterfugios pero visible como una verdad a medias para quien se movía al margen del sistema. Padre Tormenta seguía vivo entre las redes del crimen organizado, entre los capos que mandaban y los peones que obedecían, entre los camellos y ladrones, entre los policías corruptos, los políticos con chaquetas de doble bolsillo y los abogados de moral ambigua. Se convirtió en una leyenda, en una sombra que acechaba en la noche, en alguien que no podía morir. Su figura fantasmagórica, acrecentada por el flujo exponencial del verbo al pasar de boca en boca, imbuía de un sentimiento de temor y desasosiego a quien hacía de su vida un desafío a las leyes humanas e, incluso, divinas. Porque el clero no quedó al margen de temer a quien parecía castigar el pecado con dolor y muerte.

Era el último día de la visita papal a España y la tarde de la reunión de Santiago con el resto de los ilustres empresarios. La televisión retransmitiría la llegada del Santo Padre al lujoso hotel donde se había de producir y muchos espectadores estaban pendientes del evento.

—¿Estás seguro de que quieres colgar la sotana? —le preguntó Teresa a Gregorio, que miraba la televisión recostado en un sillón.

—Ya no tengo motivación para seguir, Tere.

—Bueno, piénsatelo tranquilamente algunos días más. ¿Qué te ha dicho el arzobispo?

—No ha querido ni escucharme acerca de este tema y del otro, me ha dicho que aún le cuesta digerirlo. Dice que ayer pudo hablar por fin con Santiago a solas y le dijo que estaba bien y nos está muy agradecido. Quería venir a vernos aquí a casa, pero le he dicho que ya iremos nosotros más adelante a visitarlo a La Almudena.

—Sí, será mejor. ¿Ha salido ya en la tele la reunión?

—No, me estoy tragando una ristra de anuncios.

Teresa se sentó junto a él y, unos minutos después, pudieron ver cómo se retransmitía la llegada del Papa, último asistente en llegar, acompañado por el cardenal Fluperi. Gregorio se puso nervioso:

—No sé en qué momento le pareció a Santiago una buena idea asistir a este aquelarre y más acompañado por ese siniestro cabroncete.

—Entiende, Goyete, que no está mal saber qué ha pasado con ellos y ahora mismo él es quien podrá investigar mejor sobre el terreno.

—No sé yo... —refunfuñó él.

Apagaron el televisor y pusieron música. Teresa se recostó en el sillón a leer un libro y Gregorio encendió su tableta electrónica. Media hora después sonó su teléfono.

—¿Diga?

—Soy yo, Santiago, ¿cómo estás, Goyete?

—Recuperándome poco a poco, Santi. ¿Oye, tú no estás en la reunión esa? Te hemos visto por la tele.

—Sí, pero he sacado un momento para llamarte. Quería decirte una cosa.

—Pues dime.

—¿Recuerdas aquella vez que te hablé de tu orgullo y tu soberbia?

—No sé a qué te refieres... ¿Dices hace años, cuando estábamos en...?

—No, hace unas semanas —le interrumpió el Papa.

—Pues no lo recuerdo, la verdad. Tú y yo no hemos hablado en años hasta hace unos pocos días.

—Es cierto, en realidad no hablamos por teléfono ni en persona; te mandé un mensaje. Las palabras exactas eran: «Vengo a darte el mensaje de que tu soberbia y tu orgullo desencadenarán el mal».

Gregorio se levantó sobresaltado; le cambió el rictus y su cara palideció. Teresa se asustó al verlo.

—No sé qué me estás diciendo, Santi.

—Lo sabes perfectamente y no tienes que seguir llamándome así, si no quieres. El mensaje te llegó y tú has hecho que sea posible. Tu soberbia te llevó a creerte con el poder y la capacidad para afrontar un desafío que te superaba y tu orgullo hizo que no quisieras darte por vencido. Muchas gracias, Goyete. Sin ti no lo hubiera conseguido; me pusiste en bandeja al mejor de los receptáculos. Ahora sólo tienes que sentarte y ver arder el mundo.

—Pero... pero yo vi cómo él salía de...

—Tú viste lo que yo quise que vieras. Hasta nunca, viejo amigo.

El teléfono se colgó y a Gregorio parecía haberle atravesado un rayo. Teresa se acercó preocupada.

—Goyo, ¿qué te pasa?

—¿Sabes?, acabo de caer en la cuenta de que llevo semanas sin pagar una consumición en un bar —respondió aturdido y dando evasivas.

—¿Pero qué ha pasado? Gregorio, dime algo.

—¿Recuerdas aquella vez que fui a intervenir en la posesión de un niño, llegué a la casa en cuestión, pedí que me dejaran solo y comencé a exorcizar al niño que no era? Yo di por hecho que estaba endemoniado, porque era muy feo, y resulta que era el hermano. Tú me dijiste que ya no se podía meter más la pata, lo recuerdo perfectamente. Pues estabas equivocada; sí que se puede.

—No entiendo nada, ¿qué me estás queriendo decir?

Él la miró un instante en silencio, tomó aire y le dijo:

—¿Quieres colgar los hábitos conmigo, le pedimos un millón de euros a don Floren y nos casamos en Las Vegas? Sospecho que nuestra empresa se va a la quiebra.

—¿Pero me vas a decir de una vez que te ha dicho Santiago? —preguntó enfadada y confusa.

—Si te lo dijera, Tere, tendría que exorcizarte.

Índice

1. Otro día en la oficina 11
2. Cancelado 35
3. El Padrino 51
4. El cura indestructible 73
5. Animales nocturnos 93
6. Primer asalto 115
7. El Escorial 141
8. Tormenta 157
9. El perro del Infierno 185
10. La profecía 199
11. La Torre Sangrienta 225
12. El Rostro de Dios 249
13. Lucha sin cuartel. 277
14. Los príncipes 305
15. El gato y el ratón 323
16. Contra las cuerdas 345
17. La carta más alta 381
18. El plan 407
19. La misión (parte 1) 431
20. La misión (parte2) 459
21. La misión (parte 3) 479
22. Levántate y anda 505
23. Cara a cara 521
24. La muerte de Padre Tormenta 543
25. Epílogo 563

Nota del autor:

Mil gracias al Gran Capitán por su apoyo, por el aporte de sus conocimientos tecnológicos y su absoluta convicción en el proyecto, por amenazar con enterrarme, ¡Oh, dulce sepultura!, en un cachopo.

Mil gracias a MCarmen por su sapiencia, por su paciencia y por su ciencia. Por blandir su filología contra mí y en favor de mi obra, por su arroz con cosas y su café del tiempo.

Y un millón (lo siento por los anteriores) de gracias a la de siempre, a ella. A quien tomó mi corazón por reliquia en el objetivo del Escuadrón Tormenta y lo tiene cautivo. A quien me soporta y me alienta, a mi religión;

A María.

Printed in Great Britain
by Amazon